JN392556

비터문

LUNES DE FIEL

by Pascal Bruckner

Copyright ⓒ Editions du Seuil, 1981
All rights reserved.

Korean Translation Copyright ⓒ ThatBook Co., Ltd. 2013
This edition is published by arrangement with Editions du Seuil through Milkwood Agency.

이 책의 한국어판 저작권은 밀크우드 에이전시를 통해 저작권자와 독점 계약한 (주)그책이 소유합니다. 신 저작권법에 의하여 한국 내에서 보호를 받는 저작물이므로 무단전제와 무단복제, 전자출판 등을 금합니다.

에디션D 시리즈
04

비 터 문
LUNES DE FIEL

파스칼 브뤼크네르 지음 · 함유선 옮김

남자든 여자든, 다른 사람의 개성에 빠져 사라지지 않기를.

F. 스콧 피츠제럴드

브리짓트에게

첫
째
날

싹 트 는
연 정 의
유 혹

내게 영원처럼 느껴지는 아주 긴 시간이 시작된 것은 7월 어느 날 저녁, 파리 시내 중심가 몽파르나스에서 동북쪽 외곽인 포르트 데 릴라까지 운행하던 96번 버스 안에서였다오. 그러니까 4년 전 여름이었지요. 오데옹 사거리에서 한 젊은 여자가 버스에 올라타더니 바로 내 앞에 와서 마주 앉았소. 그녀는 밑단 장식이 있는 검은 스커트를 입고 발목에 꼭 끼는 하얀 긴 양말을 신고 있었다오. 순식간에 나는 그녀에게서 눈을 떼지 못했소. 그녀의 얼굴을 보고는 문자 그대로 넋을 잃었고 그만 숨도 제대로 쉬지 못했소. 도대체 내가 그녀의 무엇을 보고 그리도 감탄했는지는 잘 모르겠소. 우유를 넣고 잘 빚은 듯한 두 뺨 때문인지, 아니면 무엇을 보는지 알 수 없는 초록색 눈을 품고 있는 속눈썹 때문인지 잘 모르겠소. 나는 그녀를 봐도 보는 것이 아니었소. 눈이 멀었으니까. 아예 정신을 빼앗겼으니까. 오로지 그녀에게 다가가고 싶은 한 가지 욕망 밖에 없었으니까. 그녀가 그대로 떠나버릴지도 모른다는 한 가지 두려움 밖에 없었으니까. 아무리 감탄한다 한들 나에게는 아무런 대책이 없었소. 처음 본 그 여자가 지친 듯이 한숨을 내쉬면서 금방 고개를 돌렸기 때문이오. 그녀가 다른 자리로 가 버리지 않을까 잠깐 겁도 났소. 그러나 그냥 그 자리에 머뭇거리듯이 앉아 있는 모습이 많이 우아해 보였고 내게는 그녀가 더욱 소중해졌소.

시내버스는 남녀가 한 눈에 반하는 상황이 일어날 만한 공간이 아니긴 합니다. 그러나 만일 우연이란 걸 생각해 본다면, 굴러다니는 상자인 버스는 천국에 들어가기 위해 기다리는 작은 방이 될 수도 있소. 사실 나는 친구들이 소개해 주는 사람을 만나는 것보다는 우연히 만나는 사람을 더 좋아하오. 왜냐하면 내가 생각하기에, 우리의 접속을 마련한 운명이 신기하게도 계속 이어질 테니까요. 그리고 예기치 않게 일어나는 일은 삶에 열정을 만들어줄 수 있는 유일한 힘이오.

하지만 침묵을 깨뜨릴 만한 단 한마디 말도 생각나지 않았고, 어쩌다 얼굴을 마주하고 있는 기회를 놓치게 될까 봐 두려웠지요. 어떻게 하면 늘 비슷한 첫마디 말을 피하고, 나를 좀 더 세련되고 독창적이고 매혹적이고 유혹적이게 보일 수 있을까? 내가 생각해 보니, 이건 천지창조의 마지막 날 저녁에 악마가 할 만한 질문이라는 생각이 듭디다. 그만큼 나에게는 아주 심각한 문제였소.

그런데 마침 검표원이 나타나서 나를 도와주는 게 아니겠소. 그렇다고 파리 교통 공사에 고맙다고 할 일은 아니겠지만. 그는 버스에 있는 사람 모두에게 차표를 보여 달라고 했소. 그런데 내 앞에 앉은 아름다운 여인은 차표를 잃어버렸다고 합디다. 그래서 우리 모두 몸을 숙여 지저분한 바닥에서 작고 노란 차표를 찾아보았소. 검표원은 벌써 무임승차 딱지를 떼려고 준비하고 있었고요. 그녀는 당황했는지 얼굴이 빨개져서 시선을 떨구고 있었소.

난 그녀가 거짓말을 했다는 것을 알아챘소. 어쩔 줄 몰라 하는 그 모습을 보니 곧바로 마음이 흔들렸소. 그래서 난 아무도 모르게 검표원에게 방금 보여 준 내 차표를 그녀의 손에 슬쩍 쥐어주었다오. 그녀는 잠깐 어리둥절해 하더니 나를 보고 미소 지었소. 검표원은 다른 사람에게 가버렸지요.

나는 겨우 살아난 거요. 우리에게 이야깃거리가 생겼으니까. 내 차표를 남에게 슬쩍 넘겨주긴 했지만 나는 공공운송

수단을 공짜로 이용하는 것에 반대하는 사람이오. 무임승차한 여인은 내 손을 한 번 꽉 쥐어 주며 고맙다고 했소. 하지만 그녀는 터무니없는 실수를 저질렀소. 내게 차표를 돌려준 거요. 그러자 어떤 부인이, 파마머리를 한 아주 뚱뚱한 여자였는데, 우리를 몰래 훔쳐보고 있다가, 우리가 표를 주고받는 것을 알아보고 검표원을 소리쳐 부르고 말았소. 버스는 그때 막 생 폴 정류장에 정차하고 있었소. 난 잠깐 사이에 우리를 밀고한 부인을 힐끔 노려보고 버스에서 내렸지요. 난 몹시 당황했고, 화가 나서 울고 싶었소. 그래서 나의 공범자에게 커다랗게 손짓해 보였으나 그녀를 태운 버스는 내 눈 앞에서 곧바로 사라져 버렸소.

　난 세상에게서 버림받은 사람처럼 떠돌아 다녔소. 파리라는 도시가 크지는 않지만 모든 존재가 끝도 모를 우물 속으로 떨어지듯이 사라질 수도 있소. 내겐 오로지 한 가지 소망밖에 없었소. 이 여름을 다 보내는 한이 있어도 어떻게 해서든 그녀를 다시 만나야겠다는 소망 말이오.

　육지에서 멀리 떨어진 지중해 한가운데 배의 작은 선실에서 이런 이야기를 털어놓는 남자는 나와 함께 있었다. 깜깜한 밤이었다. 그는 두 다리에 스코틀랜드산 양모로 만든 여행용 담요를 덮고 안락의자에 앉아 있었는데, 사람의 시선을 회피하는 불안한 눈으로 두리번거리며 이따금 내 눈치를 보곤 했다. 그는 얼굴이 초췌했는데, 얼굴로 봐서는 나이를 가늠할 수 없었지만 어딘가 젊어 보이는 구석도 조금 남아 있었다. 이상하게 불안해 보였고 신경과민으로 뭔가에 억눌린 것 같았다.

그날 저녁 처음 대화를 나눌 때부터 나는 이 남자, 프란츠가 싫었다. 마치 나를 자기 마음대로 부릴 수 있다는 듯이 일방적으로 자기 이야기를 듣게 하는 통에 상대적으로 증오심이 생겼다. 그래서 거리감을 느끼기도 했지만, 이 사악한 남자가 무슨 의도로 이런 말을 하는지 아직도 전혀 알아내지 못했다. 나는 다만 그가 문장을 또박또박 말하는 어조, 빗장 너머로 들려오는 듯 신경을 자극하는 목소리, 동시에 찻주전자에서 우울하게 그르릉대며 물이 끓는 소리 등을 듣고 있을 뿐이었다.

내가 어떻게 프란츠와 만나게 되었는지 정확히 해야겠다. 막 서른 살이 되던 해에 나는 같이 살고 있는 애인 베아트리스와 함께 인도를 향해 여행을 나섰다. 우리는 행복했다. 세상에서 말하는 진리가 무엇이든 과감히 맞서겠다는 확신을 갖고 있었다. 1979년 12월 28일 아침, 우리는 마르세이유 항에서 터키 국적의 여객선인 트루바라는 배를 탔다. 트루바호는 프랑스에서 출발해 이탈리아의 나폴리와 베니스, 그리스의 피레우스를 들러 터키의 이스탄불까지 가는 배였다.

당시 나는 파리에 있는 한 고등학교에서 문학을 가르치

는 교사였고 베아트리스는 이탈리아어 교수였다. 특별한 가치를 찾기 어려운 이 직업에 회의를 느껴 몇 달 동안 떠나보고 싶다는 것이 이 여행의 이유였다. 우리는 자석에 이끌리듯 동양이라는 미지의 세계로 향했다. 동양이라는 단어에는 순금가루가 빛에 반사되어 빛날 때의 눈부심, 환하게 빛나는 오로라가 있었는데, 나는 그것에 완전히 매혹당했다. 동양이라는 단어가 내뿜는 모호한 광채에 몸을 떨었다. 아마도 먼 대륙에 대한 나의 기대는 주체할 수 없는 열정을 품고 있었지 싶다. 나는 아시아에 가서, 유럽에서는 더 이상 찾을 수 없었던 성스러운 혼돈과 감히 맞닥뜨리려 했다. 내게는 꼭 필요하지 않은 모든 것을 버리기 위해서였다.

베아트리스와 나는 이번 여행을 위해 오래 전부터 준비를 했다. 나는 교육청에 1년 휴직계를 냈고, 여름에는 꼬박 보험회사에서 일했다. 우리는 인도까지 가는 동안 작은 도시 몇 군데를 경유하고 싶다는 바람이 있었고, 긴 항해를 하는 동안 둘만의 시간을 보내고 싶은 마음이 컸기 때문에 이 배를 골랐다. 운행거리와 기간에 비해 요금이 쌌고, 적자 운행이어서 곧 사라질 노선이었다.

처음에는 대륙을 횡단하는 여행에 대해 애매하면서도 기대에 찬 분위기를 상상해 봤다. 아무리 초라하다 해도, 여객선은 운송수단이라는 의미를 뛰어넘는 뭔가가 있었고 배를 타는 마음가짐도 달라졌다. 일단 배에 오르는 트랩을 넘어서기만 해도 세계관이 바뀌었다. 배라는 갇힌 공간의 특별 공화국 국민이 되었으며 배에 오른 사람 모두가 한가해졌다. 배에 오르자 복도 때문에 소음이 잘 들리지 않았고 바다 냄새와 고무 타는 냄새가 섞여있는 특유의 냄새 또한 많이 나지 않아 좋았다. 터키에서 재정비한 낡은 노르웨이제 트루바 호는 웅장한 구석은 하나도 없었다. 골무를 엎어놓은 것처럼, 둥근 장식 위에 작은 굴뚝을 하나 달아 놓았을 뿐이었다.

우리 선실은 금속으로 된 두 격벽 사이에 끼어 있었는데 이층 침대와 작은 세면대가 딸린 좁은 감옥 같았다.

"어머, 이렇게 예쁜 지하묘지가 있네. 위에 있는 관을 써요. 난 아래층 관을 쓸 테니까."

베아트리스가 방으로 들어서면서 말했다. 양치용 물컵이 세면대의 철판에 부딪쳐 떨리고 있었고 우리 작은 방 전체가 엔진의 진동으로 가볍게 흔들리고 있었다. 비록 우리가 지낼 곳은 비좁고 초라했지만 사랑하는 사람과 즐겁게 웃으며 함께 할 모습을 상상하며 우리는 충분히 위로를 받았다.

그리고 현창(채광과 통풍을 위하여 뱃전에 낸 창문—옮긴이)이 있었다. 나는 언제나 현창에 대해 특별한 매력을 느끼고 있었다. 남들한테 들키지 않고 모든 것을 볼 수 있다는 매력 말이다. 우리는 작은 열쇠구멍으로 바다의 비밀을 간파할 수 있다. 창밖에 아무리 무서운 바다의 괴물이 있어도 위험 없이 마주할 수 있고, 바다가 어떤 시련을 겪고 있든 우리는 즐겁게 놀고 있어도 되었다.

저 광대한 바다를 이렇게 작은 창으로 가까이서 볼 수 있다니! 더구나 이 작은 창에 커튼을 치니, 선실은 인형의 집과 비슷해 보여 훨씬 더 감동적이었다. 작은 커튼을 젖혀 보면 그 뒤로는 사람 사는 집이 있고, 움직이는 사람이 있으며, 서로 엮이는 수많은 운명이 있다.

게다가 마르세이유 항을 떠나던 날 아침은 이루 말할 수 없이 아름다운 날씨였다. 높이 솟은 태양은 배의 옆구리를 내리쬐고 있었고, 얇은 비늘을 붙여놓은 듯한 우리 배는 태양 빛을 받아 설탕 조각처럼 반짝거렸다. 나는 행복했다. 우리는 빛의 찬양을, 말하자면 신의 허락을 받은 셈이었다. 나는 거기서 앞으로 펼쳐질 우리 여행의 아주 좋은 전조를 보았다. 우리는 달콤한 셔벗 같은 차디찬 공기를 맛보았다. 뭍에서 불어오는 바람에는 아로마 향과 숲속의 소나무 향이 배어 있었다. 저 멀리 하얀 장난감처럼 보이는 여객선 몇 척이 수평선 위에 놓인 비단을 가르며 나아갔다. 나는 이제껏 이에 견줄 만한 황홀에 가까운 온전한 행복을 느껴본 적이 한 번도 없었다. 저 멀리 마르세이유의 언덕이 빛에 어린 수증기에 가려 어렴풋해지는 것을 바라보며 순수한 감정에 혼란스러워져서, 이게 꿈이 아닐까 두려워하면서 가까스로 흥분을 억눌렀다.

닷새로 예정된 항해 첫날은 텅 비우고 떠나는 행복감으

로 기분이 이상했다. 우리는 이제 막 항구를 떠난 배에서 아직 아무 일도 일어나지 않은 사실을 알면서도, 행복감에 젖어 온몸에서 맥이 빠지는 듯한 나른한 기분을 느꼈다. 나와 베아트리스 사이가 그다지 단조롭지는 않았지만 그래도 떠난다는 사실은 아주 중요한 의미를 지녔다. 이번 모험은 우리의 영혼을 푸른 자연에서 쉬게 해줄 것이다. 우리 두 사람은 벌판 같은 긴 갑판 위에서 다른 사람은 아예 거들떠보지도 않았고 서로에게 빠진 채 쉴 새 없이 대화를 나누었다.

이번 여행은 우리가 함께 산지 5년 만에 첫 번째 탈출이었다. 우리는 그동안 직접 체험하지는 못했지만 수백 권의 책을 읽으면서 간접적인 경험을 많이 해왔다. 우리 두 사람은 가히 도서관이라고 할 정도로 많은 양의 책에 빠져 살았다. 우리가 즐겨 읽는 작은 문고본은 아이들 대신이었고, 여행 대신이었다. 우리는 오랫동안 망설이고 나서야 소중한 습관을 송두리째 바꿀 긴 여행을 계획했다.

베아트리스는 앵글로 색슨 계의 전형적인 미인이었고, 나이가 무색할 만큼 풋풋한 소녀 같은 매력을 간직하고 있었다. 몸매도 소녀 같으면서도 여인 같을 때가 있었다. 길게 뻗은 육감적인 몸매는 매력적이면서도 때로는 신중해 보이는 그녀의 얼굴을 더욱 또렷해 보이게 했다. 그래서 베아트리스는 겨우 스무 살 정도로 보였다. 나는 그녀를 '내 여자'라고 불렀으며, 세상 사람이 다 안다고 해도 우리가 누설하고 싶지 않은 비밀은 서로의 귀에 대고 귓속말을 했다.

점심 때 바깥이 다 보이는 식당에 가보니 사람들이 많지 않았다. 겨우 서른 명 남짓이었다. 식당은 이 배의 넓은 공간 전체를 차지하고 있었고 적어도 이백 명을 수용할 수 있었다. 식탁 네 개에 바짝 모여 앉은 사람들은 곧바로 사이가 좋아졌다. 밥을 먹는 일 또한 여행에서 누리는 커다란 기분 전환이었다. 사람들은 밥을 먹으면서 배에 함께 탄 승객들이 어떤 사람인지, 무슨 일을 하는지, 앞으로 며칠 동안 함께 무엇을 할지 꼼꼼히 살펴보았다. 한정된 공간 안에서 함께 생활하다 보니 전혀 모르는 사람들이 아주 중요해지고, 승객들의 머리 속에는 낯선 사람을 즐겁게 알아가고 싶다는 마음이 떠나지 않았다.

식당에는 돈을 벌겠다고 집을 나선 독일인과 네덜란드인 외에도 영국인 한 쌍과 프랑스 남자 두 명, 그리고 그리스와 터키 학생들로 이루어진 작은 단체 여행단이 있었다. 마치 지중해에 인접해 있는 각 나라의 표본이 되는 사람을 집합시켜 놓은 방주를 타고 항해하고 있는 듯 했다. 국적이 각기 다르다 보니, 서로 어떻게 대화를 나눠야 할지 몰라서 라틴어로 몇 마디를 해보려고 하다가 마침내는 다 함께 영어를 쓰는 걸로 합의를 했다. 영어를 정확하게 말하는 사람이 아주 드물어서, 한참을 뜸을 들여야 몇 마디가 겨우 나왔다. 엉뚱한 단어로 이야기하는 바람에 웃음이 터지기도 했다. 그러고는 마치 지금부터 도착할 때까지 다른 식사가 제공되지 않을 듯이 먹고 마셨다. 나는 눈으로라도 다른 승객들을 이리저리 휘둘러보는 재미를 포기했다. 내일은 아마도 우리 모두가 서로 이름을 부를지도 모른다고 생각하면서.

우리가 식당에서 밖으로 나왔을 때 베아트리스가 여자 화장실 문 앞에서 잠깐만 기다려 달라면서 안으로 들어갔다. 하지만 아무리 기다려도 그녀는 나오지 않았다. 나는 마지못해 여자 화장실 안으로 들어가 보았다. 그곳에서 베아트리스는 울고 있는 어떤 젊은 여자를 살펴보고 있었다. 젊은 여자 얼굴은 눈물 때문에 온통 화장이 뒤범벅이 되어 있었다.

"도대체 무슨 일이야?"

"마리화나를 너무 피웠나 봐." 베아트리스가 대답했다. 난 어깨를 한번 으쓱하면서 어이가 없다는 듯한 내 마음을 감추지도 않았다.

처음 본 그 여자는 더욱 흐느껴 울었다. 그녀는 털이 달린 파카와 청바지를 입고 있었다. 점심 때 식당에서도 본 적이 없는 여자였다. 도대체 누구일까.

그녀가 통곡하듯이 우는 소리를 듣자니 나는 좀 신경이 곤두섰다. 우리가 이것저것 물어보는데도, 우리의 호기심이 자기를 귀찮게 한다는 듯이 그녀는 아주 짧게 단음절로 대답을 했다. 그녀는 두서없이 말했는데, 이 배에 있는 것이 미쳐버릴 정도로 화가 나서 얼른 이 배를 떠나고 싶다는 내용이였다. 그녀의 이름은 레베카라고 했다. 지쳐서 멍해진 것 같은 모습이 겉으로 보기에는 모든 근심이나 걱정이 사라진 듯이 보였다.

"어디로 가세요?" 그녀가 끈적끈적한 목소리로 분명히 말했다.

"먼저 이스탄불로 가서 인도를 거친 다음에 아마 태국까지 갈 거예요."

"인도는, 이제 완전히 한물갔잖아요."

나는 뭔가에 취해서 저렇게 말하겠거니 하면서 아무런 대꾸도 하지 않았다.

"선실로 데려다 줄게요." 베아트리스가 그녀에게 말했다.

"정말 착한 분이네요. 음…… 당신의 머리카락을 보니 로슈 아샤나의 꿀빵이 생각나요."

"갑판으로 갑시다. 바깥으로 나가면 기분이 한결 나아질 거예요."

나는 긴 복도를 따라 가는 내내 레베카를 부축해야 했다. 그녀의 목에 걸린 목걸이의 메달과 줄이 햇빛을 받아 빛났다. 그건 나쁜 외눈을 가리키는 두 손가락 같았다. 그녀는 다시 헛소리를 하기 시작했고 울다가 느닷없이 웃기도 하면서 앞뒤가 맞지 않는 문장을 어름어름 말하기도 했다. 그러다가 웃음을 터뜨렸다.

사람들이 그녀와 함께 있는 우리를 보는 게 창피했고 싫었다. 내가 꺼려하는 걸 느꼈는지 베아트리스는 나에게 레베카가 눈치채지 못하게 말했다. 그 사람들이 뭐라고 하든 그냥 내버려 두라고.

베아트리스가 돌아오자, 나는 파리 생 미셸이나 위세트에 가보면 그렇게 방황하는 아이들을 만나는데, 바다 한가운데서 괴롭게 또 만나야 하느냐며 지겹다는 듯이 이야기했다.

"디디에, 그렇게 말하지 말아요. 예쁘고 아주 불행해 보이는 여자잖아."

"그 여자가 불행한 게 나와 무슨 상관있어. 아무리 예쁘다고 해도 알 게 뭐야."

우리는 몇 번 입맞춤을 나누고서 더 이상 거론하지 않았다.

아침이 시작할 때만큼이나 오후도 평온하고 매혹적이었다. 베아트리스와 나는 책을 읽으려고 조그만 갑판 위에 길게 누웠다. 나는 힌두교 경전인 바가바드 기타를, 베아트리스는 엘리아데의 소설을 읽고 있었다. 조그만 갑판은 벽난로가 있어서 바람을 막아 주었고 하늘과 완벽하게 분리된 진짜 테라스였다. 베아트리스가 책장을 넘기는 소리만이 들렸다. 간혹 멀리서 뱃전에 물결이 부딪치는 소리와 기계가 헐떡거리며 돌아가는 소리가 언뜻 들려오기는 했다. 우리는 차츰 책을 읽겠다는 의지가 약해졌다. 하얀 강철로 된 거대한 궁전 같은 배 전체에서 반사된 빛에 위축되고 그 열기 속에서 몸을 바짝 붙이고 있었다.

해가 지고 차가운 밤이 왔을 때 우리는 침실에서 쾌락이 주는 성스러운 시간을 누렸다. 어찌나 흥분을 하고 만족을 느꼈는지, 만일 베아트리스가 저녁을 먹으러 같이 가자고 조르지 않았다면 나는 곧바로 잠들었을지도 모른다. 바깥은 엄청나게 평온하고 가라앉아 있었는데 비해 널찍한 식당은 벌집처럼 웅성거렸다. 흔들리는 식당 안을 가득 메운 사람들이 차갑고 적의에 찬 바다에서 아늑함과 환희를 끌어내는 것 같았다. 우리는 식사를 하면서 독특한 인도 사람과 인사를 나누었다. 시크교도로 영국으로 귀화해서 런던에 살고 있는 의사였다. 그는 침술학회가 있어서 이스탄불에 간다고 했다. 이름이 라즈 티와리였는데, 내가 팔에 끼고 있는 책 바가바드 기타를 보더니 크게 웃었.

"요즘 인도에서는 아무도 그런 책 읽지 않아요. 회고하는 게 취미라면 모를까."

"그래도 당신들 문화의 근본이잖아요?"

"성경이 당신들 문화의 근본이라고 해서 더 이상 읽지 않는 것과 같죠. 게다가 주의할 점은, 신들은 다른 나라로 수출되는 것을 견디기 아주 힘들어 할 겁니다. 예를 들면 캘커타에서 떠받드는 공포의 신 칼리도 파리에서는 한낱 석고로 된 우상조각일 뿐이거든요."

"디디에는 사원에 들어가 은둔 생활을 하고 싶대요."

베아트리스가 나를 놀리려는 듯 말했다.

"하루 종일 소젖을 짜겠다구요? 당신같은 이렇게 예쁜 부인을 두고 그런 말도 안 되는 생각을 하시다니."

우리 셋은 웃음을 터뜨렸고 대화는 계속 이어졌다. 라즈 티와리는 트위드 옷감의 양복을 잘 차려입고 세련된 영어로 말했으며 성숙한 인도인에게 어울리는 우아한 풍모를 지니고 있었다. 우리가 인도에 대해 열정을 가지고 있는 것을 보고 그는 놀라워하며 도대체 왜 깨끗하고 현대적인 싱가포르나 대만으로 가지 않느냐고 물었다. 몇 번씩이나 우리가 인도로 가는 걸 만류하니 나는 좀 당황스러웠다. 그러나 그의 태도는 상냥했고 베아트리스에게 계속 찬사를 보내는 바람에, 급기야 저녁 식사가 끝나자 우리는 그를 따라 일등석에 있는 바로 향했다. 바 실내는 온통 따뜻해 보이는 꿀 색깔의 나무로 장식되어 있었고 두꺼운 가죽으로 만든 팔걸이의자들과 덮개를 씌워 둔 흰 피아노 한 대가 있었다. 평소에는 술을 잘 마시지 않지만, 바에 들어가자마자 곧바로 고급 진과 버번위스키를 마신 덕분에 우리는 기분 좋게 취했다. 베아트리스는 우리 셋 중에서 가장 목소리가 컸고 기운이 넘쳤다. 우리를 초대한 라즈 티와리는 흥이 나서 베아트리스를 웃기려고 말도 안 되는 이야기를 늘어놓았다.

"인도에서 철수하기 직전 영국인들이 말이지요. 인도를 영원히 서구화시키려고 인도 전역에 초현대적인 닭을 살포했

답니다. 특별히 엄선된, 2개 국어에 능통하고 최고 대학에서 학위를 받은 암탉들이 완숙이든 반숙이든 아주 훌륭하게 완전히 준비된 달걀을 낳도록요. 그래서 식탁에 곧바로 올릴 수 있었어요. 영국 정부는 닭들이 정치 선동에 거의 영향을 받지 않는 사실을 알고서, 간디의 독립 운동을 실패하게 하려고 이런 엄청난 일이 이루어지기를 기대했던 거지요. 비폭력 선동이 암탉들에게 영향을 미쳐 베이컨과 달걀 파업이라는 유명한 아침 식사 파업을 일으켰을 때, 또 암탉 오믈렛을 발명했어요. 재즈의 일종인 래그타임 곡조에 맞춰 그릇만 살짝 돌려주면 흰자와 노른자가 섞였거든요. 그래서 선택된 암탉들은 또 탭댄스 수업을 받아야 했어요. 그러나 1947년에 인도가 독립하자 이러한 닭 사육도 종말을 맞이했답니다. 영국 정부에 협력했던 암탉들은 결국 영어를 포기할 수밖에 없었고, 날달걀 생산에 큰 제재를 받아야 했지요."

이런 이야기에다가 계속 이어진 다른 몇 가지 이야기 역시 완전히 터무니없었다. 그래도 우리는 알콜이 들어간 덕분에 즐거운 기분으로 한껏 달아올랐다. 우리가 티와리와 헤어진 것은 기분이 최고조에 달했을 때였다. 그는 헤어지기 전에 베아트리스의 뺨에 작별 키스를 해도 되는지 나에게 물었다.

한바탕 술잔치를 벌이고 나니, 우리는 기분이 완전히 좋아졌다. 나는 베아트리스와 몇 번 격렬하게 포옹을 하고 잠자리에 눕힌 다음에, 곧 오겠다는 약속을 하고는 취기를 깨려고 갑판으로 나왔다. 갑자기 찬바람을 쐬니 코가 시큰해졌고 하늘에는 둥근 보름달이 떠 있었다. 나는 우리 배가 지나온 길을 따라 어슴푸레한 빛이 출렁이는 것을 바라보았다. 빛은 칠흑같이 어두운데도 우리 뒤에서 바다를 밝히고 있다가 깊고 어두운 밤으로 사라졌다. 우윳빛 수면이 배의 옆면과 구명보트 위로 넘실거렸고 마른 바람이 살짝 불자 밧줄이 우지끈 소리를 냈다.

나는 여객선의 맨 꼭대기 층으로 아주 자연스럽게 발길을 옮겼다. 거기에는 겨울이라서 폐장된 수영장과 디스코텍을 겸한 작은 바가 있었다. 나는 아주 잠깐 있겠다는 마음을 먹고 바로 들어갔다.

바 안에는 남자들이 열 명쯤 있었고 무대 한가운데에는 젊은 여자 하나가 춤을 추고 있었다. 그녀는 몸에 딱 맞는 반질반질한 천으로 된 검은 바지를 입고 있었다. 나는 자리에 앉아 춤을 추는 여자를 바라보았다. 가슴을 쭉 내밀고, 허리는 뒤로 젖히고, 날갯짓하듯이 공간을 휘젓는 팔에 나도 모르게 빠져들어갔다. 빙글빙글 도는 그녀의 자태, 공기를 가르는 재빠른 몸짓들은 매혹적인 그림을 보는 듯했다. 도대체 누구일까?

그녀는 아무도 바라보지 않았고 그저 돛이 휘날리듯이 편하게 무대에서 미끄러지듯이 움직이고 있었다. 천장의 조명은 마치 그녀를 위로 빨아올리려는 듯 강하게 내리비추고 있었다. 그때 갑자기 그녀가 빙글빙글 돌기를 멈추더니 무대에서 내려와 바에 가서 앉았다.

나는 그 여자가 가서 앉는 쪽을 무심코 바라보았다. 놀랍게도 그녀는 오후에 화장실에서 울던 젊은 여자였다. 나는 그녀를 향해 걸어갔다. 내가 아까 점심 식사를 마치고 나오다 본 여자는 형편없고 우스꽝스러워 보였는데 지금은 더없이 매력적인 여자로 보였다. 곱게 화장한 얼굴은 속눈썹이 길었고 양 볼은 붉은 빛이 돌았으며 콧날도 아주 오뚝했다. 그녀는 검은 머리를 뒤로 묶어 묘하게도 동양적인 분위기가 살짝 풍겼다.

"아까보다 나아지셨나요?"

"무슨 상관이에요?"

"아, 아까 화장실에서 울고 있었잖아요. 기억 안 납니까?"

"흥, 여자에게 접근하려면 좀 다르게 하셔야죠?"

그녀가 함부로 나오자, 나는 당황했다. 기분이 나빴지만 임기응변으로 재치 있게 대답할 생각은 없었다. 나는 화가 나서 돌아 나왔다. 그때 그녀가 나를 불렀다.

"이봐, 당신을 기억해. 하지만 나는 내가 알아보고 싶을 때만 알아 본다구요."

그녀가 내게 말을 걸자 나는 다른 내용보다도 반말로 내뱉는 어투만 들렸다. 친근하게 말을 걸면서도 허세를 부리듯 말하고 있었다. 슬프게도. 그녀의 가늘고 긴 눈은 한 치 앞을 못 보는 듯이 퀭한 채로 나를 바라보고 있으면서도 보지 않는 것 같아 보였다. 마치 그녀는 내가 있다는 생각도 못 하고 있다는 듯, 보이지 않는 듯이 행동했다.

"무슨 춤을 춘 겁니까?"

"내 멋에 겨운 춤."

그녀는 갑자기 웃음을 터뜨렸다. 우스꽝스럽고 또 고통스런 웃음이었다.

"당신도 춤추러 왔어?"

"아, 아니, 거의 춤춘 적이 없어서."

나는 이미 너무나 불편했고 그녀와 같이 있는 게 겁이 나서 죽을 지경이었다. 본래 내 분위기에 그럭저럭 맞다 싶으면 때때로 재치가 넘치지만 이렇게 억지로 웃어야 하는 장소에서는 늘 주눅이 드는 성격이었다.

"그럴 줄 알았지. 보이스카우트 단원처럼 뻣뻣하기는."

그녀는 또 조그맣게 웃었다. 눈을 더 가늘게 뜨니, 딱딱했던 그녀 얼굴이 잠깐이나마 바뀌었다. 내 머리 속에서는 수천 가지 시시한 생각이나 상투적인 질문 밖에는 떠오르지 않았다. 그녀가 내 이름을 물어보았는데 왠지 실망한 것처럼 보였다. 나는 그녀가 뭘 원하는지 더 이상 알 수도 없었기 때문에 뭐라고 대답할 수도 없었다. 나의 이런 한심한 태도가 우습게 보였을 게 틀림없었다.

"디디에, 뭔가 재미있는 말 좀 해 봐. 내 기분을 풀어 줘."

그녀가 명령을 내리듯 말하자 나는 그만 얼이 빠져 그대로 있었다. 이런 식의 대화를 매끄럽게 이끌어 가지 못하는 게 기분이 나빴고 신경이 몹시 날카로워졌다. 평소에 자주 느끼는 심리적인 불안상태에다가 이런 류의 여자들과는 어울릴 수 없다는 생각이 더해져 화가 나기도 했다. 농담이 힘을 겨루는 것처럼 되고 말았다. 나는 당황했다. 나는 소심하기도 하고 뭔가 되어가는 꼴이 내게 불리해진다고 생각하면 맥툽Mektoub이라고 말한다. 아랍말로 그렇게 써 있다는 말이다. 내가 어쩔 수 없음을 인정한다는 뜻이다. 모든 게 뒤집힐 수도 있고 바뀔 수도 있다는 상황을 알고 싶지 않았다. 여자가 무례하게 굴었고 갑작스럽게 태도를 바꿨기 때문에 나는 약이 올랐다. 그녀는 나에 대해서 더 이상 아무 신경도 쓰지 않는다는 듯이 먼 곳을 바라보고 있었다.

이번에는 내가 애써 반말을 써보려고 하면서 그녀에게 물었다.

"당신…… 당신 샐쭉 토라진 걸 보니, 나를 붙잡고 싶은 막연한 기대를 했나 보네."

그러자 그녀는 어깨를 한번 으쓱거렸다. 나도 적어도 한번은 농담을 하고 싶어서 각 음절을 끊어가면서 그녀에게 물었다.

"당신, 꼭-지-가-돈-거-야?"

"도대체 무슨 말이야?"

"꼭지가 돌았냐구. 그건 성이 났다는 말이야."

그녀는 자리에서 일어났다.

"당신 너무 웃겨. 허리를 구부리고 있었더니 가슴이 아프네."

"벌써 가려고?"

"네. 안녕. 계속 그렇게 익살스럽고 매력적인 개성을 간직하세요."

그녀가 가면서 던진 마지막 말은 어떤 말보다도 내게 큰 상처를 주었다. 그녀는 존댓말을 함으로써 나와 거리를 두었을 뿐만 아니라 나의 익살과 개성에 대해 언급하며 잔인하게도 내가 어느 것도 갖지 못한 남자라는 걸 강조했다. 나는 얼마나 바보 같은 짓을 했는가! 그렇지만 '꼭지가 돌다'라는 말은 실제로 있는 우리말이고, 젊은 아이들만 쓰는 어휘를 사용했다고 해서 그게 그다지 큰 잘못은 아니다. 서른 살이나 된 내가 학생 뻘밖에 안 되는 소녀의 말에 당황하다니. 갑자기 나는 그녀에게 어디로 가는지, 이 배에는 혼자 탄 건지 등 아무것도 묻지 못한 것을 깨달았다. 이젠 더 이상 졸리지도 않아서 마실 것을 한 잔 주문했다. 그러고는 지금 일어난 일을 돌이켜 생각하면서 한 시간 남짓을 보냈다.

선실로 돌아올 때 그저 내 생각에 깊이 빠져 있어서 길을 잘못 들은 게 틀림없었다. 내가 일등실 복도에 있었기 때문이다. 가물거리는 불빛을 받고 있는 텅 비고 길다란 복도, 멀리서 들려오는 망치소리를 빼고는 아무것도 들리지 않는 깊은 침묵, 벽 위로 길게 늘어진 내 그림자, 갓 태어나는 생명에 드리운 이 밤. 나는 나를 둘러싼 이 모든 것에 이상한 기분이 들었다. 문이 있기에 무심코 열어 보았더니 갑판으로 나가게 되어 있었다. 차가운 공기가 대단했다. 거기에서는 전혀 아무것도 보이지 않았다. 갑자기 뒤에서 신음소리 같은 게 들렸다. 뒤를 돌아보았지만 아무것도 보이지 않았다. 그러나 똑같은 소리가 다시 들렸다. 어둠 속을 찬찬히 살펴보자 그림자 같은 어떤 형체가 보이는 듯 했다. 나는 소스라치게 놀라 안으로 들어가려고 했다. 그때 힘이 엄청 강한 손이 내 팔을 꽉 잡았다.

"당신, 디디에 씨죠?"

엄숙한 어조에다가 새어나오는 듯한 낮은 목소리에 나는 심장이 몹시 두근거렸다. 게다가 손의 힘이 얼마나 셌는지 모른다. 난 누군가 싸움을 걸어오는 것이라 생각했다. 그런데 막상 내 앞에 모습을 드러낸 사람은 휠체어를 탄 장애인이었다. 정작 나는 배에서 그를 한 번도 본 적이 없었는데. 그의 얼굴은 초췌했고 머리카락은 듬성듬성 나 있었다. 그는 어둠 속에서도 소름끼칠 만큼 사나운 눈초리로 나를 뚫어지게 바라보았다.

"당신 디디에 맞지요? 조심하시오. 그 여자를 말이오."

"무엇을, 누구를 말입니까?"

나는 마음에서 일어나는 이런저런 느낌을 제어하기가 힘들었다. 그냥 가 버리고 싶었지만 나를 단단하게 붙잡고 있는 손 때문에 꼼짝할 수가 없었다. 그는 손의 힘을 엄청나게 키우면서 휠체어를 탄 자신의 쇠약함을 상쇄시키는 것 같았다. 불구자는 슬프고도 창백한 얼굴을 내게 바싹 갖다 붙였다. 그러고는 날카롭게 소리치기 시작했다.

"물론 레베카 말이오. 조금 전에 당신과 얘기했던 젊은 여자. 그녀를 만나서 상처입지 않도록 하시오. 그녀는 지나가는 곳마다 올가미를 쳐놓지요. 내게 한 짓을 좀 보시오. 이렇게 되는데 몇 년 걸리지 않았소."

그는 무릎을 덮고 있던 양모 담요를 걷어내고는 힘없이 달려있는 두 다리를 보여주었다.

"제가 그녀와 만난 걸 어떻게 알죠? 내 이름은 어떻게 알고 있고요?"

"레베카가 당신과 잠깐 만난 사실을 말해 주었소. 어떻게 생겼는지도 자세히 말해 주었고. 그래서 금방 알아볼 수 있었소."

"원하는 게 도대체 뭡니까? 제발 나를 좀 놔줘요. 이게 무슨, 황당하군요."

"그렇게 생각할 거 없소. 여자들은 애인이 있는 남자를 특히 원한다는 사실을 알고 있잖소? 남자가 못생겼든 불쾌감을 주든 간에, 그 옆에 예쁜 여자가 있음은 비교할 수 없는 가치를 부여하죠. 레베카 역시 여자 친구와 함께 있는 당신을 보고 그렇게 느꼈다오."

"도대체 그녀와 무슨 관계입니까?"

"아, 내 무례함을 용서하시오. 프란츠라고 하오. 그녀의 남편입니다."

그는 내 팔을 놓고 진심인 듯이 손을 꽉 잡았는데, 그런 태도마저 무례해 보였다. 나는 몸을 부르르 떨었다. 안개와 찬 밤공기 때문인지 내 몸은 뼛속까지 얼어붙는 듯 했다. 그리고 어둠 속에서 이런 대화를 나누다니, 이 상황이 지독히도 터무니없어 보였다.

"춥소? 안으로 들어갑시다."

그는 손으로 휠체어를 작동시켜서 방향을 돌리더니 계단으로 통하는 문을 밀었다. 나는 기계적으로 그를 따라갔다. 복도에서 그는 다시 물었다.

"디디에, 이름을 불러도 되겠소?"

그는 잠시 망설이는 듯 하더니 물었다.

"디디에, 내 아내에 대해 어떻게 생각하시오?"

나는 소스라치게 놀랐다.

"그러니까…… 아주 매력적이라고 생각합니다."

"그렇소? 몸매도 아주 좋죠."

"물론이겠죠."

"저런, 그녀가 당신 마음에 드는 모양이구료. 아마도 탐욕스럽게 그녀를 곁눈질해 보았겠지요?"

"저, 전혀 아닙니다."

"자, 수줍어하지 마시오. 오히려 자존심이 상하니까요. 게다가 분명히 당신은 우리가 누구인지 궁금할 거요. 당연히 그렇겠지. 나는 느낄 수 있소. 당신은 레베카라는 이름만 알지 그녀가 어떤 여자인지, 무엇을 하는 여자인지는 전혀 모르고 있소. 더 알고 싶지 않소?"

그 순간 내가 어떻게 그 자리에서 그런 말 같지도 않은 제의를 알아차리지 못했는지 모르겠다. 아마 늦은 시각이라 정신이 둔해진 게 틀림없었다. 처음에 나는 거절했다. 그들의 사생활이 나와 상관이 없다고 생각하고서, 나는 첫마디부터 거절한다고 말했다. 그러나 나의 거절은 그리 설득력이 있었던 것 같지 않았다.

"당신은 아니라고 아주 점잖게 말하지만 당신의 눈은 이미 알고 싶다고 대답하고 있소. 나는 당신을 전혀 모르오. 당신이라는 사람이 성격이 어떤지 전혀 알지 못하기는 해도 어쩐지 오래 전부터 기다려온 편한 친구 같소. 나에겐 삶의 원칙이 하나 있소. '그대를 좋아하는 사람들을 경계하라. 그들 또한 그대 최악의 적이니.'라는 말이오. 그래서 나는 전혀 모르는 사람들에게만 내 마음을 완전히 털어놓지요. 당신이 내 이야기에 관심을 갖는 것은 어디까지나 당신에게 달려 있소. 다만 나는 당신과 아무 상관도 없는 연애담을 털어놓는 드문 기회를 갖는 것뿐이오. 이미 당신과 아무 상관이 없지 않소?"

"무슨 이야기를 하시는지 모르겠습니다."

"나도 모르지만, 직감이라오. 내 제안을 받아들이겠소?"

나는 몇 번 거절했다. 그러고 나서, 결국 정말로 찬성하는 것은 아니나 무기력하게 그의 말에 따르기로 했다. 어째서 솔직하게 말하지 않은 것일까. 배를 타고 여행한다는 낭만적인 상황이 잡동사니 문학으로 가득 찬, 교사인 내 두뇌를 자극했던 것 같다. 그래서 나는 프란츠를 따라 그의 선실로 갔다. 그의 방은 중간 정도였다. 바닥에는 나무판이 깔려 있었고 현창 두 개가 나있었다. 일등실이었지만 내 마음을 사로잡을 만한 것은 아무것도 없었다. 불빛을 받아 프란츠의 얼굴이 납으로 만든 거울처럼 보였다. 전에는 그의 얼굴도 삶의 기쁨으로 빛났던 적이 있었을 것이다. 하지만 지금은 백반증으로 회복이 불가능해 보였다. 그의 파리한 푸른 눈은 차갑고 시린 두 개의 물웅덩이 같았다.

"실망했소? 일등칸도 잡화상이 늘어선 것과 비슷하다오. 고급백화점을 드나드는 부유층이나 살찐 북유럽 사람도 있고, 이민 노동자 등 각계각층의 사람들이 다 있으니까요. 차 한 잔 하겠소? 다르질링산이라오."

다르질링, 그곳은 베아트리스와 내가 가기를 꿈꾸었던

도시였다. 우연의 일치가 있긴 있는 건가? 프란츠는 여행 가방에서 전기 포트를 꺼내 물을 채운 뒤 콘센트에 연결시켰다. 나는 침대 위에 앉았다. 그는 반짝이는 눈을 굴리며 재빠르게 이리저리 훑어보고 있었다. 조금 전에는 부인과 이야기를 나누었는데, 이번에는 남편이 무언가를 나를 탐색하듯이 바라보니 나는 몹시 불편했다. 그때 프란츠가 나를 안심시키려는 듯이 말을 했다.

"이 방에는 나 혼자 있소. 레베카는 세 칸 건너 옆 선실에서 지내고 있다오. 우리가 합의한 거요."

그러고 나서 그는 앞에서 이야기한 고백을 시작했다. 그러다가 갑자기 멈추더니 내게 펄펄 끓는 차를 아주 달게 해서 따라주었다. 그도 차를 몇 모금 마시고, 다시 이야기를 이어갔다.

나는 사흘이나 내리 저녁 똑같은 시각에 오데옹 사거리 96번 버스 정류장에서 그녀를 기다렸다오. 허사였지. 그래도 체념하지 않고 사냥개가 구석구석 헤집고 다니듯이 오데옹 거리를 작은 구역으로 나누어 열심히 뒤져보기로 마음먹었지요. 내가 그녀를 만나기 이전에 있었던 모든 것은 더 이상 중요하지 않았소. 오로지 아직 만나지 못한 그녀만이 소중했소. 내 유일한 희망은 그녀가 오데옹 주변에서 살고 있거나 일하고 있을 거란 기대였고요. 나도 그때는 거기 살았고 마침 시간이 충분히 있었소. 의대에서 공부하던 기생충학을 끝마쳤고 이제 막 마지막 시험을 성공적으로 통과했던 참이었으니까.

나는 오데옹 주변의 상점, 댄스 교실, 요가 교실, 도자기 강습소, 학교 입구, 카페 등 여자들이 갈만한 장소를 휩쓸듯이 찾아 다녔소. 그렇게 보름이 지나자, 나는 거의 포기했다오. 그 사이에 나는 뷔시 사거리에서 일하는 미용사를 알게 되었는데, 탈색한 듯한 붉은 머리에 몸집이 큰 여자였소. 썩 마음에 들었다고는 할 수 없었지만 내 외로운 마음을 채워주었소. 레베카를 만나기를 기대하면서도 사람 일은 알 수 없는 것이니 훗날을 위해 대비했다고나 할까. 가끔 저녁에 나는 그녀를 만나러 갔지만 같이 일하는 동료를 본 적은 한 번도 없었다오. 그녀는 미장원 문을 닫을 때까지 남아있었지요.

어느 날 나는 좀 일찍 도착해서 길거리에서 서성거리고 있었지요. 그런데 버스에서 만난 여자가 바로 그 미장원에서 나오는 것을 본 것 같았소. 우선 나는 내 눈을 마구 비볐다오. 머리 속에서 생각을 하도 많이 해서 그런지 상상 속의 인물을 만나는가 보다 했거든요. 그러나 아니었소. 바로 그녀였다오! 그녀도 나를 보더니 기뻐합디다. 이름이 레베카라고 말하고 바로 그 미장원에서 일하고 있다고 알려주면서, 다음 날 전화하라고 하는 거요. 내가 얼마나 기뻤는지 알 수 있을 거요. 사방으로 그 여자를 찾아 그렇게 다녔는

데, 정작 그녀를 만날 수 있는 곳을 빼놓았으니 말이오. 나는 기뻐서 어쩔 줄 몰랐고 붉은 머리 여자에게 나의 기쁨을 감추기가 힘들었소. 그녀는 내가 기뻐하는 걸 보더니, 자기가 좋아서 그런가 보다고 여깁디다.

나는 날이 밝기를 초조하게 기다렸다가 아침 일찍감치 나의 상냥하고 사랑스런 그녀에게 전화를 걸었지요. 네 번을 걸었지만 허사였다오. 아직 나오지 않았다거나 외출했다고 하는 거요. 다섯 번째 걸었을 때에야 마침내 나는 그녀와 통화를 했고 저녁 8시에 만나기로 했소. 8시 정각이 되자 그녀가 도착했소. 나는 이미 10분 전에 미리 가 있었소. 그녀는 처음 봤을 때만큼이나 아름다웠고 내 마음을 설레게 했소. 우리는 몇 마디 평범한 이야기를 주고받았소. 버스 사건을 떠올리려고도 하다가, 우선 영화를 보러 가자고 할까, 식당에 가자고 할까, 내 마음은 그만 갈피를 잡지 못했소.

그때 어제 만난 뚱뚱한 붉은 머리 미용사가 나타나더니 엉큼하게도 깜짝 놀라는 척을 합디다. 그러더니 앉아도 되겠느냐고 묻는 거요. 나는 아주 나중에야 함정에 빠진 것을 깨달았소. 두 여자는 한꺼번에 두 마리 토끼를 잡으려는 나를 벌주려고 나 모르게 입을 맞췄던 거요. 처음에 나는 두 여자가 놀려대는 바람에 비틀거리다가 궁지에 몰리자 그만 빠져나가려고 했다오. 그러다가 두 여자가 겉으로는 나를 골탕 먹이려고 둘이 공모하는 척 하지만 서로 시기하면서 은근히 경쟁하고 있다는 걸 알았소. 그래서 나는 두 여자의 신경을 슬쩍 건드리면서 둘이 맞서는 걸 이용하기로 했소. 나의 전략은 성공했지요. 곧 레베카는 웃느라고 몸을 제대로 가누지도 못했소. 나는 레베카와 협력하여 귀찮은 그 여자와 정면으로 맞섰소. 그러나 두 여자의 체면은 지켜주어야 했소.

나는 저녁을 먹자며 레알에 있는 미국 식당으로 데리고 갔지요. 나는 두 여자 모두에게 공평하게 대화를 해야 했지만, 남몰래 한 여자하고만 이야기를 나누고 싶었다오. 레베카와 나 사이를 방해하는 이 여자를 어떻게 떼어놓아야 할지 골치 아픈 문제와 계속 씨름했던 거요. 나는 농담을 늘어놓았고, 자기를 향해 던지는 화살 같은 말에도 편하게 웃음을 터뜨리는 몸집 큰 여자를 슬그머니 비웃었지요. 그 여자는 자기가 이미 밀려났다고 느끼면서 나에게 어리석은 말만 늘어놓는다고 으르렁거렸소. 그러나 나는 계속해서 그녀를 화가 나게 하려고 더욱 심한 농담을 늘어놓았지요. 그녀가 소리를 지르고 싶은 걸 참으려고 커다란 이가 부딪치고 힘센 말 엉덩이를 채찍질하듯이 혀를 차는 소리를 듣는 게 아주 기뻤소.

자정쯤에 우리는 마레 거리를 돌아다니면서 자동차가 드나드는 커다란 대문에 달린 초인종을 누르고 몰래 도망치기도 하고 거리 곳곳에 있는 쓰레기통 뒤에 숨는 숨바꼭질도 했다오. 마침내 쫓아다니는데 지치고 거의 탈진한 붉은 머리 여자는 졸려서 자러 가고 싶다고 했소. 나는 그녀가 가겠다니 속으로 박수를 쳤지만 레베카도 따라서 간다고 할까봐 두려웠지요. 붉은 머리 여자는 의례적으로 작별 키스를 한 뒤에 택시를 잡았소. 레베카도 반대 방향에서 택시를 잡으려고 길을 건넜고요. 그러나 우리를 감시하는 엄한 문지기 같던 여자가 탄 택시가 모퉁이를 돌자마자 레베카는 웃으면서 다시 길을 건너왔고 내 팔을 잡고 계속 걷자고 했다오.

그날 밤은 내 생애 가장 아름다운 밤이었소. 나는 곧바로 이 젊은 여자가 단순한 일시적인 사랑 그 이상이라는 것을 알았소. 그녀는 온통 매력으로 넘치고 천진하고 재치가 뛰어나서 흔히 하는 말로 그녀를 만나기 전에는 도대체 어떻게 사랑을 할 수 있었을까 하고 곰곰이 생각하지 않을 수 없었소. 예전에 만난 여자들은 아마도 레베카를 만나기 위한 들러리였던 것 같았소. 그만큼 레베카는 최고였으니까.

그때 나는 권태와 따분한 일상으로 나를 옥죄었던 2년 동안의 구속에서 벗어난 참이었지요. 새로이 만난 사랑에 열중하다 보니 젊음을 되찾았소. 나는 레베카를 알지도 못하면서 이미 그녀가 내게 불어넣어줄 사랑을 사랑하기 시작했던 거요. 그녀 마음에 다가가는 길에 이르렀다는 것만으로 기뻐할 수 있었소. 처음부터 그녀는 우리를 한계에 이르게 하는 아주 중요한 존재였다오. 다른 어떤 것도 결코 우리를 떼어놓을 수 없었소. 그녀는 무모해 보이지만 상냥했고 내 마음에 들기 위해 무엇이든 하려고 했지요. 그녀는 내게 온전히 자신을 맡기면서도 내가 가까이 가기에는 좀 멀리 있었소. 그래서 그런지 그녀는 더욱 빛났소. 그런 미묘한 거리감 때문에 나는 생각하지도 못할 시도를 해봤고, 이런 거리감으로 나는 불안해하면서도 묘하게 사로잡혀 끌려들어가고 있었지요.

어쨌든 상관없었소. 나는 재미있는 말을 지어내고 아주 하찮은 일을 부풀려 말하고 평범한 이야기에서 새로운 점을 무궁무진하게 끌어내면서 어떻게든 그녀를 웃게 만들었소. 진정한 만남이란 우리 자신의 의지와는 상관없는 곳으로 향하게 합디다. 우리는 최면상태에, 영원히 창조되는 세계에 있었다오. 나는 그녀를 즐겁게 하고 놀라게 했지요. 나도 즐거웠고 나 자신도 놀라고 있었으니까.

그 밤은 다만 달콤한 속삭임이었고, 환심을 사려는 친절이었으며, 포옹이었고, 무릎을 꿇고 그대로 따르는 것이었으며, 달디 단 과자였으며, 아직은 무시해도 좋은 쾌감이었다오. 그리고 난 레베카가 나보다 열 살이 어린 열여덟 살이라는 걸 알게 됐지요. 북아프리카 출신의 아랍계 유대인이며 평범한 가정에서 태어났고, 아버지는 벨빌에서 향신료 상점을 하고 있다는 것도요.

나의 조상은 게르만 족이며 우리 집은 중산층이었소. 당신이 내 이야기를 끝까지 들어준다면 이런 자세한 이야기가 왜 중요한지 필요한 때에 알게 될 거요. 레베카는 그동안 남자들을 십여 명쯤 만난 적이 있다고 했는데, 그들 모두 애인이었다고 여기고 있습디다. 내가 동물 인형을 손에서 뗄 나이에 레베카는 이미 사랑에 빠지는 삶을 살기 시작한 거요. 그녀는 그 동안 두어 차례 중동과 이스라엘에서 산 적이 있었고, 성적으로 성숙해 보이지만 어린애 같은 이상주의를 품고 있었소. 그야말로 요즘 청소년들이 머리 속에 담고 있는 지식이라는 거 아니겠소. 그녀는 나를 떠보려는 건지 진짜 미안해하는 건지 잘 모르겠지만 순진하게 나를 자극하려고 자기가 만난 남자들에 대해 자랑을 하곤 했다오. "용서해요. 당신을 몰랐잖아요."라는 말을 굳이 하려는 것 같았지요.

단번에 우리 관계는 익살꾼을 보는 듯 했소. 이른바 해학이라는 게 즐거움이 아니겠소. 두 사람이 성별의 차이를 잠깐 잊기로 의견의 일치를 본 거요. 그녀는 나만큼이나 유치한 말장난, 문장 길게 늘이기, 철자 바꾸기, 말 맞히기 놀이, 음담패설 등을 즐겼소. 또 동요는 물론 술래 정할 때 부르는 노래도 몽땅 알고 있었고, 만화에 나오는 인물도 대부분 흉내낼 수 있었고, 특히「티티와 풍뚱이 미네」같은 만화 속 주인공들을 완벽하게 묘사했다오. 나는 그녀가 말을 할 때 보이는 개구쟁이 같은 순진함에 감탄했고 그녀에게서 풍부한 다양성과 삶에 대한 열정이 있음을 발견하고는 가장 깊은 감명을 받았지요.

내겐 어린 시절에 즐겨 했던 그 어떤 것도 전혀 남아 있지 않았소. 레베카보다 나이가 많으니까 더 많은 경험을 했는데도 전혀 남아 있지 않았소. 겨우 두 달 전에 나에게 똑같은 감정을 느끼게 했던 다른 여자에게 '사랑해'라고 말했음에도, 나는 오랜 세월 아무도 사랑하지 않고 지내온 것처럼 느꼈지요. 여러 여자와 계속해서 만난 끝에 드디어 기대를 뛰어넘는, 내 기다림에 응답하는 존재를 찾았던 거요. 그리고 레베카의 비슷한 점이나 다른 점은 내 자신의 일부이면서 동시에 나와 무관한 부분이기도 했소. 나는 당신에게 내 눈에는 레베카가 아름다웠다고 말했는데, 그건 이목구비의 조화 때문이라기보다는 그 얼굴에서 엿보이는 순수함 때문이었다오. 눈이 부실 정도로 그녀의 얼굴은 후광으로 둘러싸여 있었소.

처음 밤을 같이 보내고 새벽에 우리는 노트르담 대성당 뒤에 있는 아르슈베쉐 광장의 벤치에 앉아 있었소. 그곳은 몇 해 전부터 동성연애자들이 여럿 와서 소돔 제전을 벌인다는 곳이오. 나는 신앙의 사원 뒤에서 소돔 제전을 벌이는 사람들과 가까이 있다는 것이 좋았소. 그들은 우리의 사랑에 지금은 아주 드문 은밀한 향기를 살짝 뿌려주었소. 이렇게 동성애자들 같은 주변인들 가까이에서, 경련이 일어난 듯 몸이 떨리는 이런 환경에서 시작하는 관계는 소외된 듯

해서 낭만적일 수밖에 없었소. 아직 더위가 가시지 않은 어둠은 입맞춤으로 가득한 것 같았소. 둘씩 짝을 짓고 있는 사람들은 모두 주위에 똑같은 열정으로 넘치는 열기를 퍼뜨렸다오.

여름날 새벽에 공원에서 바라본 파리는 멋진 광경이었다오. 해가 막 뜰 무렵이었소. 눈부신 한 줄기 빛이 비치자 센 강의 양쪽 둑이 눈앞에서 단번에 솟구치는 듯 했지요. 그곳을 덮고 있던 커다란 나무 망토를 걷어내듯이 말이오. 도시는 움직이기 시작했고 이미 지하철의 첫차가 달리는 소리가 들려왔지요.

그때, 지금도 나는 기억하고 있는데, 레베카가 내게 자기 발을 좀 따뜻하게 해달라고 말합디다. 나는 그녀의 발부터 입술까지 더듬어 올라갔소. 그러나 우리는 제대로 된 키스를 하기도 전에, 어찌나 웃었던지 처음엔 우리의 이가, 그 다음에 우리의 코가 부딪쳤소.

우리가 입술을 떼고 난 뒤에 내가 그녀에게 말했다오.

"어디 봐, 병원에 좀 가 봐야겠어. 이상해진 것 같아."

그리고 나는 그녀의 손을 잡아 내 몸에서 발기한 데를 만지게 했지요. 우리가 키스하고 안으면서 내가 자극받은 거였소. 작게 튀어나온 혹이 그녀에게 아첨을 하는데도 그녀는 별로 특별하게 감동하지 않았소.

사실 우리는 서둘러 뭔가 일을 빨리 마치려고 하지 않았지요. 우리에게는, 남자와 여자가 교제를 시작하자마자 조급하게 서로의 몸을 탐하는 서투른 육체적인 확인 따위는 필요 없었다오. 그전에 피어오른 불꽃 옆에서, 그날 저녁, 사랑의 행위는 꼭 필요하지도, 적어도 당장 치러야 할 일도 아닌 것 같았고요. 우리는 놀라워하며 유혹에 빠져들었소. 유혹 자체에 스스로 취하고 유혹으로 벌어진 일에 놀라워했으며 그런 결과에 대해서 우습게 여겼소.

당신에게 고백하겠소만, 레베카는 어찌나 아름다운지, 다른 사람들처럼 남성이든지 여성이든지 성이 있는 사람이라는 생각이 들지 않았다오. 아예 성의 구분으로는 상상할 수 없는 사람들 속에 속해 있었어요. 그녀의 자태와 얼굴도 평범한 인간과는 거리가 멀어서 겉으로 보이는 모습과 마찬가지로 그녀의 내면 또한 다를 거라고 여겼지요. 이미 정열에 불타는 내 머리는 누구도 생각하지 못할 모습을 만들어 놓고, 그녀의 아름다운 얼굴만큼 경이롭고 깜짝 놀랄 엉뚱한 모습을 그리고 있었소. 난 혼자 생각해 보았소. 레베카의 배 아래에 섹스가 없다면? 자연은 틀림없이 그녀를 위해서 새로운 무언가를 공들여 만들어냈을 터.

온 밤을 꼬박 거리를 돌아다니다가, 그녀가 나의 집으로 들어온 것은 아침 8시 경이었지요. 당신도 알고 있을 거요. 남자고 여자고 옷을 벗으면 옷을 입었을 때 보여준 우아한 자태를 잃어버린다는 걸 말이오. 그건 아무것도 걸치지 않

은 나체가 오히려 당혹스럽게도 잘못 재단된 옷이기 때문이
오. 레베카는 이런 망가지는 모습과는 거리가 멀었소. 그녀
는 옷을 입었을 때도 이미 다 벗은 듯 했다오. 그만큼 몸의
윤곽이 완전히 확연하게 드러났기 때문이오.

옷을 벗어도 그녀에게서 풍기는 외설스러움은 여전히 그
녀를 감싸고 있었고 근육은 완벽하게 매끄러웠다오. 그녀는
옷을 벗은 게 아니라 다른 옷으로 갈아입은 듯이 즐거워했
고, 마치 그녀 몸을 감싸고 있는 천이나 장식품을 만지듯이
자신의 피부를 어루만지는 걸 좋아했지요. 그녀는 보란 듯
이 드러내 보였고, 자신의 매력에다가 더욱 많은 매력을 품
고 있었소. 그녀의 모습을 우스꽝스럽게 만들었던 아주 작
은 천 조각의 색깔이 더 돋보일 만큼. 그녀의 당당한 모습에
나는 오랫동안 겁을 먹었고 그래서 며칠 동안은 그녀를 바
라볼 수도, 그녀를 아는 체할 수도 없었소.

그러니까 우리가 육체적인 관계를 가지면서 다양하고 소
란스러운 삶을 함께 경험하기까지는 얼마 동안의 시간이 필
요했지요. 곧바로 나는 그 풍만한 육체를 사랑했다오. 잘록
한 허리에 그치지 않고 온갖 매력을 모아놓은 것처럼 제각
각 드러나는 육체를. 그녀는 머리부터 발끝까지 들어갈 데
들어가고 나올 데 나온 정확한 굴곡이 있었고, 봉긋 솟은
가슴을 더욱 도드라지게 하는 볼륨을 가졌소. 쭉 뻗은 두
다리는 땅에서 불쑥 솟아오른 듯했으며 섬세하고 자그마한

두상까지 등 위로 곧게 뻗어 있었소. 난 이제 막 아이에서 어른으로 변해가는 시기에 보여주는 그녀의 풍만함을 특히 숭배했소. 그때 그녀의 몸매가 봉긋해지자 레베카는 자신의 풍만한 몸매를 부끄러워했소. 그녀의 가슴은 살아 있는 듯 떨고 있는 동물 같기도 했지요. 실핏줄이 보여서 파도처럼 더욱 창백해 보이는 가슴 한가운데 나있는 커다란 갈색 화관은 유목민의 천막 숙소와도 비슷해 보였고요. 어른이 되기 직전의 소녀의 육체와 커다란 쌍곡선을 이루는 그녀의 가슴 때문에 나는 황홀경에 빠지고 말았소.

그녀에게는 소녀와 여인이 공존하고 있었소. 나는 입술로는 소녀에게, 가슴으로는 여인에게 키스했소. 이를테면 엄마와 딸이 한 사람의 몸에 함께 있었던 셈이었소. 난 그녀의 겨드랑이에서 풍기는 땀 냄새까지 흠뻑 들이마셨소. 그곳에서 풍겨 나오는 시큼한 냄새는 마치 고급 비단 가게에서 흘러나오는 풍요롭고 자극적인 향기와도 같았다오. 그 열기로 가득한 덤불숲에서 잠들 정도로 나는 그 시큼하고 짭짤한 냄새를 좋아했지요.

그녀는 훨씬 더 은밀하면서도 아주 놀라운 또 다른 보물을 갖고 있었소. 예컨대 내가 그녀를 무심한 눈으로 바라보면, 그녀에게서 눈에 잘 띄지 않는 소심한 구멍을 발견했다오. 마치 뱃속 깊숙한 곳에 감춰둔 얌전하지 못한 구멍을 숨기고 싶어 했다는 듯이. 그러나 내가 애무를 시작하면 그 작은 동물은 기지개를 켜고 잠자고 있던 풀밭의 요람을 뛰쳐 나와서 고개를 바짝 들고 왕성한 식욕을 가진 꽃이 되었고, 정신을 못 차리고 내 손가락을 빠는 어린아이 입이 되었소.

 난 혀로 클리토리스의 음순을 갖고 노는 걸 아주 좋아했다오. 그것을 흥분시키고 축축해지고 성이 나서 반짝이도록 내버려두었소. 분홍빛 살결의 파도에 따라 절벅거리는 작은 오리 같았소.

 난 그녀의 배에 뺨을 대고 비비는 걸 좋아했지요. 부드러운 그녀의 배에 코를 묻고 바람에 따라 흔들리는 돛대처럼 느슨해졌다 팽팽해지는 것을 느끼며 좋아하기도 했고요. 떨림과 한숨이 깃들어 있는 엄청나게 큰 늘어진 살결을 손가락으로 만지작거리며 주름을 만들어보기도 했다오.

 또 어떤 때에는 나는 그냥 앉아서, 그녀의 다리를 벌려 구멍 가까이에서 거대한 산호가 시간에 따라 변화하는 모습을 지켜보고 싶었소. 그래서 마음을 사로잡는 즙으로 넘치는 그 꽃잎의 떨림 하나하나, 숨결 하나하나를 깊이 간직하고 싶었소.

 음탕한 속내 이야기를 듣다보니, 나는 자연스럽게 혐오감이 생겨 구역질이 나오는 것을 자제할 수가 없었다. 프란츠도 알아챘다.

 너무 얌전빼지 마시오. 레베카의 매력에 대해 상세하게

이야기하려는 게 아니오. 당신도 좋아하지 않는 것 같고요. 다만 내가 그때 레베카를 얼마나 전폭적으로 있는 그대로 받아들였는지 알려주려는 거요.

신앙을 고백하듯이 솔직히 털어놓는 것이 당신에게는 순진하게 들리는 것처럼 그만큼 그녀가 순진하다고, 아주 간단히 말해서 사랑스럽다고 생각했지요. 이러한 열정은 아주 나중에는 무절제한 행동이나 방종으로 분명히 나를 이끌어 갔으나 그때에는 세상의 모든 연인이 굴복하는 사랑스럽고 불타는 찬사를 하지 않을 수 없게 만들었다오. 아주 빠르게 레베카는 이러한 매혹을 자신에게 유리하게 이용했소. 내 마음 속에 오로지 관심을 받기만을 바랄 뿐인 맹목적인 사랑에 한없이 끌리는 기질이 있음을 알아챘기 때문이오. 난 그녀보다 열 살이나 많았지만 나를 지배할 수 있는 스승을 찾고 있었소.

우리 사회에서, 여인의 나체는 모든 것의 척도이기도 하오. 태어나서 죽을 때까지 누구나 품고 있는 꿈이고 형벌이오. 난 당신에게 레베카의 몸매를 칭찬했소. 그녀의 균형 잡힌 몸매와 감동적인 배에 경탄했소. 하지만 내가 그녀의 몸을 보고서 실제로 깜짝 놀란 것이 무엇인지는 아직 아무에게도 말하지 않았소.

그것은 바로 그녀의 엉덩이였다오. 내가 이제껏 보아왔던 중에 가장 아름다운 엉덩이였지요. 그것은 단단한 덩어리였으며 완벽하게 봉인된 보석이었소. 포탄처럼 튀어나온 둥글고 포동포동하고 약간 살찐 엉덩이였소. 살이 약간 찌긴 했지만 그렇다고 매력을 떨어트리지는 못했지요. 나는 기적과도 같은 몸매, 육체 한가운데 놓인 깃털 이불처럼 감탄할 만한 엉덩이를 표현하기 위해 시인이 되어 찬사를 보내고 싶었소. 그리고 엉덩이 가운데 패인 선은 아주 깊어서 편지 한 통을 슬그머니 밀어 넣을 수 있을 정도인데, 그 선을 그려 보고 싶었소. 이렇게 생기 있고 활력이 넘치는 것을 한 번도 본 적이 없었소. 엉덩이는 사랑으로 가득한 솜털을 두 개 얹어 놓은 듯 했소. 거기에는 단단한 나무로 만든 작은 우물이 나 있었는데, 그 우물을 따라가다 보면 어찌나 엄청나게 큰지 엉덩이와 도저히 이해할 수 없는 대조를 이루었소. 마치 작은 것이 큰 것의 본질인 것 같았소.

넓적다리 가운데의 축, 곧게 뻗은 두 다리, 불쑥 튀어나온 엉덩이가 전체적으로 놀라운 조화를 이루고 있었지요. 선이 고운 순수한 완성품이었소. 레베카도 자신의 황홀한 몸매를 누구라도 볼 수 있도록 공공연히 드러내고 과시하고 활용하는 기회를 놓치지 않았다오. 그녀는 "내 엉덩이는 너무 예뻐서, 당신 몸 위에나 앉아 있을 수는 없어요. 박물관 기둥 꼭대기에 전시하는 게 낫겠어요."라고 말하곤 했소.

둥근 공 같은 엉덩이 두 짝을 보면 순하게 웃음 짓는 모습이 떠올라서 마음이 뭉클했지요. 살짝 갈라진 공이 조금만 찌푸려도 감탄이 저절로 나왔고, 보기만 해도 넋이 나가버려 곧바로 그 엉덩이에 키스할 수밖에 없었다오. 그러고도 여전히 넋이 나간 채 어루만지고 야금야금 먹을 수밖에 없었지요. 내가 뜨개질에 좀 더 능통했다면, 앞길이 창창해 보이는 볼록 튀어나온 엉덩이를 위해서 기저귀와 턱받이와 레이스 조끼를 짰을 것이며 새틴과 비단으로 살갗을 보호하는 작은 덮개도 짰을 거요. 고귀한 인형을 다루듯이 수도 놓고 리본으로 장식도 했을 테지요. 양쪽 엉덩이에 각각 옷본을 다르게 재단해서, 가운데 깊이 파인 홈을 위해 금실과 은실로 가장자리를 장식하고요. 내가 아무리 키스를 퍼붓는다 해도 무한 감동을 주는 그 새하얀 엉덩이 피부에 바치는 존경으로는 충분하지 않았다오. 또 엉덩이와 다른 나머지 신체와 이루는 조화는 무엇보다도 더 나를 깜짝 놀라게 했소.

그녀 몸은 작은 기적이 모여 이루어진 미의 총체였지요. 전체를 놓고 볼 때도 몸의 어느 한 구석도 완벽하게 아름답지 않은 곳이 없어서 놀라지 않을 수 없었소. 난 철학자의 눈으로 그녀의 엉덩이를 바라보다가 완만한 곡선에서 눈은 완전히 헤매면서 저 곡선과 저 균형을 갖춘 이런 완벽한 아름다움에 도달하기 위해서 도대체 몇 백만 년이 필요한 것인가를 깊이 생각해 봤소.

레베카의 엉덩이는 정말 특이하게도 망가지거나 변형되지

도 않았지요. 침대에 누워있을 때나 의자에 앉아있을 때에도 똑같았고요. 눕거나 앉기 전처럼 단단하고 모양이 흐트러지지 않았으며 교태를 부리고 있었소. 진짜 작고 편안하며 장난치기 좋아하고 볼이 통통한 마누라를 둘이나 거느린 것 같았소. 짓궂은 시골처녀 같기도 하고, 약간 살찐 친절한 여신 같았으며, 마흔 가지 냄새가 나는 알리바바 동굴의 문을 여는 참깨 같기도 했다오. 다정하고 사랑스런 사내 같은 아가씨이며, 드높은 영광이요, 앞에 봉긋이 쌍둥이처럼 솟은 가슴에 화답하듯 낮은 곳에 있는 풍만한 두 볼기이며, 아름다운 조개이며, 불쑥 내민 아름다운 뱃머리이며, 아름다운 소라고둥이고, 변형되지 않는 몸체였소. 엉덩이는 언제나 신선한 과일이었소. 겨울에도 여름에도 먹을 수 있는. 완벽함이란 항상 둘씩 짝을 이루기 때문이오.

엉덩이에서는 일종의 좋은 기분이, 사람과 사물을 목가적인 화합으로 이끄는 온화함이 풍겨 나왔소. 큰 소리로 웃고 있는 토실토실한 아기 천사 둘이었소. 아기 천사들이 조롱하고 흥분시켰소. 아무리 사이가 나쁜 적이라도 미소 짓는 엉덩이를 보면 쉽게 화해를 했소. 왜냐하면 자연의 힘이 가운데 도랑을 사이에 두고 양쪽에 엉덩이를 만들어놓은 것처럼, 적들도 그만큼 공평하게 정의롭게 재판을 했기 때문이었지요.

얼굴을 찌푸릴 일이 생기면 그녀의 엉덩이로 눈길을 돌렸다오. 엉덩이에서 친절과 위안을 받는다고 확신했으니까요. 배가 고프거나 목이 마를 때, 슬픔과 고통으로 괴로울 때에도, 레베카 엉덩이에서 나오는 빛의 열기만 떠올려도, 넉넉한 품 같은 엉덩이에 얼굴을 묻기만 해도 다시 기운을 차릴 수 있었소.

게다가 나는 우리 동네 빵집 주인과 몰래 계약을 맺었소. 내가 레베카의 엉덩이 모양을 뜬 석고 주형을 만들었고, 빵집 주인은 그 모양을 그대로 본떠 빵을 구워 주었소. 우리는 날마다 빵으로 된 레베카의 엉덩이를 먹었는데 딱딱한 껍질 빵이나 밀기울 빵, 호밀 빵, 파이 빵, 그리고 일요일에는 크루아상을 먹었소.

레베카의 엉덩이는 낙원의 이미지이며, 풍요의 상징이며, 지상의 천국이었지요. 신자에게나 가난한 자에게나 똑같이 매력을 풍겼소. 나에게는 그렇게 사랑스러운 엉덩이가 없었으므로. 포동포동한 레베카의 엉덩이 앞에서 내 삶의 중심인 양 경의를 표했다오. 그녀의 엉덩이는 태양이었고, 내 삶을 밝게 해주는 샘이었소. 나는 친절한 제단에 지나칠 정도로 모든 걸 바치면서 끊임없이 온갖 이름을 붙였소. 예수 그리스도, 이상국가, 천국, 순진한 처녀들, 변덕스러운 여자들, 아름다운 조각품, 사랑의 수다쟁이들, 유성들, 비옥한 밭고랑, 비단 공, 향기로운 배, 로렐과 하디(Laurel and Hardy, 미국의 2인조 희극 배우—옮긴이), 마르크스 형제들, 톰과 제리, 보니와 클라이드 등. 레베카의 엉덩이를 보면 내 몸의 열기가 끓어오르고, 최후의 전쟁에서 남은 두 덩어리와 비슷한 엉덩이는 혁명의 상태에 있었기 때문에 1939년 세계 2차 대전이 발발해서 한창 격렬했던 때를 연상해서 39/40라고도 했지요.

게다가 레베카는 나에게 항문을 지키는 양치기에다가, 클리토리스의 목자, 신이 내린 예루살렘의 문지기 같은 목가적인 호칭을 부여했다오. 이렇듯 나는 아름다운 레베카의 엉덩이를 어루만지면서 밤낮으로 광신자 같은 열성으로 기도를 낭송했고요. 나는 그녀 엉덩이가 보여주는 당당한 위엄으로, 스스로 독신자가 되는 신을 만든 거요. 그녀가 쳐놓은 두터운 장벽에서 멀리 떨어져서 산다는 건 상상도 할 수 없었소. 한 순간도 엉덩이가 뿜어내는 빛으로 몸을 따뜻하게 덥히지 않고서는 살 수 없다고 생각했소.

나는 사랑하는 레베카 앞에서 병적으로 겸손했으며 나 자신을 은총을 받지 못한 성이라고 여겼소. 그녀가 이렇게 말했다오. "난 남자들이 불쌍해요. 남자들은 여자가 느끼는 황홀한 불행이라고 할까, 모성과 쾌락을 전혀 모르잖아요. 남자들이 어떻게 이런 장애를 이겨낼 수 있을지 모르겠어요."

오르가슴이란 무엇이오? 그건 우리의 육체가 극치의 감정에 도달했음을 알리는 방식 아니겠소? 남자의 몸은 감수성이 예민하다는 사실을 생각해야 하오. 사실 내가 느끼는 오르가슴은 다양할 것도 없고 초라한 떨림에 지나지 않았으니까. 나는 그녀의 요란한 탐색과 마주하고 나면 내 우울한 식량이 부끄러웠다오. 너무도 빠르게 침묵 속에서 내 충족된 욕망을 떠나보냈소. 그건 레베카와 나의 몸이 헤어지는 순간이고 고독을 되찾는 순간이었기 때문이오. 내가 그녀의 배에 재빨리 쫓아 보낸 하얀 꽃송이들을 경멸했소. 내게 쾌락을 주면서 내 레베카를 빼앗아 버리는 초라한 꽃다발이었소. 내가 지켜주려고 애썼던 것은 레베카가 느끼는 즐거움이었지요. 그녀가 느끼는 절정의 호사를 애써 흉내 내고 실제로 느끼지도 못했으면서 절정에 도달한 것처럼 행동하는 레베카의 관능의 하수인이었소. 아, 분홍빛 비옥한 대지에서 애쓰는 가련한 노역자인 나는 한 번도 레베카가 느끼는 절정의 쾌락을 맛보지 못했다오.

레베카는 흔히 말하듯이 너그럽고 풍요한 자연이었소. 지나치게 많은 열매가 달려서, 자신이 지닌 욕망의 무게에 가지가 휘어지고 마는 나무였다오. 물론 우리가 여자들이 느끼는 쾌락에 그만한 가치를 부여했고, 우리가 속으로는 느끼지 못하는 불안감이나 허약한 마음을 여자들이 느끼는 쾌락으로 치환시켰소. 그런 쾌락은 보이지 않는 깊은 곳에서 무한한 힘의 한 부분을 끌어내기 때문이오.

어쨌든 레베카는 자신의 흥분을 속이거나 내가 모르게

감추지도 않았다오. 그녀는 절정의 순간에 내 고막이 찢어질 정도로 소리를 질러댔지요. 듣기 좋게. 그녀의 에로티시즘은 나를 유혹하려고 만들어낸 가장 정교한 장식이며, 계속 홀로 이어지는 그녀 목소리는 나를 굴복시키는 교묘한 장치였소. 난 탄식하는 듯한 하모니에서 벗어날 수 없었다오. 그것은 긴 여명악이며, 속삭임이며, 거친 숨결과 어우러진 발성악이었소. 그리고 성당의 대미사에 쓰이는 것 같은 가슴 설레는 음의 화합이었소. 절정에 달한 사랑을 노래하는 여가수는 감정 변화에 따라 각기 다른 음계를 가지고 있었소. 나는 그녀의 몸과 마찬가지로 목소리도 이해했소. 온갖 소리가 뒤섞여 있어서 나는 겁도 났고 흥분하기도 했소. 팡파레처럼 울려 퍼지는 음란한 신음 소리는 마치 동네 사람들과 내가 어느 극장의 무대에 관객으로 있다는 느낌을 주었다오.

그녀는 우리가 입을 맞출 때 아무리 가벼운 뽀뽀라도 실제로 한다기보다 마치 연기를 하고 있다는 듯이 연극 속에 나오는 그런 애정으로 극화시켰소. 그녀는 사랑하기 위해서 감정을 표현할 때나 행동으로 보일 때 과잉과 과장을 필요로 했고 진실로 애정어린 행동에서 나오는 성실함보다도 인위적인 행동으로 자신을 내보이고자 했다오. 사랑을 나눌 때 그녀의 눈은 초록색으로 변했지요. 마치 그녀의 몸 안에서 내면의 태양이 폭발해 눈동자 색깔이 바래는 것처럼. 절정의 순간이 지나가면 그녀의 무거운 눈꺼풀은 천천히 깜빡거렸소. 그러다가 내 넋을 빼놓는 열정적이고 무서운 시선을 되찾았다오.

간단히 말해서 사랑을 나눌 때 여자들이 겪는 감탄할 만한 그런 밤을 알지 못한다는 사실 때문에 나는 수치스러워서 죽을 지경이었소. 다른 여자들과 사랑을 할 때 이미 느낀 이런 감정을 그때는 기꺼이 체념했소. 하지만 레베카하고는 전혀 다른 방식으로 대처하기로 마음을 먹었소. 그러니까 남자들이 갖는 단순한 욕망에 동의하고 싶지 않았소. 욕망을 복잡하게 만드는데 자연의 톱니바퀴를 끼워 넣기로 스스로 약속한 거요. 그래서 나는 한 가지 방법을 생각해냈소. 교리에 입문하는 예비신자처럼 다음과 같은 말을 되풀이해서 말했소. "이 육체는 완벽하다. 이 완벽한 육체를 받들기 위해서는 어떤 엄청난 일이라도 할 것이다. 이 육체를 위해서라면 어떤 감동적인 광기로 나를 파괴할 가치가 있다. 나는 경건하면서 길들여지지 않은 욕망의 광기를 갖고 있으니."라고 말이오. 그녀와 함께 나는 힘이 세고 감동적인 존재가 되어 감을 느낄 수 있었다오.

오! 마치 천지창조가 계속되듯이 말 한마디가, 몸짓 하나가 샘에서 물 솟듯이 흘러나올 때, 처음 느끼는 그 경이로운 유대감이라니! 내가 노력하고 실망을 느끼기를 거듭하는 과정에서, 커다랗고 불타는 정열이 생겨나는 중이었소. 그때

난 우리 사이에서 고귀한 것 외에는 다른 어떤 것도 불가능하다고 생각했소. 레베카라면 내가 실수해도 길을 바꾸어 잘 헤쳐 나가고, 이전의 관계에서 극복하지 못해 내가 세우고 있던 발톱을 피할 거라 믿었던 거요. 레베카는 나를 높이 떠받들었소. 이제껏 이런 대접을 받아본 적이 없었죠. 나는 나를 필요로 하지 않는 사람에게, 그리고 내가 느닷없이 가장 강력한 끈으로 묶어놓은 사람에게 특히 끌렸소. 내게 아무것도 요구하지 않는 사람에게 모든 것을 줄 준비가 되어 있지만 다른 사람에게 모든 것을 기대하는 사람에게는 아무 것도 양보하고 싶지 않았다오. 나는 레베카에게 푹 빠졌소. 그녀는 우리의 관계를 헤아날 길 없는 고독에서 구원해주는 수단이 아니라 조용한 삶에서 덤으로 얻는 행복으로 받아들였기 때문이오.

처음에 꿈처럼 아름다운 우리의 생활은 꼬박 한 달이나 계속되었소. 우리는 새벽 서너 시에 집으로 들어가서, 해시시(인도 대마의 이삭이나 잎. 마취제나 담배처럼 사용—옮긴이)를 피우거나 우리가 가진 돈으로 살 수 있으면 코카인 가루를 사서 흡입하기도 했소. 그리고 나무들이 어둠에서 깨어나기 전에 잠을 자지 않고 다시 집을 나왔소. 우리의 발걸음은 발길 닿는 대로 모험을 즐기는 모든 사람의 여정을 엇갈려 지나갔소. 이들은 어둠을 틈타 거리에 흩어져 있었지요.

자주 우리는 공원 출입문의 쇠창살을 넘어 들어가곤 했

지요. 특히 그 당시에 몽수리 공원의 쇠창살은 몇 개가 빠져 있었소. 우리는 공원 안으로 들어가 아주 짧게 깎인 멋진 잔디 위에 누워, 별들로 빛나는 7월의 더운 밤공기에 둘러싸여 있었소. 신문 연재소설이나 탐정 영화에 나오는 식으로, 우리는 서로에게 비현실적으로 호화로운 선물을 주고받았다오. 이를테면 검은 다이아몬드처럼 반짝반짝 빛나는 파리의 불빛이라든가, 흔들리는 파리라는 거대한 극장 같은 거 말이오.

이른 새벽에, 극도의 피로를 느끼며, 험난한 상황을 함께 견딘다는 공모의식을 맛보았지요. 인간의 생활을 밤과 낮으로 나눈다는 것은 기억할 수 없을 정도로 오랜 관습이 아니오. 이런 오랜 관습에 맞서 싸우는 사람은 오로지 우리 둘밖에 없다는 전율도 즐겼다오. 그렇게 해서 우리는 분명히 구별되는 두 세계를 함께 살았소. 아침이면 헤어지는 연인들은 그 전날 만났던 사람들이 아니었소. 도시가 몸을 흔들며 마지막 졸음의 흔적까지 몰아낼 때, 우리는 이미 모든 새벽을, 해가 뜨는 모든 시각을 다 알고 있었소. 공기는 한 잔의 물을 마신 것처럼 상큼하고 생기가 있었소. 그리고 우리를 취하게 하는 아침 이슬에 흠뻑 젖어들었소. 그 당시에 나도 믿을 수 없을 정도의 활기를 갖고 있었던 기억이 나오.

우리의 기분을 유지하려고 사용한 다양한 흥분제는 아무것도 아니었소. 날마다 우리의 관계를 새로이 만들어주는 넘치는 활력에 비하면 말이오. 그러니 우리를 진짜 흥분시키는 약은 바로 새로움이었소. 이미 우리는 똑같이 전통에 대한 경멸을 키워나갔으며, 우리의 만남으로 도취된 삶을 살았던 거요. 어떤 무미건조한 삶도 전혀 영향을 미치지 못하게 말이오.

 8월 중순 경에 레베카는 모로코로 휴가를 떠났소. 그때 나는 병원에서 막 근무하기 시작했던 터라 9월이 되어서야 휴가를 얻을 수 있었소. 그동안 우리 두 사람은 서로에 대해 어떻게 느끼는지 모르고 있었소. 한 번도 사랑한다고 표현한 적이 없었소. "사랑해." 라고 소리 내어 말한다는 것은 한 번도 미리 생각해보지 않은 우리의 결합을 너무나 평범한 감정에 가두어 놓는 거였소. 우리는 여전히 매혹의 상태에 있었는데, 그런 상태에는 너무나 평범했다는 뜻이오. 미처 고백하지 않은 상태에서 우리는 비오는 어느 날 밤, 택시 정류장에서 헤어지게 되었지요. 어쨌든 나는 그때 용기를 내어 사랑의 증표를 보여 달라고 그녀에게 요구했다오. 그러자 그녀는 거리 한 복판에서 주저하지 않고 치마를 걷어 올리더니 능숙하게 작은 팬티를 벗어서 내 손에 쥐어줍디다. 그러고는 '내가 돌아올 때까지 잘 간직해요.'라고 했지요. 그게 그녀의 마지막 말이었소. 나는 불행하고 괴로웠소. 어떤 이유로 해서든 떨어져 지낸다는 것은 완전히 헤어지는 결별의 전조 증상이오. 서로 헤어져 있다보면 우리는 상대방 없이도 살 수 있다는 생각에 차츰 길들여지기 때문이오.

 기적과도 같은 삶은 어느덧 멈추고 말았소. 나는 길고 긴 공허한 밤을 무엇을 하며 보내야 할지 알 수 없었소. 자원해서 거의 매일 저녁마다 응급실 당직을 맡았소. 내 우울한 상상 속에서, 홀로 사는 내 삶의 죽은 시간을 레베카와 함께 지낸 강렬하고 충만했던 시간으로 채우고 있었소. 나에게는 단조로운 작업을 하며 사라진 많은 시간이 오로지 그녀를 위해서만이 무한히 풍요로울 수가 있었소.

 한 번 그녀의 전화를 받은 적이 있었소. 그녀는 표현대로라면 잘 지내는 것 같았소. 나도 행복한 척 했지요. 요즘 연인들은 당연히 사랑으로 괴로워하는 것을 추하게 여기고, 질투하는 것을 훈련 부족으로 여기고 있소. 요즘 연인들 때문에 나는 이렇게 잔인하고 경박한 사랑 놀음의 희생자가 되었지요. 나는 사랑하는 이의 부재가 사람들에게 다른 징후로 나타난다는 사실을 인정하기가 힘들었고 모든 사람에게 똑같이 눈에 보이는 고통을 요구했소.

 나는 레베카도 마찬가지로 우리의 이별을 견딜 수 없을 정도로 절망스러워하는지 알고 싶었고 슬픔으로 괴로워하기를 바랐소. 도대체 어쩌다 한번쯤 그녀를 그리워한다는 게 있을 수 있는 일이오? 우리가 모든 일을 함께 겪은 뒤에도 그럴 수 있단 말이오? 문득 나는 끔찍한 의심이 생기기 시작했소. 만일 레베카가 항상 이런 식으로 살고 있다면? 그리고 나라는 존재가 그녀에겐 하찮은 존재였을 텐데 나만이 그녀에게 특별한 사람인 것처럼 느꼈다면? 어둔 밤을 날아다니는 새인 레베카라는 여인이 열심히 일하고 일찍 잠드는 소심한 의사인 나를 현혹시켰소. 의심의 여지가 없었소. 다시 말하면, 우리 사이에 오해가 있었으며 괴로워하는 사람은 단지 나뿐이라는 생각이 들었다오.

이런 생각을 하다 보니 나는 더욱 끔찍해졌소. 남자와 여자가 한 쌍으로 맺어지는 관계를 저주하게 됐소. 안도감을 주기도 전에 한 사람 위주로 생활을 묶어놓으며 아무리 작은 변덕을 부려도 거기에 휘둘리고 마는 관계 말이오. 사랑하는 일은 내가 기꺼이 동의해서 나에 대해 행사할 무한한 힘을 타인에게 주는 일이오. 내가 어찌 기꺼이 나 자신을 예속하는 일을 견딜 수 있었겠소?

난 그녀를 잊으려고 노력했소. 그녀에 대해서 더 이상 마음을 졸이며 걱정하지 않기로 했다는 말이오. 우리는 우리에게 가장 소중한 존재를 가장 두려워하지요. 그리고 질투는 아무리 작은 의심도 곧 확신으로 바꾸어버리는 끔찍한 상상력의 한 형태일 뿐이오. 이런 모든 상처가 내게 감정을 가르쳐주었고 내가 그녀 없이도 잘 지낼 수 있음을 알게 해주었소. 일단 연인들이 서로 털어놓을 수 있다면, 아무리 일단 관계가 끝났다고 해도, 그들이 서로 상대방 마음을 잘 알지 못해서 얼마나 많은 고통을 겪었는지 고백할 수 있다면 좋을 텐데. 그들이 똑같은 열정으로 서로를 붙들고 있었는지, 얼마나 불면의 밤을 보냈는지, 상대의 모호한 태도에 대해서 의문을 가지며 얼마나 고통의 시간을 보냈는지 고백할 수 있다면 좋을 텐데. 안타깝게도 연인들이 마음을 털어놓고 나면 그 고백은 더 이상 아무런 영향력이 없다오. 그들은 이미 더 이상 서로 사랑하지 않고 그들을 괴롭히던 감정에서 벗어난 것에 너무나 만족하게 될 테니.

그렇게 여름이 지나갔다오. 나도 레베카처럼 모로코를 향해 떠났소. 그러나 그녀를 만나지 못한지 한 달이 지난 뒤였지요. 그녀가 머물고 있는 그 나라를 찾아가는 게 마치 그녀의 뒤를 쫓고 있다는 느낌이 들어 유쾌하지 않았소. 그곳에서 레베카를 알고 있었다는 부부를 우연히 만나고 나니 더 고통스러워졌소. 더욱이 그들이 그녀에 대해 속 시원히 털어놓지 않아 내 마음은 더욱 더 불안할 뿐이었소.

물론 나도 여자들을 몇 번 만나긴 했지요. 레베카한테서 상처를 받을까봐 나를 보호하기 위해 보호막을 쳐놓을 필요가 있었소. 그러니까 그녀가 누군가를 만나서 사랑을 나눴다면 나도 좀 만났다고 말하기 위한 방패막이 같은 거 말이오. 연인들도 서로 가식 없이 마주할 것을 두려워해서 협상에 쓸 숨겨놓은 패를 쥐고 있어야 하기 때문이오. 나라들도 그렇게 하지 않소. 어쨌든 다른 여자들을 잠깐씩 만난 것으로 내 불안은 좀 가라앉았고 그래서 우리가 다시 만날 때까지 견딜 수 있었소.

우리의 재회는 내가 생각했던 것보다는 순조롭게 이루어졌소. 레베카는 나를 잊지 않고 있었다오. 그녀는 내 취향에는 좀 과하다 싶을 정도로 아첨을 하며 휴가 동안 몇 번 다른 남자를 만났다고 했소. 그렇기는 하나, 나는 항상 그녀의 마음속에 다른 누구보다 우월한 위치에 있었던 거요. 처음으로 겪은 고통의 상처는 어려움 없이 봉합되었지요. 그리고 나는 레베카가 이렇게 돌아왔으니 그동안의 갈증을 풀기로 했소. 레베카가 없는 동안에 내가 얼마나 혼란에 빠졌었는지 모르오. 아무런 핑곗거리가 없어도 나는 그녀를 끌어안았소. 그녀의 허리, 그녀의 살결이 또 다시 나를 사로잡았소. 나는 그녀가 여전히 아름다웠으며 매력적이었고 도무지 알 수가 없다는 생각이 들었고, 이런 이야기를 그녀에게 털어놓기도 했다오.

이미 이야기한 적이 있지만 나는 그 전에도 사랑을 해 본 적이 있었고 모든 사랑의 관계에서 있을 수 있는 실패를 겪기도 했소. 결혼해서 2년 정도를 살았고 당시 아홉 살 난 아이도 있었소. 아이는 엄마랑 살고 일주일에 한두 번씩 나를 만나러 왔지요.

사랑은 분명히 두 고독한 영혼이 만나는 것일 텐데, 이는 오해를 만들기 위해 짝짓는 일이라는 생각이 듭다. 하지만 이보다 더 마음을 사로잡는 오해가 어디 있겠소? 그리고 진정한 지혜라는 것은 다시 사랑에 빠지는 무한한 능력에 있는 거 아니겠소. 어떤 관계가 시작된다는 것은 그 뒤에 따르는 모든 일에 자기만의 고유한 방식을 전달하는 법이오. 그것이 바로 마법의 순간이오. 그 마법의 순간에, 연인들의 말은 처음 사랑을 시작할 때의 달콤함을 닳아 없어질 때까지 이야기하기 위해 지치지도 않고 되풀이될 것이오. 결국 최초의 접촉이 희망 쪽에 있다면 그 접촉은 결정적이고 진정한 사랑에 대한 터무니없는 꿈을 계속 꾸게 하죠. 그 때문에 감정을 시들게 하는 너무나 아름다운 만남이 있는가 하면, 비열한 관계라는 선입견을 갖게 하는 평범한 만남도 있고요. 마침내 연인들이 잃지 않고서는 벗어날 수 없는 까다로운 만남도 있는 거요.

우리는 다시 우리의 생활을 시작했다오. 그러나 겨울에 접어들면서 비가 내리자 우리가 즐겼던 밤의 탐색은 어려워졌지요. 당시 레베카는 부모 집에서 살고 있었기 때문에, 우리는 나의 집에 틀어박혀서 한 쌍의 남녀가 가질 만한 행복을 맛보았소. 즐거이 되풀이 하는 그런 행복 말이오. 애정이 샘솟듯이 솟아나고, 걱정은 아예 저만치 미뤄 놓았소. 과일 잼 같이 달콤하고 밖에서 아무리 돌풍이 휘몰아쳐도 집안에 콕 틀어박혀 장작불을 쬐는 행복 말이오.

우리는 이런 평범함도 아주 순수하게 그대로 맛보았고 이제 막 시작한 터라 서로에 대해서 잘 모르는 만큼 그 차이를 순수함으로 느꼈지요. 우리는 마음이 풍족했으며 서로에 대한 생각이 마구 솟구쳐서 결혼 생활이라도 할 것처럼 굴었다오. 보잘 것 없는 생활을 앉아서 당하기보다는 오히려 우리가 스스로 선택한 거요. 텔레비전을 켜는 일, 소박한 음식을 정성껏 마련하는 단순한 사실도 우리에게는 크나큰 호사였소. 계절은 추운데다가 사랑의 감정이 갈수록 점점 증폭되어 우리를 더욱 서로에게 찰싹 달라붙도록 결속시켰소. 게으름과 우울의 시간은 모두 그저 우리의 옆에 있을 뿐이지 우리의 삶 속에는 없었지요. 함께 사는 생활은 믿음과 평온을 만들어냈소. 서로에게 굳이 말하지 않아도 되는 유일한 순간이었다오. 왜냐하면 행복이란 평범한 이야기가 아니니까. 행복은 망각과 기억이 뒤섞인 것이라오. 이야기 거리가 워낙 많아서 완벽하게 엉켜 있는 추억이 영원이라는 흐릿한 기억 속에 고착되기 때문이오.

따뜻하고 유연하며 풍만한 여인 레베카는 어느 순간, 한때 내 마음을 차지했던 그 모든 여인을 다 합쳐놓은 존재가 되었소. 나에게 성찰과 열정의 마르지 않는 샘이었소. 어디에서든 빛의 화관이 그녀를 따라다녔소. 램프에 뛰어들어 자신을 불태우는 나방처럼 나 역시 날개를 불태울만한 마력의 동그란 화관이었소. 나는 그녀를 더욱 잘 알아가는 법을 배웠고 맛있는 과일이 속살을 드러내듯이 그녀가 가지고 있는 모든 면모를 하나하나 깨우쳤소.

비록 우리 사이에 있을 수 있는 가장 커다란 문화적인 차이, 이를테면 계층과 교파가 다르다는 문화적인 차이가 있었지만 그 점은 조금도 개의치 않았소. 신분이 다르거나 조금 낮은 사람과 사랑하고 결합하는 일도 역시 사랑이오. 상대의 환경이나 상대가 믿는 종교를 보고 사랑한다는 것은 끔찍한 일이라고 생각하오. 계층과 문화에 등급을 매기기보다는, 서로 끌어주고 맞서기도 하는 순수한 차이를 가진 집단으로 보자는 말이지요. 난 레베카를 만나면서 우리를 나누어 놓는 그러한 간극이 좋았고, 그 간극을 극복하기 위해서 우리가 놓아야 하는 다리 같은 역할도 좋아했다오.

조그만 가게 딸이며 미용사인 레베카는 내가 보기에 특히 아주 뛰어난 재능이 있었지요. 그것은 부유하거나 교양이 좀 있다고 잘난 체 하는 아가씨들이 절대 가질 수 없는 재능이었소. 한마디로 특이한 재능이었소. 그녀는 내게 안달루시아 문학의 은유방식에 대해 말했소. "난 과일과 채소의 시에요. 벨빌에 있는 포숑 가게의 딸이고, 튀니지 하리샤의 공주이며, 프랑스 코리앙드르의 여왕이고, 인도 카다몸의 공작부인이에요. 난 토마토처럼 싱싱하고 상추처럼 파래요. 배처럼 새콤한 내 피부는 사향포도처럼 향기롭고 부드러워요. 내 침은 꿀벌도 탐내는 꿀처럼 달콤하고, 내 배는 부드러운 모래사장, 나의 성은 사탕 눈물을 흘리는 향료가든 아랍의 사탕과자 로쿰이에요." 오, 나의 사랑스럽고 소중한 여인이여.

그녀는 내가 자주 만났던 좌파 부르주아들에게 자신의 직업을 털어놓을 때면 부끄러워 했소. 그녀가 그들의 귀에 대고 아버지의 직업에 대해서 말하면 그들은 코를 틀어쥐며 웃곤 했소. 그들은 또 한숨을 내쉬며 말했소. "프란츠는 천한 여자들과 어울리네. 항상 미용사나 판매원 같은 여자들을 특히 좋아한단 말이야."

내가 상세히 이야기해도 좀 들어주시오. 내 친구들과 나는 모두 의사라는 비교적 자유로운 전문직에 종사하면서 형편없는 좌파에 속해 있었소. 파리 중심가에 살면서 우파도 두려워할 정도로 민중을 경멸했소. 우리는 이른바 청바지파에 속해 있었고 마르크스주의에 경도되어 있었지만, 한 노동자 단체가 우리를 불쾌하게 해서, 말하자면, 이주 노동자들을 형편없는 쓰레기 취급하면서 꼼짝 못하게 만들었다오. 그래서 우리는 지금도 큰 영향력을 행사하고 아주 왕성한 활동을 하는 단체를 만들었소. 미국식 디스코 음악에 맞춰 춤을 추는 스탈린주의자들이라고나 할까. 아주 하찮은 주제로 당파를 바꿔놓고 옷 이야기나 나이트 클럽, 머리 손질하는 일로 문제 삼았소. 예전에 정치 노선을 따지느라고 타협하지 않았던 것처럼 똑같이 따지고 들었던 거요. 우리는 혁명에 단순한 열정을 갖고 오로지 단죄하고 결정 내리려는 의욕만 갖고 있었소. 또 우리 상대를 지배하고 입을 다물게 하려는 끈질긴 욕구를 가지고 있었소. 우리는 우리 자신이 가볍다는 사실을 알고 있었고, 그 경박함을 어떤 도그마에 의존해 고쳐보려는 욕구도 강하다는 걸 알고 있었던 만큼 아주 단호했던 거요.

사회주의 활동이 한창이었던 몇 해 동안 상식을 벗어난 나르시시즘에 빠져서 권력과 권위로 뭉친 광적인 강박증에 이르렀다오. 그래서 나는 레베카에게 가족 내력에 대해 침묵하고 직업을 굳이 이야기하지 말라고 요구했소. 나는 두 계층 사이에 끼어 있으면서, 격에 맞지 않는 그녀를 격려하고, 한편으로는 나와 같은 계층의 친구들을 배반하기에 너무나 비겁했던 거요. 그 당시에는 대중이 함께 느끼는 쾌락이나 침묵하는 다수를 경멸하는 일이 공식적으로 좌파의 중심 주제가 되는 시대였던 만큼 나도 경멸당하는 일을 만들기 싫었던 거요.

그렇긴 하지만 나는 그녀의 직업을 좋아했소. 그녀가 일하던 미용실의 요란한 싸구려 장식하며 휘황찬란함을, 하얀 유니폼과 길쭉한 모자 같은 머리 말리는 건조기와 미용실 전체를 우주선처럼 보이게 하는 과도한 조명등을 좋아했소. 의학 공부가 만족시켜주지 못하는 하찮은 일이나 물건이 주는 특별한 취향으로 인해서, 나는 유행과 고급 기성복이 주는 사치에 대한 막연한 향수를 늘 갖고 있었소. 그래서 나는 레베카와 함께 양품점과 유명한 재단사의 특별한 기성복 상점을 돌아다니며 더없이 반짝이고 화려한 옷감을 만져보고 재단 솜씨를 비교해 보기도 했소. 이제 막 일을 배우기 시작하는 초보자처럼 열성을 갖고 말이오.

게다가 레베카는 나를 웃게 해주었소. 몇 달 동안 우리의 애정은 말장난을 만들어내는 기계가 되었다오. 우스꽝스런 어법, 우리의 정신적인 양식으로 삼았던 어릿광대짓 등을 만들어내는 기계가 되었소. 마치 우리가 문법과 어른 말투에 도전하려고 동맹을 맺었다는 듯이. 넘쳐나서 터질 것 같은 우리의 감정, 우리가 쓰는 언어로는 표현하지 못하는 외침으로 감정을 발산하고 싶은 욕구, 이런 감정과 욕구 때문에 우리는 의성어나 어린 아이 특유의 억양으로 은어를 만들어냈소. 뜻도 알 수 없는 말을 아이처럼 종알거리는 게 힘껏 서로 껴안고 있을 때보다 더 우리를 가깝게 했소. 그런 말을 함으로써 우리의 성이 바뀔 수도 있고 남자와 여자의 역할을 아예 없앨 수도 있었기 때문이오.

서로 사랑한다는 것은 완전히 순수한 상태에서 원시의 짐승이 되어 함께 있다는 자유의 이름으로 사전을 새로 만들어내는 일이오. 우리는 힘들지 않았소. 별것 아닌 일에도 웃으면서 작은 단어에 본래 의미보다 더 커다란 위엄과 사랑을 부여했지요. 말하자면 이미 오래 전에 레베카라는 이름은 사라지고 내가 끝없이 만들어낸 온갖 별명이 있었다오.

두두네뜨, 비케뜨, 니누시누네뜨, 슈슈드, 불루뜨, 뿌뿌네드, 피춘, 슈페뜨, 카바레뜨 등 의성어를 따오기도 하고 그녀 이름의 알파벳 순서를 뒤바꾸기도 하면서 내 진한 애정을 담아 별명들을 만들어냈소. 단지 애칭일 뿐이어서 우스꽝스럽다고 느끼지 않았소.

또 우리는 각자의 나쁜 버릇에 아랍식 이름을 붙여 부르기도 했지요. 레베카는 운명에 복종한다는 뜻으로 '인샬라 양'이었고, 또 '나는 괜찮아요'라고 말하면서 언제나 뭔가를 결정하기를 거부했으므로 '키프키프 부인'이 되기도 했고요. 나는 언제나 바쁘다는 것을 비유해서 '피사 선생'이었고, 지나가는 여자의 몸매에 한번도 빼놓지 않고 눈을 돌렸기 때문에 '슈프 선생'이 되기도 했다오. 또 우리는 아기처럼 말했소. 그리고 목소리의 억양이 어린아이 같을수록, 그러니까 문장을 질질 끌며 서툴게 말하고, 띄어 읽는 곳도 바꿔버리고, 사탕을 빨듯이 말을 할수록, 점점 더 우리는 행복을 맛보았다오.

그렇소, 이런 놀이는 누구도 우리를 공략할 수 없게 하는 우리의 보호막이었고 꿈 같은 세계였소. 그곳에서는 모두 등뼈가 하나뿐인 오빠와 누이였기 때문에 죄가 없었소. 그리고 우리는 숯불에 입김을 불어넣듯이 하찮은 이야기를 만들어냈소. 소년들이 바보 같은 말을 속삭이고, 단순히 재잘거리면서 누구도 다가갈 수 없었던 어린 시절의 낙원을 다시 만들어냈소.

 애인이며 친누이 같은, 그래서 어린 시절 철없이 마치 근친상간이라도 저지른 듯한 느낌을 주는 레베카. 나는 그녀의 모든 것을 사랑했소. 그녀의 모든 것을 알고 싶었소. 그녀와 함께 있으면, 아무리 오해가 있고 잘못을 저질렀어도 오히려 기쁘게 여길 사람과 사는 것 같았소. 그녀 안에 깃들어 있는 민족을, 그녀가 거쳐 온 대륙을 아주 좋아했소. 심지어 나는 그녀의 빛을 조금이라도 받아 간직하고 있는 그녀의 옛 애인들까지 사랑하지 않을 수 없었다오.

 나는 레베카를 사랑하면서 새로운 종교로 개종하는 것조차 개의치 않았지요. 내가 말했다시피, 그녀는 튀니지에서 태어난 아랍계 유대인이오. 나는 그녀의 아름다움이 몹시 자랑스럽기도 했지만, 그녀가 몸담고 있는 공동체와 아름다운 그녀가 눈부시게 합치한다는 점에서 특히 자부심을 느꼈다오. 나는 그녀 민족인 유대인의 지성을 열렬히 숭배했기 때문에, 그녀를 지배하는 모든 것과 나를 끌어들이면서 그녀를 감싸 안을 수 있었소.

 난 처음부터 레베카를 사랑했소. 그것은 그녀가 프랑스인도 금발도 아니며 기독교도도 아니지만, 그렇다고 무신론자도 아니며 그녀에게서는 내가 열여섯 살 생일 때까지 축성 받은 성수의 썩은 냄새도 나지 않았기 때문이오. 더구나 그녀는 윤기 없는 금발의 비쩍 마른 여자도 아니었고, 헌신적인 그레첸도, 싸움의 전사 창백한 발키리도 아니었소. 내가 어렸을 때 누렇게 뜬 밀처럼 창백한 모습으로 나를 현혹시켰던 파리한 마른 지푸라기 같은 여자가 아니었소. 난 북구의 금발머리, 아리안 족의 푸른 눈, 창백한 피부에 질려 있었소. 한때 나는 순진하게도 창백한 피부를 보면 관능적인 욕구가 부족할 거라고 생각했지요. 그래서 무언가 뜨겁고 강렬한 인상을 주는 여자를, 거무스레한 얼굴빛의 여자를 원했다오. 내 가족의 순수한 게르만 혈통보다는 혼혈이기를 바랬소. 그래서 레베카를 보자마자 북반구 남자가 남반구의 신기루를 보고 느끼는 매력을 느꼈던 거요.

그녀 옆에 있으면 어쨌든 나는 교수대 위를 뒹구는 그리스도 교인들의 시체, 수녀들, 나를 교육시킨 예수교파 악당들 사이를 떠돈다는 느낌이 들지 않았소. 그리고 프랑스에서는 장구한 역사도 없는 것 같고 앞으로 나아갈 방향도 없는 것 같아 지나치게 갑갑하게 느꼈다오. 노쇠한 국민의 무력감과 형편없는 정치의 진부함에 벌을 받고 있다는 느낌이 들었소.

그러나 어떤 각도에서 바라보면 인간의 머리를 드러나게 하는 르네상스 시대에 그려진 풍경화처럼, 레베카의 얼굴을 바라보고 있으면 완전한 사회와 연이어 나타나는 지중해의 푸른 경치, 그리고 모래와 태양의 환영이 몽땅 나타나는 걸 보곤 했소. 나는 그녀가 믿는 유대교에 사로잡혔다오. 그녀는 겨우 열여덟 살이었지만 그녀 조상인 유대 민족의 역사는 오천 년이나 되었기 때문이오. 나는 인간의 몸을 지닌 유한한 형태로 무한한 추억과 동화되고 싶었기 때문이오. 그리고 내가 이미 그녀를 만나기 전에 여러 특별한 여자를 만났다고 해도, 이 특별한 여자 레베카는 내 마지막 여자였을 거요. 그녀는 그 모든 여자이기도 했으니까.

잠깐. 따분하겠지만 우리 가족이 어떠한 사람들인지 이야기하겠소. 내 유대인 취향을 따지고 보면, 우리 집안 대대로 내려오는 전통을 깨트린다는 즐거움을 빼놓을 수가 없다오. 우리 집에서 유대인은 희생양이었고 양친에게는 평생 원한의 대상이었지요. 식사 시간이든 무슨 모임에서든 아버지나 어머니의 입에서 증오로 가득 찬 반유대주의적인 저주를 듣지 않은 적이 한 번도 없었소. "유대인은 그리스도의 살해자야. 국적도 없는 놈들, 돈 밖에 모르는 것들, 유대 과격주의자, 국제적 민족주의자, 미국의 유대인 로비." 라고 했소. 아무리 내가 부모와는 반대로 유대인에 열광하고 있었다고 해도, 우리의 유대 공포증은 유대인들을 남몰래 부러워하는 데 근거를 두고 있다는 걸로 알고 있소. 그들은 복음서에나 의존하는 가난한 우리 기독교인이 이룰 수 없는 모든 것의 총체를 의미하고 있었으니까. 그래서 나는 감탄했고 날마다 비난과 중상의 대상이 되는 그들과 나 자신을 동일시하기에 이르렀소.

우연하게도 내가 유대인에 대해 가지고 있는 호기심은 충족되었다오. 시골에서 파리로 이사 오면서, 나는 동유럽 출신과 지중해 지역의 유대인들만을 사귀게 되었고 곧 내 친구들 대부분이 유대교 신자임을 고백하였소. 멀리에서건 가까이에서건 내가 좋아하는 모든 것, 내가 미심쩍어 한 모든 것, 나를 끌어당긴 모든 것, 나를 놀라게 한 모든 것, 이 모든 게 선택된 민족이라는 것과 연결되어 있었소. 생활이, 우연히 일어난 여러 사건이 나를 머리부터 발끝까지 유대인화시켰다오. 레베카와 정신없이 사랑에 빠지면서 완전히 유대인이 된 것처럼 느꼈지요. 반유대주의의 전 세대와는 결별했소. 그녀는 결국 내 어린 시절을 산산조각내고 말았고 예정된 한 존재의 방향을 엉망으로 만들었소. 뿐만 아니라 공간적 차이와 증오로 완전히 멀어졌던 세계와 가깝게 해주었다오.

세 나라를 조국으로 가진 여자, 아랍 방언과 히브리어와 프랑스어를 모두 할 줄 아는 여자 레베카는 아시아와 유럽 사이에서 생살 그대로 찢어진 채 빛나는 이산離散을 상징하는 존재였소. 내 말을 믿어 주시오. 아리안 혈통을 주장하는 나와 같은 가계 출신의 사람이 북아프리카인이면서 중동인인 여자와 결혼한다는 것은 대단한 일이었소. 레베카가 동유럽 출신 유대인이었다면 내게는 그리 매력적이지 않았을 거요. 왜냐하면 지나치게 북유럽의 특징을 가지고 있었을 테니까. 언제나 나는 그녀가 아랍 태생임을 강조했고 유치하게도 그걸 자랑으로 삼았다오.

지중해 출신의 여자 레베카가 결혼 선물로 내게 가져온 것은 어떤 유산이나 단순한 아름다움보다 더 많은 것이었지요. 그녀는 역사적 감정을 구현하고 있었으며, 이스라엘과 아랍과 유럽이 단 한 사람 속에서 서로 화해하고 있었소. 내가 보기에, 거대한 정신의 별자리를 갖춘 것처럼 보이는 그녀는 유목인의 매력과 세계주의자의 편안함을 다 가지고 있었소. 그래서 그녀와 나 사이에는 두 개의 계층이 있었을 뿐만 아니라 세 개의 문화와 세 개의 대륙이 존재하고 있어 그것들은 서로 이야기를 나누고 서로 주고받았소.

역설적이게도 나는 뿌리를 내리고 싶다는 욕망 만큼이나 낯선 곳으로 유배되고 싶은 막연한 욕구도 있어서 이러한 이국적인 정취를 쫓은 거였소. 결국 나는 올바른 관습과 영원히 이어져 내려온 행동과 말을 지닌 한 존재를 찾고 있었던 거요. 그리고 소수로 살아가는 민족은 다수의 민족이 잃어버린 추억을 지니고 있기 때문에 나는 이 여자 안에서 고통을 겪으며 살아온 수세기 동안에 담금질로 단단해진 강한 정체성을 존중했소.

난 끊임없이 안식일과 속죄절 등의 아주 상세한 의식, 유대 의식에 맞춰 준비된 정결한 음식에서 금기하는 것 등에 대해서 질문했으며 알지 못하는 이런 저런 아랍어의 뜻을 때를 가리지 않고 물어보았다오. 마치 마법의 주문으로 신비한 외국 여인이 내 앞에 갑자기 나타나기라도 하듯 그녀의 입을 통해서 흘러나오는 이런 말을 들을 때에 난 진정으로 큰 기쁨을 발견했소. 비록 무국적자의 나라라고 할지라도, 사랑의 인연으로 한 나라와 묶인 나는 어쨌든 한 순간 영광의 일원이 된 것을 상상할 수 있었소. 이런 뿌리 없는 민족의 뿌리를 끌어안을 준비가 되었던 거요. 방황이 마침내 안정된 면모를 부여하게 된 거요. 내 빈 몸뚱이를 떠도는 장엄한 민족의 행렬에 묶어두고 세계 곳곳에 퍼져 있는 이들의 일원이 되었다오.

프랑스는 나의 조국이었지만 레베카를 사랑하면서 나는 이 지혜로운 민족에게 충성을 맹세했소. 그 민족은 내 연인의 요람이며 유대교는 내 정신적 조국, 내 마음을 차지한 신비한 나뭇가지가 되었기 때문이오. 때때로 나는 내 자신이 유대인의 영혼을 지니고 태어나 레베카를 통해서 나의 근본으로 돌아간 것이 아닐까하고 상상도 해봤소. 행복한 모세가 되어, 나는 그녀 안에서 되찾은 약속의 땅을 끌어안았소.

어느 날 밤이 생각나는데, 특별하게 화해를 이룬 밤이었다오. 텔레비전에서는 유대인 대학살 기획물을 방영하고 있었소. 그날 저녁 집에 있던 내 아들과 함께 셋이서 보고 있었는데, 그 프로그램이 끝나자 어린 녀석이 눈물을 글썽거리며 레베카의 목에 매달려서 이야기했소. "독일인들이 아줌마 가족을 죽이지 않아서 다행이에요. 그랬다면 우리는 아줌마를 영원히 알 수 없었을 거예요. 만약 독일인들이 다시 온다면 우리가 아줌마를 꽁꽁 숨겨 줄게요." 라고. 웃고 싶으면 웃으시오. 난 눈물이 날 정도로 감동받았으니까. 그때 우리는 모두 악과 악마와 맞서겠다는 영원한 동맹을 굳건히 했다고 느꼈으니까. 난 레베카에게 "우리에게 아이가 있다면 그 애는 유대인일까?"라고 묻기도 했소. 물론 아이가 있다면 우리는 그 애를 할례도 시키고 기독교 의식에 따라 세례도 받게 해주고 또 어쩌면 똑같이 코란 경전도 가르쳤을 거요. 그렇게 된다면 그 애는 자신의 인생에서 세상이 주는 모든 기회를 공평하게 얻을 수 있었을 것이오.

한 번은 생 땅드레 데 자르 거리의 어느 카페에서 이런 일이 있었다오. 이 일로 그 당시 내 정신 상태가 어떠했는지 가늠할 수 있을 거요. 바에 팔꿈치를 괴고 우리는 키스하고 있었소. 젊은 녀석 하나가 우리를 쳐다보며 "더러운 유대인 놈들!"이라고 크게 욕을 퍼붓는 거요. 그런데 이상하게도 난 이 욕설을 듣자 오히려 기쁨을 느꼈지요. 기적 같은 한마디 말로 난 아브라함의 자식이 되어 기독교 신자로 태어나고 죄의 사함을 받는 듯 했소. 난 일어나 그 남자에게 다가갔소. 그는 내가 따귀라도 때릴 거라고 생각했으나 나는 그를 안아주었소. 그는 내 얼굴에 침을 뱉었다고 생각했겠지만 오히려 나를 순수하게 만들어 주었소.

이따금 밤이 되면 우리는 집 주변의 거리를 돌아다니며

담벼락에 '유대인 만세'라고 낙서를 하거나, 그리고 어떤 때에는 유대교회 문 앞이나 유대인 학살기념비 앞에 꽃다발을 바치기도 했다오.

내가 보기에, 레베카가 보이는 특이함은 바로 유대교의 특이함과 뒤섞여 있었소. 히브리 문화를 지키는 집안에 속해 있다는 사실이 이미 멀리 있는 이 여인을 무한의 존재로 변모시켰소. 유배된 그녀 옆에 있으면 나도 그녀를 따라 유배된 느낌이 들었소. 그녀는 나에게 오는 것 같으면서도 어느 순간 내가 그녀를 끌어내릴 수 없는 높은 곳에 자리를 차지하고 있었소. 부득이한 경우에 그녀 한 사람이라면 어떻게든 막아줄 수 있겠지만 한 민족을 막아준다는 일은 나로서는 감당할 수 없었소. 그녀가 가는 길마다 뒤를 따라가는 화려한 저 너머의 세계를 단순히 환기하는데도 내 무능함을 깨달았소. 그래서 내 욕망의 크기로 그녀를 작게 만들려고 애를 쓰면 그녀는 단번에 무한의 공간에 이르렀소. 난 그녀의 풍요로운 세상 아래에서 숨이 막혔고 자꾸만 그녀 앞에서 아무것도 가지지 못한 초라한 내 자신을 보니 화가 났다오.

그녀는 내 안에서 항상 곪아있던 상처를 열어보였는데, 우리는 아랍 음악을 함께 좋아하면서 비로소 안에 있던 상처를 구체적으로 드러내 보일 수 있었소. 아랍권 최고의 디바라는 이집트의 옴 칼소움, 레바논의 파이루즈, 압델 할림 아페즈, 파리드 엘 아트라세. 이들의 노래가 우리 두 사람의 국가가 되었지요. 우리는 가장 아름다운 노랫말을 함께 들었는데, 레베카는 이것을 내게 번역해 들려주었소. 아랍 음악은 우리 이야기에 충실한 영혼의 상태를 표현하는 듯했소. 튀는 듯한 리듬은 다른 어떤 하모니도 줄 수 없는 특정한 순간을 알려주었소.

나는 아랍 특유의 열정이 담긴 단조로움을 매우 좋아했소. 그 단조로움 때문에 노래의 명확함이 돋보였소. 우리는 폐부를 찌르는 리듬을 들으며 최면에 가까운 불안에 빠졌지요. 이제 막 싹트는 우리의 사랑에 우울한 향수를 실어 갔고요. 고뇌에 찬 음악을 들으며 우리는 결속을 다짐했고 이런 음악을 우리의 상징으로 삼았다오. 노래에서 드러난 불행으로 위안을 삼다 보면 우리는 고통에서 벗어났고 이미 겪은 불행을 겪지 않게 되었소.

우리는 뭔가 덧없고 허약한 것을 좋아해서, 특히 이슬람 피리의 떨림에 매혹되었소. 당신도 알겠지만 이슬람 전통에서 갈대는 신이 가장 먼저 창조한 거요. 난 풀피리보다 더 우울하게 마음을 흔들어 놓는 악기를 알지 못하오. 연주소리를 들으면 극도로 순수해져서 우리를 모든 기쁨이나 불행을 넘어서는 황홀의 경지에 빠져들게 한다오. 우리 뼛속까지 파고들어 온몸을 전율시키고 어느새 우리 몸은 사라지고 마는 거요. 달콤한 전율에 온몸에 소름이 돋고 눈물이 솟구치게 했소.

한없는 절망을 노래하다가 다시 삶의 열정을 토해내는 아랍 가수의 고통스럽고도 기이한 목소리는 서양인 목소리가 도저히 따라 부를 수 없는 음역에 도달해 있었소. 우리는 현기증이 날 정도로 상상의 슬픔에 흠뻑 취하여 우리의 행복을 더욱 깊이 굳건히 할 수 있었소. 이별의 노래, 불가능한 사랑의 노래와 같은 동양의 음색은 노래를 부름으로써 고통에서 우리를 정화시켜준 것이오. 노래의 내용은 사랑받는 존재를 간청하고 상실 또한 언제나 있을 수 있음을 떠오르게 했소. 어쨌든 우리는 그 간청만을 듣고 상실은 잊고 있었소.

 이렇게 묘사하는 게 당신에게 지나치지 않기를 바라오. 우리의 순정적인 사랑에도 곧 터지고야 말 폭풍우 같은 것이 숨어 있었지요. 내가 레베카에게 보낸 찬사들은 모두 그녀가 이중적 출신배경을 갖고 있다는 사실에서 비롯한 외적인 것들이어서 난 그녀만 보고 판단할 수 없었소. 아마 레베카와 똑같이 북아프리카 출신 유대인이라면 나는 그 누구라도 그녀에게 했던 것과 똑같은 많은 찬사를 보냈을 것이오.

 그러나 그녀는 열정적인 그 민족에 속하기만 했지 자기 민족성에 대한 의식은 없었고 자기 민족의 역사나 성구 등은 거의 모두 무시했소. 내가 그녀의 이국적인 정취에 열광할 때, 그녀가 이런 정취에 맞춰주기를 바랐는데도 그녀는 다른 생각을 하고 있었소. 자기 정체성을 배반하고 자기가 살고 있는 프랑스에 동화되려고 했소. 그녀는 유대교를 부인한 것은 아니지만 북아프리카 출신이라는 점은 완강히 부인했소. 무엇보다도 관대하지 못한 프랑스에서 아랍인으로 취급받는 것을 두려워했기 때문이오. 그녀는 이런 차이점을 숨기고 싶어했지만 난 그런 차이점을 오히려 칭찬해 주었고 그녀가 유럽인과 같아지려고 할 때면 유럽인과 그녀가 다른 것을 칭찬해 주었지요. 요컨대 레베카에게는 이민자라는 신분에도 존중받고 싶은 욕구가 있었다오. 그래서 흔히 어린 나이의 소녀에게서 기대하는 것보다 훨씬 더 세상에 순응하게 만들었던 거요.

결국 레베카는 오로지 낭만적인 사랑의 이상에 사로잡혀 있었다오. 나와는 거리가 먼 이야기였지요. 처음에 사랑을 하면서 열정이 아닌 모든 것은 그녀에게 헛되고 부조리하며 궤변이고 약자의 변명으로 보였소. 그래서 그녀는 망설임 없이 자기감정에만 매달렸소. 아무리 당황스러워도 그 열정을 억제하지 않았다오. 명랑하고 힘에 넘치는 그녀는 열정적으로 우리의 사랑에 뛰어들었고 거기에서 계산이나 진부한 평화로움 같은 것은 다 버렸소. 내가 보기에 가정의 울타리라는 게 불합리한 유토피아인데, 그녀는 그 안에서 살 것을 강력히 원했지요. 그녀가 부부로 결혼해서 살고 싶다는 강력한 의지에 나는 감동했소. 나는 마침내 레베카라는 여자보다 그녀가 내게 품고 있던 열정을 더 많이 사랑하게 되었소.

그러니까, 이미 우리 불화의 씨앗은 싹이 트고 있었던 거요.

화목하게 지내던 우리 관계에 어두운 그림자를 던진 첫 번째 사건이 일어났소. 그 당시에 그런 갈등을 겪자 나도 크게 놀랐소. 내가 시끌벅적한 과거를 자랑하다 보니 레베카는 내가 바람기가 있다고 항상 걱정을 했소. 어느 날 저녁 친구 집에서 모임이 있었소. 아주 나중에서야 그 사실을 알았지만 레베카는 내가 우리를 초대한 친구 부인을 유혹한다고 잘못 생각했던 모양이오. 그녀는 내가 보는 데서 한 손님과 아주 충동적인 사랑 놀음을 시작했소. 아마도 그녀 생각에 이보다 더 나은 방법은 없으리라 생각한 것 같소. 그녀는 연거푸 술을 마시고 취해서 아무렇게나 지껄여댔소. 처음으로 공개적으로 내게 심술궂은 말을 해댔고요. 모두 그 말을 듣고는 재미있어 합디다. 그녀는 이제껏 내가 한 번도 보지 못한 다른 사람이 되었고 내가 알지 못하는 그녀의 습성을 보여주었소.

그녀는 한 꼴사나운 젊은 애랑 키스를 하더니 시답잖은 말에도 깔깔거리고 웃어댔으며 거슬리는 말을 마구 뱉어냈소. 그녀는 모든 잔에 있는 술을 다 따라 마시고 술 취한 날강도 같은 그놈이 자기 몸을 마구 주물러대는 데도 가만히 있었소. 또 그놈은 그녀에게 끝까지 가보자고 부추겼소. 그녀는 짐짓 다른 남자와 도망이라도 갈 것처럼 구는 거요. 이유는 알 수 없지만 내가 항상 꿈꿔왔던 상황이긴 하오. 아마도 사랑에는 언제나 배신행위가 따른다고 믿었기 때문이오. 그러자 내 신경은 곤두섰고 이성을 잃어 제 정신이 아니었지요. 나 역시 늘 품고 있는 환상이었기에 박수갈채를 보냈고, 스캔들을 일으키는 것이라면 나도 빠지는 편은 아니었기에 기뻐서 어쩔 줄 몰랐지만, 내 자존심만은 발끈 화를 내고 있었소. 나는 무관심한 척하면서도 온 신경을 그곳에 집중하고 있었소. 모임이 새벽 다섯 시쯤 끝났을 때 레베카는 택시 앞에 서서 그놈을 끌어안고 얼마나 정력적인 사내인지 나와 비교해 보고 있었다오.

나는 복수할 생각만을 했지요.

우리는 집에 도착하자마자 마지막으로 사랑을 나누었소. 다음날 나는 다시는 그녀를 보지 않겠다는 굳은 결심을 하고 냉정하게 그녀와 헤어졌다오. 이틀이 지나갔지요. 치밀어 오르던 분노는 가라앉았고 왜 그런지 의기소침해지는 거요. 하지만 내가 모욕당했다고 생각했기 때문에 무슨 일이 있어도 절대로 내가 먼저 연락하지 않으려고 했다오. 그때 레베카가 화해하자며 내게 친구를 보내 왔소. 하지만 난 완강하게 버티었소. 거기에다가 나는 한 카페에서 만난 여자와 그녀가 일하는 미용실 앞을 지나다니며 길 한복판에서도 보란 듯이 입을 맞추기도 했지요. 내 집은 그녀 미용실에서 멀지 않았다오. 다음날 레베카가 전화를 걸었소. 그녀는 울먹이는 목소리로 지난번 파티에서 있었던 일에 대해 사과했소. 나는 침착하고 의기양양해져서는 다시는 만나지 않겠다는 결심을 분명히 말했다오.

 그랬더니 그녀는 다음날에도 다시 전화를 걸어 한번만 만나달라고 사정했소. 난 마지못해 승낙했고 드디어 내 앞에서 굴복할 그녀를 본다는 생각에 너무도 행복했소. 결국 콧대 높던 여자도 패배를 맛보게 되었소.

 그녀는 장례식에 가는 사람처럼 온통 검은 옷을 입고 왔고 자기가 왜 그런 행동을 했는지 이유를 상세하게 설명했소. 진지한 표정으로 잘못을 뉘우치는 듯한 공손한 말투의 그녀를 보자 마음이 뭉클해졌소. 나도 내 마음을 털어놓았고요. 그녀가 그렇게까지 나를 생각하고 있다니 무척 기쁘다고 말이오. 나와 아주 다른 그녀를 볼 때 뭔가 흔들리며 부서질 듯해서 두려웠는데, 그로 인해 오히려 그녀는 더욱 아름다워 보였소. 하지만 나는 꿈쩍도 하지 않았소. 우선 그녀가 나를 모욕했으니 호되게 값을 치르게 하고 싶었던 거요. 그녀는 "하시고 싶은 대로 하세요. 제가 이렇게 있으니까요. 저는 알고 있었어요. 그 남자를 안을 때부터 이런 순간이 오리라 생각했지요."라고 말했소. 나는 지난 여름휴가 동안에 있었던 내 연애사건들을 이야기했소. 그리고 정신적으로 육체적으로 그녀가 어떤 잘못을 저질렀는지 하나하나 상세히 말했다오. 그랬더니 그녀는 내가 한 마디 할 때마다 놀라면서 눈물을 펑펑 쏟았지요. 그러나 내가 어떻게 해야 할지 나 자신도 확신이 없어서, 가혹하게 밀어붙이지 않고 참기로 했다오.

　나는 몇 시간 동안 그녀가 저지른 죄가 얼마나 큰지 거의 범죄 수준으로까지 부풀려 말하면서 저주도 하고 간청도 한 다음에, 그녀를 껴안았지요. 그리고 이제는 다 잊었다고 단언했소. 그러자 그녀는 내게 다시는 그러지 않겠다고 맹세하면서, 그건 확실하게 상처를 주겠다는 마음에서라기보다는 순전히 오해에서 빚어진 행동이라고 했소. 사실 나는 그녀가 이렇게 반응을 보이자 좀 겁이 났소. 이처럼 전혀 예측할 수 없는 여자를 어떻게 신뢰할 수 있을까 하고. 한편으로는 내가 그녀에게 얼마나 집착하고 있는지 깨달았소. 그렇게도 나를 망신시킨 여자를 용서할 정도로 말이오. 바보가 되어 남들 눈에 우스꽝스럽게 보이는 것을 가장 참을 수 없는 모욕이라 생각했는데도 그녀를 용서해 주었소. 또 이번 사건을 통해 그녀도 마찬가지로 나에게 얼마나 집착하고 있는지 깨달았소. 내 앞에서 엎드릴 정도로 말이오.

　이 일은 우리에게 서로의 생각이 어떤지 시험을 한 계기가 됐으며 또한 서로에게 순응하게 된 결말을 가져왔소. 또 다른 싸움이 있기 전의 항복 조약과 같은 거였소. 아무튼 우리는 하나의 시험을 지나왔으며 처음으로 맞선 대결은 그 다음에 이어 다가올 모든 것을 암시해 주었소.

　사실 우리는 두렵긴 했소. 이제 고통을 주는 일을 끝내야 했고 구속당하는 일만 남아 있었기 때문이오. 이 싸움이 있은 뒤에 우리는 서로에게 '사랑해'라는 말을 하려고 했다오. 하지만 그 고백은 2주 후에나 이루어졌소. 우리는 11월 1일 만성절(그리스도교의 모든 성인을 기념하는 축일—옮긴이) 휴가 때 프로방스 지방으로 가 며칠을 묵었소. 그곳 산책길에서 자전거를 타고 있을 때였소. 내 고백에 그만 레베카는 자전거에서 떨어질 뻔했다오. 나는 어찌나 가슴이 뭉클하던지 더 빠르게 움직였소. 레베카는 잘못 듣지 않았는지 마음을 졸이며 여러 번 다시 말해 달라고 할 정도였지요. '사랑해'라는 말은 한번 고백하고 나면 당연히 '날 사랑해 줘'라는 말을 강요하는 결과와 더불어, 더 이상 취소할 수 없게 되오. 관계가 끝날 때까지 그 부채를 청산해야 하죠. 우리가 불확실하게 여겼던 우리 사이의 틈을 메웠으니 앞으로는 그 값을 치를 일만이 남아있었소.

프란츠라는 이 불구의 사내는 갑자기 말을 멈추었다. 힘들게 말하다 보니 눈은 퀭했고 두 뺨은 창백해 보였다.

"불쾌하지 않으셨소?"

"불쾌라니요? 아닙니다."

"아니, 그럴 거요. 당신처럼 훌륭한 여행객 앞에서 이런 시시콜콜한 고백을 했으니. 그런데 이게 나라는 사람이오.

"무슨 말씀을……"

"용서해 주시오. 완전히 지쳤소. 과거를 기억해 내느라 너무 신경을 쓴 모양이오. 부탁하오만 내일 다시 와 주시겠소?"

"글쎄요. 네, 그러죠."

그가 설득력 있게 털어놓은 폭발적인 고백에 밤은 벌써 아주 깊었다. 내가 얼이 빠진 채로 아무도 없는 복도를 통해 선실로 돌아왔을 때의 시간은 새벽 세 시였다. 선실의 문은 끔찍한 고통이 터져 나오는 거대한 병원에 있는 것처럼 끝없이 이어져 있었다. 낯 뜨거울 만큼 우울한 고백을 듣는 게 나는 괴로웠고, 거의 충격에 빠졌다. 사실 이 이야기가 주는 불쾌한 느낌이나 내게 들려주려고 시도했던 행동을 보고 처음부터 짐작했어야 했다. 그러나 그가 장애인이라는 것 때문에 그 점을 간과하고 말았다. 나는 베아트리스에게 모든 것을 이야기하고 자문을 구하려고 했다. 그러나 그녀는 이미 잠들어 있었다.

창백한 달빛에 잠긴 선실의 정적으로 내 마음은 다시 평온해졌다. 베아트리스의 가슴은 오븐에서 잘 구운 사과 같았는데, 나는 거기에 머리를 기대었다. 오늘 저녁에 프란츠가 어리석게도 베아트리스 같이 아름다운 금발을 형편없이 폄하한 일을 마지막으로 다시 생각해 보았다.

나는 우리가 건강하고 젊다는 사실에, 그리고 그 남자의 피폐하고 건강하지 못한 세계에서 아주 멀리 떨어져 있다는 생각에 행복해져서 따뜻한 이불 속에 몸을 웅크리고 잠이 들었다.

둘
째
날

바 다 에 서
구 조 된
고 양 이

　나는 잠에서 깨자마자 어젯밤에 무슨 일이 있었는지 베아트리스에게 말했다. 레베카도 잠깐 만났다고 이야기하자 그녀는 그냥 웃더니 과장해서 몇 마디 했다고 제발 좀 모욕당했다고 착각하지 말라고 했다. 내가 프란츠의 얘기를 들려주자 그녀는 더 재미있어 하는 것 같았다.
　"정확하게 무슨 이야기를 한 거야?"
　"자기 아내에 대해 어찌나 상세하게 말하던지 그 여자를 다 아는 것 같은 느낌이 들어. 두 사람 성생활도 열정적으로 상세히 묘사하더라구."

"잘 알지도 못하는 사람이 자기 마음을 열어 보이고 자기 삶을 다 까발리는데 좀 거슬리지 않았어?"

"자기 말을 들어달라고 나에게 강요하다시피 했어. 있잖아, 도스토예프스키 소설에 나오는 '영원한 남편' 알지, 좀 그런 스타일이더군. 계속해서 자책하고 괴로워하면서 말이야."

"음, 그렇게 자책하다니 무언가 숨기는 게 있나 봐."

"글쎄, 악의가 있는 것 같지는 않던데. 당신에게 모든 걸 얘기하고 나니 오히려 그가 좀 비장해 보였다는 생각이 드는 걸. 그렇지만 그 사람 얘기를 들으러 다시 가고 싶지는 않아.

"왜 안 가? 심심풀이 삼아 갈 수도 있지. 꼼짝도 못하는 사람을 돕는 셈도 치고, 들은 얘기를 나에게 다시 다 들려줄 수도 있잖아."

베아트리스가 말한 대로, 이야기를 들어주고 또 그녀에게 다시 말해 주는 것, 그리고 거기에 더해서 사소하지만 나에게 뜻밖에 일어난 골치 아픈 일을 베아트리스가 냉정하게 받아들이는 것을 보니 마음이 놓였다. 나도 참, 이렇게 별거 아닌 일로 겁을 먹다니. 순진하기도 하지!

아직 이른 시간이었다. 우리는 배 뒷전으로 걸어갔다. 배에서 가장 여성적인 모습으로 보였는데, 아마 배 뒷전의 둥근 모양이 엉덩이를 연상시켰기 때문일 게다. 미풍도 불지 않는 바다에는 잔물결도 일지 않았다. 오늘 하루도 어제와 마찬가지로 잔잔할 것 같았다. 우리 배는 해안가가 보이는 곳을 항해하고 있었는데, 바로 오늘 새벽에 나폴리 항을 지나왔기 때문이다. 배는 흔들리고 갈매기들이 끼룩끼룩 울어대는 소리와 기계들이 내는 나른한 부르릉거리는 소리를 듣자, 내 마음은 억제할 수 없는 기쁨으로 가득 차올랐다. 사랑하는 여인과 함께 어디론가 도피하는 일, 거기에 방랑가의 환상에다 변함없는 사랑까지 품고 있으니, 이보다 더 아름다운 일이 있을까? 시간이 갈수록 우리는 아시아를 향해 다가가고 있었다. 그리고 우리는 무엇도 막아서지 못할 우리 상상력을 한껏 펼쳐서, 먼 대륙을 가장 영롱하게 빛나는 색깔로 꾸미고 있었다.

그때 언뜻 갑판 의자들 한가운데 있는 일광욕실에서 요가를 하는 남자를 보았다. 몸에 달라붙는 타이즈와 헐렁한 티셔츠를 입은 남자는 나무처럼 똑바로 서서 아주 느린 동작으로 어려운 자세를 취해 보였다. 모양이 마치 다리 이음새 사이에서 기적처럼 피어나는 한 송이 꽃처럼 보였다. 그가 요가를 마치자마자 우리는 곧장 그에게 다가갔다. 그는 전날 밤 나폴리에서 배를 탔다고 했다. 이탈리아 사람인 그의 이름은 마르셀로였고 프랑스어를 유창하게 잘 했다. 요가 같은 훈련을 하기 위해서는 이런 아침 시간과 이 같은 장소가 좋다고 말했다. 그 순간에만 하늘로 다리를 곧장 올릴 수 있기 때문이라고 했다.

우리는 서로 간단한 얘기를 나누었다. 그는 이미 인도에서 2년 동안 산 적이 있고 이번에는 봄베이 근처에 있는 어떤 마을로 간다고 했다. 그는 인도라는 나라는 단순히 공간 속의 한 지점이 아니라 인간 의식과 같은 수준에 있는 장소라고 말하면서 우리에게 완전히 자신을 낮추고 아무것도 가진 것이 없는 상태에서 그곳에 가라고 권했다. 나는 그의 말에 열심히 수긍하면서 마치 얼마 안 되는 우유를 마시듯 그 말들을 삼켰다. 그리고 이왕 이야기가 나온 김에 내가 인도에 관해서 읽은 책을 몽땅 그에게 하나하나 나열했다. 그러자 그는 그 책들이 모두 본질적인 것은 아니라며 회의적인 어조로 대답했다. 어쨌든 책을 읽는다는 것은 아무런 쓸모도 없다고 덧붙였다. 그럼 어떻게 하라는 거지?

그는 몸을 일으키면서 다음과 같이 말했다.

"라빈드라나드 타고르는 신에게 부탁했지요. 자신을 갈대로 만들어서 신의 음악으로 가득 채울 수 있게 해달라고요. 신의 손으로 연주할 수 있는 가장 훌륭한 악기가 되기만을 바라세요."

그는 종교와는 상관없는 이런 장소에서 상황에 맞지 않는 수수께끼 같은 말만 몇 마디 남겨놓고 우리 곁을 떠났다. 나는 혹시 어리석은 말을 하지는 않았나 걱정스러웠다. 베아트리스가 웃음을 터뜨렸다.

"정말 우리 여객선에는 갖가지 사람들이 다 모였나 봐. 영국 신사이고 싶어 하는 시크교도 인도인이 있는가 하면,

예언자 노릇을 하는 나폴리 출신 선지자도 있고, 러시아 소설 속에나 나올 법한 반신불수인 사람도 있으니. 또 모험가라도 된 듯이 세상을 피해 달아나는 두 선생도 있잖아."

정오가 되자 태양은 경탄할 정도로 눈부시게 빛나며 유리로 된 식당을 뚫고 들어와 티끌 하나 없이 깨끗한 하얀 냅킨 위를 비추었다. 식당 안은 조용했다. 키프로스 섬에 관한 문제를 영어로 토론하는 그리스와 터키 학생들을 제외하고는. 그들의 목소리가 점점 커지는 걸 보고 결국에는 싸움이 벌어지지 않을까 걱정했는데 다행히도 승무원이 와서 그들을 떼어놓았다.

우리가 한창 식사를 하고 있을 때 프란츠가 휠체어를 타고 식당 안으로 들어왔다. 레베카가 엄격하고 냉정한 간호사처럼 변모해서는 휠체어를 밀고 있었다. 두 사람이 처음으로 사람들 앞에 같이 나타났다. 이 커플은 대단히 부자연스럽게 보였는데 프란츠가 불구라는 사실 이외에도 더 충격적이고 분위기를 얼어붙게 하는 뭔가가 있어 보였다. 그래서인지 그들이 나타나자 모두 조용해졌다. 프란츠는 자신의 비참한 처지가 드러났다는 사실에 거북해 보였다. 모멸로 가득 찬 시선을 받으며 눈을 아래로 내리깔았다. 휠체어 속에 그의 몸은 푹 파묻혀 있었고 셔츠 깃이 너무나 넓어서 목이 아예 보이지 않을 정도였다. 그래서 그는 아주 연약하고 작아보였다. 그런 까닭에 나는 본능적으로 그에게 연민을 느꼈고 전날 밤에 내가 건방지게 군 것은 아닌지 후회했다. 레베카는 빈정거리는 말투로 우리에게 인사를 건넸다. 프란츠는 베아트리스에게 악수를 청했다.

"당신에게 말을 거는 이 유쾌한 폐물의 이름은 프란츠라고 합니다."

"폐물은 결코 유쾌하지 않아요." 레베카가 그의 말을 잘랐다. 그리고 나에게 고개를 돌리더니 이렇게 말했다.

"꼭지 돈 아저씨, 어젯밤에 프란츠가 당신을 잡아두었던 것 같은데요? 참 안되셨네요. 이 사람은 견디기 힘든 사람이거든요."

그녀가 이렇게 지적하자 불구자는 주의하라고 경고 받은 어린아이처럼 소스라치게 놀랐다. 규율이 엄격한 것도 알지만 거부도 하지 못하는 아이처럼. 정말로 가련하고 비참한 사람의 모습이었다. 하지만 그가 처한 불행의 한복판에서도 그의 눈에는 악의에 찬 빛이 서려 있었다. 나는 비굴해 보일 정도로 난처해진 그의 모습을 직접 맞닥뜨리고 있다는 사실이 부끄러웠지만 분위기를 바꿀 수 있는 적당한 말이 하나도 생각나지 않았다.

그때 베아트리스가 물었다.

"당신은 디디에를 절친한 친구로 여긴 거지요, 틀림없죠?"

"디디에는 나와 계약을 맺었소."

"그 대가가 뭔데요?"

"영혼을 불어넣어 주지요. 그거면 충분하지 않습니까?"

레베카는 다른 테이블에 예약이 되어 있었는지 우리와 함께 식사를 하지 않았다. 거기에는 선장과 라즈 티와리가 있었다. 아내가 다른 곳으로 가버리자마자 프란츠는 다시 침착해지더니 곧 기분이 좋아졌고 쾌활해졌다. 그렇게 해서 그와 우리 사이에 농담 같기도 하고 공격 같기도 한 이상한 대화가 시작되었다. 그리고 이 대화는 앞으로 나흘 동안 우리의 관계가 어떻게 될지 미리 알려주는 본보기가 되었다. 프란츠는 우리에게 그들이 이스탄불로 가는 이유를 설명해 주었다. 이스탄불에서 세계침술학회가 열리는데 중국에서 가장 유명하다는 침술전문가들이 참석한다고 했다. 그는 거기에 가서 치료를 받아 자신의 상태가 호전되기를 바라고 있었다.

그는 베아트리스에게 지나치게 친절하게 굴면서 매력적이고 아름답다고 치켜세웠다. 어젯밤 분명히 금발머리 여자들을 혐오한다고 말했기 때문에 참으로 이상한 일이었다. 그는 이렇게 찬사를 늘어놓는 와중에도 보이지 않는 발톱을 꺼내는 기회를 놓치지 않았다. 마치 아내한테 공공연히 모욕을 당했으니 우리에게 복수하고 싶다는 듯이. 그는 가시 돋친 말을 하면서도 즉각 가시를 빼줄 듯이 매번 상냥하게 굴었다. 자기가 아무리 독설을 뱉어 놓아도 무슨 죄가 있겠냐는 듯이 불구자인 자신의 몸 상태를 이용하기도 했다. 그가 아첨과 같은 달콤한 말을 하다가 악의적인 말도 섞으면서 어찌나 빠르게 말하는지 우리는 그의 말을 정리해서 이리저리 요점을 집어서 반박할 시간도 없을 정도였다.

"두 분은 어떻게 만났습니까?"

베아트리스는 굳이 숨길 것도 없이 아주 순진하게 그에게 대답해 주었다.

"소르본 대학 도서관에서 만났죠. 디디에는 중등교원 자격증을 준비하고 있었고 나는 석사 논문을 준비 중이었어요."

"두 분이 만나고 있는 모습처럼 아주 뻔한 대답이군요. 아, 물론 선생들에게 독창적인 걸 물어볼 수는 없죠."

그의 말대로라면 우리는 엄청난 불행이 닥쳐오는데도 심연의 가장자리로 걸어가는 셈이었다. 그는 이렇게 확신했다.

"당신들 두 사람에게선 무언가가, 아마 어떤 환희 같은 것이 느껴집니다. 둘이 함께 있다면 아무것도, 아무도 필요하지 않다고 말하는 듯하오."

그러더니 그는 친절하게, 확인된 사실을 말하듯 고쳐 말했다.

"아무리 조화로운 사랑의 형식이라고 해도 반드시 비극이거나 잠재된 희극이 숨어 있기 마련이오. 그리고 아무리 정직한 남자라고 하더라도 파렴치한이 될 소질은 항상 있는 법이고요. 그러나 걱정 마시오. 당신들은 아주 현명한 커플처럼 보인다오. 약간은 오래된 짝 같기도 하구요. 당신들은 회색 양복의 검은 넥타이처럼 아주 잘 어울리오. 아아, 악의 없이 말한 겁니다. 요즘은 복고풍이 유행이라오."

그리고 또 그는 소위 내가 바람기가 있지 않을까 뭔가 암시하는 듯한 말을 우리에게 마구 던져 보기도 했다.

"당신 같은 여자 친구가 있다면, 고약한 방탕아라도 다른 여자를 절대로 쳐다봐서는 안 될 거요."

그가 머리로 나를 가리키며 말하자 베아트리스는 이렇게 반박했다.

"이 사람은 다른 여자에게 한눈을 팔지 않아요. 그리고 내가 안고 있을 때만 탕아처럼 보일 뿐이구요."

나는 베아트리스가 편하게 대꾸하는 태도에 갈채를 보냈지만 프란츠는 물러서지 않았다. 그는 괜한 트집을 잡거나 교묘하게 유도 심문을 해서, 우리가 답답할 정도로 폭넓지 않은 생활을 하고 순진한 여행 계획을 세웠다고 하는 둥 조롱하듯이 독설을 계속 퍼부었다. 그러고 나서 그는 자기 아내가 우리와 함께 점심식사를 하지 않은 것은 선원들 중에 그녀를 흠모하여 시중드는 기사가 있기 때문이라고 했다.

"내 아내는 인기가 대단하오. 남자들이 파리 떼처럼 그녀 주변으로 몰려들고 있다오. 베아트리스, 배 안에 있는 수컷들이 어째서 당신 앞에서는 무릎을 꿇지 않는 겁니까?"

베아트리스의 얼굴이 순간 창백해졌기 때문에 나는 그녀가 자리에서 일어나리라 생각했다. 그러나 그녀는 마침내 대꾸했다.

"알 수 없죠. 분명 당신 아내만큼 그들을 매료시키지 못하는가 봅니다."

이렇게 두 사람이 주고받는 가시 돋친 말을 듣자니 마침내 나는 화가 났다. 물론 그들 사이에 오간 말들이 별 거 아니라고 생각할 수도 있다. 결국 날마다 잘 알지도 못하는 사람들이 뚜렷한 이유도 없이 우리를 들쑤시고 있었다. 나는 설명할 수는 없지만 레베카가 우리 테이블에 앉지 않았다는 사실에 무엇보다도 더 화가 났다. 어째서 베아트리스 때문이 아니라 레베카 때문인지 나 자신도 궁금했다. 곰곰이 여러 가지를 생각해 보았다. 이 배에서 인기를 독차지하는 사람은 왜 베아트리스가 아닌 레베카인가? 그리고 어젯밤에는 베아트리스에게 그렇게 친절하던 티와리가 어째서 지금은 프란츠의 아내 때문에 베아트리스를 거들떠보지도 않을까? 어쩌다 나는 아무도 원하지 않는 여자를 애인으로 두었을까?

프란츠의 마음에 드는 것은 아무것도 없었다. 그래서 그런지 신부가 신자들에게 밀떡을 나누어 주듯 그는 독설을 퍼부었다가 느닷없이 칭찬도 해주었다. 그는 우리 두 사람의 관계를 분석하기를 끝났나 싶더니 이번에는 우리의 여행을 따지고 들었다.

"한바탕 유행이 휩쓸고 지나간 지 10년도 더 되지 않았나요? 이제 인도로 여행을 가다니 희한하지 않소? 당신들은 완전히 흥미가 없는가 봅니다. 요즘에는 동양여행은 아예 가지 않는다고 하던데."

나는 무뚝뚝하게 대꾸했다.

"뭐, 유행은 지나갔을지도 모르죠. 하지만 인도는 계속해서 존재하고 나에게는 여전히 매혹적입니다."

"이봐요, 내가 좀 상스럽게 말했나 봅니다. 그렇지만 아시아가 천사들이 사는 나라라고 생각하지는 마시오. 여행에서 당신은 초보자요. 돌아올 때는 분명 다른 이들처럼 돌아올 테니까요. 글쎄, 당신의 열정에 찬 물을 끼얹고 싶지는 않지만 이런 얘기는 좀 해야겠소.

3년 전에 나는 레베카와 함께 봄베이에 갔었소. 인도에서 가장 커다란 타지마할 궁전, 아시죠. 우리는 타지마할 궁전을 둘러보고 멀지 않은 곳에 있는 무갈제국의 세밀화 박물관 쪽으로 가고 있었다오. 사거리에 사람들이 잔뜩 모여 구경하는 것을 보았지요. 사고일까, 고행자일까, 아니면 뱀 부리는 사람일까? 우리는 걸음을 멈추었다오. 그런데 사람들이 빙 둘러싸고 있는 한가운데에는 어떤 여인이 날카로운 비명을 지르는 아기를 안고 있는 거요. 여자는 구걸을 하고 있었소. 아이의 눈에는 눈을 가리는 천을 칭칭 동여매고 있었고요. '아이가 아파요.' 여자는 서툰 영어로 말했소. 그리고 우리에게 손을 내밀었소. 나는 나를 의사라고 소개하고, 아이가 무슨 병에 걸렸느냐고 물어보았죠. 그 여자는 아무 대답도 하지 않았다오. 난 계속 말했소. '난 의사입니다. 어디가 아픈지 봅시다. 지금 당신을 도우려고 그래요.' 여자는 완강하게 거절하면서 내게 아이를 주려하지 않았소. 아이는 아픔을 참을 수 없었던지 더욱 더 악을 쓰며 울어댔소.

마침내 모여 있던 사람들이 그 어미를 욕하기 시작했소. 그래서 나는 여자의 팔에 안긴 아이를 빼앗아 눈가림 천을 벗겨보았소 그런데 거기에 무엇이 있었는지 아시오. 아이의 눈에는 커다란 바퀴벌레 두 마리가 붙어 있었소. 벌레들은 집게와 발로 끊임없이 눈꺼풀을 갉아먹고 있어 피가 맺혀 있었고요. 여자는 미친 듯이 화를 내더니 내 팔에 가엾은 아이를 남겨두고 달아나 버렸다오."

나는 접시에 포크를 내려놓았다. 프란츠는 우리를 살펴보면서 자신이 한 지저분한 이야기가 어떤 결과를 낳는지 즐기는 듯했고 뭐가 투덜거리는 듯 했는데 그게 딸꾹질인지 웃음소리인지는 알 수 없었다. 베아트리스가 먼저 이야기를 다시 시작했다.

"그런 이야기라면 이미 들어본 것 같은데요. 그런데 험담을 무척 즐기시나 보죠?"

프란츠가 다시 소리쳤다.

"천만의 말씀이오. 다만 당신들 두 사람의 눈을 크게 뜨게 해주고 싶을 뿐이오. 흔히 영성이라면 꼼짝 못한다는 유명한 힌두족은 사회계층 전체가 위에서 아래까지 전부 썩었소. 바라문 계급에서 천민인 파리아 족까지, 장관에서 거지까지 그 탐욕에는 당할 자가 없소. 인도에 가면 곳곳에서 당신을 따라다니며 끈질기게 괴롭히는 음악을 들을 수 있는데 그게 무슨 뜻인지 아시오? '한 푼만요, 신사 양반. 제발 한 푼만요.'라구요."

그러고 나서 그는 처음에 했던 것만큼 상스러운 다른 이야기를 우리에게 또 해주었다. 이렇게 더러운 이야기를 계속해서 듣게 되자 우리는 식욕이 뚝 떨어졌다.

"쓰레기통에서 정보를 주워 오시나 봐요."

나는 좀 심하게 그를 비꼬아서 이야기를 했다.

"아! 당신들은 정말 멋진 순진 남녀로군. 당신들처럼 잘 믿는 사람들을 만나려면 정말 이런 낡은 배를 타야 한다니까. 이해할 수가 없네요. 당신들은 마치 여자의 몸에 달려들 듯 동양으로 덤벼 들어가는 거요. 도대체 그곳에서 뭘 찾겠다는 거요? '신이오? 도대체 누더기 같은 인간이 득실거리는 인파 속에서 뭘 할 거요?"

나는 우선 침을 삼키고 가능한 한 격식을 갖춰 분명하게 말했다.

"우리가 유럽에서 잃어버린 것을 인도에서 찾을 겁니다. 존재의 고향 같은 곳이죠. 본질을 향해 가듯 나는 인도로 떠나는 거죠. 헛되고 세속적인 삶에 지쳐서."

"인도는 당신에게 아주 성스러운 공간인가 봅니다."

마침내 나는 그가 감동했다고 믿고서 여유 있게 대답했다.

"그렇게 생각할 수도 있지요. 그러나 그 나라가 주는 열정적인 순간에 이를 수 있는 기회를 모든 사람이 가질 수는 없을 거라고 생각합니다."

"당신은 이미 바다에 있지 않소?" 프란츠는 빈정거렸다.

"그래서 당신은 돌지 않을 거요. 난 단 한 가지 이유 때문에 여행을 떠났다오. 나는 프랑스에서 30년을 살았는데도 가장 흔한 꽃이나 나무 이름 하나 제대로 알고 있는 게 없었소. 별 뜻이 있어서 이런 말 하는 거 아닙니다. 당신이 이미 선택한 길을 바꿀 권리도 없고요. 그냥 농담입니다. 사실 동양이란 서구인들의 머리 속에서 생겨난 오해로 똘똘 뭉쳐 있다는 것을 누구라도 잘 알아요. 게다가 사람들이 왜 여행객들을 비난하는지 도무지 알 수가 없소. 그들은 죽어가는 곳을 활기 있게 만들었소. 따라서 그들은 그런 을씨년스런 나라에 생명을 불어넣어주는 거요. 여행객들이 몇 달 머무는 동안 그 나라는 깨어난답니다. 하지만 그들이 돌아가 버리면 다시 무감각한 혼수상태에 빠지지요. 만약 여행객들이 문화를 훼손했다고 한다면 그건 그 문화가 이미 죽을 때가 되었기 때문이라오. 나는 당신에게나 당신이 동반한 여인에게나 똑같이, 분명히 알 수는 없지만, 관심이 가는 걸 느껴요. 이제 곧 우리가 그 이유를 알 수 있을 거요."

우리가 인도로 가는 걸 이렇게 우정을 담아서 조목조목

따지듯이 말하는데, 내가 어떻게 화를 내겠으며, 아니 내가 이미 온갖 이유를 들어서 경계하고 있던 사람과 어떻게 싸울 수 있었겠는가? 나는 인도에 가서 큰 감동을 얻어 오겠다고 확신을 하면서도 이해받지 못한다는 두려움을 안고 있었다. 나는 좋은 게 좋은 거지 싶어서 다른 말 없이 듣기 좋은 말을 하기로 결심했다. 무슨 말을 인용할지 검토해 보고 나에게 도움이 될 것만 기대하며 이상한 상황을 잘 정리해 보았다. 그런데 이 불구의 남자는 내가 어떻게 나올지 미리 알았던지 아예 그럴 기회조차 빼앗아 갔다. 나는 그가 이렇게 나를 비방하는데, 어떻게 해야 할지 헤아려 볼 수조차 없었다. 신기루 같은 동양은 여전히 깨지지 않았지만 나는 이미 길을 바꿨다는 느낌이 들었다. 어디에서 길을 벗어났는지 정확히 위치를 측정하지도 않고서, 이런 속임수가 언제 일어났는지 정확한 시간을 가리키지도 않은 채로. 어리석게도 나는 격하기 쉬운 내 성격을 전부 다 드러내 보이는 실수를 저질렀고, 그는 거기에 걸려드는 실수를 하지 않았다. 어떻게 그는 내 신경을 거슬리는 것만을 다 찾아낼 수 있었던가? 나 자신이 그렇게 쉽게 민감한 반응을 보였다는 사실에 몹시 화가 났다.

그러는 사이에 레베카가 와서 프란츠를 데리고 가려고 했다. 그녀는 마치 하인을 부르듯 무미건조한 목소리로 군말 없이 그를 불렀다.

"제 남편이 늘 되풀이하는 뻔한 말로 당신들을 귀찮게

하지 않았나 모르겠네요. 걸을 수 없으니 입에 다리가 달려 있지요."

프란츠는 잘못을 저지른 초등학생처럼 돌변해 마치 아랍인들이 믿는다는 복종하는 공기의 정령 같은 태도가 되었다. 그러고는 곧 격렬하게 손짓을 해가며 계속해서 수다스럽게 이야기를 했다. 우리는 그가 하는 이야기를 듣는 둥 마는 둥 하고 있었을 뿐이었는데도 그는 끝내 말도 안 되는 이야기를 늘어놓는 일을 굽히지 않았다. 사람이 술에 취하듯이 그는 말에 취해서 비틀거리는 못생기고 흉칙한 커다란 몸뚱이의 펠리칸 같았다.

프란츠가 아내와 함께 있는 모습을 보면 그들이 부부라는 게 뭔가 조화롭지가 않아서 이상한 의구심이 들었다. 그리고 내가 그들 부부의 은밀한 사생활에 개입하면 할수록 점점 더 이러한 느낌이 강해졌다. 그가 이렇게 거드름을 피우며 말하는 동안 레베카는 빈정거린다고 밖에는 표현할 수 없는 그런 미소로 우리를 경멸하듯이 아래위로 훑어보았다.

나는 감히 대놓고 그녀를 바라볼 용기가 나지 않아 은근슬쩍 그녀를 쳐다보았다. 아직 나에게 명백하게 드러나지는 않았지만 확실히 그녀에게는 사람의 마음을 사로잡는 여자다운 면이 있었다. 그것이 무엇인지는 딱 꼬집어 말할 수 없었지만. 어제 나는 그녀 앞에서 바보 같았고 부자연스럽게 굴었다. 그러니 이제 더 이상 그녀를 바라보지 않는 게, 그래서 내가 얼마나 시기적절하지 못하게 행동했는지 그녀가 있는 자리에서 상기시키지 않는 게 더 나았다. 게다가 그녀는 지금 아주 평범하게 보였다. 어젯밤에 프란츠가 묘사했던 사치스럽고 화려한 모습과는 많이 달라 보였다. 나는 그런 그녀를 보고 마음을 놓았다.

"다행히도 우린 넷이군요. 셋이 아니란 말이오."

프란츠가 소리치듯 말했다.

"삼위일체라는 것은 머리에 뿔을 달고 바보 모자를 쓴 것처럼 우습기만 하거든!"

그는 이렇게 말하면서 계속 내게서 눈을 떼지 않고 바라보았다. 우리 사이에 무슨 연대 의식을 조장하려고 애쓰는 듯해서 나는 혼란스러웠다.

그때 레베카가 땅바닥에 떨어진 자기 남편의 수건을 집어 올리려고 몸을 숙이더니 테이블 아래서 돌연 내 손을 꼭 잡았다. 순간 나는 어안이 벙벙해지고 몸이 굳어져서 그녀가 쥐고 있는 손을 빼지도 못하고 그냥 그대로 있었다. 얼마 동안이나 그렇게 손을 잡고 있었는지 모르겠다. 왜냐하면 사실 그 시간이 불과 몇 초 동안이었어도, 이 식당 안의 분위기만큼 움직이지 않고 정지된 것 같았기 때문이다. 그녀는 다시 몸을 일으켜 세우더니 간단히 말했다.

"자, 허풍쟁이 노인네 같으니라고, 매력적인 젊은 남녀를 귀찮게 만들지 말아요. 젊은 사람들은 따분한 당신 이야기를 듣는 것보다 해야 할 더 좋은 일이 있거든요."

갑자기 그녀의 얼굴에 즐거워하는 표정이 나타났다. 그녀는 우리를 꼭 집어서 이야기해 놓고는 즐기고 있었다. 내 우울한 마음이 말하는 게 그거였다.

"이 '매력적인 남녀'는 전혀 귀찮지가 않은데요."

베아트리스가 다시 말을 이었다. 그러나 그녀가 서투르게 대답하는 표정을 보니 그녀도 분명 나처럼 상처를 입은 모양이었다.

프란츠와 그의 아내 레베카가 떠나자마자 나는 폭발하고 말았다. 우리보다 두세 나라를 더 많이 여행했다고 대단한 공적으로 내세워 그토록 잘난 체하다니. 겨우 그런 것을 빌미로 잘난 체하는 저 사람들이 지겨웠다. 베아트리스는 나를 진정시켰다. 프란츠가 좀 성가시기는 해도 불구라는 사실을 고려하지 않을 수 없었다. 레베카도 마찬가지로 남편이 긴 시련을 겪는 동안 몹시 고통 받고 있음에 틀림없었다. 사실상 나를 슬프게 하는 것은 다름 아닌 모든 사람이 이미 알고 있는 나라에 뒤따라가듯 간다는 사실이며, 그래서 전혀 독창적이지도 않고 아무런 내세울 것도 없다는 데 있었다.

"베아트리스, 그렇지 않아. 그건 자존심 문제가 아니야. 나에게는 또 다른 동양이 있어. 아마도 공허한 단어일지 모르지만 단순히 동양에 대한 생각만 떠올려도 황홀감과 기적과도 같은 아름다움에 사로잡히거든. 마음 속에 있는 동양은, 다시 말하면 우리 세계의 다른 한 쪽 면은 결코 사라지지 않을 거야. 비록 아시아에 있는 모든 나라가 현대화되어서 유럽과 비슷해진다고 해도 말이야. 영원한 동양은 여기든 저기든 국한되어 있지 않아서, 변화무쌍한 역사의 소용돌이에서도 벗어날 수 있지. 동양에 사로잡힌 순수한 영혼의 열정을 도와주지."

"왜 프란츠에게 그렇게 말하지 않았어?"

"그런 어리석은 남자와 다투고 싶지 않았고 별 것 아닌 일로 자신이 옳다고 여기면서 기뻐하게 그냥 내버려 두고 싶었어!"

내가 이렇게 원통해 하는 이유는 아시아에 대한 순수한 내 꿈이 우롱당했고 레베카가 내게 울분을 불러일으켰기 때문이다. 도발적인 차가운 여자는 내 마음을 마구 뒤흔들어 놓았다. 현실이 아닌 전설에 나오는 여인처럼. 그녀의 남편 프란츠는 그녀와 나 사이에서 장애가 되기는커녕 중매쟁이처럼 자기 부인을 마구 띄우고 있었다. 나는 다만, 그녀가 진짜 살이 있고 뼈가 있어서 실제로 존재한다는 사실에 좀 신경이 쓰였다. 내게는 프란츠에게서 전해 들은 이야기 속 상상의 인물로 충분했기 때문이다. 그러나 왜 그녀는 테이블 밑에서 내 손을 잡았을까?

한 시간 뒤에 우리는 메스트레 항에 도착했다. 우리는 그곳에서 라즈 티와리와 함께 택시를 타고서 베니스로 갔다.

트루바 호는 밤 11시 경에 다시 출항할 예정이었으므로 우리에게는 아주 긴 오후가 남아있었다. 간간이 먼 바다에서 요오드 냄새가 섞인 미풍이 불어오는 기가 막히게 좋은 날씨였다. 베니스를 관광하는 사람들은 그리 많지 않았다. 리알토 다리에서 티와리는 성당과 도주 궁전을 가보겠다고 하며 우리와 헤어졌다. 나중에 우리는 산 마르코 광장의 카페 플로리앙에서 다시 만나기로 약속했다.

나는 열두 살 때 베니스에 왔었는데, 그 뒤로 한 번도 온 적이 없었다. 나는 이곳에서 낡은 도시, 박물관 같은 도시를 기대했다. 그러나 젊음으로 넘쳐나는 도시는 살짝 엿본 낙원과도 같았다. 이런 경이로운 감동에 사로잡혀 나는 그 동안의 우울한 기분이 싹 가셨다. 우리는 마침내 여기에서 여행을 시작했다. 베니스였지만 벌써 아시아에 있다는 느낌이었다. 우리가 땅에 발을 디딘 것도 아니고 단지 소형 보트로 갈아탔을 뿐인데도.

우리는 좋아서 서로 얼싸안고 광신자들이 가졌을 열기에 찬 순수함으로 지난 세기를 떠올려 보았다. 베니스는 해마다 축제를 벌이고 잠 못 드는 긴 쾌락의 시간을 보내며 그리도 즐거웠을 텐데 말이다. 특히 우리는 어디에서나 볼 수 있는 바다며 어디서나 다 통하는 거리며, 뭍으로 된 거주지와 바다로 된 거주지 사이에 교묘하게 뒤섞여 있는 도시의 모습을 보고 진심으로 기뻐했다. 밤이면 침대가 흔들거리니 떨어지지 않으려면 침대에 몸을 묶어야 한다는데도. 우리는 완전히 매혹되어 이리저리 거닐었다. 정원에서 울려 퍼지는 새소리, 늘 울리는 교회의 종소리처럼 이곳의 일상생활에서 들리는 여러 가지 소리가 마음을 평온하게 해주는 한가운데서.

베아트리스는 연인들의 도시라는 낭만적인 분위기에 흠뻑 취하여 우리가 함께 살기 시작한 첫 해를 상기시켜 주었다. 어떻게 해서 내가 베아트리스를 사랑하게 되었던가? 그것은 설명이 필요 없었다. 베아트리스는 예뻤고 교양 있는 여자였다. 우리는 글로 써 있는 것, 이를테면 책을 똑같이 좋아했다. 우리에게는 아이가 없었지만 아시아 여행을 마치고 돌아오면 아이를 하나 갖기로 계획을 세웠다. 우리의 결합은 단순하고 단단한 원칙에 근거를 두었고, 헤어지는 것이 싫어 충실할 것을 선택했으며, 짧은 연애도 불필요하다고 여겨 포기했다. 나는 구속이라고 느끼지도 않았다. 항상 방종한 생활은 뭔가 불균형하다는 증거로 여겼기 때문이다.

그래서 우리에게는 비열한 행동을 하거나 타협해야 할 일이 없었다. 사이가 틀어진 부부가 거짓말을 해야 하는 일도 있을 수 없었다. 비록 정식 결혼은 하지 않고 동거하고 있기는 했지만 일반 사람이 저지르는 간통 같은 짓은 경멸하며 서로에게 충실하려고 애썼다. 둘 다 결혼의 구속성은 받아들이고 있지만 결혼은 거부하고 있는 셈이었다. 베니스가 우리를 인정하고 있는 듯했다.

우리가 인적이 드문 어떤 광장에 이르렀을 때 갑자기 모든 소리가 뚝 그쳤다. 아주 부드러운, 거의 불안에 가까운 침울함이 모든 사물 위에 생기 없는 빛을 발산하고 있었다. 겨울에 비치는 태양빛처럼 노랗고 창백한 빛이었다. 우리 발자국 소리로 침묵을 깨뜨릴까봐 감히 어쩌지 못할 정도로 깊은 침묵이었다.

"침묵을 귀 기울여 들어봐. 이건 음모자와 연인들의 침묵이야. 거대한 전율을 능가하는 침묵이지."

내가 말을 마치자마자 모든 것이 그대로 멈춘 듯한 엄청난 침묵을 깨고 고뇌의 절규 같은 소리가 흘러나왔다. 처음에는 아기 울음소리처럼 들렸다. 그러나 지속적으로 짧게 끊어졌다 이어지는 소리는 분명 동물이 내는 소리였다. 우리는 신음인지 울음인지 소리가 나는 쪽으로 급히 발길을 돌렸다. 절규하는 듯한 소리는 아카데미아 다리에서 나오고 있었다. 알록달록한 목도리를 두른 개구쟁이 녀석들이 다리 난간에 몸을 숙이고 커다란 운하 위 한 곳을 손가락으로 가리키고 있었다. 마침내 나는 녀석들이 호기심으로 바라보는 대상이 무엇인지 알아보았다.

자세히 바라보니 그건 물에 빠진 작고 검은 고양이였다. 자그마한 보트나 발동선이 지나갈 때마다 작은 짐승은 물을 들이켰고 숨이 막히는 듯한 신음소리를 토해냈다. 우리는 고양이가 떠내려 갈까 봐 마음을 졸였지만 짐승은 완강하게 버티었고 계속해서 애처로운 울음소리를 냈다. 고양이는 놀랍게도 끈질기게 버티는 힘이 있었다. 그 고양이는 도움을 요청하지도 않고 피하기 어려운 명령을 내리고 있었다. 아무 근심 없는 이탈리아의 연가에서 그것은 무관심에 저항하는 존재의 목소리였다. 모든 인간이 혼자 외로이 살아가는 세계에서 까맣게 잊고 있던 한 짐승이 겪는 끔찍한 고독이었다.

고양이는 운하의 둑으로 다가가 그것을 딛고 펄쩍 뛰어오르려고 했다. 하지만 이끼가 잔뜩 끼어 있어서 올라가는 데 실패했고 다시 물에 빠지고 말았다. 고양이는 원을 그리며 헤엄을 치면서 계속 맴돌았지만 오도 가도 못하고 있었다. 그래서 빠르게 지쳐갔다. 고양이가 멀어지면 멀어질수록 점점 더 고양이가 올라오는 일은 기적인 것 같았다. 도저히 일어날 것 같지 않지만 기적이나 요행을 바랄 수밖에 없었다.

구경하기를 좋아하는 사람들이 적지 않게 모여들어 이 광경을 지켜보고 있었다. 고양이를 구하려면 수로를 통해서만 가능했다. 사유지인 정원이 있어서 지상에서 접근할 수가 없었기 때문이다.

소형 보트가 지나다니고 있어 고양이를 구해주면 좋겠는데, 보트에서 나는 모터소리에 귀가 멍멍해서 고양이가 울부짖는 소리를 아예 듣지도 못했다. 불안한 마음에 다들 목이 메었다. 새끼 고양이가 잘 안 보일 정도로 작아졌기 때문이다. 전혀 손을 써볼 사이도 없이 드디어 고양이에게 형이 내려진 것 같았다. 분명히 고양이는 사라졌다. 드디어 우리는 임종의 순간을 목격했다.

그렇게 다들 그저 울부짖는 짐승을 넋 놓고 바라보고만 있었는데, 나는 왠지 모르게 양심의 가책을 느끼게 하는 이 울부짖음을 어떻게든 그치게 하고 싶었다. 그래서 나는 어린 짐승을 구하기 위해 물 속으로 뛰어들었다. 어쨌거나 나는 경솔한 사람은 전혀 아니었다.

나는 활처럼 생긴 다리 아래로 내려갔다. 거기에는 깨진 병조각으로 막혀 있었다. 우선 난간을 기어오르다가 정원의 쇠창살에 부딪쳤다. 표지판에는 '스위스 영사관 휴무'라고 써 있었다. 그날은 토요일이었다. 나는 담장을 뛰어넘어 깨진 병조각에 찔릴 위험을 무릅쓰고 쇠창살 사이를 뚫고 들어갔다. 어쩌면 그 자리에서 체포될 수도 있고 감옥까지 갈 수도 있었다. 그러나 나에게는 조난당한 고양이를 구하는 일이 사유지 보호법보다 더 중요한 일인 것 같았다. 그리고 순진하게도 스위스 같은 중립 국가는 위험에 빠진 동물을 도와주려는 사람이라면 누구라도 고소할 수 없을 거라고 생각했다. 그리고 베아트리스를 감동시켜 보겠다는 은밀한 욕망은 없었을까? 또 고양이를 구하겠다는 결심을 한 데에 어떤 허세 같은 것은 없었을까?

곧바로 나는 영사관에 딸린 부교에 다다랐다. 대운하 기둥 위에 달린 나무로 된 작은 돌출 부분이었다. 나는 고양이를 부르며 팔을 내밀었다. 그러나 고양이는 겁에 질려 반대쪽으로 가 버렸고, 멀어지면서 찢어지듯이 날카로운 울음소리만을 계속 질러댔다. 목이 쉰 다른 수고양이들까지 신음소리를 내고 있었다. 나는 더 이상 갈 수가 없었다. 나는 다 잡을 듯 하다가 놓친 게 화가 났다. 둑 위에서는 대리석이 햇빛을 받아 환하게 빛나고 있었는데, 바닥에 내려와 보니 천천히 흐르는 썩어가는 물이 거의 진흙투성이였다. 부패하는 고약한 냄새가 물의 거리에서 뿜어져 나왔고, 뭔가 물에 잠긴 수상한 것이 호화로운 궁전과 건물 밑에서 썩어가고 있었다. 내가 있는 위치에서 누군가가 스프레이로 낙서해 놓은 이탈리아 글귀를 읽을 수 있었다. '과거는 너무 많고 현재는 길이 없고 미래는 전혀 없다.'라는 말을. 오물로 가득한 끈적끈적한 물은 흘러가면서, 그 흐름에 막무가내로 빠져 들어가는 저 털 많고 수염 난 가엾은 짐승을 결코 구할 수 없으리라고 내게 말하고 있었다.

다리 위에서 지나던 사람들이 나를 격려해 주었다. 고양이는 팔을 뻗으면 닿을 만한 거리에 있었지만 아주 부드러운 목소리로 부르는 내 부름에 따르지 않았다.

나는 가능한 한 몸을 길게 뻗어 보았다. 그러다가 내 발 아래 있던 이끼 때문에 그만 미끄러졌다. 이번에는 내가 바보같이 물에 빠지고 말았다. 옷을 통해서 어찌나 차가운 냉기가 들어오는지 금방 떨리기 시작했다. 나는 물을 삼키고 뱉어내면서 몸을 흔들며 허우적거렸다. 차라리 도시의 이끼 낀 뒤편에서 갈피를 못 잡고 첨벙거리느니 익사하는 편이 낫겠다는 생각이 들었다. 아! 명백한 부조리가 자비의 손길을 베푸는 인간에게 고통을 주다니. 수백만 명의 아이들이 굶주림으로 죽어가고 있는데, 12세기의 역사를 가진 이 도시 베니스는 지금 나를 앞세우는구나, 나는 작은 고양이 한 마리 때문에 목숨을 걸고 말았구나! 나는 굉장히 불공평하다는 생각에 어이가 없었다. 순간적으로 나는 우스꽝스럽게도 내게서 중세 영성의 진수인 성 버나드를 보았다. 내 생각은 그 순간에도 오로지 창피를 당할까 두려워서 쓰레기 냄새나는 운하로 흘러가지 않으려고 했던 것 같다.

나는 두 팔로 울부짖는 작은 짐승을 움켜쥐고 부교 위로 던졌다. 그러고 나서 나도 그 위로 올라섰다. 엄청난 갈채가 내 머리 위에서 쏟아졌다. 이렇게 찬사를 받고 보니 자존심은 회복되었다.

나도 몸이 잔뜩 얼어붙었지만 우선 가죽 부대처럼 물을 잔뜩 먹은 고양이를 거꾸로 세워 물을 토하게 했다. 이건 고양이가 아니라 반죽 덩어리 같았고 흥분한 심장이 두근거리는 리듬에 따라 헐떡거리는 물 잔뜩 먹은 스폰지 같았다. 근육은 마비되었고 발톱과 이빨을 다 드러낸 채로 고양이는 발작적으로 떨면서 계속 야옹거리며 울부짖었다. 지금 겪는 고통이 단순히 물에 빠지는 위험 때문이 아니었다는 듯이, 어떤 보상도 있을 수 없는 엄청난 고통, 도저히 치유할 수 없는 고통을 계속 드러내고 있었다.

내가 도로 위로 올라오자 베아트리스는 내 목을 끌어안았고 스카프를 풀어서 울부짖는 어린 고양이를 감싸주었다. 나는 불쌍한 고양이를 데리고 가서 계속 돌봐주고 싶었다. 그러나 베아트리스는 반대했다. 고양이를 돌보는 것은 문제가 아니었지만 트루바 호에 짐승을 데려가는 것은 금지되어 있다고 했다. 게다가 자신에게는 고양이 알레르기가 있다는 사실을 아주 미안하다는 듯이 덧붙였다. 그래서 우리는 다리 밑에 있는 유기 고양이 보호소로 데려다 줄 수밖에 없었다. 그곳에서는 고양이를 잘 돌봐줄 수 있을 것 같았다.

고양이는 찢어지는 듯한 목소리로 계속 울어댔다. 슬프게 우는 소리는 카페 플로리앙으로 가는 길 내내 우리를 따라왔다. 카페에 가서 우선 몸을 덥히기 위해 뜨거운 코코아 한 잔을 서둘러 마셨다. 하지만 내 마음 속에는 어린 고양이에 대한 애틋한 마음이 잔뜩 남아 있었고 고양이를 데려오자고 베아트리스의 마음을 움직일 수 없었던 것이 못내 아쉬웠다. 얼마 뒤에 라즈 티와리를 다시 만났다. 그가 기꺼이 친절하게 들어주기도 했지만, 나는 내가 얼마나 큰 일을 해냈는지 상세하게 이야기했다. 아마도 그 당시 상황보다 더욱 흥분해서 그런지 나는 거드름을 피우며 말했다.

"베니스의 전설을 무색하게 만들었죠. 다른 사람들이

죽음을 축성하는 이곳에서 우리는 생명을 되돌려준 것입니다. 언제고 나는 이 도시에 다시 올 겁니다. 베니스가 가진 무궁한 보배에 대한 자그마한 보답으로 나의 추억을 바치기 위해서요."

해 질 무렵 젖은 내 옷도 다 말랐다. 우리는 바다의 진줏빛이 퍼져나가는 에스클라봉 부두로 서둘러 갔다. 그때 태양이 리도 섬 위로 피어오른 구름 뒤로 갑자기 사라졌다. 둥근 지붕, 대리석 성당, 금빛 장식들이 모조리 갑자기 사라진 것 같았고 바닷물은 납빛을 띠고 있었다.

하늘이 캄캄해졌다. 밤이 너무도 빨리 찾아왔다. 갑작스러운 추위로 아까 대운하에서 거만하게 굴면서 힘차게 몸을 뻗었다가 그만 물에 젖은 털이 다시 곤두섰다. 매섭고 차가운 바람이 불어 우리 몸속의 피가 다 얼어붙는 듯 했다. 몇 분 뒤 인적이 없는 산 마르코 광장은 얼어서 미끄러운 바닥 위에 떨어진 눈으로 바둑판 무늬가 나 있었다. 베니스는 바다 속에 빠져 있는 것이 아니라 추위에 얼어붙어 하늘 위 흰색의 대양 속으로 빠져버린 것은 아니었는지. 베니스는 모든 것이 멈춘 듯한 겨울 속으로 빠져들었다.

우리는 배로 돌아가기로 했다. 베아트리스의 생각은 달랐지만, 나는 바다에서 구한 고양이를 한 번 더 보고 가자고 우겼다. 우리는 빠른 걸음으로 눈송이를 헤치고 걸어가면서 눈뭉치를 만들어 눈싸움을 했다. 곤돌라 한 척이 검은 달팽

이처럼 보였는데, 장례식에라도 가듯 하얀 솜을 씌운 것 같은 바다 위를 미끄러지며 나아갔다. 양탄자를 깔아놓은 듯 지붕을 하얗게 덮은 눈은 광장과 거리에 거대한 솜털 이불을 펼쳐놓아 밤의 침묵을 한층 더 깊게 했다. 물에서 녹아내리는 눈송이가 소곤거리는 소리만이 침묵을 깨고 있었다.

아카데미아 다리의 아치는 어둠에 가려 보이지 않았다. 나는 라이터를 켰다. 짐승들이 떼를 지어 모여 있다가 불빛 앞에서 이빨을 드러내더니 달아나 버렸다. 내가 마치 먹이가 잔뜩 있는 식탁에서 그들을 쫓아낸 듯이. 짐승들이 모여 있던 자리에는 다만 구겨진 뭉치만이 보였다. 자세히 들여다보니 그것은 베아트리스의 스카프였다. 멀지 않은 곳에서 언뜻 보니 가죽가방이라는 생각이 들었는데, 곧 배를 드러낸 작은 동물의 사체가 보였다. 동물의 엉덩이는 반쯤 뜯겨져 있고 피가 흥건히 배어 있었다. 손가락으로 집어 들자 몸이 축 늘어졌다. 나는 불빛이 밝은 곳으로 가지고 가서 그것을 들여다보았다. 그것은 바로 어린 고양이였다. 마치 빗살과도 같은 작은 이빨 사이로 분홍빛 혀가 살짝 삐져나와 있었다. 고양이의 얼굴은 말로 표현할 수 없는 공포로 고통을 당한 모습이었다. 나는 스카프로 고양이를 감싸서는 그대로 물속에 던졌다.

베아트리스가 나를 위로할 적당한 말을 찾으려고 애썼다. 하지만 그녀가 조심스럽게 꺼내는 말이 전혀 고맙지가 않앉다. 그녀 때문에 모든 일이 다 엉망으로 되었다고 사악한 목소리가 내게 속삭였다. 사실 그녀의 바보 같은 고양이 혐오증만 아니었어도 가엾은 짐승은 지금 이 시간에도 살아 있었을 텐데. 그녀가 사과를 해도 소용이 없었다. 나는 그녀가 뭐라고 해도 수긍이 갈 만한 상황을 찾지 못했다.

나는 배로 돌아와서 홀로 배 뒷전으로 나가 바람을 쐬었다. 하늘에서 내리는 눈에서 짭짤한 소금 맛이 났다. 나는 추위에도 불구하고 밤새도록 여기서 잠도 자지 않고 있고 싶었다. 갑판과 계단을 성큼성큼 걸어가면서 베아트리스를 저주했다. 또 아름다운 꿈을 꾸게도 했지만 최악의 상태로 깨어나게 해 준 도시 베니스를 똑같은 심정으로 저주했다. 나는 절망하고 실망해서 잘 사라지지 않는 수많은 생각에 사로잡힌 채 한동안을 꿈쩍도 않고 그냥 서 있었다. 배들이 알아볼 수 없을 정도로 점점이 흩어져 있고 불빛이 넘실거리는 항구를, 어느덧 소리를 죽이고 떨어지는 눈송이의 창백한 마법에 빠진 항구를 바라보았다.

아주 평범한 일을 대단한 사건인 듯이, 도전을 받은 듯이 굴었던 것은 아닐까 하는 자책감도 들었다. 내가 이런 우울한 생각 속에 빠져 있을 때 누군가가 내 어깨를 손으로 툭 하고 쳤다. 우리 배의 선원이었다. 그는 30분 전부터 나를 찾고 있었다면서 프란츠가 써준 그대로 다음과 같이 전해 주었다.

"베아트리스한테서 오후에 무슨 일이 일어났는지 들었

소. 진심으로 안타까워하고 있소. 당신을 초대하니, 내 선실로 와 나머지 이야기를 들으면서 위로 받기를 바라오."

나는 이미 의기소침해 있던 터라 어떤 제안도 다 받아들였을 것이다. 특별히 해야 할 일도 없고 그렇다고 베아트리스와 얼굴을 마주하며 앉아 있고 싶은 마음도 없었기 때문에, 나는 불구자가 늘어놓는 헛소리라도 들으러 그에게 갔다.

그는 기분이 좋은 것 같았고 아주 환하게 웃으며 나를 맞이했다. 그리고 지난밤처럼 차를 한 잔 내주었다.

"디디에, 가장 솔직하게 내 마음을 털어놓으려고 당신을 보잘 것 없는 내 방으로 초대했소. 그래서 당신이 기분이 좀 좋아졌으면 좋겠고 레베카라는 요녀를 경계하라는 것 뿐이니, 그것만 인정해주기 바라오."

나는 통고하듯이 하는 이런 말을 듣고 웃음이 나왔다. 침대 쿠션을 받치고 편히 앉아 건성으로 그가 이어서 털어놓는 사랑 이야기를 듣기 시작했다.

형편없는 성도착자

초라한 침대에 꼼짝 못하고 묶여 있는 미친 늙은이가 낡아빠진 감상주의에 젖어 저속한 이야기나 하는 걸 용서하시오. 그리고 부탁하건대 감정이 격해져 조금 뒤죽박죽이 되어도 너무 괘념치 마시오.

우리가 같이 산 지 아홉 달이 지났을 때였다오. 레베카와 나는 두 번째로, 어느 날 우리의 관계를 분명하게 해주는 갑작스러운 열기에 휩싸인 거지요. 그러니까 그 즈음 레베카는 자신은 어린 시절부터 물과 관련된 환상을 가지고 있다고 말했지요. 물이 솟아오르는 것을 보고 물을 뿌리고 쏟고 하며 즐거움을 느끼는 것인데 그녀는 이 꿈을 이루게 해 줄 다정하고 너그러운 사람을 기다렸다고 합다. 그녀는 나에게 자신의 꿈에 가장 엄청난 의미를 부여하고 싶다고 말했지요. 그리고 겉보기에는 자신이 온화해 보이지만 마음속에는 활화산이 하나 숨어 있다고 주장했다오. 나는 그때 그녀가 하는 말에 별 주의를 기울이지 않았소.

그 당시 우리는 서로에게 완전히 홀딱 빠져 있었다는 사실을 꼭 말하고 싶소. 그래서 틈만 나면 서로에게 그 사실을 입증해 보이려고 했다는 사실도. 우리는 누가 더 대담한지 겨루었다오. 우리 감정을 가능하면 높게 끌어 올리려고 하면서 각자 자신에 대해서 놀라운 모습을 그려갔다오. 하루 중 언제라도, 5분이라도 시간이 있으면 레베카는 내 집으로 서둘러 왔다오. 그때 나는 의사 몇 명과 내 집에서 열대병 전문 진료실을 막 개업했던 참이었지요. 하얀 치마를 입고 욕정에 가득 찬 몸짓으로 유혹하는 그녀에게서는 은근한 향기가 풍겨 나왔소. 나는 응급환자라는 핑계를 대고 그녀를 불러들였고, 우리는 응급실 바닥에서건 방금 나간 환자의 체온이 남아있는 따뜻한 진찰대에서건 가리지 않고 서로를 끌어안았지요. 마치 카운트다운이 되고 있어 서로 실컷 즐기기에 시간이 충분치 않은 정신 나간 두 남녀 같았다오.

레베카에게 한 가지 귀여운 잘못이 있다면 그것은 그녀가 믿을 수 없을 정도로 속옷을 잘 갖춰 입고 지나치게 치장을 하고 오는 거였소. 때로 멋있게 보이려고 얌전한 것, 교태를 부리는 것, 비밀스러운 것 등으로 이름을 붙인 속치마를 두세 벌 겹쳐 입었소. 레이스가 엄청 달려 있고 밴드로 조이는 속치마를 입고 오거나 때로는 속바지를 두 벌씩 겹쳐 입곤 했지요. 그녀는 그렇게 자신의 몸을 꽁꽁 감싸고 있다가 갑자기 은밀하게 길을 만들어서 다리를 벌리고 문을 열고 구멍을 내어서 그녀의 성스러운 곳으로 내 것을 들어가게 해주었소. 여전히 옷을 다 갖춰 입은 채로 위엄이 있고 당당하게요.

내게는 그녀를 본다는 것이 곧 기적이었다오. 이 여자에게는 수 세기가 뒤섞여 있었소. 창녀 같기도 하고 어머니 같기도 하며, 아내 같기도 하고 여신 같으며, 어린 아가씨 같으며 아이 같은 그녀는 여성이 가지는 온갖 역할로 재주를 부렸지요. 너무도 사랑스러워 나는 인류의 빛나는 원자처럼 그녀를 떠받들었다오.

처음에는 불확실한 상태로 처박아 두었던 열병 같은 것이 터져 나온 것은 이렇게 한창 사랑에 빠져 있을 때였지요. 어느 겨울에 우리는 주말을 보내러 런던에 간 적이 있소. 일탈

행동을 시작한 것은 그날 저녁, 어느 호텔 방에서였소. 그때 우리는 텔레비전을 보고 있었소. 이런 진부한 행동을 용서하시오. 그 당시에는 다 그랬으니까. 프로그램이 그다지 재미있는 것도 아니었소. 사람을 바보로 만드는 텔레비전을 저주하면서도 그 매력에 빠져 있었다오. 아무리 시시해도 한번 사로잡히면 그저 멍하니 바라보는 게 텔레비전인지라 이 한가로운 시간을 깨뜨릴 생각은 전혀 없었다오.

나는 푸짐한 식사로 몸이 무거워져서 눈을 깜박거리며 바닥에서 그대로 거의 졸고 있었고 레베카는 텔레비전 앞에 비스듬히 앉아 있었지요. 그녀는 엷은 보라색 티셔츠 하나만을 입고 있었고 배꼽 아래서 발끝까지 아무것도 걸치지 않은 채였소. 몇 분 전부터 그녀는 몸을 비비 꼬고 있었는데, 갑자기 다리를 쫙 벌리더니 텔레비전 화면을 향해 무언가 작은 물줄기 같은 것을 쏘아 올리는 거요. 텔레비전에서 늘어놓는 궤변은 집어치우라는 듯이 말이오. 이렇게 내깔기는 것을 보자 나는 열광했다오. 그것은 내 안에서 진동이 한없이 울려 퍼지는 기폭제였소. 단번에 나는 정신이 들었지요. 나도 그녀 곁으로 다가가 한 마디도 하지 않고 바닥에 그대로 누워 버렸소. 우리는 폭발이 일어날 듯이 무거운 시선으로 서로를 쳐다보았소. 중요한 행위를 결정하는 시선이었소.

그녀는 이런 역할에 오래 전부터 익숙해 있었다는 듯이 내 가슴 위에 쭈그리고 앉더니 티셔츠를 가슴까지 걷어 올리고 짧고 세찬 오줌줄기를 내 몸 위로 쏟아냈소. 그 물은 내 몸을 완전히 적셨고 내 머리는 그녀의 무릎 사이에 끼어 있었기 때문에 친절하게도 그녀가 내게 전해주는 오줌을 물리도록 천천히 마시지 않을 수 없었소.

그때 나를 사로잡았던 감동을 이제는 느낄 수 없을까 두렵기도 합니다. 그것은 충격이었소. 내 모든 신경을 흔들어 놓는 동요요, 내 뇌에 가해 오는 타격이었다오. 난 그때까지 그런 감탄할 만한 기쁨을 누려본 적이 없었소. 노르스름한 금빛 폭우는 세차게 흘러 내 피부를 때리고, 콧구멍을 막고, 내 눈을 불태웠으며, 따스한 수면 아래서 나를 에워쌌소. 입 안은 시큼털털한 냄새를 풍기는 이 액체로 완전히 가득 차서 더러워지고 초췌해졌다오.

그동안 온갖 종류의 액체가 우리의 영혼을 구제해 주었다오. 하지만 레베카의 오줌은 다른 어떤 것보다 더 소중했소. 그것은 푸르면서 금빛이 나는 꿀이며, 활기 있게 빛나는 불이었소. 타는 듯한 날로 나를 찔러오는 불의 검이었소. 저 멀리 혜성의 끝에서 나를 꼼짝 못하게 하는, 끈적거리는 알 수 없는 별이었고요. 그건 빈정거리는 듯한 시냇물이었고, 즐거이 소리 지르는 폭포이기도 했으며, 어린아이가 종알대는 소리였으며, 열광하는 액체가 내는 꾸르륵 소리였지요. 이는 생생히 살아 있고 노래하며 숨을 쉬고 있었다오. 이 샘에서 어린아이가 재잘거리는 소리를 듣는 것 같았소. 자기랑 함께 마음을 합쳐 메아리치자고 나를 부추기는 작은 개구쟁이 말이오. 내 위에서 레베카가 오줌을 누고 있는 모습을 보니 잠깐이지만 힘차게 솟는 남자의 페니스를 달고 있는 것 같았소. 죽었다가 다시 태어나기도 전에 힘을 자랑하는 페니스 말이오. 그녀의 몸에서 나오는 금빛 밧줄은 손으로 만질 수 있는 영혼이었으며 마치 자궁 속에 있는 것처럼 나를 빗줄기에 가두었다오.

젖과도 같은 신비의 양식은 나의 죄를 씻어주고 나를 다시 태어나게 했다오. 그것은 나의 갠지스 강이며 나의 은밀한 나일 강이었지요. 강에서 나는 나이가 드는 것도 잊어버리고 죽음에도 노쇠에도 맞설 수 있었다오. 여자의 아름다운 허리에서 흘러나온 신비의 양식은 저 먼 고대의 바다를, 소중한 점액을, 만물의 원소를 실어다 주었소. 마침내 그녀의 오줌이 불순한 모든 것을 벗겨주고 순수하게 만들어 주었다면, 이쯤 되면 마법과도 같은 오줌 세례 때에 내가 느꼈던 기쁨이 어떠했는지 짐작할 거요.

그녀는 이번에 처음으로 기적과도 같은 오랜 분출을 시작했다오. 나는 사랑에 전염되어 병에 걸리듯 레베카의 악습에 걸려들었소. 다른 사람도 마찬가지죠. 누군가를 열렬히 사랑하면 가장 은밀한 취향까지도 다 따라하게 됩디다. 그녀는 하나부터 열까지 완전히, 내가 전혀 예상하지 못했던 성향을 내 몸 위에서 만들어냈고 내 안에서 미처 알지 못하는 충동을 풀어놓은 거요. 레베카는 죽은 사람에게서 성적 매력을 느끼는 시간증 환자이거나 물신숭배자가 되어서, 나를 타락시키려고 했다오. 그녀가 없었다면 영원히 잠들어 있을 내 힘을 깨워가며 사람을 홀리는 공주였소. 이미 그녀는 나에게 말하는 듯 마는 듯 넌지시 알려주던 또 다른 광기로 내 상상력에 불을 붙였으며 은근히 암시만 해도 나를 정신없게 만들었소. 그녀 자신도 광기를 넘어서는 이런 경험에 충격을 받아 저 너머로 가려고 애태웠소. 순수한 환상의 세계에 사로잡힌 우리는 당연히 극단으로 빠져 들어갔소.

하기야 이유가 있긴 있었소. 우리는 사랑을 너무도 성스럽게 생각해서 성교나 남색이나 오럴섹스 같은 일반적인 방식으로는 만족할 수 없었소. 변태 성욕은 에로티시즘의 동물적인 형태가 아니라 문명화된 부분이오. 짝짓기를 하는 것은 동물에게 어울리지만 일탈행위만이 인간적인 것이오. 생식기가 벌이는 야만성에 어떤 기준을 부과하고 지나치게 단순한 자연 위에 접목된 복잡한 예술을 만들어 놓은 거요. 방탕아들에게는 예술가의 모습이 있소. 기교에 대해 똑같이 열정을 갖고 있으며 성직자와 자신의 몫을 나누는 예술가 말이오.

결국 시간이 갈수록 은근히 자랑하고 싶은 마음도 생겨났다오. 우리는 모든 점에서 다른 부부하고는 달랐소. 분명 평범한 연인들은 아니었고요. 우리는 방탕이라는 단어의 의미도 확대시켰소. 그러면서 우리는 다른 사람들과 거리를 유지하고 자만심을 가졌소. 나는 감상적인 처녀 같은 꿈을 꾸었소. 다시는 돌아오지 못할 열정을 맛보는 거였지요.

마침내 난 내가 성교를 하는 어리석은 짐승과 달리 계시를 받은 에로티시즘을 알게 될 것이라고 생각했소. 심장의 리듬처럼 지속적이고 자발적인 방탕을, 지체 없이 이행하기를 요구하는 방탕을 경험하고 싶었던 거요. 지금 모든 것은 레베카의 명령에 따라 이루어졌고 나는 그녀에게 이런 창조적인 재능이 있다는 사실에 감탄했소. 그녀는 나보다 훨씬 뛰어났으니까.

그 뒤로 성교를 할 때마다 매번 나는 인생을 내기에 건 것 같은 느낌이 들었다오. 레베카는 내가 원하는 대로 하라고 하면서도 막상 자신은 조금도 양보를 하지 않았기 때문에 밀고 당기는 실랑이를 하면서 더욱 자극을 받았소. 만일 이런 일을 피하고 단순히 바보같이 그녀의 몸에 들어갔다면 난 무슨 형벌에 가까운 부족한 느낌을 가졌을 거요. 그것은 마치 내게는 엄격한 교육과도 같았소. 나는 가능한 한 오래 이런 실랑이를 끌어가는 법을 배웠고 자극을 받아 흥분해서 최고의 만족감을 느꼈소.

그 덕분에 우리의 성교는 독창적으로 이어졌다오. 그녀의 금빛 샤워가 있을 때마다 가혹한 매질도 이루어졌소. 그렇다고 우리가 마조히즘에 빠졌던 것은 아니었소. 하나의 환상을 불러일으키려면 다른 환상들도 흔들 수밖에 없는 거요. 정열에 불타는 무성한 가시덤불은 가지와 줄기와 몸통과 나뭇잎으로 다 연결되어 있으니까요. 우리의 유희는 마조히즘과 비슷한 점이 있기도 했소. 하지만 우리는 그걸 성적으로 흥분을 하기 위한 발판으로 삼았소.

물론 나는 언제나 육체적으로나 정신적으로나 아름답고 도도한 여자의 노예가 되는 것을 최고의 행복으로 여겼다오. 쾌락과 모욕을 부인할 것도 없이 동시에 맛보았고요. 나는 이렇게 그녀 덕분에 생긴 모든 것을 공물처럼 받는데 익숙한 강인하고 도도한 여인을 원했다오. 성적인 관계에서, 그리고 오로지 성적인 관계에서만이 남성이라는 종족의 잘못을 속죄할 수 있기에, 남성이 오래 전부터 여자들에게 견디게 했던 부당성을 고칠 작정이었다오. 나는 나의 선조들이 마음대로 깎아내리려고 했던 문화 앞에서 고개를 숙였소. 나는 말살당한 유대교와 식민지화된 이슬람 앞에서도 엎드리고 말았소. 한 여인에게서 이 두 가지 고통을 결합시켰고 이런 결합은 내게 무엇보다 더 없이 소중했소.

이러다 보니 내가 놀림 받을 빌미를 주고 있었다오. 그렇기는 하나 고통은 내가 자리를 하나 찾도록 해 주었소. 어느 곳에서도 나를 느낄 수 없었던 나에게 말이오. 물론 이제와 생각하니, 이런 그럴듯한 이유 뒤에 과장된 죄의식이나 자만심으로 가득 찬 위선이 없었다고 할 순 없소. 그러나 그 당시에는 나는 환희에 차서 우리가 누리는 방탕의 시간을 찬양했소. 우리가 포옹을 풀면 멈추는 일시적인 힘을 양도한 만큼 나를 더 거칠게 다뤄줄 것을 그녀에게 간청하면서 말이오.

이렇게 타협을 하면서 내 의식은 서로를 위태롭게 하지 않으면서 만족하는 방도를 찾아냈다오. 나는 모든 면에서 이겼소. 나는 침대에서는 순교자였으며 다른 곳에서는 가정의 폭군이었지요. 난 진정한 열정의 방식에 따라 달콤한 기만을 누렸소.

레베카는 훨씬 더 이런 행위를 즐겼소. 그녀는 사랑을 행하면서 삶에 대한 복수를 하는 게 어쩌면 너무나 행복했을지도 모르오.

우리가 치루는 확고한 예식은 엄격해서 우리의 모든 장난스러운 행동을 결정했소. 우선 우리는 해시시나 마리화나에 취했으며 맘껏 마셔대고 아랍 음악을 아주 크게 틀었다오. 그리고 레베카는 뾰족한 구두를 신었소. 왜냐하면 내가 바늘처럼 뾰족한 굽을 신은 발을 갈망했으니까. 바늘처럼 뾰족하다는 말은 찔린 자국이나 학대를 의미하오. 또 그녀는 귀, 다리, 팔, 목 뿐 아니라 배에까지 금과 은으로 된 장신구로 치장했소. 눈에 화장을 짙게 하고 눈썹을 아래위로 씰룩거리는 모습은 그녀의 무표정한 얼굴을 더욱 돋보이게 했다오. 겉멋을 부린 근엄한 태도에 부자연스러운 우상의 얼굴을 하고 있었으니까. 그녀는 황금의 작은 삼각지대를 가리고 자신의 주위를 빙빙 돌라고 내게 명령했지요. 비둘기처럼 구구거리고 암탉처럼 꼬꼬댁거리면서. 나는 그녀에게 빌었소. 팔걸이나 등이 없는 의자처럼, 카펫처럼 나를 이용하라고. 난 그녀의 굴레에 씌워졌고 그녀는 날 때리고 할퀴기도 했소. 때로는 손을 등 뒤로 묶기도 했고요.

 나는 양탄자 위에서나 부엌과 욕실의 차가운 타일 바닥 위에서 개처럼 혀를 내밀고 숨이 차 헐떡거리면서 뱀처럼 기어갔소. 그녀의 가랑이까지 가서 무릎을 꿇고 몸을 일으켰다오. 이런 상황이 되면 그녀의 근육 마디마디가 매혹 덩어리가 되어 나는 정신이 혼미해져 꼼짝 못하고 있었지요. 가슴처럼 둥글게 부풀어 오른 배와 이제 막 둑을 허물어뜨리려는 두툼한 그곳을 쳐다보면서 나는 하늘에서 비가 내리기를 몹시 원하는 한 포기 풀이나 나무였을 뿐이오. 그 순간 그녀는 나에게 핥으라고 명령했다오. 그러고 나서 내가 더 이상 아무것도 기다리지 않았을 때, 그녀는 두 손으로 내 머리를 쥐어서 살짝 뒤로 젖히고 나서 나를 향해 세차고 야만스럽게 오줌을 누었다오. 그리고 나에게 더 이상 목이 마르지 않을 때까지 호리병에 담긴 물을 마시라고 강요했소. 그녀가 뿌려주는 비는 우리를 흥분시키는 성애의 연료였지요.

 나는 세상을 보고 귀로 듣고 입을 열어 말하는 데 조그만

틈도 남겨놓지 않은 물의 얇은 막에 갇혀 있었다오. 따뜻한 장막으로 세상과는 단절되어, 숨이 막히고 목이 메었소. 내가 여인을 안은 건지 신을 안은 건지 더 이상 알 수도 없었으니까. 내가 누구인지 증명할 것도 잃어버리고 내 한계도 잊어버린 채 나에게 신성한 의식을 완성하는 제사장만을 향한 열망으로 헐떡거렸다오. 오줌을 누어 과시하는 것은 빛의 축제이며 반짝반짝 빛나는 폭포수였소.

그녀가 만들어 놓은 뜨거운 욕조에 잠겨 있으면, 그녀와 나는 한 몸이 되어 축축한 살갗을 서로 비벼대고 있었소. 마치 저 깊은 바다 밑에서 물고기 두 마리가 서로의 젖은 피부를 어루만지듯이 말이오.

우리는 그녀의 여성이라는 우주의 바다에 빠져 들어갔다오. 그러고 나서 나의 아주 우아한 여신은 내 위에 우뚝 섰소. 구름으로 덮인 하늘이 하늘에 구멍을 낼 번개를 간절히 기다리듯 즐거움을 희구했지요. 그건 끝없이 이어지는 몸의 떨림이었고 연속해서 이어지는 벼락과도 같았다오. 나에게 좀 더 움직이라고 애절하게 간청하면서 소리를 크게 질렀소. 나는 행복해서 정신을 잃을 지경이었소. 기쁨이 절정에 달해서 황홀 속에서 당장이라도 죽기를 꿈꾸었소.

이렇게 내 사랑하는 여인이 쏟아내는 분비물을 마시고 그녀의 금빛 음핵을 빨면서 나는 그녀의 풍요로운 모습에 점점 익숙해졌지요. 마르지 않는 샘으로 가득 찬 신비한 그녀의 몸을 생각하며 즐거워했소. 물주머니가 여기저기 있는 것 같고 맑은 윗물만 따라 옮기는 그런 못도 있는 것 같았소. 레베카의 샘은 열대 계절풍이 끝없이 불어오는 아열대성 기후를 좋아했지요.

이렇게 물이 넘치다 보니 그녀의 그곳에는 키가 큰 풀들이 엄청나게 무성했다오. 얼마나 부드러운지 알려면 그 반대의 증거가 필요하오. 꺼칠꺼칠한 양탄자 같은 털이 부드러운 점막을 둘러싸고 있어서, 불한당 같은 못된 손길이 다가와도 길을 헤매기에 딱 좋았소. 배뇨의 신비가 내게는 비를 내리고 하천을 흐르게 하는 기상의 신비와 같았소. 내 상상력은 내 개인 생활의 초라한 사건을 우주적인 차원으로까지 끌어 올렸소. 그리고 나를 고독에서 벗어나게 하는 우주적 리듬에 참여했다오.

그렇게 해서 나는 헌신적으로 레베카의 오줌을 담당하는 기후학자가 되었지요. 술과 기름진 음식은 오줌의 맛과 냄새를 바꿔 놓았소. 레베카가 나를 향해 오줌을 쌀 때마다 나에게는 기쁨이며 지식을 얻는 기회였소. 난 그녀에게 재스민 차나, 오렌지, 살구와 같이 향이 가장 강하고 오줌도 잘 나오게 하는 음료들을 마시게 했다오. 그리고 세차게 흐르는 오줌을 맛보면서 각 과일의 특이한 단맛과 그 희석물 사이의 조화를 살펴보았지요. 나는 그 샘에서 과일을 혼합했을 때의 맛도 살펴보았고 육체가 음료에 따라 바뀌는 변화도 음미해 보았소.

　나는 내 방식대로 체액 감식가가 되었소. 이스탄불에도 그런 사람이 몇 있다고 합디다. 간이 나쁘면 아세톤 같은 맛이 나고, 근심이 있으면 향기가 없어지고, 열이 나면 악취가 났지요. 또 큰 걸음으로 걸으면 양이 많아지는 거요. 나는 곧 그녀의 오줌 몇 방울만 맛보아도 병을 알 수 있게 되었소.

　그러고 나서 레베카가 자연 속에서 오줌을 눌 때면, 쭈그리고 앉아 있는 여자가 얼마나 아름답던지 감탄했다오. 그녀 음순이 땅바닥을 안을 듯이 닿아 있어서 나는 그 샘물이 흙에서 나오는 것인지 아니면 그녀의 배 아래에서 솟아나오는 것인지 알 수 없을 지경이었소. 여기 저기 튄 사랑스러운 레베카의 오줌은 나에게 연인이며 아이이며 현인인 세 사람의 모습을 모아 놓은 거였지요.

　그러나 곧바로 나에게는 그보다 더 많은 것이 필요했소. 내가 생각하기에 여자가 비밀스럽게 해 왔던 행동을 사랑하다 보면, 그 행동이 일으키는 결과에까지 확대될 수밖에 없는 것 같았소. 그래서 우리가 분리해 놓았던 데서 계속 공감의 사슬로 엮어서 결합해야 했던 거요. 이러한 원칙 덕분에 우리는 분방하게 보내면서도 차츰 새로운 단계를 뛰어 넘었던 거요. 의학적 용어로 말하자면 나는 이미 분뇨적이 되었소. 그러니까 물이나 오줌을 보거나 접촉하여 성적 쾌감을 느끼는 증상을 보였고 배설물을 먹고 자라는 사람이 되었소.

오래 전부터 레베카는 내가 자기 배설물과 친해지기를 바랐다오. 자기의 외음부만 애지중지하고 그 옆에 있는 다른 것은 소홀히 한다고 나를 질책했소. 나도 지나치게 편애한 것을 인정하고 나의 사랑을 좀 더 민주적으로 넓히는데 동의했고요.

그리하여 나의 사랑스런 애인은 다음과 같이 했다오. 그러니까 똥과 오줌이라는 단단한 형태와 액체 형태로, 성체를 배령하듯이 그녀와 정신적인 연대감을 갖도록 나를 길들였지요. 먼저 그녀가 화장실에 갈 때 내가 그녀의 똥을 냄새 맡게 하고 만지게 했소. 그리고 그 똥을 접시에 담아 놓고 냄새를 들이마시게 했소. 그렇게 옆에 있으면서 익숙해지게 했고요. 그러고 나서 점차적으로 그녀는 대변을 보고 난 뒤에 내가 가서 혀로 거기를 닦도록 시켰다오. 그녀의 구멍 앞에서 내가 망설이는 게 당연하다고 하면서도. 그녀가 생각하기에 내가 갖고 있는 편견을 어느 정도 극복했을 때, 그녀는 완전한 입문을 결정했소. 나는 나도 모르게 얼굴이 일그러지는 게 두려워서, 그녀에게 한 번만으로 끝내달라고, 그리고 면제해 달라고 사정했다오. 레베카는 모든 것을 주도하면서 이미 말한 날짜와 시각에 맞춰, 내가 달아날 생각도 하지 못하게 나를 묶어 놓고 마약과 알콜에 취하게 했소. 그녀는 한껏 매혹적으로 치장하고 옷을 입었고 머리카락을 뒤로 당겨서 동그랗게 말아 올렸지요. 그러고는 나의 긴장을 풀어주려고 오래 애무했소.

 그러더니 나에게 등을 돌리면서, 그녀는 내 위에서 쪼그리고 자리를 잡았소. 내 머리 위에 매달린 그녀의 궁둥이가 나를 짓누를 것처럼 위협하고 있었소. 나는 그녀에게 애원했지요. 내가 자극을 받아 반감을 갖지 못하고 꼼짝 못하게 하도록 차라리 나를 때리고 괴롭혀 달라고. 나는 그녀에게 과장해서 거칠게 하는 것처럼 해 달라고 요구했다오. 그러면 피하고 싶은 갑작스럽고 강한 욕구에서, 공포에서 벗어날 것 같았소.

 레베카는 한마디 할 때마다 매번 노력을 기울이면서 내게 성찬식에 대한 마음의 준비를 하게 했소. 그러고는 자신의 내장이 어떻게 움직이는지 하나하나를 설명해 주었다오. 그녀가 중얼거렸지요. "먹어. 나는 둥글고 빛나는 거야. 내 창자를 즐겨 봐. 나를 천천히 맛 봐. 앞으로 네 모습일 진흙을 먹어. 네 미래의 사체를 먹어."

 나는 면도칼 날 위에 선 죽음과 마주한 듯이 최면상태에 들어갔소. 공포에 사로잡히든 도취상태이든, 어느 쪽으로 쓰러질 준비를 하고 중요한 경험을 한다는 것을 의식하면서. 아마 나는 환각에 사로잡힌 사람의 눈을 하고 있었을 거요. 그 구멍을 통해서 내가 상상도 못한 터무니없는 세계 전체가 나에게 다가옵디다. 나는 거의 끔찍하다고 밖에 말할 수 없는 맛을 느꼈소. 따뜻한 피부 아래 숨어 있는 물질을 향해 모호한 호소를 느꼈소. 나는 기계적으로 입을 벌리고 침을 흘렸소.

혐오스러운 악취가 내 뇌에서 다시 떠올랐다면, 나는 레베카의 창자에서 활짝 피어나는 검은 꽃을 생각하면서 그 악취를 쫓아갔을 거요. 그날 밤에 그녀는 가공의 꽃다발을 만들어 나에게 주었을 거요. 그녀 엉덩이의 보지 못하는 눈이 엄청나게 열릴 때, 두 궁둥짝의 볼기가 갑자기 물렁물렁한 화살처럼 엄청나게 큰 똥을 토해내려고 끔찍한 노력을 하면서 갈라질 때, 소름이 끼치는 뭔가가 있었소.

순간, 솔직히 말하면 코믹하지만, 나는 그녀의 궁둥이가 내 혀를 잡아당기는 것 같은 느낌을 받았다오. 또 맘씨 좋은 조그만 남자가 나를 조롱하고 있다는 느낌을 받기도 했지요. 그러고 나서 어렴풋이 무딘 소리를 내며 그게 내 턱 위에 떨어졌다오. 내 목으로 물기가 빠져 들어가는 불결한 치즈 조각을 내 입술로 가져갔지요. 그것은 따뜻하면서 끈적끈적하고 고약했다오. 나는 구역질이 났지만 구원을 받았소. 나는 주저하던 일을 결행했고 두려움을 극복했소. 거무스름하고 악취를 풍기는 콧물과 맞붙어 싸웠소.

여기에서 나는 프란츠의 말을 중단시켰다. 이미 너무나 많이 들은데다가 그가 내뱉는 상스러운 헛소리를 참고 견딜 만한 기분도 아니었다. 내가 화가 치밀어 오른 것은 그가 이야기할 때 보여 준 열에 뜬 모습이었다. 그렇게 혐오스러운 것을, 신자가 신을 향해 거의 종교적 열정을 담아 말하듯 나에게 할 수 있는 권리는 없었다. 나는 더러운 진흙탕에서 빠져나오려고 애를 쓰면서 더 이상 듣지 않겠다고 두 팔을 크게 흔들며 자리에서 일어났다. 그러나 프란츠는 게가 예리한 집게발 같은 손으로 나를 에워싸듯 꽉 잡더니 깜짝 놀라게 할 정도로 위엄을 갖춘 목소리로 말했다.

"근엄한 체하지 마시오. 사랑의 도취를 함께 하고 당신에게 영감을 알려 주려는 것뿐이오. 나의 변명이 부족하다는 걸 알고 있소. 하지만 끔찍한 이야기와 비교해서, 무엇이 우리의 파렴치한 행동을 가늠하겠소? 내가 당신의 서투른 감각이 알아채지 못하는 세련된 부분을 적나라하게 까발리고 있기 때문에 날 원망하고 있는 거요. 사랑으로 다가가는 길은 무한히 많소. 풍습이나 관습에서 허용하는 것은 두세 개에 지나지 않소만. 당신이 베아트리스와 관계할 때는 예의바르고 위생적으로 하는 게 틀림없을 것 같소."

"무슨 권리로 우리를 그렇게 판단하는 겁니까? 어쨌든 우리는 부끄러움을 알고 있어서 우리가 하는 짓을 공공연하게 드러내지 않습니다."

"부끄러움을 안다고? 차라리 얘기할 게 아무것도 없어서 감추고 있다고 말하시오. 너무나 평범해서 말이오. 잘 생각해 보시오. 허울을 벗어버리시오."

나와 레베카가 벌이는 유희가 그렇게 방탕한 것은 아니었소. 우리는 뭔가 새로운 시도를 하려는 것뿐이었다오. 우리는 서로 상대방이 진지해져서 그 이상으로 갈까봐 진짜 겁을 먹고 두려워했소. 그래서 상대방이 유혹의 손길에 걸려들면 마음 속으로는 도에 지나치지 않기를 바라면서 관계를 이루었소. 우리는 다른 사람들이 운동이나 시 같은 것으로 경쟁하듯이 성적인 경쟁으로 서로를 가늠했소. 고상한 선생인 당신이 이러한 생각을 소화해낼 수 있겠소? 미안하지만 내 말을 더 이상 막지 마시오. 곧 끝날 테니 말이오.

레베카와 이런 경험을 하면서 내가 깜짝 놀랐던 것은 때에 따라서 항문이 바뀌는 모습이었소. 정숙하게 있을 때와 성 경험을 할 때 항문은 대조를 이루었소. 몰래 숨어있던 작은 장미가 조금이라도 뭔가 밀어 넣으면 부풀어 오르면서, 어항 속에서 입을 쩍 벌리는 붉은 물고기가 된다오. 또 항문을 둘러싼 고리에는, 낙타가 바늘 구멍에 들어간다는 동양의 속담처럼 뭔가 어울리지 않는 신비가 있소.

어쨌든 그 날부터 나는 레베카의 요강이었고, 변소였고, 하수도였고, 오물처리장의 바닥이었으며, 더러운 곳이었고, 분뇨 통이었소. 조금이라도 필요하면 그녀는 내 입에 아주 영양상태가 좋은 장에서 내보내는 많은 것을 흘려보냈지요. 그녀 손에 따귀를 맞고, 그녀 방귀에 바람을 쐬고, 그녀가 뿌려주는 비로 몸을 적시고, 그녀 배변으로 살찌우며 나는 그녀 사타구니 사이 생식기를 지키는 간수가 되었소. 그녀의 장을 지키는 마음 좋은 관찰자가 되었소. 코란에 따르면 마호메트의 배설처럼 레베카의 배설도 향기가 났다오. 전날 무엇을 먹었고 음식물의 통과에 얼마나 시간이 흘렀느냐에 따라서, 두 사람 다 똑같은 냄새를 발산하지 않았소. 그리고 마호메트나 레베카나 똥 속에 자기의 영혼과 기분을 남겨 놓았다오.

매번 배변 때마다 나는 장기들이 유기적으로 얽혀서 하는 어두운 작업의 맛을 느꼈고 무게를 달아 보고 그녀가 내보낸 초콜렛의 아름다운 금괴를 감정했다오. 그걸 바라보면서 나는 전율을 느끼며 위에서 결장에 이르기까지 어디에선가 구역질나는 끔찍한 오물의 행렬이 되었을 맛있는 진수성찬을 생각했지요.

우리가 낮에 만나지 못하고 저녁에만 얼굴을 보는 날도 있었지요. 그러면 그녀는 자주 내게서 이런 황홀함을 뺏는 걸 가슴 아프게 생각해서 그녀의 아름다운 동굴 안에 보물을 간직하고 아름다운 털로 잘 빗장을 걸어 잠근 채 그녀가 도착하자마자 게걸스럽게 내보내기도 했다오. 그녀의 화장실로 쓰이는 것이 나에게는 순수한 기쁨이었소. 나는 항문을 핥았고 내 입술은 그녀 검은 우물의 찌꺼기를 열렬히 맞이했다오. 그 쓰디쓴 입맞춤은 포도주를 마시는 것처럼 강렬했소.

당신 얼굴을 보니 아주 창백해졌는데 불쾌한가 봅니다. 제발 날 좀 이해해 주시오. 만일 전부를 사랑하는 게 아니라면 아무것도 사랑하고 있는 게 아니오. 난 이 엄청난 음란한 말이나 행동을 사랑 때문에 했다오. 레베카의 몸은 나에게 귀중한 보배였기 때문이오. 그녀에게서 나오는 모든 것은 내게는 신성의 표시를 하고 있었소. 내가 어둠 속에서 벌어지는 일을 좋아하는 것은 그 작업을 하는 레베카를 사랑했기 때문이었소. 그녀의 더러운 배설물을 숭배하면서 배설물을 바꾸어 놓았소. 쓰레기에 둘러싸여 성교를 한 덕분에 나는 천사처럼 순결해졌고요. 우리가 열렬한 신자 클럽에 가입하는 것은 가장 높은 곳에 있는 결정기관의 추천을 요구했다오. 우리가 타락해 있는 곳에서 조금이라도 뛰어오를라치면 천국과 지옥이 숨을 헐떡이며 달려와 도와주는 것을 알아보았소. 그리고 나는 그녀에게 더 높이 오르려는 열정을 보장했지요.

내 눈 앞에 놓여있는 것을 즐기면 즐길수록 나는 내면적인 것에도 존경을 바치고 점점 더 근원을 움켜잡고 싶었다오. 간, 내장, 피, 임파구를 어루만지며 인체의 떨림 하나도 온 마음을 다해 아끼고 싶었소. 이렇게 사랑하고 또 사랑하면서 마치 어린 시절 펜대의 작은 구멍에다 초점을 맞추고 세상을 바라다 볼 때처럼 매혹을 느꼈소. 도대체 무슨 일이 어떻게 전개되는지 모든 광경을 좀 더 잘 보기 위해서 작은 구멍에 눈을 갖다 대었잖소. 내가 입을 레베카의 항문에 대고 있으면 마치 그녀 내부에서 일어나는 신비한 일의 증인이 되었지요. 생동감 넘치는 그녀 복부의 내벽, 근육 조직, 심장이 두근거리는 소리 등을 직접 체험했소.

그렇게 우리는 지저분한 냄새가 나는 사랑을 했다오. 그러나 지저분한 냄새가 나는 곳에서 우리는 마법을 걸었소. 가장 더러운 것은 가장 고상한 것과 은밀한 관계를 맺고 있음을 보여 주었소. 그래서 내게 분명 역겨울 것 같은 일이 오히려 달콤했으며 불쾌한 마음이 나를 흥분시켰고 다른 모든 것보다도 뛰어난 어떤 감각이 내 혐오감을 극복하였다오. 흔히 오감이라고 하는, 살짝 엿볼 수 있으면서 잠겨 있는 다섯 개의 장벽이 있잖소. 나는 있는 힘을 다해 장벽을 흔들어서 신경계를 가두는 경계를 쓰러뜨렸지요. 나의 성욕에는 자만심도 있었소. 사실 혐오감을 이겨내는 것보다 더 현기증을 일으키는 것은 없잖소. 우리는 덤으로 더 큰 힘을 얻었고 새로운 감각을 갖게 되었으며 우리 신체의 한계를 줄일 수 있었다오. 도대체 혐오감이란 게 무엇이오? 어떤 물질에 끊임없이 모욕적인 말을 한다면 그게 혐오감일 거요.

이러한 불쾌감을 이겨내는 것은 항상 양면의 감정을 이어주는 것이오. '빌어먹을, 난 더 이상 이제 겁먹지 않아. 너를 길들이고 말 거야. 너에게 내 힘을 보여주겠어.' 이건 야만적인 도발이오. 우리는 더 이상 두려워하지 않으려고 혐오감을 주는 대상을 삼켜 버리는 거요.

레베카는 내 열의를 보고 기뻐했지요. 레베카라는 한 인간이 계속해서 만들어 내보내는 것을 열심히 모으는 것을 보고 말이오. 그리고 나는 그녀 장에서 뿜어 나오는 용암 같은 분비물에 둘러 싸여 머리부터 발끝까지 분비물을 덮어쓰고서 이제 막 그녀의 뱃속에서 나와 아직도 양수에 젖은 채로 울음을 터뜨리는 어린아이가 되었다오. 난 점점 이 끈끈한 애무에, 내 몸 속으로 슬그머니 끼어드는 분뇨에 익숙해졌소. 사랑하는 쓰레기는 나를 비천한 신분에서 벗어나게 했고요. 그러면서 더욱 달려들게 했다오. 우리의 몸은 발칸 반도처럼 분할되어 말초적인 에로티시즘을 버렸소. 마치 나폴레옹이 죽은 뒤 제국이 쪼개졌고 지방에서 각기 왕국을 선포한 것처럼 말이오. 우리는 평범한 것에 흥취를 돋우려고 낡은 변태성욕을 공략하는데 뛰어드는, 낯선 것을 좋아해서 실험에 빠지는 현대적 커플이었다오.

그 당시에 나는 친구들에게 항상 우쭐대면서 되풀이하여 말하곤 했지요. '누구라도 사랑하는 사람을 취할 때까지 마시고 먹어본 적이 없다면, 도저히 말로 표현할 수 없는 환상에 맞춰 연인의 몸을 복종시키지 않았다면, 그는 진정 사랑으로 사랑한 게 아니야.'라고. 그리고 나는 지옥을 안다고 믿고 지옥을 열정이라고 부르는 선택받은 특권 계급에 속해 있는 게 자랑스러웠소.

우리가 뭘 할 수 있었겠소? 우리는 지표도 모델도 없었소. 서구에는 사랑의 모든 기술이라는 것이 없어서 사랑 행위는 합법적이든 불법적이든 서로 껴안는 게 전부가 되었소. 사랑에는 더러운 것은 전혀 없기 때문에, 누군가 친절하게 말했듯이 새로운 것은 우리에게 즐거움이 되었다오. 겉으로 보기에는 모두 훌륭한 시민이요 사랑하는 단짝 같지만 비밀스런 둘만의 침실에서는 반항적이고 자유분방하며, 기존 질서에 도전하는 무법자들이오.

우리는 친구들에게도 좀 모호한 태도를 보였지요. 우리의 애정 생활에 대해서는 전혀 아무것도 밝히지 않고 다만 독특하다고만 말했다오. 그들이 자세히 물어보면 레베카와 나는 연민에 찬 표정을 하고 억지로 부끄러운 듯이 말을 잘랐소. 으스대고 싶은 마음도 있었고 그들을 실망시킬까 봐 두렵기도 해서 은근히 암시하는 듯한 말만 했다오.

다른 사람들은 당연히 우리보다 더 멀리 연구를 해나갔지요. 최악의 극단적인 일 앞에서도 망설이지 않았소. 전문적인 방탕아들에 비한다면 우리는 말도 제대로 알아들을 수 없는 꼬맹이에 지나지 않았다오. 하지만 단편적으로 느끼는 쾌락의 절정에서 우리는 오히려 늘 기계적으로 똑같이 되풀이되는 욕망에 빠져 있는 순진한 연인들을 경멸했소. 우리는 쾌락에서 금욕주의자들이 분명 눈살을 찌푸렸을 그런 외설스런 추함에 대해서는 추하다고 느끼지 않았다오. 다만 다르다고 느꼈지요. 그 당시에는 좀 앞서 나간다고 할지 모르지만, 뭐랄까, 숭고함에 가까웠소.

내 마음 속에서는 무언가가 당당하게 말했소. '천한 것, 외설스러운 것, 저속한 것을 인정하는 것이 외설을 무시하는 진짜 외설을 피하는 유일한 방법이지. 고매한 사람들이 갖는 태도야.' 라고. 우리는 최고의 절정에 도달했소. 가장 높은 곳에 올라가서 보니, 저 아래 계곡의 소박한 즐거움이 우리를 그렇게 뒤집어 놓았던 거요. 평범한 것에서 멀리 떨어져 있으면서, 우리의 모순이 우리를 키웠고 우리의 특별한 애정을 더욱 확실하게 해주었다오.

우리가 소화하기 어려운 육체의 내면까지 열정적으로 맛을 본 뒤에 무엇을 했다고 생각하시오? 알아맞힐 리가 없지요. 열렬한 포옹이었소. 서로를 꼭 끌어안고서 평안이 주는 따사로움 속에서 천천히 숨을 쉬었다오. 살짝 힘을 주기도 하고, 때때로 가벼운 입맞춤만으로도 전율하면서, 우리 존재의 빛이 환하게 퍼져 나가는 것 같아 서로 다독여주었소. 우리 신체의 각 부분은 각기 특별한 열기를 뿜어냈소. 어깨 엉덩이 팔 등은 특유의 체온을 지니고 피부와 교감하고 있었소. 그렇게 포옹하고 있으면서 콩닥거리는 가운데 말없는 휴식을, 잠자는 듯한 고요한 물의 정적을 느꼈으며, 이 정적 속에서 우리는 기력을 되찾았소. 감정은 가라앉고 피도 다시 흐름을 되찾아 편안한 리듬에 따라 호흡하는 소리를 들으며 우리는 아득한 상태가 되었소.

다음 날이면 우리는 전날 밤의 일을 떠올리며 미친 듯이 웃었소. 오르가슴에 이르러 헐떡거리며 더듬더듬 뱉어냈던 믿을 수 없는 말들을, 쾌락과는 반대인 전혀 엉뚱한 말을 미친 듯이 되풀이하곤 했지요. 우리는 코미디에서처럼 무표정하게 뱉어냈소. 그러다가 그로테스크한 악취미를 연구하는 언어학자처럼 서로를 놀려댔지요. 그녀의 절규하는 듯한 비명소리가 죽은 사람이라도 깨워낼 것 같았다고 내가 놀려대면 레베카는 비둘기처럼 구구거렸던 내 신음소리를 비웃었소.

쾌락의 광대인 우리는 서로 농담을 하며 기운을 되찾았소. 지난밤에 우리를 깊은 나락으로 내려가게 했던 커다란 고통을 몰아내기 위해서였소. 변태 성욕을 즐기는 사람들에게 닥쳐올지 모르는 위험이 있었기 때문이오. 그들은 자신의 악마와도 같은 면을 개발시킨다고 하더라도 그 타락의 심층에는 규방 처녀와 같은 규범적이고 성실한 태도가 남아 있었소. 가구의 먼지를 털어내는 늙은 소년이 있었지요. 엄밀히 말하면 방탕은 질서를 필요로 하오. 또 이런 질서는 엄청난 혼란의 포즈를 취하기를 금했다오. 요컨대 방탕한 생활을 하면서 초췌해지기는커녕 우리는 방탕 속에서 안식처를 찾았소. 다른 사람들이 부엌에서 안식처를 찾듯이.

우리는 온갖 난잡한 행동을 하면서도, 시냇물이 흐르듯, 새가 지저귀듯 나지막이 우리가 만든 환상의 세계에 둘러싸여 안온하게 사랑을 나누었소. 더 이상 밑으로 내려갈 수 없는 타락을 완전히 배우고 싶었다오. 절대로 속아 넘어가지 않고서.

모든 사랑은 돌이킬 수 없을 정도로 완전한 균형을 추구한다오. 찬 물과 따뜻한 물이 섞여 미지근한 물이 되면 다시는 원래의 상태로 돌아갈 수 없듯이. 우리는 우리 사랑에 대립하는 힘을 집어넣었지요. 흩어져 있는 에너지를 끌어 모아 열정의 회로에 다시 붓는 복잡한 원칙을 집어넣었소.

우리는 이해하기 쉽고 간단한 우리의 추한 이야기를 지키고 싶었지요. 우리는 반감을 무시하면서 더욱 정열적이고 대담하게 방탕의 길로 빠져들었소. 반감을 무시한다는 것을 일종의 자랑으로 삼았다오. 그렇다고 우리의 방탕을 극적으로 과장시키는 것은 쓸데없는 짓이오.

우리는 끊임없이 온갖 방법을 통해서 상호적이면서 점점 커지는 열정의 증거를 주었소. 성적 쾌락 중에서 가장 공들여 만들어낸 단계를 향해 올라가는 것을 유명한 격언으로 표현할 수도 있을 거요. '어제보다는 조금 더, 내일 보다는 조금 덜', 이렇게 말할 수 있지 않겠소?

광기와 불타오르는 열기로 가득했던 시간은 거의 여덟 달이나 이어졌다오. 그렇게 여덟 달 동안 우리 머릿속에는 오로지 한 가지 생각, 하나뿐인 대상, 단 한 가지 대화 주제만이 있을 뿐이었지요. 이런 성향은 내 삶이 보여주는 색깔까지 바꾸어 놓았소. 나는 레베카와 엄청난 희열에 빠져 있었소. 어떤 관념 체계가 나를 이런 희열로 이끌어가지 않는다면 한 걸음도 앞으로 걸어 나갈 수 없었고, 누구도 만날 수 없었으며, 처방전 하나도 쓸 수 없었고, 잡지 한 권도 읽을 수 없었다오. 나는 이런 극단적인 행동을 하다가 평범한 생활 영역으로 되돌아올 수 없었고요. 빠져들 수밖에 없었고 그래서 계속 해야만 했소. 그래서 전공이 기생충학이니 낮에는 내내 오염된 대변이나 더러운 소변을 분석하는 일을 하면서도 머릿속에는 한 가지 생각 밖에 없었소. 밤이면 밤마다 연인 레베카의 사랑스러운 배설물 속에 잠겨서 그녀가 말하듯 입부터 똥까지 이어지는 시간을 되찾는 거였다오.

내 방은 친구들도 절대 들어올 수 없는, 성 도구를 파는 가게 창고가 되었소. 인조 성기, 관장통, 관장용 주사기, 채찍, 가죽 코르셋, 수갑, 올이 풀린 거들, 뾰족한 가시가 박힌 원반 같은 것이 널려 있었다오. 십자가에 매달린 예수의 고뇌에 찬 환영만 없지 그야말로 중세의 고문실이었소. 정기적으로 일주일에 한 번씩 내 아들이 오면 우리는 모든 것을 정리해서 벽장에 넣고 열쇠로 문을 잠근 뒤 우리의 격렬한 성생활을 삼갔소.

그때를 빼고 나머지 시간에는 내 사랑스런 고문관은 놀랄

만큼 격렬하고 난폭하게 마치 미친 여자처럼 모든 본능을 터뜨렸다오. 그녀가 부모에게서 물려받은 피가, 아랍인 피가 그녀 혈관 속에서 불타올라서 마침내 그녀 몸속을 가열하게 휘젓고 다니며 흐르기 시작했지요. 레베카는 짐승 같은 생명력을 구현했소. 내가 가지지 못한, 거칠 것 없는 생명력은 나를 머리부터 발끝까지 이어지는 긴 떨림에서 뛰어내리게 했다오. 나는 굶주린 짐승처럼 게걸스럽게 그녀와 성교하기를 간청했소. 그녀는 내 살 속으로 불 자국을 끌어들였소. 나에게 그녀는 변함없이 도도하게 보였고, 욕망이 충족되었다고 해서 그렇게 평온하게 살기보다는 더 높은 곳에 살도록 내 모든 열망을 매혹시켰다오.

난 사랑을 나누고 난 뒤 맛있는 과일처럼 발그스름해진 그녀의 지친 얼굴을 특히 좋아했다오. 피곤해서 좀 부은 듯하고 표정까지 부드러워졌소. 그리고 둥글고 반짝이는 얼굴에서, 저 멀리 갔다가 무사하게 행복과 위안을 얻고 돌아왔다는 깊고도 어린 아이 같은 기쁨을 알아낼 수 있었소.

우리가 나쁜 습관에 길들여질수록 점점 더 온갖 종류의 작은 추잡한 방탕행위를 만들어내기에 이르렀소. 예컨대 밤이면 레베카는 이불 속에서 내 다리에 대고 오줌을 누는 일이 있었소. 나는 추위 속에서 축축하게 젖은 채로 잠을 깨기도 했다오. 그녀는 갓난아기처럼 요에 오줌을 쌌다고 나를 꾸짖으면서 이불 속에서 키득키득 웃었소. 또 어느 날 밤에 그녀는 나를 끌고 화장실로 가더니 그녀 가랑이 사이로 내 머리를 밀어 넣고 그 위에 서서 오줌을 누는 거요. 그리고 닦을 시간도 주지 않은 채 나를 불이 환한 데로 데리고 나갔소. 그때 내 머리카락은 오줌에 젖어 달라 붙어있었고 얼굴은 축축했지요. 그녀는 모든 사람이 보는 데서 불쾌한 냄새가 난다는 듯이 내 얼굴에 코를 갖다 대고 킁킁거리며 냄새를 맡았다오. 아무도 없는 들판에 우리 둘만이 있고 갑자기 소변이 보고 싶으면 그녀는 내 이마 위에, 봄에 살짝 내리는 소나기 같은 오줌을 누었고 나는 그녀의 음부에 난 털 위에 이슬처럼 맺혀 있는 맑고 투명한 물방울을 황홀하게 바라보았소.

언젠가 우리는 밤 기차로, 심플론 익스프레스를 타고 베니스로 갔다오. 도모도솔라 역에서 그녀는 나에게 기차 밑으로 들어가라고 명령했소. 위에서 오줌을 눌 테니 배수관으로 흘러나오는 오줌을 마시라고 했다오. 아주 어두웠고 사람들도 거의 없었음에도, 나는 줄곧 철도원에게 들키거나 갑자기 기차가 움직여서 치일까봐 겁이 났소. 하지만 두려웠다고 해서 내가 느끼는 즐거움이 줄어들지는 않았소.

또 우리는 레베카의 성기에 음식물이나 술을 집어넣기도 했지요. 그녀 성기는 내가 음식을 즐기는 식탁이 되었소. 레베카에 대한 내 욕망이 얼마나 야만적이었는지 확인하는 일도 있었는데, 그러면서 사랑 안내서와 요리책을 혼동하는 경향이 있었소.

우리는 우리 스스로 메뉴를 공들여 만들었소. 과자든 음료든 요리든 그라탱이든 어떤 음식도 내가 사랑하는 연인 레베카의 빛나는 육체의 작은 조각과 섞이지 않은 것은 없었다오. 아마도 놀라겠지만 우리는 한 번도 역할을 바꾸지 않았소. 나에게 레베카의 냉정함과 격렬한 열정은 기본적인 미덕을 이루고 있었소. 그러나 이 찬탄의 대상은 후에 나와 처지가 바뀌었고 결국은 모든 매력을 잃어버리고 내게 짐이 되고 말았지요.

사실 우리는 거기서 멈추었어야 했소. 연인들은 열정이 가장 불타올랐을 때 헤어져야 하는 거요. 완벽한 조화를 이뤄 더 이상 바랄 게 없을 때 떠나야 했소. 마치 다른 사람들이 행복에 겨워 주체하지 못할 때 자살하는 것처럼. 우리는 세상이 이제 막 시작하려는 아침에 있다고 믿었소. 그러나 밤이 오는 것을 알리는 파도소리를 듣지 않으려고 귀를 막고 있었음에 틀림없었지요. 레베카가 워낙 내게 여러 다양한 환상에 익숙하게 만들었기 때문에, 어린 시절부터 내 마음 속에 잠재해 있던 욕망을, 새로움을 위한 새로움의 욕망을 일깨워주었소.

나는 그녀에 대해서 항상 더 많은 것을 요구했다오. 그녀가 나를 놀라게 할 것을 요구했고, 갑작스런 변화로, 놀랄만한 창의력으로 나를 사로잡기를 요구하면서, 항상 더 많은 것을 기대했고요. 그러면 그녀는 내 욕망을 자극하기 위해 변명하듯이 대답하곤 했소. "곧 볼 거예요. 서두르지 말아요. 내 머리 속에는 한 세기 동안 당신을 사로잡을 엄청난 생각으로 꽉 차 있어요."

나는 소름끼치게 하는 이런 약속을, 내 상상력을 자극하는 이런 약속을 몹시 좋아했소. 그렇지만 어느 날 유쾌하지는 않지만 직감으로 나는 마침내 그녀의 모든 것을 다 보았다는 걸 깨달았다오. 레베카는 그녀가 가진 매력을 다 소진시켰고, 그녀의 지친 상상력은 우리가 꿈꾸던 관능과 감각의 낙원을 만들어내기를 멈추었소.

드디어 마법에서 풀려났소. 우리는 모든 정력을 다 고갈시켰고, 차마 말할 수 없을 정도로 욕망을 풀어놓았던 일도 끝났소. 엄청난 경이로움으로 가득했던 우리 애정 생활이 이제는 불안으로 가득 찼소. 괴로워하며 피로를 느끼면서도 흥분을 일으키는 데 필요한 위험한 일을 찾아서 우회 수단을 쓰기 시작했소. 내 고백을 듣고 당신은 분개해야 할 게 아니라 오히려 웃어야 할 것이오. 극도의 악행을 추구하다가 실패를 확인한 젊은 남녀보다 더 우스운 것이 무엇이겠소? 사계절을 견디며 사는 것처럼 온갖 쾌락을 누리고도 살아남았소.

그러나 우리가 살아남았다는 단순한 사실이, 과도한 육체적인 행동을 중요하지 않게 여기게 했소. 그러면서 우리는 어떤 위험도 무릅쓰려고 하지 않았소. 그 때문에 우리는 오래 감동하는 방법도 잃어버렸소. 이상한 시기였지요. 가장 어려운 것은 추잡한 말이든 몸짓이든 그런 짓거리를 피하려는 게 아니라 튀어나오게 하는 거였소. 참고 견디면서 가장 외설스러운 상황을 회피했소. 이제 성이라는 것은 성스러운 미덕을 잃어버린 가련한 신성모독일 뿐이었소. 현대의 방탕아를 위협하는 것은 정열의 노쇠가 아니었소. 바로 권태였소.

사실 나는 너무나 건전해서 이렇게 극단으로 치달을 수가 없었다오. 나는 다른 쪽에서 건너왔다고 생각했으나, 사실은 움직이지 않았소. 너무나 특이한 것, 도저히 예상하지 못하는 것을 찾았소. 그래서 우리가 새로운 걸 경험할 때마다 늘어놓은 삽화 같은 이야기 하나하나에 진실로 애착을 가질 수가 없었소. 지난 여름 한 철 성적으로 무정부상태를 경험했고 기이한 감동의 요체를 끌어 모았소. 이런 경험은 어느 한 순간 나의 예민한 감수성을 보듬어 주었지요. 그러나 내 몸의 곳곳에 흔적을 남기기에 충분히 깊숙하게 내려와 꽂히지 않았소. 나는 변하는 데 실패했소. 큰 대가를 치르고 엄청난 일탈을 저지른 뒤에 다시 관습적인 쾌락으로 되돌아온 평범한 사람으로 그대로 있었지요. 그래서 나는 더욱 레베카를 원망했다오. 내게 변신하리라는 희망을 주었다가 실패하게 만들었다고. 우리는 본래 빈약하기 그지없는 기질을 타고 났는데 너무나 높은 곳에서 살았던 거요.

 그래서 우리는 어느 날 저녁 진수성찬이 차려진 잔칫집에 갔다가 다시 누추한 자기 집으로 돌아오는 가난한 사람처럼 혼란스러움을 느꼈다오. 게다가 누구든지 자신만이 갖고 있는 환상이 평범하기 그지없다는 사실을 깨닫는 것보다 더 실망스러운 일은 아무것도 없다오. 우리 둘이서 했던 일이 런던과 뉴욕과 베를린에 있는 클럽에서 대규모로 이루어진다는 사실을 알았을 때, 우리가 늘 해 오던 습관에 갑자기 싫증이 나고 말았다오. 그렇게 뻔한 통속극에 내가 발을 들여놓는 게 더 이상 어울리지 않았던 거요. 외부와 연락을 끊고 틀어박혀서 사는 이런 삶, 방 속에서 문을 꼭꼭 닫아걸고 사는 삶은 억지로 우리를 세상과 단절시켰소. 집안에 틀어박혀 한가로이 지내기 좋아하는 이런 삶은 이미 비뚤어진 삶이었으므로 더 이상 아무 의미가 없었소. 만약 우리가 우리 놀이에 몇 친구들을 받아들였다면 아마 둘만의 생활에서 벗어날 수 있었을 거요. 하지만 레베카는 우리 사이에 제 삼자든 어떤 남녀든 누구도 끼어드는 것을 좋아하지 않았소. 퇴폐에 빠진 우리는 집안의 모든 커튼을 다 치고 세상을 온통 등진 채로 오로지 둘만이 빈둥거렸소.

 그러나 우리가 쫓아버린 세상은 다시 권리를 행사했다오. 우리가 우리를 가두면 가둘수록 우리의 방문을 세차게 두드리는 소리를 들을 수 있었지요. 창가에서 소곤거리며 커

틈을 살랑살랑 흔들어 놓았소. 세상은 이렇게 우리를 부추기며 너무 늦기 전에 다시 나와 세상 속에 흠뻑 빠져 보라는 소리를 들을 수 있었소.

나는 온갖 관능적인 쾌락을 실컷 누리다가 마술을 깨부수기로 했소. 세상에서 들리는 온갖 소리, 활기, 군중, 요란법석, 이런 것들이 미치도록 그리웠소. 그러자 레베카와 나 사이에는 소리 없는 노여움의 분위기가 점점 자리를 잡았다오. 사랑이 식었는지 내 마음은 전과 같이 불타오르지 않았소.

그리고 레베카가 워낙 깜짝 놀랄 정도로 개성이 강해서 잠깐 드러나지 않았던 내 변덕스런 성격이 다시 겉으로 드러나기 시작했소. 레베카나 나나 둘 다 비슷한 성격을 갖고 있었소. 일종의 난폭한 성격이라고나 할까, 모든 것을 다 날려버리는 불 같은 성격을 갖고 있었소. 이제 대상이 없어 허망해진 야생의 에너지는 우리를 공격해 해치기 시작했다오. 우리가 꾹꾹 눌러놓았던 강력한 정기가, 폭풍우 같던 거센 폭발이, 지체 없이 진짜 태풍이 되어 거세게 밀어 닥치려고 했소.

난 레베카를 실컷 추켜 세워준 다음 높은 곳에서 거칠게 그녀를 끌어 내렸소. 찬양할 새로운 대상을 찾으려고 했소. 음탕하게 보낸 엄청난 순간들이 있었는데, 그런 순간은 보통 때에는 잠들어 있던 힘을 깨웠기 때문에, 곧바로 잔인하게 변할 수 있었소. 환상에서 깨고 나면 언제나 화가 나기 마련이오. 더 이상 나에게 충분한 열정을 불러 일으키지 않는다고 레베카를 원망했소.

그리고 그녀가 부끄러워서 스스로 사라지기를 바라기 시작했지요. 그녀에 대한 사랑이 식어버리면서 나는 그녀를 거의 미워했소. 우리가 갖고 있던 증오심이 성적 도착으로 나타났던 것처럼, 성적 도착이 사라지자 악의로 바뀌었소.

난 레베카에게서 흠결을 발견했소. 예를 들면, 다른 사람은 크게 괴로워하지 않거나 어깨를 한 번 으쓱거리며 끝내 버릴 만한 농담도 그녀는 마치 심각한 모욕을 받은 것처럼 받아들여 그걸 기억하며 괴로워했소. 온갖 변덕을 다 부리면서 나를 복종시켰던 이 도도한 여자는 가장 기본적으로 가져야 할 자신에 대한 믿음이 없었소. 나는 파렴치하게도 그것을 이용하기 시작했소. 우리가 성스러운 것으로 여겼던 지난 모든 일을 끊임없이 조롱거리로 만들어버렸소. 레베카는 이런 나의 행동에 기분이 상해서 그냥 눈물을 흘렸소.

우리의 소란스러운 방탕한 놀이는 차츰 전쟁으로 변했다오. 어쩔 수 없었소. 우리는 소중한 사람에게 상처를 줄 뿐이오. 모르는 사람을 괴롭히는 일에는 아무 즐거움도 없지요. 우리가 소위 문명이라고 일컫는 것 모두가 인간이 저지른 잔인한 행위가 쌓이고 쌓여서 이루어진 것 아니겠소.

요즘 언어 학대가 많다고 하는데, 이는 남에게 육체적으로 폭력을 가하면 평판이 좋지 않으므로 정신적으로 학대를 하기 때문이오. 우리 세대는 야만성을 몰아낸 것을 자랑으로 삼았는데 야만성을 교묘하게 위장해서 다시 돌아오도록 강요했소. 우리는 주먹을 휘두르거나 몸으로 힘을 행사하지 않소. 머리를 쓰거나 교묘한 말을 해서 힘을 갈고 닦았다오. 우리 사회는 그 점에서 세련되게 이겼지만 야유와 중상모략으로 저질러진 엄청난 타격에서 회복하기 위해서 아무런 징벌을 정해 놓지 않았소. 다른 사람을 위협하는 건 크게 문제 삼지 않았다는 걸 덧붙여야겠소. 한 세기 전부터 우리가 살고 있는 서구 사회에서 자유라는 다양한 이데올로기가 꽃피어났소. 이런 풍조도 포함시켜야겠소. 자유라는 이름으로 개인에게 해를 가할 수 있다는 게 우리 시대의 특별한 매력 중의 하나 아니오. 나와는 반대로 레베카는 이런 설전에 익숙하지 않았다는 사실을 상세하게 말할 필요도 없을 거요.

 탈무드나 성서를 암송하면서 자란 아이들, 그리고 모험을 자양분 삼아 성장한 아이들, 또는 자연이나 거친 대양에서 커간 아이들이 있는가 하면, 나는 파리라는 도시에서 자랐지요. 나는 어려서부터 부모님이 부부싸움을 할 때나 외아들인 내게 질러대던 고함소리를 노래삼아 듣고 자랐소. 내 머리 속에는 아버지에 대한 굴욕감이 못처럼 단단히 박혀 있었는데 그것은 늘 나를 따라다니는 열등의식이 되었다오. 그 같은 교육은 전 인류에 대해서 회한으로 가득 차 있는 음험하고 보복심에 찬 싹을 키우는 법이오. 한마디로 나라는 인간이 이렇게 태어난 거요. 이런 이야기는, 내 마음에 자리 잡고 있는 나쁜 기질이 다시 나타나는 이유를, 사랑을 시작할 때 풋풋한 기분을 느끼면서도 왜 비열한 행동에 특히 더 끌리는지를 설명하려는 것이오.

이제 그녀와 내가 나누던 연애의 한 사이클이 완전히 끝이 났소. 그래서 나는 막연하게 다른 사람과 다른 관계를 시작해야 한다고 느끼고 있었다오. 가끔씩 나는 나 자신이 두려워하는 내 애인의 처지가 되어 보았지만 금세 그녀가 내겐 이미 의미 없는 존재라는 사실을 깨달을 뿐이었소. 찬미한다는 것은 이미 증오한다는 것이며 남자든 여자든 조각상을 하나 만들어 세워놓고는 일찌감치 자격을 박탈하는 것이오. 격렬한 정사를 벌이며 여덟 달을 보내고 나니, 우리는 이제 서로를 잘 안다고 믿고 서로에게 더 이상 할 말이 없었기 때문에 오히려 낯선 사람이 되었지요.

우리가 맞이한 새로운 상황에 레베카는 처음에는 특권을 잃어버린 여자처럼 온 힘을 다해 맹렬하게 저항하더니 적어도 자존심만은 지키려 하였소. 우리는 계속 다투었소. 상황이 심각해지자 잠시 뒷걸음질 쳐 보기로 했다오. 마침 우리는 몇 달 동안 아시아로 갈 일이 생겼소. 내가 세계보건기구에서 파견하는 의사로 가게 된 거요. 색다른 문화와 생소한 사람들을 만나고 아름다운 경치를 보면서, 불행한 파탄을 눈앞에 두었던 우리는 만병통치약을 먹은 듯 했지요. 그러나 파리로 돌아오면서 모든 것은 다시 시작되었다오. 우리의 감정은 그 자체의 무게로 산산조각이 났고 나는 거리를 둘 생각만 하고 있었소.

이미 말했듯이 우리 사이에 성교도 뜸해졌소. 방탕했던 성생활을 끝내자 나는 구역질날 정도로 익숙해진 여자와는 한가로이 성관계를 하고 싶은 욕구가 전혀 없었다오. 아무리 밑바닥까지 내려가는 외설스런 행위를 한들 새로운 육체의 신선함과 겨룰 수 있겠소? 레베카도 그것을 깨달은 것이 틀림없었소. 그녀가 이렇게 말했기 때문이오.

"우리는 절대로 그렇게 하지 않았어야 했어요. 당신이 변해 버렸으니까."

나는 어깨를 한번 으쓱거렸소. 왕년에 엄격한 교육이라도 받은 것을 기억하듯이 정숙한 체 하는 태도가 우습다고 생각했소. 하지만 나는 내 사랑이 식었다는 사실에 대한 진정한 이유를 감히 그녀에게 말하지는 못했소. 내가 거침없는 태도를 보이면 그녀는 때때로 숨 막힐 듯이 화를 내고 괴로울 정도로 간지럼을 태워 나를 쓰러뜨린 뒤에 내 목을 죄면서 내 마음 속 비밀을 몽땅 털어놓으라고 했다오.

유달리 인상적인 에피소드가 하나 기억나오. 우리에게 두 번째로 일어났던 커다란 논쟁에 관한 일이오. 첫 번째 논쟁에 대해서는 어제 이야기했소. 친구네 저녁 모임에서 일어났던 일 말이오. 편의상 구분을 하려고 하는데, 우리에게는 일상 속에서 자주 벌어졌던 소소한 싸움이 있었고, 몇 번 되지는 않지만 기간도 아주 길고 끔찍했던, 증오에 찬 대전쟁과도 같은 싸움이 있었다오.

그때는 그러니까 봄이었소. 나는 비엔나에서 열리는 기생충학회에 초청 받아 연설을 하기 위해 일주일 예정으로 여행을 떠난 적이 있었다오. 레베카는 그동안 내 집에 머물렀는데, 내가 없는 틈을 이용해서 두 칸짜리 아파트를 예쁘게 꾸며 놓았소. 벽과 문을 다시 칠하고 창문에는 밝은 색 커튼을 달아 놓고요, 온갖 화려한 꽃을 꽂은 꽃병으로 구석구석을 장식하고 새틴 천으로 20여 개나 되는 쿠션을 만들어서 거실 한가운데를 포근하게 바꾸어 놓고 아주 흡족해 하고 있었소.

그녀는 나를 위해서 컬러 텔레비전도 새로 한 대 사들여 오고 1900년대식 곡선 위주의 장식 스타일로 된 예쁜 램프도 두 개나 장만했다오. 그녀는 독신자의 소굴을 젊고 상큼한 사랑의 둥지로 바꾸어 놓았지요. 나는 이 변화에 넋을 잃었고, 레베카가 집을 장식하느라고 그동안 저축한 돈에다가 이번 달치 월급을 절반 이상 썼다고 알려주자 감동을 받았다오.

하지만 내가 돌아와 함께 지낸 지 겨우 이틀 만에 예전과 같은 마찰이 다시 시작되었소. 나는 그녀가 해놓은 일을 혹독하게 비판했소. 가구와 칠의 조화가 맞지 않는다고 지적하면서 그녀의 형편없는 안목을 비웃었다오. 미용사가 그러면 그렇지 하는 식으로 놀린 거였지요. 또 내 아파트를 휘핑크림을 엄청나게 휘저어 놓은 듯이 왜 마음대로 뒤죽박죽 닭장처럼 만들어 버렸냐고 그녀를 비난했다오. 아마 우리가 어느 카페에 있었던 걸로 기억하오. 레베카는 울고 있었소. 직업을 들춰가면서 그녀를 공격하기는 그때가 처음이었소. 나는 못된 짓을 한 김에 더 상스러운 행동을 덧붙이며 '네 눈물에 아주 진절머리가 난다.'고 말하면서 자리에서 벌떡 일어났소. 그녀는 거리까지 나를 따라왔소. 그녀 얼굴에서는 경련이 일어나고 있었소. 순간 나는 갑자기 그녀 얼굴에 불끈 솟아오른 난폭성이 두려웠다오. 정확하게 표현할 수는 없지만 재난이 있을 거란 예감이 들었소.

"그래서 아파트 장식이 마음에 들지 않은 거야?"

그녀의 목소리에서는 분노로 숨이 막히는 듯 씩씩거리는 소리가 났소.

"그렇게 말한 적 없어."

"그랬잖아. 끔찍해. 나를 봐주려고 하지 마."

"왜 따라와?"

"내가 잘못 해놓은 것을 고쳐야지. 이제 곧 알 거야."

나는 불안한 마음으로 아파트 문을 열었다오. 내가 어떤 행동도 취하기 전에, 레베카는 문을 열자마자 안으로 들어갔소. 그러더니 텔레비전을 들어서는 계단 아래로 내던졌소. 내가 달려갔지만 이미 텔레비전은 계단 입구에 부딪쳐 부서졌고 안에 있던 전선 같은 것들을 내장처럼 토해 놓았소. 레베카가 벌이는 말도 안 되는 끔찍한 소란으로 아파트 전체가 흔들리는 것 같았소.

"완전히 미쳤군."

"아니. 당신 아파트를 예전처럼 만들어 주려고."

그녀는 단호한 걸음으로 부엌에 달려가서 부엌칼을 빼어 들어 무장을 하고, 작정한 듯이 자기가 만든 쿠션 하나하나를 찢어 내 집을 반질반질한 흰색 천의 소나기에 잠기게 했다오. 이런 폭풍우와도 같은 행동에 나는 마비된 채 꼼짝도 못 하고 있으면서도 그럴 만도 하다고 막연히 생각하고 있었지요.

가슴 아픈 사건을 굳이 세세히 말하지는 않겠소. 행복해 보이고 따뜻했던 한 가정이 반 시간 만에 약탈당했고 찢어진 책 조각이 되었다고 말하는 것으로 충분할 거요. 성 도구들은 창밖으로 내던졌고 벽지는 온통 찢겨졌으며 램프 두 개는 내 어깨 위를 날아가 박살이 났소. 레베카는 혼자서 경찰 특공대가 기습 작전을 벌인 것 만큼이나 엄청난 난장판을 만들어 놓았지요.

그녀가 가 버렸을 때 황폐해진 내 아파트는 마치 폐허가 된 들판 같았다오. 나는 지칠대로 지쳐 멍하게 있었소. 엉망이 된 내 아파트와 위태로운 우리의 사랑 때문에 울었던 것도 같소. 이웃 사람들은 분명 우리가 벌인 소동을 몽땅 들었음이 틀림없었소. 그들은 이미 밤마다 레베카가 질러대는 사랑의 괴성에 견디기 힘들어 했는데 말이오. 우리 아파트에서 내 명성은 땅에 떨어질 대로 떨어졌지요.

두 시간 쯤 뒤에 그녀는 울면서 전화를 걸어왔소. 용서해 달라고 합니다. 그녀는 이런 앞뒤에 맞지 않는 행동을 하곤 했다오. 그녀는 내게 간청했소. 밤을 꼬박 새워서라도 어지럽히고 망가뜨린 집을 자기가 고치고 정리하겠다고 말이오.

"쫓아내고 싶다면 당신 마음대로 해. 하지만 우선 모든 것을 원래 상태로 만들어 놓게 해줘."

나는 그녀의 제안을 받아들였지요. 그녀는 손에 빗자루와 걸레를 들었소. 나는 의자에 앉아 그녀에게 명령하고 그녀가 고분고분하게 말을 듣는 게 기분이 좋았소. 그녀를 야단치고 비웃고 일을 잘 못한다고 잔소리했소. 일시적이나마 그녀를 내 마음대로 부린 것이오. 언제나 나를 겁나게 한다고 믿었던 어리석은 여자가 지금 내 앞에서 쩔쩔매고 있었으니까. 몇 시간 동안에 걸쳐 그녀가 모든 것을 말끔히 해놓았을 때 나는 문을 열고 그녀에게 잘 가라고 말했소.

"내가 가길 바라?"

"그게 더 좋으니까."

"가고 싶지 않아."

"그게 더 나아, 가, 가 버려!"

"프란츠, 당신을 사랑해. 제발 용서해 줘. 잘못했어. 오직 당신만을 사랑해. 당신을 위해서라면 무엇이든지 할게. 약속할게."

"내가 바라는 것은 오직 하나뿐이야. 당신이 가 버리는 거라구."

벌써 그녀의 눈에는 눈물이 그렁그렁 맺혀 있었지요. 조금 뒤에 그녀는 가슴까지 들먹거리며 흐느껴 울었소. 그녀는 내 앞에 무릎을 꿇고 내 손과 구두에 입을 맞췄소.

"당신을 사랑해. 제발 가엾게 여겨 줘."

그녀는 몇 번이고 말했소. 그녀가 두 팔로 있는 힘을 다해 내 다리를 꽉 잡았지만 나는 발길질을 하며 몇 번이고 그녀를 문가로 밀어냈다오. 마치 흔들리지 않는 결심이나 한 듯이 말이오. 나는 사랑에 빠진 여자가 굴욕적인 자세에서 어디까지 갈 수 있는지 알고 싶었지요. 그녀의 간청과 애원을 들으면서 나는 오기를 부리며 고관대작처럼 폼을 잡았소. 그녀는 오랫동안 양탄자에 얼굴을 파묻고 두 손을 떨면서 끝없이 고통을 털어내듯 울어댔다오.

나는 그녀가 진정하기를 기다렸다가 그녀가 돌아가는 조건으로 가혹한 조건을 제시했지요. 앞으로는 쓸데없이 자주 만나지 말 것이며, 내 마음대로 할 수 있게 나를 자유롭게 내버려둘 것이며, 내 물건이나 우편물을 뒤지지 말라고 요구했소. 그녀는 완전히 낙심한 태도로 동의했다오.

"당신 곁에 있을 수만 있다면 모든 걸 다 참아낼 수 있어. 당신이 다른 여자를 사랑할 수도 있겠지. 내 옆에 있으면서 당신이 내게 알려줄지도 몰라. 당신이 나를 밀어내고 쫓아버리려고 해도 나는 당신을 세상 끝까지라도 쫓아갈 거야. 당신에게 어떤 고통을 받는다고 하더라도 당신이 없는 고통보다는 더 나을 테니까."

나는 이 여자가 나를 맹렬히 사랑하고 있다는 사실을 결코 의심하지 않으면서 어리석게도 기분좋고 의기양양해져서 그녀가 하는 말을 듣고 있었소.

"날 위해 모든 걸 하겠다고? 당신이 잘못하는 거야. 당신도 알지, 비극은 당신이 날 너무 사랑한다는 거야. 그것도 지나치게 많이. 당신이 놀고 지내기 때문이야. 어디에 매달려야 할지 그런 일을 갖지 않았기 때문이야. 당신이 날 조금 덜 사랑했으면 해. 당신의 열정이 성가셔. 그러니까 열렬한 사랑이란 여자를 굴복시키려고 남자가 만들어 놓은 가혹한 신화라는 사실을 모르나 보지?"

난 몹시 기뻐했소. 나는 페미니스트인 체 처신했지요. 레베카를 실컷 골리고 그녀를 위한다는 미명 아래 짓밟았으니. 내게 이런 천박한 행위를 저지르는 재능이 있다는 것을 깨달았지요. 잠깐 나는 겁이 났다오. 행복과 웃음이 다 내게 달려 있다고 생각하니 말이오. 그러나 이런 소심함을 떨쳐 버리게 하는 다른 생각이 떠올랐소. 내게 운명을 맡긴 이 여자를 좌지우지할 수 있는 사람은 바로 나라는 생각이었다오. 이 놀라운 생각은 끔찍했지요. 한번 생각을 하니 더 이상 내 머리 속에서 떠나지 않았고, 우리 관계가 앞으로 어떻게 나아갈지 그 방향을 결정했소. 레베카는 감히 전혀 거역하지 못했소. 밤에 그녀는 현관문 앞에 서서 아파트 사람들을 향해 이렇게 말했소.

"걱정하지 마세요. 잠깐 언쟁이 있었던 것뿐이에요."

그녀는 내게 더 이상 자기를 모욕하지 말라고 했고 자기도 그렇게까지 화를 내지 않겠다고 맹세했소. 물론 나는 내 독사 같은 혀를 지킬 수 없다는 것도, 그녀의 분노가 그녀의 꺾이지 않는 사랑 이면에 조금만 위험한 징후가 보여도 다시 폭발하리라는 것도 짐작하고 있었지요. 이런 위기감이 나는 좋았소. 나는 사람들을 궁지에 몰아넣고 그들을 격분시켜 나를 불태울 정도로 그들의 신경을 비틀어 놓는 일을 좋아하니까.

거기에서 나는 불꽃 튀는 성행위를 할 때와 똑같은 현기증을 느꼈소. 그런 일은 다른 방식으로 느끼는 관능적 욕망의 연장이니까. 예로부터 우리 집안은 여자들을 항상 광기로 몰아갔소. 내 아버지도, 할아버지도, 증조할아버지까지도 다 당신의 아내를 정신이상으로 몰고 가는 재주가 있었다오. 그런데 나에게도 전통에 제물로 바칠 희생양이 있었던 거요. 이렇게 오랜 폭군의 내력으로 나는 그 광기에 불을 당길 용기를 얻었지요. 자신의 과거에서, 자기 선조의 과거에서 아무것도 배우지 못한 사람은 과거에 겪은 불행을 다시 겪도록 선고받는 거요.

갑자기 한 줄기 바람이 불어와 비열한 고백에 붉어진 우리 얼굴을 때렸다. 레베카가 노크도 하지 않고 갑작스럽게 문을 열었기 때문이다.

"안녕하세요."

이 목소리를 듣자 프란츠는 움찔하며 미치광이 같은 이야기를 딱 멈추었다. 피부에 달라붙은 주홍색 종이조각처럼 그의 얼굴에는 커다랗고 붉은 열꽃 같은 것이 솟아 올랐다.

"누군가 했더니 바로 '꼭지가 돈 아저씨'군요."

그녀는 내게 고개를 숙여 인사했다.

"아직도 화가 났어요?"

"천만에."

그러자 프란츠가 음흉한 웃음을 지어보이며 말을 고쳐주었다.

"이 사람은 '꼭지가 돈 아저씨' 씨가 아니야. 이 사람은 고양이의 구원자, 과부와 고양이의 보호자야."

"뭘 어떻게 했길래?"

그녀는 프란츠의 표현이 재미있다는 듯 미친 듯이 웃다가 이렇게 말했다.

'뭘 어떻게 했길래'라는 말이 내게 일격을 가했다. 이상하게도 이 말에 나는 깊은 상처를 받았다. 마음속으로는 이해했다. 겉으로는 그녀를 향해 입술에 경련이 일 정도로 커다랗게 웃어 보였다. 이런 매정한 거절을 듣는 일도 이제 끝내야겠다고 생각하면서 안절부절했지만 들리지 않는 말 몇 마디만 입에서 웅얼거리며 나올 뿐이었다. 나는 두 사람 사이에 앉아 있었으므로 부부의 숨결이 바로 내게 전해져 왔고 그것은 몹시 불쾌했다. 바깥의 공기가 필요했다. 그렇게 오랫동안 빠져있던 진흙탕에서 벗어나기 위해서 넓은 바다를 보고 싶었다.

나는 정신없이 밖으로 나왔다. 그리고 방문을 닫고 나왔을 때 비웃기라도 하는 듯이 웃는 소리를 들은 것 같았다. 둘이서 악의적인 농담을 늘어놓으며 내가 저지른 실패담을 놀릴 게 뻔했다. 내 몸에 흙탕물이 튀겨 온통 더러워진 느낌이 들었다. 불구자인 프란츠가 유발한 비굴한 동정심과 우스꽝스런 무언극을 곱씹어가며 떠올렸다. 그래야 내가 저속하고 상스러운 언행을 견딜 수 있었으므로.

나는 궁지에 몰린 여우가 굴로 들어가듯이 내 선실로 달려갔다. 베아트리스는 벌써 잠들어 있었고 규칙적인 숨소리와 약간은 달콤한 그녀의 향내만이 침대 가에 어려 있었다.

"미안해. 충격을 아주 심하게 받았나 봐."

그녀를 두고 다른 생각을 했다는 게 부끄러워서 낮은 목소리로 그녀에게 말했다.

나는 곰곰이 생각하고 싶고 또 그대로 분통을 터뜨리고도 싶었지만 피로가 몰려 왔다. 기운이 빠지고 사지는 마비된 듯하여 잠을 잘 수밖에 없었다. 나는 곧바로 잠 속에 빠져들어갔다. 그리고 꿈을 꾸었다. 꿈속에서 레베카는 배의 난간에 기대어 베니스의 어린 고양이를 두 팔로 안고 있었다. 그녀는 고양이를 쓰다듬으며 내게 되풀이해서 말했다.

"당신은 베아트리스보다 더 나아. 그녀가 당신에게 남겨준 삶보다 더 낫다구."

그러자 그녀는 고양이를 바다에 던지고 견디기 힘든 독일식의 억양으로 외설스러운 말을 하기 시작했다. 나는 이 악몽으로 온몸이 땀으로 흠뻑 젖은 채 한밤중에 깨어나지 않을 수 없었다. 그리고 마침내 프란츠의 선실이 어떤 곳인지를 깨달았다. 사람을 감정적으로 이상하게 만드는 작업실이라는 사실을.

셋
째
날

배 신 자 들 의
만 남

　다음날 아침 내가 눈을 떴을 때 베아트리스는 이미 나가
고 없었다. 거센 빗줄기가 배의 현창을 후려치고 있었고 한
치 앞을 제대로 보지 못할 정도였다. 지난 밤에 무슨 일이 있
었는지 기억을 떠올려 보니 다시 화가 치밀었다. 그때까지 프
란츠에 대한 내 감정은 호기심에다가 적당히 불쾌한 마음이
섞여 있었는데, 오늘 아침에는 적개심으로 꽉 차올랐다. 그
렇게 혐오스럽게 자기 고백을 하고 자기 여자를 비웃는 소리
를 듣자니, 나는 더 이상 참을 수가 없었다. 그들 부부가 보여
주는 호의를 바라고 싶지도 않았다. 이제 그들을 더 이상 보

고 싶지 않았고 목소리조차 듣고 싶지 않았다. 필요하다면 그들의 어처구니없는 농지거리를 피하기 위해서라도 방에서 나가지 않고 꼼짝 말고 있어야겠다. 내 결심을 베아트리스에게 꼭 알려야 했다.

나는 베아트리스가 텅 빈 식당에서 마르셀로와 마주하고 식탁에 앉아 있는 것을 발견했다. 그녀가 다른 사람과 머리를 맞대고 어제 일어난 일에 대해 이러쿵저러쿵 말하는 모습을 보니 좀 놀랍기도 하고 다행스럽기도 했다. 나는 예의상 좀 기다렸다가 그녀에게 내 계획을 털어놓기로 했다.

우선 나는 고양이 사건으로 더 이상 그녀를 원망하지 않는다고 넌지시 귀띔을 한 뒤에 이탈리아 사람과 프랑스 사람이 동양에 관해 주고받는 아주 적절한 대화에 끼어들었다. 뭔가 일상사를 뛰어넘는, 평범하지 않은 사상을 함께 이야기하고 싶은 사람이 있다면 그 사람은 마르셀로였다. 우리가 서로 이야기를 나눈 적이 거의 없는데도 그는 나에게 깊은 인상을 주었다. 그가 겪은 경험담을 다 이야기했을 때 나는 완전 초보자였을 뿐이다. 그와 마주하고선 온갖 질문을 하며 호기심에 가득 차 있음을 느꼈다. 그는 열정을 옆 사람에게 퍼뜨리는 능력이 있었는데, 그 열정이 나의 마음을 끌어당겼다. 마르셀로가 인도로 가는 여정에 관해 이야기하고 있을 때였던가, 베아트리스가 춥다고 투덜거렸다. 그래서 착하게도 내가 선실에 가서 스웨터를 가져오겠다고 말했다.

스웨터를 갖고 식당으로 오는 길에 지중해 연안지도가 걸려 있는 맞은 편 홀에서 잠깐 멈추었다. 그런데 내가 있는 곳 가까이에서 갑작스럽게 얕은 기침소리가 들려서 깜짝 놀랐다. 레베카였다. 그녀는 몹시 창백해 보였고 머리도 흐트러진 채였다.

"디디에, 저⋯⋯ 부탁해요. 저를 형편없는 여자로 생각하지 말아요."

그녀는 애원하는 어조로 말했고, 내 팔을 붙잡는 그녀 얼굴에는 어딘지 모르게 갈피를 못 잡고 방황하는 기색이 역력했다. 나는 그녀가 내게 또 다른 장난을 치는 거라고 생각했고 그냥 그녀를 내버려두려고 했다.

"어제 저녁 당신을 비웃으려고 했던 것은 아니에요. 화가 나서 웃은 거예요. 제발 프란츠가 나에 대해 지껄인 악담을 아예 머릿속에 담아두지 마세요. 그가 환자이다 보니 엉뚱한 이야기를 꾸며내기도 해요. 모든 사람한테 자기가 하고 싶은 대로 하려고 해요."

그녀는 억지로 웃으려고 했지만 온몸이 떨리는지 웃음이 흐느낌으로 바뀌었다. 나는 신경에 거슬렸다. 이 여자가 보여주는 모습을 내 마음대로 생각하지 않기로 했다. 그 정도로 그녀가 지금까지 내게 보여준 모습은 항상 달랐다.

"당신을 꼭 만나야 했어요. 날 어떻게 생각하는지 알고 싶어요."

"어떻게 생각하다니요? 나처럼 지루한 '꼭지가 돈' 아저씨의 생각을요?"

나는 그녀가 지금 내 표정이 진짜라고 생각하지 않기를 바라면서도 짐짓 냉정한 표정을 지어보이면서 말했다.

"그래요. 알고 싶어요. 하지만 싫다면 그만두세요. 다시는 그런 말하지 않을게요."

나는 갈피를 잡지 못하는 마음의 부담을 덜기 위해 애써 그녀에게 퉁명스럽게 굴었다. 나도 당황했기 때문이다. 어제는 그토록 거만하게 굴다가 오늘은 애원하는 여자를 보니, 나는 어리둥절했다. 그녀가 무슨 의도로 그러는지 명확히 알아낼 수 없었고 어쩌면 이 여자는 전혀 어떤 의도도 없는 게 아닐까 라는 생각도 들었다. 그러면서 이미 나는 지나치게 남을 불신하는 죄를 지었다고, 공연히 의심한 나머지 어리석었다고 후회하고 있었다. 잘못은 프란츠에게 있었다. 그가 털어놓은 기상천외한 엉뚱한 이야기가 문제였다. 나는 그가 거짓말하기를 좋아하는 게 아니라면 몇 가지 과장된 말을 한 게 아닐까 하고 의심했다. 레베카가 뭔가 후회하는 듯한 태도를 보이니 모든 것이 바뀌었다. 그녀는 별로 섬세하지 않는 남편 때문에 훼손된 명예를 지키려고 애쓰는 연약한 젊은 여자일 뿐이었다. 그녀는 목소리를 낮추면서 어리광이라도 부리듯 은근히 말했다.

"디디에, 둘이서만 이야기하고 싶어요."

"지금 우리 둘 밖에 없는데요."

"여기서는 말고요. 제 방에서요."

나는 피가 갑자기 얼굴로 몰리는 것 같아서 두 손으로 얼굴을 가리고 싶었다. 마음은 거북하지만 그런 마음을 어떻게 해서든 감춰야겠다는 생각에 겨우 진정시키려고 애를 썼다. 레베카는 고개를 들어 뜨거운 시선으로 똑바로 나를 쳐다보았다.

반쯤 벌어진 그녀 입술 사이로 아주 하얀 이가 보였다. 진주처럼 반짝이는 우윳빛이 도는 이를 보니 감출 수 없을 정도로 마음이 흔들렸다.

"당신 방엔 왜요?"

"더 조용하거든요. 모든 걸 다 설명할게요."

"지금은 안돼요. 못 가요."

"알았어요. 그럼 다섯 시에 오세요. 758호예요."

나는 갑작스러운 제안에 숨이 막힐 정도로 깜짝 놀랐고 비틀거리지 않기 위해 난간에 기대 서 있어야만 했다. 이렇게 만나자고 하니 나는 완전히 생각을 바꾸었다. 겨우 한 시간 전에만 해도 화가 몹시 나 있었는데, 순식간에 나는 화가 났었다는 사실을 아예 잊어버렸다. 그때 만일 레베카가 내게 정신 차리라고 해주지 않았다면 나는 홀에서 선 채로 그녀의 초대에 대해 골똘히 생각하며 오랫동안 그대로 있었을 것이다.

"빨리 가세요, 디디에. 베아트리스가 기다리고 있잖아

요. 당신은 이미 스웨터를 입고 있는 걸 보니 그 옷 베아트리스에게 갖다 줄 거죠? 이따 봐요."

나는 깜짝 놀라서 거의 빛의 속도로 식당으로 올라갔다. 그리고는 좋아서 어쩔 줄 몰라 하면서 마르셀로가 보는 데서 베아트리스에게 키스를 하고 그들에게 커피를 또 한 잔씩 가져다 주었다. 마르셀로는 나에게 고맙다고 하는 대신에 한 마디 말만 했다.

"비베카난다(인도 힌두교의 정신적 지도자―옮긴이)가 말하기를 '주는 자는 받는 자 앞에서 무릎을 꿇고 감사하라. 베풀 기회를 주었으므로.'"

이 이탈리아 남자는 매번 상황에 따라 쓸 수 있는 적절한 인용구를 갖고 있었다. 이런 엉뚱한 버릇 때문에 그는 지금 이 순간 마치 처세술의 대가처럼 보였다. 그는 여전히 인도에 대해 이야기하고 있었지만 내 머리 속에는 오로지 레베카하고 만나기로 한 약속만이 떠나지 않는 낮은 음악소리처럼 맴돌고 있었다. 그렇게 신중하려고 했는데 한 순간에 동의하고 말았다니. 고작 이틀 사이에 레베카라는 여인이 어떻게 이렇게 중요하게 되었던가? 도대체 누가 나에게 그녀에 대한 감정이, 새로운 인식이 일어나도록 자극했던가? 기막힌 일이었다. 자기 집에서 이렇게 멀리 떨어진 곳에서 처음 만난 사람들이 마치 동네 이웃을 만난 것처럼 굴다니. 내가 프랑스에선 전혀 경험해 보지 못한 것을 우연히 마주치려고 아시아에 가야 했다니! 무슨 통속극 같은 일이 벌어지고 있었다! 물론 나는 레베카의 방에 가지 않을 것이다. 내 방에서 한 발짝도 나가지 않고 크리수나무르티의 『영적 혁명』을 읽을 것이다. 그런데 나도 모르게 우연히 마주친 레베카에게 빠진 것은 뭐지, 나는 이미 배신자라도 된 듯이 자책하고 있었다. 레베카 생각을 하지 않으려고 애쓰면서 애인 베아트리스가 가진 매력을, 저 동양 어딘가에서 나를 기다리고 있을 아름다운 여자들을 떠올려 보았다. 나는 최고의 완전한 행복을 약속받은 생을 놓칠지도 모르는데…… 정확하게 무엇 때문이었을까?

그때 베아트리스가 내가 무엇을 생각하는지 다 읽고 있다는 듯, 정신을 차리라는 듯이 눈썹을 조금 찡그렸다. 그녀가 갑자기 말없이 질책하듯이 나를 바라보니 신경이 아주 거슬렸다. 이게 뭐지, 나도 모르게 모든 게 미묘하게 바뀌었나, 나는 본능적으로 불쾌한 생각이 들었다. 우리의 관계를 변화시킬 새로운 별의 세계에 들어왔을지도 모른다는 생각도 해보았다. 그리고 나는 마르셀로가 하는 말을 듣기 보다는 그녀를 유심히 살펴보았다. 이제껏 그녀가 이렇게 별로였던 적이 한번도 없었다는 생각이 들었다. 그녀는 전혀 꾸미지 않아서 30대 여자들이 갖는 피부 결함이 생생하게 드러났다. 가슴에 매달린 목걸이는 오히려 안타깝게도 빈약한 가슴을 더욱 강조하는 결과를 낳았다.

베아트리스는 내가 마음에 들어 할 지 더 이상 신경도 쓰지 않았고 말 그대로 자연스럽게 하고 나타났다. 금발 머리는 제대로 빗지도 않아 헝클어졌고 핸드백은 발치에 떨어진 채 있는 모습을 보니, 그녀에게는 저절로 풍겨 나오는 조심스러운 여성성이 있는 것 같지 않았다. 레베카는 그리도 여성성이 풍겨 매력적이었는데 말이다. 미처 성숙하지 못한 선머슴 같은 여자인 베아트리스는 청순한 매력과 싱거운 살가움을 느끼게 했다. 그러나 레베카가 내 머리에서 떠나지 않았다. 그게 사람을 무기력하게 만드는 거친 사랑의 유혹인지 도대체 알 수 없었지만.

나는 잘 모르는 여자인 레베카가 고양이처럼 유연한 몸매에다가 보기 드문 미모를 지닌데 비해 그 옆에 있는 베아트리스가 너무나 소박하다는 생각이 들었다. 그 사실을 인정하지 못할 이유가 있긴 있었다. 베아트리스는 소위 지적인 여자였기 때문이다. 진지하고 이성적인 여자도 좋기는 하지만, 이번 여행에서 만큼은 그런 느낌보다는 환상을 불러 일으키는 여자였으면 좋았을텐데. 빌어먹을, 베아트리스는 얼마나 이성적이었던가!

정오에 나는 식당에서 프란츠와 함께 식사하지 않기를 바라며 내 마음에 쏙 드는 좋은 방법을 하나 생각했다. 식당에 일찍감치 가서 일부러 두 사람만 앉을 수 있는 테이블로 가 앉았다. 식당 안에는 정확하게 시간을 잘 맞추는 티와리와, 터키와 이란에서 온 학생 두 명이 식사하고 있었다. 그들은 더듬거리는 영어로 다음 기항지인 아테네에 대해서, 또 밤에 몰아닥칠지도 모를 돌풍에 대해서, 그리고 다음날 저녁의 신년 축하 파티에 대해서 이야기를 나누고 있었다. 그들이 나누는 이야기는 국적이 다르다고 해도 크게 상관이 없었다. 이란 사태 이후로 정치적인 문제는 특별히 예민해져서 아예 건드리지도 않았다. 그들이 조용히 속삭이듯 이야기하는 덕분에 오후에 레베카를 만날 약속을 마음껏 생각할 수 있어서 다행이었다. 나는 막연히 대화를 듣는 척하며 편안하게 생각에 몰두했다.

그때 멀리서 마치 나병 환자의 방울 소리 같이 소름끼치는 그의 휠체어 바퀴소리가 들려오는 걸 알았다. 드디어 어떤 선원이 미는 휠체어를 타고 프란츠가 도착했을 때, 나는 후식까지 다 먹은 뒤였다. 그는 썩은 고기 주위를 맴도는 파리처럼 우리 테이블 곁을 빙빙 돌다가 실망하면서, 구겨 앉듯이 휠체어에 몸을 딱 붙인 채로 비어 있는 구석 테이블에 끼어들 듯이 가서 자리를 잡았다.

"자, 제 자리로 오시죠." 나는 일어서면서 그에게 말했다.

"벌써 가려구요? 하고 싶은 말이 무척 많은데……"

"너무 늦었습니다. 프란츠. 이름을 불러도 되겠죠? 다 먹었습니다. 다른 희생자를 찾아야 할 것 같은데요."

"그게 무슨 말이오? 우리가 친구라고 생각했는데."

"친구요! 친구라는 말이 정말로 그렇게 가벼운 말이군요. 그리스 신화에 나오는 쌍둥이 형제 카스토르와 폴룩스 말고 진정한 친구는 없다고 말하시죠."

"두 분 갑자기 왜 빈정거리시는 거죠?"

베아트리스가 우리 말을 잘랐다. 프란츠는 다시 기분 나쁜 웃음을 짓고 있었다.

"디디에가 조금 신경이 날카로운가 봅니다. 그 자리에 없어도 두 분 사이에 내가 있다는 걸 알기 때문이오."

나는 아무렇지도 않다는 듯이 어깨를 으쓱했다. 하지만 티와리가 그때 프란츠에게 레베카의 소식을 물었다. 그 때문에 나는 기분이 좋았다가 갑자기 언짢아졌다. 식사 시간 동안 내내 아무도 베아트리스를 쳐다보거나 의례적으로라도 인사를 하지 않았다는 생각이 났기 때문이다. 내가 문을 향해서 걸어가는 동안 모든 사람이 그녀에 대해 좋지 않은 말을 지껄이면서 악의에 찬 동정어린 눈빛으로 나를 쳐다보고 있는 듯이 느껴졌다. 물론 우리는 열대지방에서 오래 살다가 방금 문명세계로 온 커플처럼 좀 순진하게 보였음에 틀림없다.

"프란츠한테 이상하게 굴던데." 베아트리스가 말했다.

"사람을 피곤하게 만들어. 찌푸린 얼굴하며 뭔가 솔직하지 않은 말투가 영 싫어서, 일부러 2인용 식탁에 앉았는데."

"금방 그렇게 화를 내다니. 참, 그건 그렇고, 나한테 어젯밤 이야기 안 해줬잖아."

"몹시 불쾌했어."

나는 그녀에게 딱 두 마디 말로 불구자의 고백을 요약해 주었다. 물론 그의 부인까지 포함해서 비난하는 것도 잊지 않았다. 그러나 나는 오로지 오후에 있는 약속만 생각하고 있었다. 그날 단 한 가지 기분 좋은 일이었다.

그러나 내 마음은 반반이었다. 한편으로는 프란츠의 얼굴을 다시 보고 그의 이야기를 듣는 불쾌함에서 벗어나고 싶었고 또 한편으로는 레베카에게 끌려 있었다. 따라서 나는 레베카와 만나기로 한 것에 온갖 합당한 이유를 갖다 붙였던 것 같다. 곧 여자는 만나되 남편은 배제하는 것이다. 하지만 내게는 베아트리스가 남아 있었다. 나는 베아트리스에게 거짓말을 해야 했다. 이런 일은 처음이었으므로 실언이라도 할까 봐 두려웠다. 나는 망설였고, 배반이 치러야 할 게 무엇인지 오랫동안 숙고했다. 우리 커플은 시간이 지나면서 확고해진, 또 결혼 서약 만큼 엄격한 무언의 조항을 기초로 이루어졌다. 물론 거짓말을 해서 심한 비난을 받는다면 내가 잠깐 주춤할 수도 있었다. 그러나 이번 일은 단지 내가 처음으로 잠깐 '속이는 일'이기 때문에, 어쩌다 저지른 짧은 불장난이 비밀로 남기를 바랐다. 그리고 무엇보다도 이스탄불까지 48시간 밖에 남아 있지 않았다. 이번 일이 알려질 위험도 그만큼 줄어드는 셈이었다.

그런데 왜 이렇게 불안에 떨고 있는가? 다만 레베카에

게 다가가는 것만이 문제였다. 베아트리스의 일은 시간이 해결한다고 하지만 진짜 문제는 레베카에게 있었다. 나는 그대로 주저앉지도 않을 것이며 한때 마음을 빼앗기는 일관성 없는 사랑으로 지각변동을 일으키고 싶지도 않았다. 중요한 것은 모든 일이 프란츠가 없는 상황에서 이루어져야 했다. 프란츠에게 상처를 주고 싶다는 생각, 어떻게든 나를 헐뜯으려고 했던 법적인 남편을 우롱해야겠다는 은근한 계략, 이런 복잡미묘한 마음이다 보니, 내가 행동하는 데 열 배나 더 큰 가치를 부여했다. 그리고 신중을 요구하면서 명확하게 결정을 내리지 못한 내 마음을 부추겼다.

식사 시간에 있었던 가벼운 설전으로 잠시 방심한 사이, 나는 내 계획을 실행하기 위해 아무것도 생각해 낼 수 없었다. 하지만 주변 상황이 나를 도와주었다. 날씨가 나빠졌기 때문에 오후에는 선원들이 빙고 게임과 로토 게임 등 다양한 행운 잔치를 준비했다. 나도 베아트리스와 함께 그곳에서 시간을 보냈다. 그녀가 카드놀이에 정신이 빠져 있는 두 시간 동안 족히 나는 몇 가지 다양한 거짓말을 생각해내느라 고심했다. 마침내 나는 평범한 거짓말이 성공한다고 믿고 정말 흔한 거짓말을 하기로 마음을 먹었다. 그리고 나는 5시 15분 전쯤 잠깐 볼일 좀 보고 오겠다고 핑계를 대면서 빠져나왔다. 잠깐이 아니라 시간이 좀 걸릴 텐데 그걸 어떻게 설명할지에 대해서는 생각해 보지 않았다. 약속시간에 빠져나올 수 있는지에만 급급한 나머지. 거의 머리를 맞대고 레베카를 본다는 생각에 다리에 힘이 빠져 주저앉을 것 같은 느낌이 들었다. 몇 번이나 베아트리스가 카드놀이하는 곳으로 다시 되돌아갈 뻔도 했다. 레베카가 정확한 계획을 가지고 나를 자기 방으로 오라고 한 것인지 알 수 없었기 때문이다. 사실 겁이 나기는 했지만, 그녀가 나와 무엇을 어쩌려고 서둘러 부른 건지 그 다음에는 어떤 장면이 펼쳐질지 곱씹어 볼 시간도 없었다.

나는 옷차림에 전혀 신경을 쓰지 않았다는 것을 깨닫고 얼마나 후회했는지 모른다. 베아트리스와 함께라면 꾸며 입을 만한 이유가 없었다. 옷을 갈아입을 시간도 없고 해서 그 대신 화장실로 들어가 머리도 매만지고 셔츠도 바지 속으로 집어넣으며 꽤 오랜 시간을 보냈다.

내 의지와 상관없이 나는 프란츠가 자신의 부인에 대해 묘사했던 새로운 사실이 생각났다. 당당한 엉덩이, 촉촉히 젖은 입술, 변태성욕을 즐기는 취미 등이 자연스럽게 떠올랐다. 아닌 게 아니라 그의 외설스런 언동이 내 호기심을 자극했다고 인정한다. 베아트리스와 내가 합의 하에 다소 대담하게 했던 우리의 성생활도 이제는 유치하게 보였고 나는 그보다 훨씬 더 대담한 장면을 상상했다. 불구자의 추잡스런 언동이 정말이라면 배에서 만난 레베카라는 존재는 이제 곧 그 남편의 말대로 무서운 사실로 나타날 것이다. 우습게도 나는 능력있는 사람으로 보이지 않고 순진한 사람처럼 보일까봐 걱정스러웠다.

마침내 내가 제 시간에 일등객실 복도에 도착했는데, 맥이 풀리면서 용기가 없어지고 평상시와는 다르게 가슴이 두근거리기 시작했다. 불규칙하게 배에 철썩 부딪치는 파도 소리 때문에 위층까지 전해 오던 엔진의 진동음이 들리지 않았다. 결국 나는 758호 문 앞에 서서, 프란츠의 방과 가깝다는 것을 깨달았다. 프란츠가 지금 나오지 않기를, 자기 부인 방으로 슬그머니 들어가는 나를 뜻밖에 발견하지 않기만을 바랐다. 방문을 두드리는 순간에도 나는 흥분해서 더욱 울렁거렸다. 무엇보다도 이런 순간이 오기를 바랐으면서도 또한 이렇게 두려웠다. 문에 귀를 바짝 붙여 보았다. 아무 소리도 들리지 않았다. 바닥으로 드러난 문틈으로는 빛 한 줄기도 새어나오지 않았다.

나는 떨리는 손으로 두 번 살짝 두드렸다. 아무 대답이 없었다. 좀 더 세게 두드렸다. 여전히 아무 소리도 나지 않았다. 나는 손잡이를 돌려보았다. 문이 열려 있었다. 문을 반쯤 열고 들어갔다. 방 안은 온통 어둠 속에 잠겨 있었다. 현창 앞 가벼운 커튼이 돛처럼 천천히 흔들리고 있었다. 나는 그녀의 이름을 불렀다.

"레베카."

구석에 있는 침대에서 아주 낮게 '쉿'하는 소리가 들렸다.

"디디에입니다. 들어가도 되나요?"

내 목소리는 떨리고 있었다.

"쉿, 쉿."

이렇게 조심스러워하니 내 마음이 뭉클했다. 그녀가 나를 생각해서, 내가 수줍어하지 않게 불을 꺼놓았으려니 하고 나는 짐작했다. 나는 문을 다시 닫고 아무것도 건드리지 않으려고 조심하면서 침대 쪽으로 곧장 걸어갔다. 부엌에 들어가서 음식을 탐하는 사람처럼.

"어디 있어요?"

"여기에요."

그녀는 마치 내가 다른 곳에 잘못 찾아들어온 것이 아닐까 착각할 정도로 알아듣기 힘든 목소리로 말했다.

그녀도 나 만큼이나 떨고 있는 것이 틀림없었다. 이런 생각이 들자 나는 좀 대담해졌다. 어두웠지만 이불 속에 누군가가 있다는 것을 알아볼 수 있었고 그 속으로 얼굴도 어렴풋이 보였다. 그녀가 머리를 뒤로 넘겼기 때문에, 그래서 아예 그녀의 머리가 보이지 않았다. 나는 머뭇거리며 침대 끝에 손을 마주 잡고 앉아 있다가, 달리 할 게 없으므로 손바닥을 비벼댔다. 손바닥에서는 땀이 나서 촉촉했고 차다는 생각이 들어서, 손을 따뜻하게 하고 싶었다.

곧바로 젊은 여자의 팔이 이불 밑에서 나와 어둠 속에서 나를 더듬더듬 찾다가 내 무릎을 어루만지는 것을 느꼈다.

모든 일이 이렇게 간단하게 이루어지니 기분이 좋았다. 갑자기 무모하게도 뜨거운 손이 나를 향해 오더니 내 입술에까지 와 닿았다. 나는 우선 이상할 정도로 넓고 두툼한 손에 키스를 하고 손목 쪽으로 갔다. 순간 그 손목은 털이 나 있는 듯 꺼칠꺼칠한 느낌이 들어 기분이 나쁠 정도로 놀랐다. 갑자기 의심스러운 생각이 들어 잠시 조심스러웠던 행동도 멈추었다. 그리고 여자의 머리를 만져보다가 그만 고함을 질렀다. 반쯤 벗겨진 이마하며 까끌까끌한 뺨이라니! 그러나 내가 상황을 미처 깨닫기도 전에 욕실 쪽에서 웃음소리가 터져 나왔다. 그리고 불빛이 환하게 비쳤다. 내 인생에서 영원히 잊지 못할 장면이었다. 내가 팔로 잡고 있던 사람은 턱까지 이불을 덮어 쓰고 있던 프란츠였다. 내가 팔로 잡았다고 생각했던 그녀, 레베카는 몸을 숨기고 있던 욕실 문턱에 서서 내가 당황해 하는 모습을 보며 뻔뻔하게도 웃음을 터뜨리고 있었다.

나는 화가 나서 뒤죽박죽이 된 감정을 어떻게 추스려야 하는지 몰라서 그대로 무너져 주저앉을 것만 같았다. 하얗게 질려서 벌떡 일어나서, '더러운 것들, 더러운 것들!'이라고 소리를 질렀다. 어떻게 감히 이런 일을 저지를 수 있을까? 그리고 도대체 나를 뭘로 아는 것일까? 프란츠가 불구자가 아니었다면 나는 그를 향해 사정없이 주먹을 날렸을 것이다. 내가 그를 만진 것이 너무나 불쾌해서 바닥에 여러 번 침을 뱉었다. 또한 내 열정에 레베카가 이런 식으로 배신을 하다니, 분노하지 않을 수 없었다. 그러나 그녀는 이미 내게 말할 시간도 주지 않고 어느새 달아났다. 나는 그녀를 쫓아가 붙잡으려고 했다. 그때 프란츠가 내 팔을 붙잡았다. 아파서 신음소리가 날 만큼 엄청난 힘이었다.

"어린애처럼 굴지 마시오. 웃자고 한 겁니다."

그가 휘파람을 불듯이 소리를 내며 말했다.

"날 믿으시오. 뭐가 그리 즐겁다고 우리가 이런 음모를 꾸몄겠소. 그저 당신이 우리 이야기를 계속해서 듣게 하려고 그랬던 겁니다. 달리 방법이 없었다오. 특히 레베카가 그걸 강력하게 요구했어요. 레베카는 당신이 생각하는 자신의 이미지를 바로 잡고 싶어서 그런 거요. 우리는 단지 당신에게 그것을 알려주려고 그랬던 것뿐이오."

"모두 그만 두세요. 당신 같은 사람은 보기도 싫고 더구나 당신 말은 듣기도 싫습니다."

나는 고함을 쳤다. 그러면서 내가 지르는 소리에서 용기를 얻으려고 애를 썼다.

"철없이 막무가내로 고집 피우지 마시오. 레베카를 원하죠? 그렇죠, 아니에요?"

나는 놀라 자빠질 뻔 했다. 불구자는 지금 나에게 자기 부인을 권하고 있다. 내가 그녀를 유혹했다고 생각했는데 오히려 악질 포주처럼 그녀를 내게 주겠다는 사람은 바로 남편 프란츠였다. 어떻게 이 정도로 나를 비굴하게 만들 수 있단 말인가?

"아무것도 원하지 않아요. 당신도 그녀도 원하지 않습니다. 제발 그냥 가게 내버려 두세요. 그렇지 않으면 사람을 부르겠습니다.

"제발 가게 해 줘. 그렇지 않으면 엄마를 부를 거야."

그가 발을 구르며 떼를 쓰는 어린애가 훌쩍거리는 목소리를 흉내 내면서 말했다.

"그렇다면 나가시오."

그는 순순히 내 손을 놓아주었고 나는 다시 편해졌다.

"자, 여기서 꺼지시오. 장례라도 치른 듯 우울한 당신의 보잘 것 없는 부부 생활을 찾아가시오. 어서, 마누라가 당신을 기다릴 거요!"

어찌나 무례하고 파렴치하게 구는지 나는 그만 말문이 막혔다. 그렇게 모욕을 당했는데 그가 이렇게 또 다시 나에게 욕설을 퍼붓고 있다니! 혼자 생각해 보았다. 세상에, 어쩌다가 내가 이런 자와 같이 있는 거지? 이번에는 내가 사태를 잘 정리해야지. 가라고 말하기 전에 이번에는 내가 가 버리는 거야. 이제 나를 다시 볼 수 없을 것이다. 그러나 나는 나도 모르게 그대로 있었다. 곧바로 프란츠는 짐짓 상냥하게 웃었다.

"망설이고 있구료, 이래서 당신을 좋아한다니까. 만약 당신이 그녀를 원한다면 내가 당신에게 한 수 가르쳐 줘야겠소. 내가 이야기를 끝내는 즉시 그녀는 당신에게 몸을 맡기기로 약속했소."

도대체 이 천박한 사람은 정확하게 내게 무엇을 바라는 것일까! 앞뒤가 맞지 않는 이런 말은 도대체 무엇을 의미하는가?

"아시겠소? 그녀가 당신 품에 안기기를 바란다니까. 그러나 규칙이 몇 가지 있어요. 당신은 키에르케고르가 '여자의 본성은 저항의 몸짓으로 나타나는 체념이다.'라고 한 말을 알고 있죠?"

"나는 당신이 하는 이야기에도, 당신 부인에게도 아무 관심이 없습니다."

"솔직하게 차라리 관심이 있다고 고백하시오. 그렇지 않으면 이미 가 버렸을 게 아니오."

"날 꼼짝 못하게 하는 게 진짜 바라는 거요?"

"내 기쁨을 위해 내가 꾸민 놀이라고 해야겠지요. 뭐 큰 걸 바라는 건 아니요. 그저 다만 내 이야기를 진지하게 들어주는 청취자가 되기를 바라는 것 뿐이오. 나는 오로지 당신의 귀가 필요하오. 당신이 위험해지지는 않아요."

나는 아주 흥분했고 어안이 벙벙해졌다. 순간 언젠가 책에서 이와 비슷한 상황을 이미 읽은 적이 있는지 막연히 궁금해졌다.

"하필이면 왜 나란 말입니까? 베아트리스나 다른 사람

도 있는데."

"당신과 함께 시작했으니 함께 끝내고 싶은 거요."

"질투도 안 납니까?"

"이제는 내가 줄 수 없는 것을 다른 사람에게서 얻는다고 해서 레베카를 원망하지는 않소. 그녀가 참고 견디느니 차라리 일탈을 도와주는 거요."

나는 숨을 헐떡거리며 말했다.

"좋아요. 어쨌든 나를 속였어요. 이번에는 그걸 인정합니다. 그러나 나는 나일 뿐입니다. 날 겁줄 수 없어요. 당신이 어떤 사람인지 알고 있습니다. 내가 전혀 위태롭지 않다는 걸 알아요. 프란츠, 내가 당신에게 이야기를 하라고 허락할 거요. 나만이 그렇게 할 수 있어요. 알겠어요? 그러니 이제는 온전히 내 뜻에 달려 있습니다."

"그렇소, 디디에. 다 당신이 마음먹기에 달려 있소. 그러니 날 도와주시오, 그러겠소?"

그의 눈에는 빈정대는 빛이 역력했다. 나는 한 번 더 그의 야비한 책략에 걸려들었다. 완벽하게 의기소침해져서 먹이가 된 느낌이 들었다. 어떻게 그를 화나게 하면서 충격을 가하는 말대꾸를 해줄까 계속 머릿속으로 생각하다 보니, 도저히 돌이킬 수 없는 엄청난 실패를 몇 번 겪고 난 뒤인 것처럼, 나는 온몸이 완전히 무력해져서 고통스러웠다. 나는 이 배가 미워지기 시작했다. 나를 가둬놓고 원하지도 않은 이웃을 만나게 하다니. 몇 시간 만에 무사히 우리를 데려가 줄 비행기를 타지 않은 게 후회스러웠다. 나는 별 생각 없이 프란츠가 앉을 수 있도록 도와주었다. 그는 믿을 수 없을 만큼 무겁고 몸이 단단했다. 베개에 몸을 기대게 해주는 데도 정말이지 힘이 들었다.

    이 방에는 안락의자도 없었고 침대도 너무나 좁아서 서 있을 수밖에 없었다. 따라서 나는 몹시 불쾌했지만 어쩔 수 없이 욕실에 있는 휠체어를 꺼내 와서는, 머리 받침을 펴고서 안쪽으로 엉덩이를 들이밀고 앉았다. 휠체어의 바퀴가 앞뒤로 흔들리기 때문에 조종 장치로 브레이크를 걸었다. 내가 휠체어에 앉아보니, 뭔가 역할이 바뀐 듯 해서 더욱 기분이 나빴다. 프란츠의 연애 사건을 생각만 해도 기운이 빠졌다. 그는 다소 허세를 부리면서 이야기를 하려고 했다. 내게 청취자라는 소극적인 의무를 쥐어주면서 자기 인생 이야기를 잘 들어주리라 확신하고 있었다. 레베카의 방은 프란츠의 방보다 훨씬 아담하고 정리가 잘 되어 있었다. 꽃도 있었다. 선반에는 전기 주전자와, 에보나이트 쟁반에 가지런히 정리한 티백과 찻잔이 나란히 놓여 있었다.

    "그리 길지는 않을 거요. 저녁 식사 때까지는 끝을 낼 테니까. 자, 차 한 잔 합시다."

    그리고 어젯밤처럼 주전자에서 물이 끓는 소리에 불구자의 수다스러운 소리가 함께 들렸다.

헤어짐, 다시 만남, 파멸

 어제 이야기한 일들 말이오. 레베카와 나는 남들이 들으면 깜짝 놀랄 불쾌한 습관을 막 버린 참이었지요. 1년도 넘게 우리는 거기에 빠져 살았다오. 우리가 온몸을 다해 벌인 광란의 춤이 우리 두 사람에게 새로운 활력을 주기는 했지요. 물론 그렇다고 해서 점점 파멸로 향하는 운명에서 우리 두 사람을 구원할 수는 없었다오. 음탕한 생활을 유지할 자금이 바닥나기 시작했고 곧바로 파산으로 몰고 갔소. 그때 나는 결혼 생활에 대한 환상이 분명 사라졌음을 알았소. 나는 싸움을 해야 했소. 아직도 나를 사랑하는 여자를 내게서 떼어놔야 했으니까. 많은 사람이 겪는다지만, 내가 이런 불행을 겪다니 고통스러웠소. 나 자신도 동의하지 못했고요. 나는 너무나 사랑을 믿어서 우리의 관계가 무너진 이런 정도에 만족할 수가 없었소. 한 사람에게 충실하다는 것은 너무나 값비싼 대가를 치러야 하기 때문에 한결같은 열정으로 보상받을 수밖에 없었소. 남들과는 다른 특별한 취향을 호소하는 사람은 모든 남자와 모든 여자를 대신하는 막중한 책임을 지고 있지요.

 하지만 그것은 불가능한 과업이오. 어느 누구도 이 세상처럼 다양하고 복잡할 수는 없는 거니까. 난 열정적인 사랑을 하고 싶어 안달하는 충실한 마음을 미워하기 시작했다오. 나비처럼 훨훨 날아다니며 누리는 즐거운 흥분이나 독신자가 겪는 감정의 무기력을 충실한 마음과 비교해 보았소. 나는 예전에 만났던 다른 여자들과 이미 겪었던 남녀 사이의 감정을 다시 발견했소. 그건 바로 열정이 식으면 결국 권태로 변질된다는 결론이었소.

모든 관계와 관계의 변질된 타락까지도 예상할 수 있는 그런 인생의 나이가 있는 법이오. 경험이라는 것은 우리가 새로운 감정을 느껴서 관계를 회복할 기회를 막고, 모르고 있으면 다행히 신선함을 느낄 텐데 아예 그 싹을 잘라 버린다오. 이미 말했듯이 나는 변화를 위한 변화를 열망했소. 내가 레베카와 머리를 맞대고 나를 다 태워 없애는 동안 사람들은 밤낮으로 언제나 즐기고 술에 취하고 춤을 추었소. 이런 사실이 내 감정을 자극하고 방에 틀어박힌 내 상황에 분노를 느끼게 했소. 파리는 광란에 빠진 리듬으로 나를 괴롭혔소. 나를 흥분시키고 감동시키며 나를 뛰쳐나오게 하는 리듬이었지요. 그러나 레베카는 내가 들뜨고 떠들썩한 욕망을 가지고 있다고 두려워했다오. 내가 욕망을 충족시키려고 하면 그만큼 고집스럽게 거부했고요. 그녀는 진짜 하찮은 일로 핑계를 대서 나와 싸우려고 했다오. 우리는 마치 꿀 항아리 속에서 서로를 죽이려고 싸우는 말벌 두 마리처럼 질식할 것 같은 우리 방에서 다투었지요.

하마터면 우리의 통속극 같은 사랑이 비극으로 바뀌지

않을 뻔 했소. 레베카가 나를 속이고 매력적인 애인을 만들고 좀 더 독립적인 태도를 보이려고 했다면 말이오. 하지만 그녀가 고집을 부리며 순진하게 굴어서 전락을 재촉한 것이오. 처음에 내가 잔인하게 굴었던 것은 애초에 의도했던 성격이 아니었다오. 나는 그녀를 시험해 보았소. 마치 묵주 알을 돌리면서 기도를 하듯이 준비된 시나리오 없이 그녀에게 짓궂은 짓을 하나씩 했지요. 과녁에 맞히는 것을 아예 무시하고 화살을 아무렇게나 쏘아대는 것과 다름이 없었소. 그러면 그녀는 내 말 때문에 분하다는 걸 그대로 드러냈고 그러면 나는 더욱 못되게 굴었소. 이렇게 그녀는 자신을 타락시키는 도구가 되었던 거요. 흔히 말하기를 증오는 사랑의 또 다른 면이라 하지 않소. 만약 그 반대라면? 만일 애정이 단지 전쟁과 전쟁 사이에 끼어든 에피소드거나, 이를테면 휴전이라면? 숨을 가다듬는 시간이라면? 그리고 겉으로는 비통해 보이는 불행의 지루한 생활에는 성적 쾌감이 주는 모든 흥분보다 더 강력한 흥분이 넘쳐난다오. 부부싸움이란 싸움 자체가 객관적이고 절대적인 목적이 될 때 비로소 할 만 하다는 거요. 평소 평온한 생활을 하면서 오래 기다려야 하는 거요. 그래야 때에 맞게 상황이나 감정의 세심한 부분까지 만들어서 행동을 하게 되죠. 부부 싸움을 하면서 일상성의 묘미를 얻어내는 것과 마찬가지로 두려움 속에서도 그 상태에 이를 수 있다오. 나는 사랑을 끊임없이 더

비싼 대가를 요구하는 형식으로 이해했기 때문에, 되풀이되어 나타나는 예기치 못한 일과 운명의 급변과 방관과 화해 등을 거듭함으로써 내 불안한 마음을 진정시킬 수 있었소.

나는 유리하게도 레베카에게 공격자였소. 그녀는 조금씩 저항했지만 주도권을 잡지 못하고 결국 물러서고 말았소. 나라는 존재 전체가 폭력을 저지를 준비가 되어 있었다오. 레베카를 방해하는 가장 시시한 일이라면, 카펫에 담뱃재를 턴다든가 전화를 방해한다든가 유리컵을 뒤집어 놓는 일이었는데, 이렇게 하다 보면 난폭하게 변했고 싸움은 걷잡을 수 없이 커졌소. 내가 원인을 제공해서 그런 결과가 생긴 것인데도, 한번 내 신경을 건드렸다 싶으면 그런 걸 따질 겨를도 없었지요. 곧바로 나는 불같이 화를 냈다오. 레베카도 그런 나에게 맞섰고요. 그래서 우리는 팡파르를 울리며 티격태격 싸웠소. 그녀가 화를 내면 상스러운 면모가 보였소. 그것을 보면 나는 두려웠고요. 더구나 그녀의 아름다움은 여지없이 망가졌지요. 우리는 서로의 얼굴에 대고 온갖 욕설을 퍼부었고 그 다음에는 서로 때리기까지 했소. 이렇게 말싸움은 항상 주먹다짐으로 발전했고, 결국에는 편지며 옷이며 책 등 다 집어던졌다오. 우리는 극도로 성이 나서 증오와 분노로 온몸을 떨었으며, 싸우는 소리를 듣고 달려온 이웃 사람들이 덤벼들어서 싸움이 끝나고 나면 우리는 완전히 지친 부랑아들처럼 침대 위로 나가 떨어지곤 했다오.

우리 중 한 사람이 즐거우면 다른 한 사람에게는 모욕이었소. 우리는 못된 짓이라는 걸 속으로 알고 있으면서도, 이렇게 침울한 상태가 지나치게 길어지다 보면 차츰 공격으로 바뀌었소. 이따금 식탁에서건 카페에서건 식당에서건 침묵이 자리를 잡았지요. 아주 오랫동안, 대화 사이의 무거워 보이는 공백이, 적대적인 공백이 가스처럼 퍼져나갔다오. 그리고 천장에까지 이르러 우리를 꼼짝 못하게 하고 가두곤 했소. 이런 쓰디쓴 불만과 적나라한 비난으로 가득한 무거운 침묵은 우리 관계를 황폐하게 만들었지요.
"자, 빨리 가서 텔레비전이나 봅시다."
내가 이렇게 말하면 우리는 더 이상 얘기하지 않아도 되는 거요.
다른 연인처럼 우리도 거의 마취제를 사용한 듯이 텔레비전과 영화의 화면에 빠져들었지요. 부부가 서로 이야기할 필요도 없이 더 오랫동안 견딜 수 있는, 부부만이 갖는 즐거움이었소.

나는 너무 많이 그녀를 만났소. 우리가 떨어져 있었다면, 이따금, 그녀는 내게서 멀리 떨어져서 화려한 모습을 되찾을 수도 있었을 거요. 나를 만나면서 잃어버린 화려한 모습을요. 그러나 우리는 떨어지지도 않았다오. 그랬다면 지금도 나는 우리가 함께 한 시간 속에서 내가 모르고 있던 굉장한 매력을 그녀에게서 느꼈을 것이오. 나는 빈사 상태의 우리 생활에서 겨우 먹는 맛없는 식사를 증오했소. 다시 말해서 늘 똑같이 일하고, 돌아와서, 귀찮지만 사랑을 나누는 행위를 번갈아 가며 하다니, 이런 참을 수 없는 반복 행위를 증오했소. 그녀가 내 성격, 내 이기주의, 내 괴벽을 말했을 때, 나는 그것을 사랑하는 연인들의 운명, 곧 결혼생활에서 피할 수 없는 실패라고 대답했소. 요컨대 그녀가 어떤 특별한 상황에 대해서 따지고 들면 나는 그 일을 형이상학적 문제로 몰고 가서 그녀를 뛰어넘을 수 없는 벽 아래로 내던진 거요. 게다가 그녀를 더욱 몰아붙이려고, 그래서 그녀가 스스로 내 곁을 떠나게 하려고, 나는 부부로 지내는 게 얼마나 표리부동한 일인지 몽땅 끊임없이 설명했소.

"우리의 로맨스는 그 자체로 먹고 자라. 자급자족을 하다 보면 굶주리게 되어 있어. 예전에는 종교적 사회적 갈등에다가 장애도 있었지. 이런 장애와 갈등이 두 사람을 불안하게 만들면서 더 큰 가치를 부여했어. 또 예전에 사랑을 사랑답게 하는 가장 멋진 이유는 바로 사랑이 가진 위험이었어. 경솔한 행동을 하면 오히려 정열에 불을 당겼지. 안전한 우리 시대에는 전혀 알 수 없을 거야. 그때는 사랑한다는 게 위험에 빠진다와 같은 의미였고 그리 오래지 않은 행복한 시절이었지. 그러나 지금 우리 사랑은 허기를 느끼기도 전에 포만감으로 죽어가고 있어. 그래서 연인들은 아주 슬퍼하고 있어. 왜냐하면 그들은 자신들 외에는 다른 적이 없음을 알고 있기 때문이지. 그들이 곧 그들 결합의 근원인 동시에 결합을 고갈시키는 원인임을 알고 있기 때문이지. 그러니 '우리 둘'이 아니면 누구를 탓하겠어? 함께 있다는 단순한 사실 때문에 사랑하는 사람을 죽이는 것보다 더 큰 고통이 무엇이겠어?"

레베카는 내 의견에 동의하지 않고 항상 내 주장에서 반론할 것을 찾았다오. 그러면 나는 다시 강조했소.

"우리가 서로를 귀찮게 한다고 한 번도 속으로 생각한 적 없어? 내가 없다면 좀 더 나은 상대를 찾을 수 있다고 말이야? 바로 우리 옆으로 지루하기만한 끔찍한 미래와 불길한 결말이 있는 것을 못 봤어?"

이런 논쟁은 아무런 해결책이 없었소. 언제나 각자 자기 자리에 그대로 있었소. 말싸움은 항상 레베카가 가출하는 체 하는 것으로 끝났지요. 집을 나갔다가 한 시간이나 하루가 지나 죄를 뉘우치는 듯한 풀죽은 기색을 보이며 돌아오곤 했다오.

그녀는 특히 밤에 고약하게 폭발하는 일이 있었소. 날이 저물어가면서 흥분하기 시작해 나중에는 자제할 수도 없이 마치 고삐 풀린 망아지처럼 흥분했지요. 그래서 우리가 친구 집에 가거나 공공장소에 가야 한다면, 나는 그녀가 어떻게 나올지 반응이 항상 두려웠소. 조금이라도 다른 여자 생각을 한다거나 다른 여자에게 지나치게 오래 눈길을 주는 기색만 보여도 그녀는 얼마든지 따귀를 때리거나 접시를 얼굴에 집어 던지거나 모든 사람이 보는 앞에서 욕설을 퍼붓고 칼을 들고 위협하기도 했지요. 그녀는 사람들 앞에서 언쟁을 벌여 자신이 우습게 보이는 것을 전혀 두려워하지 않았다오. 오히려 그 반대였소.

어느 날 댄스파티가 있었던 저녁이 기억나오. 그녀는 평소보다 술을 더 많이 마셔서 지나치게 취했소. 그녀는 자신에게 기분 나쁘게 대했던 사람들 얼굴에 물을 뿌리고 바닥에서도 뒹굴고 별 말 아닌 것에도 헤픈 여자처럼 낄낄거리기도 하고 남자를 유혹하기도 했소. 그녀는 히스테릭한 웃음을 터뜨려서 나를 그렇게 불쾌하게 만들더니, 결국은 반쯤 정신을 잃고서 화장실로 갔소. 술을 지나치게 먹은 나머지 견디지 못하고 다 토해 놓았다오.

내 친구들은 레베카를 결코 인정하지 않았다는 걸 말해야겠소. 그들은 그녀가 지나치게 이목을 끄는 옷차림을 하고 있다고 비난했소. 명문가의 허약한 아가씨인 자기 애인들을 능가하는 그녀의 아름다움을 헐뜯기도 했고요. 레베카가 서민 집안 출신이면서, 분수에 맞게 처신하지 않는다고, 그러면서도 자신들과 동등한 계층인 듯 행동하고 심지어는 자신들과 경쟁하려고 든다고 그녀를 원망했다오. 모두 엉터리 낙오자, 위선적인 진보주의자, 한 물 간 좌익 분자, 정의의 퇴역 군인이었는데 그들은 그녀와 만나면서 진짜 속물근성을 드러냈지요. 따라서 그녀는 자신을 형식적으로 대하는 사람들 틈에서 홀로 유배된 듯이 있었소. 이런 속물들 옆에서 그녀는 거만하고 제멋대로 자기가 하고 싶은 대로 하는 듯이 보였다오. 오히려 내 친구들이 이중적인 태도를 보인다고 비난하면서 자기들이 어떤 사람인지 솔직하게 인정하지 않는다고 불평했고요. 또 사교클럽 같은 데서 내 친구들이 그녀가 받아들이기에 지나치게 노골적으로 경멸하고 모욕적인 행동을 하면 그녀는 아까 말했던 파티에서처럼 진탕 마셔서 취하곤 했소. 그러면 나는 관대함이라고는 조금도 찾아볼 수 없는 참석자들의 야유와 비웃음을 받으며 그녀가 뒹굴던 장면을 생각하고 치를 떨면서, 술에 취해 몸을 제대로 가누지 못하는 그녀를 끌고 집으로 왔다오.

침대에서 그녀가 다시 정신을 차리면 나는 그녀를 비난하면서 못살게 괴롭혔다오. 그러면 그녀는 모두 다 내 잘못으로 일어난 일이었고 내가 자주 만나는 돈 많고 역겨운 인간들을 이제는 더 이상 견딜 수가 없다고 반박했다오. 나는 그렇지 않다고 항변했고요. 그녀는 계속해서 비난을 하다가 결국 내 따귀를 때렸소. 나도 역시 그녀를 때렸소. 그녀가 어찌나 세게 내 배를 발로 찼는지 나는 바닥에 뒹굴었다오. 그녀가 난폭하게 굴자 난 화가 머리끝까지 치밀어 올라 그녀 얼굴이 납작해지도록 따귀를 때렸소. 그러고 나서 나는 얼른 얼굴을 가리고 반격을 기다리고 있었는데, 아무 반격이 없었소. 조금 더 기다렸지요. 아무 소리가 없었소. 그녀를 불러 보았소. 아무런 대답도 없었소. 그녀를 잡고 흔들어도 보았지만 아무 반응이 없었소.

마침내 내가 불을 켜고 보니 그녀는 아주 창백해져서 엉망이 된 침대에서 완전히 널부러진 채 눈을 감고 그대로 누워 있었다오. 나는 그녀를 살며시 안고 깨어나기를 바라면서 울부짖고 눈물을 흘렸소. 눈이라도 살짝 떠서 살아 있다는 표시를 해주기를 바라면서 말이오. 그녀를 흔들어도 보고 꼬집어도 봤는데 늘어진 채 그대로 있었소. 아무 반응 없이 잠자코 있었소. 맥박을 짚어 보니 맥이 아주 희미하고 불규칙하게 뛰고 있었소. 나는 뛰어가 물을 가져와서 머리를 들어 올리고 얼굴을 적셔주었소. 아무 반응이 없었소. 잠깐 기절한 게 아니라 아주 심각한 거였소. 이런 경우를 많이 봤기 때문에 최악의 상태를 걱정하지 않을 수 없었다오.

이미 나는 그녀가 잘못되어서 사회적으로 위태롭게 된 내 인생과, 도저히 달랠 수 없는 원망을 품고서 나를 따라다니는 그녀 가족의 모습을 떠올리고 있었소. 이건 신경과민 증상이었소. 목적을 위해 수단을 가리지 않는 내 성격상 내가 공포스러워한 것은 그녀를 죽였다는 두려움보다는 내 명성에 손상이 갈지도 모른다는 두려움이었소. 그녀가 정신을 차릴 수 있도록 주사 놓을 준비를 하고 있었지요. 그런데 그녀는 정신을 잃었을 뿐이었다오. 그녀가 마침내 깨어났지만 나는 반신반의했소. 얼굴은 아직도 새파랗게 질려 있었고 이마에서는 땀이 흘렀기 때문이오. 그녀는 머리가 몹시 아프다고 거의 들리지도 않는 가느다란 목소리로 신음하듯이 말했소. 나는 그녀에게 아스피린 두 알을 먹였지만 밤새 눈을 붙일 수가 없었소.

나는 몹시 불안했고 긴장하고 있었으며 마음이 아파 그녀에게 용서해 달라고까지 말했지요. 난 정말로 그녀가 날 원망할까 봐 두려웠소. 그녀의 따뜻함과 생명을 느낄 수 있게 해달라고 기도했다오. 그녀의 파리한 모습을 보니 나는 겁이 났소. 나는 부드러운 손수건으로 땀에 젖어있는 뺨을 살며시 닦아 주었소. 내가 그녀를 얼마나 사랑했는지 모르오. 그녀는 이제 내 사람이었으니까. 내가 그녀를 죽음의 문턱까지 이르게 했다가 삶에서 가장 관대하다고 느낄 만한 곳으로 살며시 데리고 돌아왔소. 그날 나는 그녀가 이리 온전히 고본고분해진 모습을 보고 몹시 즐거웠소.

아침이 될 때까지 그녀를 정성껏 간호했소. 내가 난폭하게 굴어서 그녀를 끔찍한 위험에 빠트리기도 했지만 나의 그런 난폭한 행동에는 상황에 따라 그만큼 그녀에게 연민을 느끼는 감정이 있다는 걸 알려 주었소. 이번에는 무사히 벗어났지만 말이오. 그 다음 날에도, 며칠이 지난 뒤에도 우리에게는 어떤 싸움도 일어나지 않았소.

'소름끼치는 이야기'가 있소. 부부나 연인 사이에, 상대방을 속이는 거짓말을 하거나, 이를테면 불륜을 저지르는 중죄를 지었을 때 소름끼친다고 하지 않소. 나도 아주 중요한 경우에 레베카에게 터뜨릴만한 거짓말이나 불륜과 같은 중죄를 밝히지 않고 간직하고 있었다오. 온갖 치졸한 짓을 모아 놓은 작은 보물창고였고 비열한 일을 쌓아놓은 거였지요. 분노를 차곡차곡 쟁여놓은 거였소. 이렇게 해서 내가 저지른 사소한 실수를 털어놓지 않고 간직하고 있었다오. 어느 날이고 특별히 날 잡아서 그냥 단순히 고백하는 것만으로도 레베카에게 깊고도 엄청난 고통을 줄 게 뻔했지요.

이와 관련해서, 한 가지 생각나는 일이 있소. 어느 해 5월 우리는 베니스에 가서 플로리앙 카페의 테라스에 앉아 있었소. 어제 당신들처럼 그 도시의 저주받은 전설을 비웃으며 다정하게 이야기하고 있었소. 왜 우리의 대화가 주제에서 벗어났는지 모르겠지만, 그렇게 베니스에 대한 이야기를 하다가 몇 분 뒤에 그야말로 '소름끼치는' 이야기를 하나 슬쩍 흘려 버렸소. 레베카에게 2주 전에 있었던 일을 고백하고 있었던 거요. 그날 레베카는 내가 병원에서 당직 중이라고 생각했는데, 사실 나는 그녀의 친구인 R과 밤을 같이 보냈소.

나는 이렇게 고백을 하고 나서 결과가 어떨지 음미하려고 했소. 그녀 얼굴이 일그러지며 울음을 터뜨리는 것을 보기를 기다리면서 말이오. 하지만 내 예상은 틀렸소. 그녀는 갑자기 난폭해져서 내 얼굴에 커피 잔을 던졌소. 내가 얼굴에 묻은 커피를 닦으려고 하자마자 허리띠를 풀더니 내 얼굴을 사정없이 후려쳤지요. 관광객들이 박수를 쳤고요. 난 그녀를 제지하려고 했지만 지나가는 사람들의 야유와 비난 때문에 참았소. 야유가 너무 두려워 감히 사람들 앞에서 그녀 얼굴에 따귀를 올려 칠 수가 없었소. 할 수 없이 나는 장사꾼과 곤돌라 뱃사공들이 웃음을 터뜨리는 가운데 부랴부랴 도망을 치기로 했소.

산 마르코 광장을 가로질러 스타지온느로 이어지는 보행자 거리로 줄달음을 쳤소. 예전에 작가 마르셀 프루스트가 어머니가 기차를 타기 전에 작별 인사를 하려고 어머니 뒤를 쫓으며 달려갔던 그 거리를 말이오. 프랑스의 형편없는 의사인 나는 많은 구경꾼 앞에서 나를 두들겨 패러 오는 미친 여자에게 쫓겨 걸음아, 나 살려라하고 도망을 쳤던 거요.

나는 마침내 그녀를 따돌릴 수 있었고 그날 저녁에 우리는 화해했다오. 하지만 그렇게 많은 사람 앞에서 웃음거리가 되었던 일을 생각하면 화가 났지요. 나는 그녀가 잠들기를 기다렸다가 바닥에서 바퀴벌레 두 마리를 잡아서, 밤이면 그녀가 입고 자는 짧은 바지 속에 슬쩍 집어넣었다오. 그러자 그녀는 바퀴벌레를 발견하고 깜짝 놀라 소리를 질러댑디다. 심한 충격을 받은 것 같았소. 하지만 나는 잠을 자는 체하고 다 지켜보았소. 그녀가 소리를 지르고 무서워하는 모습을 보면서 나는 낮에 받은 모욕감을 기분 좋게 덜어 냈지요.

디디에, 처음에 나는 그녀에게 잔인하게 대하는 것에 절망하지 않은 것도 아니었다오. 그리고 내 마음 깊은 곳에서 그녀가 행여 복수를 꿈꾸고 있지나 않을까 하는 은밀한 공포도 있었고요. 나를 밀어내면서 동시에 나를 끌어당기는 심연에 몸을 기울이고 있는 것처럼 나 자신의 악마 같은 기질에 심취하여 현기증 나는 관능에 사로잡혀 악의 세계로 가고 있던 거였소.

나는 집안 대대로 내려오는 유전적 결함에 맞서 대응할 수 없었소. 비록 나의 아버지를 증오하고 두려워했지만 나도 아버지가 해왔던 그대로 답습하고 있었다오. 어머니 뱃속에서 탯줄을 달고 있을 때부터 비틀거렸으니까. 아무튼 나는 이미 태어나기도 전에 불타는 눈을 가지고 있었소. 늙은 남자는 자기 주장만 했고 뒷발질을 하기도 했으며 마치 확대경을 통해서 보는 것처럼 엄청나게 커진 그의 모든 잘못을 다 내게 물려주었다오.

내가 그렇게 레베카에게 고통을 주었는데, 그 고통에 이런 미치광이 같은 환상이 숨어 있었다오. 말하자면 굴욕이라는 어두운 바다에서 담금질로 아주 단단해진 새로운 감정의 흔적이 솟아오르기를 바랐지요. 나는 우리의 비현실적인 공상에 파묻혀 있다는 생각을 믿지 않았기 때문에 잔혹성은 여전히 매혹의 변태적 수단이었소. 이제 곧 그 뜻을 알게 될 거요.

나는 이제 그녀에게 더 이상 아무런 욕망도 없었다오. 열정적으로 포옹을 하려면 우리는 단지 팔만 뻗으면 되었소. 그러나 사랑에 물린 것처럼 우리 팔은 그저 무기력하게 있는 것 같았지요. 모든 장애가 일단 없어지자 욕망도 시들어서 무미건조해졌소. 욕망이란 술책의 산물이기 때문이오. 항상 덤불이 우거진 굽은 길을 좋아하는데, 곧은 길을 가다 보면 곧 싫증이 나기 마련이오. 예를 들면 우리가 잠자리에 들었을 때 나는 그녀의 눈, 그녀의 행동거지, 그녀의 의기소침한 모습을 보면서 오늘 밤에도 내가 치러야 할 일이 하나 더 있다는 것을 알았소. 그렇게 잠을 자고 싶은 마음이 크게 없었는데도, 나는 요란하게 보란 듯이 하품을 해댔다오. 그래도 그녀는 내게 몸을 갖다 붙이고 무릎으로 내 성기를 건드리며 자극했소. 나는 애를 써서 뭔가를 해야 한다고 생각하면 몸이 오그라드는 것 같았소. 그녀는 옷을 모두 벗고 있었고 풍만하고 아름다웠소. 어째서 내가 그녀와 몸을 섞고 싶다는 강한 욕망에 사로잡히지 않았나 모르겠지만. 그녀는 배고프다고 외치는 듯 배를 내밀고 있었고 그녀의 그곳은 잔뜩 긴장해 있었소. 또한 입술을 쭉 내밀고 나를 삼킬 듯이 내가 응해 주기만을 엿보고 있었고요. "키스해 줘." 그러면 나는 마지못해 그녀 주둥이에 키스를 했다오. 그리고 또 한 번 그녀에게 키스를 했소. 먼저보다 더 진하게 말이오. 나는 그녀의 혀 때문에 귀찮았소. 내 입 천장을 뚫어 놓은 송곳이었소. 송곳은 식도를 내려가 위장이라는 깔때기를 지나가서 복부의 신경을 건드리며 소리쳤소. "일어나, 일어나, 사랑의 의무를 해야 해!"

사실 키스라는 게 별 거는 아니요. 이른바 성교라는 이름으로 부르는 관례적이고 하찮은 그것에 비하면 말이오. 나는 귀찮아서 종종 그에 응했지요. 마치 담배를 재떨이에 비벼서 끄듯 내 입술을 그녀의 입술에 비벼대었고 사랑을 나누었다오. 그녀는 오르가슴을 느낄 수 있을 때까지 이미 마음의 준비가 되어 있었지만 난 가능하면 빨리 일을 끝냈소. 나는 눈을 감고서 별 열정 없이 부부간의 의무를 이행했다오. 나는 어린 시절 했던 습관을 다시 붙였소. 머릿속으로 숫자를 세는 거라오. 나는 천이나 이천이라는 숫자를 정해두고 이백씩 끊어가며 초침을 세는 창녀의 자세로 천천히 수를 세어갔소. 이백을 셀 때마다 자세를 바꿔가면서 말이오. 숫자를 세는 것은 내가 얼마나 권태로운지 보여주는 증거였고 시간을 채울 수 있게 해주었지요. 내가 정해 놓은 숫자를 다 세었을 때 나는 갑자기 몇 번 헐떡거리다가 멈추었소. 만족에 이르기는커녕 강렬하게 솟구치는 욕정이 그녀를 계속해서 자극하고 있었소. 때로는 하기 싫은 일을 잘 하기 위해서 다른 여인의 모습을 떠올려보는 방법도 써보았소. 하지만 레베카와 마주하고서 다른 여인을 상상하는 방식은 그리 오래 가지 못했소. 눈앞에 있는 실체를 잊는다고 잊을 수 있는 게 아니니까. 얼마 후에 내 정열은 완전히 식어서 나는 더 이상 그녀를 건드리지도 않았소. 그녀는 낙담으로 한숨을 쉬면서 정절을 강요받은 거요.

이렇게 내가 레베카에게 가했던 기이한 일들이나, 그리고 나를 도취시켰던 만큼 또 나를 공포스럽게 한 그녀의 이상한 행동은 내게 너무나 익숙해졌소. 이제 나는 그녀가 무엇을 할지 모든 면에서 예측할 수 있었고 그래서 그녀는 이제 나에게 경이를 안겨줄 능력을 상실했소. 그녀가 사용했고 내게 마법을 걸었던 구애 행동, 술책, 교태스런 몸짓 등은 더 이상 통용이 되지 않았다오. 마법의 동전은 풍선처럼 터져 버리고 속임수의 초라한 뼈대만이 드러났지요. 그녀의 아름다움은 퇴색해 버려서 더 이상 내게 아무런 느낌도 불러일으키지 못했소. 한때는 내게 숨을 돌릴 겨를을 주지 않았던 모든 것에, 그녀의 표정이나 한숨이나 토라짐에도 나는 화가 났다오.

레베카는 마음이 복잡했지요. 그녀는 나를 위한 정열이라고 이름 붙인 조그만 새장의 구석구석을 몽땅 세심하게 탐색해 봤기 때문이오. 그 반면에 그녀는 전혀 복잡하지 않았소. 구석구석 살펴보았을 뿐이지 그녀는 내게 줄 어떤 신비로움도 없었기 때문이오. 그녀는 창조적인 도약을 하기는커녕 자신의 감정을 불행하게도 분석해 보임으로써 메말라 갔소.

나는 그녀에게 말했소.

"어리석은 거, 저속한 거 다 용서할 수 있어. 근데 말이야, 함께 있으면 지겨운 거, 용서할 수 없어."

공적인 일을 진행하는 것과는 반대로, 사랑에서 낡은 원칙은 오히려 장애가 되고 앞으로 나갈수록 반대 효과를 내지요. 사실 나는 그녀와 이렇게 침몰해 가는 것이 따분했다오. 그리고 권태는 고독할 때만 친구처럼 견뎌낼 수 있지 않을까. 왜냐하면 저주받은 순간에 누군가 지켜보기를 바라는 사람은 아무도 없기 때문이오. 그러면 불명예를 얻을까 봐 겁이 나서 그렇다오. 레베카 옆에서 지내는 날들이 참을 수 없을 정도로 길게 느껴졌다오. 하루하루는 정해진 시간에 움직일 수 없을 정도로 정확하게 우리를 짓누르는 똑같은 고뇌를, 똑같은 무거운 순간을 가져왔소. 아무런 일이 없다는 것이 그 정적만으로도 얼마나 우리를 파괴시킬 수 있는지 짐작이 가시오? 가장 가혹한 재난만큼이나 우리를 파괴시키죠.

나는 집에 있지 않으려고 카페로, 클럽으로, 모임으로 달려갔지요. 토론회와 약속을 만들어서 참석했고요. 우리 두 사람만이 있는 상황에서 빠져나올 수 있다면 그 시간은 내게 기쁨의 원천이었기 때문이오. 늘 똑같이 되풀이되는 단조로운 저녁모임, 똑같은 테이블에서 비슷한 화제로 만나는 똑같은 친구들, 여전히 열정도 부족하고 이루지 못한 계획들, 똑같은 입에서 뱉어내는 비슷비슷하고 케케묵은 농담들, 이 모든 것이 진정한 도피 욕구를 줄 정도로 역겨웠소. 동물적이고 청소년기에 가졌을 도피 욕구를 줄 정도였으니까. 나는 공허하고 이토록 시시하고 이토록 가벼우면서 동시에 이토록 무거운 규칙적인 생활을 더 이상 살아갈 수 없었다오. 나는 좀 더 역동적이고 흥분되고 활기에 넘치는 무언가를 내 생활에서 원했던 거요. 레베카는 무엇인지 알 수 없으나, 사소한 일로 이어지는 지지부진함과 초라한 이야기에 사로잡혔소. 레베카는 이런 일을 '두 사람에게 나타난 생활의 위기'라고 불렀소.

나는 그녀에게서 부부가 보이는 징후를 알아보았소. 그것은 '같이 살지 않을수록 점점 더 같이 살고 싶은 욕구가 줄어든다'는 것이오. 부부란 샴쌍둥이 같아서, 그들의 세계가 아무리 평화롭게 보여도 위협과 무질서로 가득 차 있다는 거요. 그래서 부부는 뻔뻔스러워질 뿐이오. 텔레비전을 켜는 일, 실내화를 신는 일, 때가 되면 식탁으로 가는 일만이 있을 뿐이오. 나에게 진정한 불안은 언젠가는 죽는 사실에 대한 확신보다는 정말로 살았던가 하는 불확실성에 있었소. 나는 우리 사이에서 풍기는 야비하고 비겁한 분위기를 증오했다오. 우리는 이제 더 이상 신사나 숙녀가 아니라 비겁한 한 여자와 비겁한 한 남자일 뿐이었지요. 흔히 사랑이란, 법의 테두리 밖에 있는 어떤 원칙을, 부정을 저지르고 싶은 억누를 수 없는 생각을 내포하고 있다고 우리에게 충분히 말해주지 않았던가요?

나는 사랑에서 오로지 지혜와 순응하는 태도와 굽실거리는 몸짓만을, 결국 감정이라는 그럴 듯한 이름으로 감춰진 무서움만을 보았을 뿐이오. 나는 법적으로 맺어진 상대에게서 느끼는 열정에는 사랑이라는 이름을 부여하지 않았다오. 나는 소시민의 좌우명을 알고 있소. '내 잔은 작지만 그래도 내 잔으로 마신다'는 거요. 이 말은 더 나은 상대를 찾지 못해서 함께 있기로 한 연인들이 쓰는 좌우명이기도 하오. 상대는 얼마든지 있고 사랑도 새로이 솟구치는 게 보장된다면 자신 앞에 있는 일부일처제라는 맛없는 스프를 당장에 버리지 않을 다정한 남편이나 정숙한 부인은 없소. 일반적인 원칙을 공고히 해주는 이런 규칙에 예외라는 건 없지요.

디디에, 당신도 베아트리스를 사랑하지만 더 아름답고

더 마음을 끌어당기는 다른 여인이 나타난다면 당장에 베아트리스 곁을 떠나지 않을 거요? 당신은 아니라고 우기기라도 할 거요? 만약 그렇다면 당신이 레베카에게 끌리는 이유를 설명해 보시오.

부부란 무엇이오? 그것은 안정적인 삶을 보장받고서 존재를 포기하는 일이며 합법적인 사랑이라는 매력 없는 얼굴이오. 부부라는 관계는 결국 평범하지 않은 관계도 평범하게 만드는 닫힌 문과 같다오. 닫힌 문에 갇혀서 창백해진 사람을 더욱 무겁게 짓누를 뿐이오. 나는 내 주위의 많은 사람이 평범한 일상의 굴레에 빠지고, 체념하면서 늙어가고, 부부간에 지켜야 할 임무라는 늪에 빠져서, 젊음이 주는 열정을 하나씩 포기하는 걸 보았소. 대담하게 살던 남자들이, 자유롭게 살던 여자들이 동거를 하면서 냉철하게 살던 생활도 무뎌지고 사기도 꺾여서 무미건조해진 것을 보았고요. 내연 관계이면서도 실제 법적인 부부를 닮아가는 게 못마땅하오. 상대의 잘못을 받아들이는 그들의 순종을, 끈질기게 공모해서 또 결합시키는 그들의 배신까지도 다 증오하오. 그저 서로 비위나 맞춰가며 사는 삶을 벗어나겠다는 친구는 한 사람도 없었다오. 이런 삶은 내가 말한 조건에서 보자면 정말 얼굴을 찡그릴 만한 본보기일 뿐이오.

나는 진정한 삶이란 다른 곳에 있다는 확신에서 벗어날

수가 없었지요. 곧 진정한 삶이란 부부생활의 비참한 궁여지책과도 멀리 떨어져 있고, 미친 사랑을 하며 정조를 지키겠다는 어리석은 짓과도 멀리 떨어져 있는 거요. 똑같은 사람과 사는 걸 영원히 견딜 수 있게 하므로 미친 사랑은 사실 최고로 무기력한 짓이요. 이미 망가진 생활이라는 끝없는 어둠 속에서 이러한 무기력한 관계를 끌고 가야 한다고 생각하니 머리카락이 곤두서는 것 같았소.

나는 뱀이 허물을 벗고 새로이 태어나듯이 레베카를 벗어나 새로운 삶을 살고 싶었소. 나를 꼭 붙잡고 있는 그녀의 두 손에 더 이상 내가 아닌 껍질을, 완전히 바뀐 다른 프란츠를 남겨두고서 말이오. 내가 더 이상 깃들어 살지 않는 겉모습을 그녀에게 던져 버리고서 말이오.

레베카는 내가 항상 차라리 그녀가 아니라면 누구라도 사랑하려고 한다는 것을 깨닫고서 가슴 아파 했지요. 사실 그 당시에 나는 모든 여자가 다 레베카보다 더 좋았긴 했다오. 단지 그 여자들이 레베카가 아니라는 단순한 사실만으로 말이오. 부부 생활이라는 감옥에 갇혀 지내던 어느 날 저녁에는 나는 혼자 생각했소. '나를 봐야 해. 한 곳에 머무르지 말고 여기저기 다녀야 해. 벽장에 처박혀 있는 잘 재단된 수도사의 제복처럼 폐쇄된 수도원에 그대로 머물 수는 없어.' 난 전처럼 길에서나 전철에서나 어디서든지 여자들을 다시 따라다니고 얼굴만 보고 홀딱 반해서 여자들에게 다가가기 시작했지요. 내게는 모든 여자가 현기증이 날 만큼 기막힌 세계로 안내해주는 열쇠 같았다오. 레베카는 내가 변한 이유를 이해하지 못했소. 레베카는 무엇보다도 당연히 자신이 아름답다고 믿고 있으면서, 내가 갈망하는 여자들과 자신을 끊임없이 비교해 보고는 그녀들을 깎아내렸다오.

"나를 배신하려거든, 적어도 나보다는 예쁜 여자랑 만나."

나는 그런 말을 모두 부인했소.

"난 당신이 예쁘지도 추하지도 않아. 항상 똑같아. 이렇게 늘 변하지 않는다는 사실 때문에 나는 슬픈 거야. 이 땅에 있는 여자 모두가 네가 바라듯 다 못생겼을지도 모르지. 난 그저 단순히 바꾼다는 기쁨 때문에, 다른 여자 몸을 탐한다는 기쁨 때문에 여자들을 유혹했을 뿐이야. 진정한 아름다움도 여러 사람을 만나서 느끼는 즐거움에 있어. 다양한 얼굴과 얼굴빛 속에 존재해. 그러니까 가장 아름다운 여자란 자신이 아직 알지 못하는 여자인 거야."

지금껏 모른 척 했거나 오랫동안 주시하고 있거나 간에 어떤 낯선 여자가 나를 바라보기 시작하고 드디어 나와 눈을 맞추며 음탕한 눈빛을 주고받는 그 숨 막히는 순간을 위해서라면 이 여자와 같이 산 세월을 몽땅 갖다 바치고 싶었다오. 그리고 매혹적인 여자가 웃고 있으면, 갑자기 황홀해 보이는 그녀의 입술에서 이루 말로 표현할 수 없는 말이, 믿을 수 없을 정도로 달콤하고 기뻐서 울먹일 정도로 부드러운 뭔가가 쏟아져 나오는 거요. 마치 소설에서나 볼 수 있는 부름인 것이오.

　남자들 대부분이 원하기는 하지만 절대로 가질 수 없을 것 같은 여자들이 지나가는 것을 보면 그저 바라보고 그만 체념해 버리지요. 난 도망치듯이 사라지는 여자들을 보면 잊지 못했다오. 그렇게 지나가는 여자들 하나하나가 다 나에게는 끊임없이 피 흘리게 하는 상처였지요. 나는 마치 절단 수술을 받아 팔 하나가 뚝 떨어져 나간 사람처럼 내가 놓친 기회 때문에 고통스러웠지요. 길거리에서나 병원에서나 카페에서나 꿈틀대는 살갗의 냄새를 맡으며 그 모든 육체에 어린아이 같은 식욕을, 격렬한 탐욕을 느꼈소. 동물이 물이나 먹잇감이 가까운 곳에 있음을 느낄 때처럼 말이오. 나는 마치 20년 동안 감옥에 갇혀 사랑을 맛보지 못한 죄수처럼 갈증을 느꼈소. 나에게 레베카는 더 이상 아름다운 몸매와 매력을 가진 여인이 아니었으니까. 그녀는 이제 성으로 구별하는 인간의 기준에서 벗어나 있었고 남성과 여성이라는 구분도 하지 않는 마네킹이었을 뿐이오.
　내 친구들은 자주 내가 못생긴 여자건 얼굴이 비뚤어진 여자건 가리지 않고 함께 다닌다고 나를 비난했소. 사실 그중에 몇 명은 정말 형편없었으니까. 하지만 그렇다고 해서 내가 다른 사람들보다 까다롭지 않거나 예쁜 얼굴에 끌리지 않는 것은 아니었소. 섹시한 여자가 내게 관심을 가지면 나도 물론 기분이 아주 좋았소. 그러나 아무리 못생긴 여자라도 나를 바라보고 있다면, 그래서 그 여자가 여왕 같은 우아한 자태를 가진다면 그것 역시 기분 좋은 일이었지요. 특히 나는 여자들을 만날 때마다 말했소. 모든 여자에게, 나는 우연히 뜻하지 않게 만나는 것을 몹시 좋아한다고, 그래서 그녀가 얼마나 새롭고 성스러운지 모른다고. 나는 우연한 만남을 소중히 여겼을 뿐이오. 세속적인 삶에서 구세주 같은 거 아니겠소. 그렇게 만나면서 한 사람에게 상처주고 다른 사람을 변모시키긴 했지만.

그 당시에 나는 간염 바이러스에 대한 논문을 준비하고 있었던 터라, 열심히 공부도 하고 있었다오. 그런데 내가 잠깐이라도 틈이 생기면 레베카와 지내야 했지요. 그래서 나는 예상하지 못한 일이 생길 것을 대비하기 위해 거짓말을 하기 시작했소. 사실 나는 항상 많은 거짓말을 하면서 살아왔소. 어렸을 때에는 나의 안전을 지키려고 거짓말을 했고, 사춘기 때에는 어린 시절의 혜택을 좀 연장하려고 거짓말을 했으며, 어른이 되어서는 습관 때문에, 또 한편으로는 어린 시절에 대한 향수 때문에 거짓말을 했다오. 그래서 진실을 말한다는 것이 나에게는 상상력이 모자라는 끔찍한 일인 것 같았소. 나는 모든 사람에게 때를 가리지 않고 아무 이유 없이 무슨 일이 생길지 그저 보기 위해서 거짓말을 했다오. 때로는 난처한 상황에 빠지는 재미 때문에, 비밀을 가지고 그럴 듯한 이야기를 하나 꾸며내는 재미 때문에 거짓말을 하기도 했지요. 요즘 연인들은 두 사람 모두에게 완전한 솔직함을 강요하는, 솔직해야 된다는 명령에 따라 살고 있는데, 나는 그만큼 더욱 강한 기쁨을 느꼈다오.

그래서 나는 레베카를 속이는 일을 아주 좋아했다오. 무조건 고백하는 것은 내가 보기에 삶을 지루하게 만드는 소름끼치는 일이기 때문이오. 아무리 최악의 통속극이라도 내게 감동을 불러 일으켰지요. 모범적인 부부가 고리타분한 관습에 따라 성실한 체 살아가는 것보다 더 바람직하게 보였다오. 나는 속임수를 좋아했소. 왜냐하면 속임수는 약자들, 여자나 어린 아이의 무기가 되기 때문이오. 그들에게 어느 한 구석도 허락하지 않는 세상에서 자유의 공간을 마련하기 위해서죠. 그래서 나는 겉으로는 더없이 친근한 체 굴었고 나쁜 짓을 하고 거짓말을 하면서 안 해 본 역할이 없을 정도였소. 그러면서 위험에 빠지지 않고 내 즐거움을 지켜나갔소.

물론 나는 행실 나쁜 여자들을 쫓아다녔지요. 난 여자들이 널려 있는 거리를 누비고 다니며 열광했다오. 여자들은 살아 숨 쉬며 온몸을 떨고 있는 동물 같았지요. 가슴을 반쯤 드러내고 허벅지를 다 내놓고 아랫배에는 레이스나 사슬

같은 걸로 장식을 한 여자들은 지나가는 사람들에게 으슥한 곳에 숨어있는 야만스러운 쾌락을 불러 일으켰소. 나는 그 여자들을 단지 쾌락의 대상, 아주 짧은 사랑의 대상으로만 보았소. 될 수 있는 한 가장 짧은 시간에 가장 많은 육체를 취하는 수단으로만 보았고요. 돈을 지불하는 것이 필요했다오. 내가 욕망해서 만족시키는 데 필요한 간극을 좁히려고 말이오.

난 이런 사치를 즐겼소. 유혹을 경제적으로 하는 사치 말이오. 또 한편으로는 그 여자들을 타락시키면서 가장 에로틱한 콤비네이션 슬립을 벗게 하는 돈을 찬양했소. 돈을 지불한다는 것은 실제로 내 생에 부여된 몇 안 되는 여자들 외에도 내가 좋아하는 모든 유형의 여자를 맛볼 수 있는 기회를 내게 제공해 주었지요.

매춘은 수많은 종류의 얼굴과 몸매를 한곳에 모아놓고, 대단한 집단만이 유지하는 몽환적 면모를 드러내고 있소. 모든 다른 즐거움 이전에, 눈으로 보는 데서, 드러냈다는 데서 성적 쾌감을 느끼는 거요. 나는 에로틱한 월급생활자의 모습에서 섹스와는 거의 무관한 위대한 사랑의 서사시를 찬양했다오. 그리고 사회적 차별의식 때문에 결코 마주칠 수 없었던 사람들을 내가 가는 길에 끼어들게 했지요. 내가 뒤섞는 것을 좋아하니까, 천한 사람들도 사귀었소. 매음굴은 다른 세계와 다른 상황과 가까이 할 수 있는 마지막 공공

장소죠. 지하철과 더불어서 말이오. 열기에 가득 찬 이 거리에서는 평범한 구역에서 느끼는 반감이 잠깐 동안 멈추기도 하오. 때로 매춘이라는 직업이 갖는 비열함이 내 열정을 꾸짖기는커녕 오히려 내게는 지나치게 매력적으로 느껴지곤 했고요. 아주 어린아이 같은 행동에 또 다른 차원을 부여하듯이 말이오. 내가 거리에서 엿보았던 것은 쾌락이 아니라 거리가 보여주는 여러 가능성이었소.

나는 불쌍한 녀석들 무리에 끼어 있었다오. 그들은 매 맞은 개처럼 큰 대문에서 얼쩡거리며, 한껏 허리힘을 써서 자신들을 녹초로 만들 웃음 짓는 여자를, 바가지 긁는 여자를 기웃거리고 있었소. 나는 마음 속 깊이 혼란을 느끼며 러브 호텔이 늘어선 낡은 담벼락을 지나곤 했다오. 러브 호텔은 호텔이 감추고 있는 쓸쓸한 음탕함에 젖어 있는 것 같았소. 짧은 시간의 성교는 독립적인 생산자인 매춘부와 나 사이에 암묵적으로 동조하면서 치르는 의식이었소. 극장 거리를 장악하고 있는 어린 도박꾼이 겪는 경험이며 원칙에 따른 소비였고요. 떠돌이 여자나, 음탕한 여자들, 이런 여자들은 우리를 무시하거나 아예 경멸하듯이 대하는데, 이는 그녀들이 인간을 뛰어넘는 진수를 보여주는 것이었소. 난 이들이 어린애나 개를 좋아하고 지나치게 감성적이라는 점, 또 모든 손님에게 공평하게 반말을 하면서 돈으로 사는 사랑의 민주주의를 실행한다는 점에서 현혹되었다오.

"당신은 소중히 여기는 게 하나도 없지. 심지어 우리의 아름다웠던 추억까지도!" 레베카는 말했소.

"당신이 옳아. 우리는 단지 과거 속에서만 만날 수가 있어. 그러면 우리 한번 행복했던 추억을 회상해 볼까. 식당, 호텔, 간편식 코너 등에서 수없이 많이 함께 식사했지. 생수도 포도주도 함께 마셨지. 얼마나 많은 음식이며 요리를 주문해 먹었던가. 커피도 즐겨 마셨고. 이런 게 우리의 추억이지. 엄청난 식단과 아무 짝에도 쓸모없는 것, 그게 인생에서 가장 아름다운 명단이지."

우리가 함께 거리를 걸어 갈 때, 나는 그녀보다 머리 하나 정도 키가 컸는데 항상 그녀를 앞서서 성큼성큼 큰 걸음으로 걸어갔소. 서둘러 그녀에게서 달아나려는 사람처럼. 그러면 그녀는 숨을 헐떡거리며 쫓아와서 나를 따라잡곤 했소. 그럴 때마다 나는 소리쳤소.

"자, 짧은 다리, 먼저 가. 그렇게 키가 작다니!"

부부라는 감방에서 우리가 얼마나 움츠리고 있었는지, 그 증거로, 나는 우리가 성적으로 지나치게 무절제했음을 밝혔소. 난 레베카에게 이렇게 말했소.

"작년에 우리가 그렇게 비열한 관계를 맺은 것은 단지 바깥 세상에 대한 두려움에 원인이 있을 뿐이야."

우리는 세상과 단절하기 위해서, 다시 말해서 우리만 있으면 충분하다는 생각에서 우리의 배설물을 갖고 논 거요. 결국 우리는 이런 폐쇄성에 대한 취향을 버리지 못하고 마지막 결과에 이르기까지 밀고 나갔소. 서로 악취를 풍기고 자신의 방귀에 바보같이 웃고 기계적으로 일어나는 생리 현상의 초라한 리듬을 따르는 것을 제외하고는 두 사람이 해야 할 게 또 뭐가 남아 있겠소? 부부의 에로티시즘이 이끌어 간 곳은 다름 아니라, 넓은 바다가 두려워 똥 같은 것에나 커다란 관심을 기울이게 만드는 행위였던 거요.

나는 깨달았지요. 곧 레베카도 내 옛사랑의 그림자의 대열에 서게 될 것을. 우리 열정은 식었고 육체적 관계는 역겨워서 고약한 냄새가 났고, 대체할 수 있는 모든 방법을 다 동원해서 누렸던 환락도 이제는 시들해지고 말았지요. 나의 기억은 그 순간의 빛으로 반짝거리는 모험만을 즐겁게 더듬었소. 하지만 우리의 관계가 더 오래 지속되면서 원한과 욕설로 가득 찬 파멸에까지 이르렀고, 망각만이, 행복한 기억상실만이 더 가치가 있을 뿐이었소.

일반적인 애정생활이 만들어내는 모든 실패에 추가되는 게 있습디다. 누구도 피할 수 없는 거요. 그것은 모든 사람이 다 좋아하리라고 기대할 수 없다는 것이오. 당신이 아무리 잘 생기고 매력적이고 지적이라고 하더라도 당신의 재능과 성공을 증오하고 오히려 당신보다 못난 남자를 더 좋아하는 여자가 항상 있을 거요. 반면 실패하고 불행한 남자에게는 그의 실패와 못생긴 용모를 못마땅해 하는 또 다른 여자가 있을 수 있소. 따라서 인기가 있다는 게 항상 좋은 것만은 아니라오. 대부분 관심 받지 못하는 이런저런 여자들이 나를 좋아했소. 몇몇 사람에게만 사랑을 받고 몇몇 사람에게는 미움을 받으며 대다수에게 무시당한다는 것은 가슴 아픈 경험이오.

안목이 없는 사람들은 이미 자기 것으로 만든 여자가 아무리 아름답다고 해도 그 가치를 깎아내리는 법이오. 레베카의 경우가 그랬소. 나는 그녀를 오래 전부터 알고 있었소. 내가 아직도 매력적인지는 잘 모르겠소. 우리에 대해서 무슨 말을 하건 간에, 우리에게 새로운 것은 전혀 가르쳐 주지 않소. 항상 다른 확인이, 불확실한 다른 확신이 필요하오. 한 남자 또는 한 여자의 마음에서 처음이라는 것은 덧없는 일이오. 내가 당신에게 왕이라고 해서 모든 이의 왕일 수는 없지 않소. 그러니까 오해가 있소. 어떤 존재가 당신에게 애정을 가지고 있다면 그건 두 가지 면에서 난처하게 만드오. 우선 모든 사람이 똑같은 열정으로 당신을 사랑하지 않는 것이 놀랍고 또 한편으로는 그것 때문에 자신이 없어서 당신을 사랑하는 여자를 의심하기에 이르죠. 만약 그녀가 나를 사랑한다면 그녀는 정신이 나간 것이오. 좀 더 정신 나간 누군가가 나 같은 인생의 낙오자에게 끝까지 매달려서 이득을 보는 게 아니라면 나 같이 이렇게 부족한 사람의 가치를 누가 평가해 줄 수 있겠소? 사실 내가 보기에, 레베카는 나에게 그렇게 애정을 쏟아 부으면서도 그녀를 더욱 사랑하게 만들기는커녕 내가 끊임없이 새로운 여자를 찾아다니도록 부추겼다오.

나는 레베카라는 유대계 튀니지 여인의 피 속에 북아프리카와 시온의 땅이 결합되어 있다고 믿었소. 그러나 레베카의 유대적 세계관은 전혀 아무것도 표현하지 못했소. 말하자면 그 정신적 토양에서 받은 유전적 기질이나 충실함이 전혀 보이지 않았소. 나는 그녀 역시 나만큼 상처 받기 쉽고 부족한 인간이라고 생각했소. 한마디로 그녀는 100퍼센트 프랑스 여자였지요. 난 그녀를 유대라는 지역적 특이성에 맞춰 두고 끊임없이 그 이상형과 맞추어 보려고 했지만 결국은 그녀가 그런 기질을 물려받지 않았다는 사실만을 깨달을 뿐이었고요. 내가 보기에 그녀는 선민의 일원이라는 명칭을 부당하게 차지했소. 그런 자격이 없는 사람이었는데도. 내가 이런 말을 하면 그녀는 화가 나서 쏘아붙였다오.

"그렇게 유대인을 좋아하니 특별히 한 유대인 여자만을 좋아할 수가 없는 거예요. 당신이 그렇게 이스라엘 집안을 좋아하다니 구역질이 나요. 나를 괴롭히기 위한 구실일 뿐이에요. 당신 아버지가 증오심 때문에 반유대주의자가 되었다면 당신은 사랑 때문에 반유대주의자가 되었어요. 당신 아버지는 유대인들이 너무 유대인 티를 낸다고 미워했는데 반대로 당신은 유대인 티를 내지 않는다고 나를 미워하는군요. 난 애매모호한 내 신분에 맞는 권리를 주장할 뿐이에요. 내 복잡한 존재에 맞는 권리를 주장하는 거라구요."

물론 그녀가 옳았다오. 나는 거추장스러운 과거를 속죄하기 위하여 유대적 실체를 신격화하는 기독교인이었소. 그러면서 유대적이지 않은 유대인들을 몽땅 배신자라고 비난할 정도였소. 우리는 모든 이스라엘인이 부적이라도 지닌 것처럼 다른 사람들과 다른 점을 드러내라고 요구하고 있었소. 우리 아버지 시대에는 그들에게 감추라고 요구했던 것을요. 그러니 우리도 우리 아버지 세대만큼 똑같이 편협하다는 걸 보여준 거요. 그러나 요즘에는 기독교인으로서 내가 얼마나 맹목적인지, 이런 논쟁에도 완전히 무감각해졌소.

한 가지, 단 한 가지 이유로 나는 슬펐소. 그녀와 헤어지면 나의 부모님이 기뻐하실 거라는 사실이오. 부모님은 우리 둘 사이에 문제가 생기니까 아들의 결혼 생활이 실패한 것인데도 프랑스적 양식의 승리라고 믿었소. 그런데 아주 특별한 사건 하나 때문에 내 마음에서 꺼림칙한 게 없어졌지요. 그 당시에 나의 아버지는 우리 집안 족보를 연구하고 있었소. 그러다가 아버지는 우연히 19세기 중엽에 우리 조상 중 한 사람이 엑스 라 샤펠이라는 곳에서 폴란드계 유대인인 에스테르 로장탈이라는 처녀와 결혼하여 애를 넷이나 낳았다는 사실을 발견했다오. 그 막내가 바로 우리 직계 증조부였소. 우리 아리안계 가문에 유대인 피가 섞였다니, 아버지는 심한 충격을 받았지요. 그로 인해 아주 치명적인 뇌출혈을 일으켰소. 내가 아버지를 소생시키기 위해 응급처치를 할 때, 아버지가 마지막으로 몇 마디 했던 게 기억나오.

"프란츠, 평생 착각을 하며 살았다. 유대인들이 옳아. 그들은 근대 유럽의 진정한 선구자들이야."

나는 오랜 세월 아버지를 미워했소. 성인이 되자 증오는 멸시로 변했소. 폭군 같은 아버지가 힘없고 겁이 많은 늙은이로 바뀌자 멸시는 동정으로 변했소. 그러나 이렇게 마지막 말을 한 뒤에 이 사람은 다시 나의 아버지가 되었다오. 나는 죽음의 문턱에서 계시를 깨달은 이 정의로운 사람의 두 손에 입을 맞추었소. 하지만 아버지가 다시 들릴락말락하게 죽어가는 목소리로 다음과 같이 중얼거렸을 때 나는 절망감에 빠져 울고 말았소.

"더러운 놈들은 아랍 놈들이야. 그놈의 석유를 가지고……"

내가 더 이상 레베카를 사랑하지 않자 가슴이 아팠다오. 나는 그녀와 이미 사랑을 실컷 나누었기 때문에, 저만치 사라진 열정에 불을 다시 붙여 보려고 노력도 했지만 소용없었소. 나는 더 이상 아무런 감정도 느끼지 못했고 떨리지도 않았고 질투도 생기지 않았소. 이러한 무력증 때문에 나는 마음이 매우 아팠소. 레베카가 다른 남자의 품에 안겨 키스를 하고 애무를 받고 온갖 찬사를 받는 모습을 상상해 보기도 했지요. 그런 모습을 상상해 봤자 아무 느낌이 없었소. 마치 바다가 썰물 때에 물이 빠져 모래톱을 그대로 드러내듯이 불꽃 같던 정열이 한 순간 사라지는 것보다 더 견디기 힘든 마음의 상처가 있겠소? 돈 많은 남자처럼 내게도 바람둥이 기질이 있었소. 아니, 내가 한 여자 때문에 이처럼 고통을 받고, 사랑받지 못하는 사람이 되다니, 이런 상태를 참아야 하는지 생각하기도 했다오. 나는 레베카의 눈을 바라보았소. 말없이 내게 애원하고 합당한 설명을 하라고 간청하고 있었지요. 그러나 설명할 것도 없었소. 내가 그녀와 헤어지고 싶은 이유는 바로 2년 전 그녀를 보고 첫눈에 반했을 때와 마찬가지로 내 멋대로였으니까.

"말해 봐. 뭘 잘못했는지 말해 봐. 당신을 성가시게 했어? 아프게 했어?"

"당신이 뭘 잘못했다고 그래? 그런 것 없어. 단지 내 곁에 있다는 게 잘못이야. 아주 간단해."

그녀는 아무것도 아닌 일로, 눈빛 하나에도, 말 한 마디 실수에도, 갈겨 쓴 전화번호에도, 주머니 속에 있는 잊고 있던 종이 조각에도, 엄청난 질투심으로 의미 없는 싸움을 되풀이해서 걸었다오. 그녀는 화가 나서는, 그녀 스스로도 제어하지 못하는 상황을 단순히 처리하려고 놀랄 만한 시도를 했지요. 그래서 나는 매일 법적으로 당당한 여인의 검열을 받았소. 그녀는 와이셔츠나 속옷을 살폈고 머리카락 하나까지 적발해내고 주머니와 수첩을 뒤져서 어쩌다 낯선 전화번호가 나오면 연락을 해보았소. 혹시나 여자 목소리가 들리지 않을까 하고.

그녀는 마치 형사처럼 모든 것을 면밀히 조사 검토하여 상황을 재구성하고 서로 연결시켜 보는 등 갖은 애를 다 썼소. 사실 연인들보다 서로에게 집요하게 구는 형사는 없지요. 그녀는 내 수첩에서 의심나는 주소나 전화번호가 있으면 새까맣게 줄을 그어 내가 전혀 알아볼 수 없게 만들었소. 또 병원에서는 나를 감시하려고 간호사 한 명을 매수하기를 시도한 적도 있다오. 그녀에게 조금이라도 낯선 여자면 그녀는 무조건 위험하다고 생각했소. 그녀가 점점 더 타협을 모르는 여자가 될수록, 그럴수록 그녀는 더욱 더 졸렬해졌소. 거리에서 내 뒤에 바짝 붙어서 염탐꾼 노릇을 했고 내 앞에서 여자를 평가한다고 몸매를 훑어보면서 헐뜯었소. "당신, 돌아볼 필요 없어. 정말이지 돼지 비계 덩어리 같아." 그녀는 투덜거렸소. 그러면 나는 일부러 그녀를 약 올리려고 작달막한 노인네나 늙은 부인들이나, 어린애들한테 시선을 고정시키고서 뚫어져라 쳐다보며 장난을 쳤소.

이런 식으로 갈피를 못 잡게 만드니까 그녀는 쉬지 않고 망을 봐야 했고 마침내는 근육통을 동반하는 목의 비틀림으로 진짜 고통을 겪었다오.

그럼에도 불구하고 나는 여전히 나비처럼 이리저리 날아다녔으니 그녀는 몹시 날카로워졌지요. 그녀가 나와 함께 있는 여자가 누구인지 알아냈다고 확신하자마자 나는 또 다른 여자와 있었다오. 그녀가 먹잇감을 또 잡았다고 생각했는데 그녀는 뱀의 허물만 잡은 셈이었소. 그녀는 이렇게 감시를 하면서 자신의 개성 있고 탄탄한 몸매와 비교할 만한 라이벌을 찾아냈고 그 여자들과 자신을 비교하고 대조했다오. 그러나 내가 다른 한 여자와 살기 위해서 이 여자와 관계를 끝내려고 한 것은 아니었소. 나는 항상 먼저 다른 곳에 있었고 다른 여자를 사로잡으려고 했던 거요. 내가 비아냥거리는 어조로 그녀에게 그렇게 말했소.

"내가 특별한 한 여자 때문에 당신을 떠나려는 게 아니야. 이 세상에 있는 모든 여자 때문이지. 당신은 날 사랑하지만, 그게 나와 무슨 상관이 있지?"

그러면 침묵 속에서 긴 한숨소리만 들렸소. 말을 하지 않는 것이 자존심을 나타내는 현대적인 형식이요.

우리가 매일 빵을 먹듯이 싸움은 일상화되고 격렬해졌소.

우리가 일주일 동안 싸우지 않은 시간을 따져 볼 수 있을 정도였으니. 나의 아파트는 끊임없는 우리의 심한 말다툼으로 메아리쳤지요. 하루하루가 온통 격심한 위기 속에서 지나갔고 모든 것이 우리에게는 공포와 고통이 되고 있었다오. 그리고 나는 특히 무엇보다도 48시간을 내리 마주하고 있어야 하는 주말을 두려워했소. 매번 싸우고 나면 기나긴 외면이 뒤따랐고 그러다가 얼렁뚱땅 화해로 넘어가곤 했소. 화해란 부부싸움 중에 가장 지저분한 것이오.

그토록 많은 욕설, 심한 구타, 저주를 하고 난 뒤에 부부가 마치 아무 일도 없었던 것처럼 다시금 신선하고 심신이 말짱한 모습으로 되돌아왔는데, 바로 거기에 쓰레기와 추억이라는 더러운 구멍이 있는 거요. 곧 나는 이런 화해조차도 지겨웠소. 시계의 부지런한 움직임처럼 규칙적인 시나리오에 지쳤고요. 궁정에서 지켜야 될 왕의 법도보다 더 체계화된 각본에, 노기에 찬 모든 싸구려 장신구에 지쳤다오. 이런 지나친 폭력은 너무 강한 긴장감에 배출구를 형성해 주었을 게 틀림없소. 그러나 이 배출구는 열정 그 자체가 되었고 부부 싸움은 우리의 정상적인 제도가 되었으며 폭력은 우리의 애정 방식이 되었다오.

레베카는 내게 말했소. "당신은 서른 살이나 되었는 데도 아직 사춘기인가 봐. 당신은 단지 성적 강박관념에 사로잡혀 있을 뿐이야."

"그래서? 그런 강박관념을 갖고 있다고 저속한 것은 하나도 없어. 당신이 잘못하는 거야. 나는 아무것도 포기하고 싶지 않고 선택하기를 거부하는 사람일 뿐이야. 당신은 내 얼굴에 가래침을 뱉듯이 엽색가라고 쏘아붙이지. 그걸 인정해. 원래 돈 후안은 동시에 도처에 존재하는 재능을 갈망하지. 그는 단 한 여자에게는 충실하기 그지없는 연인인 동시에 모든 여인에게 마음이 흔들리는 나비가 되고 싶어해. 그는 추녀를 위해서도 몸을 불태우고, 미녀를 위해서도 몸을 불태우지. 자신의 존재 하나로 가능한 모든 운명을 끌어안고 싶어 해. 그래서 그는 쾌락의 투사가 아니라 참을 수 없는 영웅이지. 당신은 천하고 바람기 있는 젊은 여공이 꾸는 꿈을 갖고 있군. 당신은 안정된 가정의 행복을 갈망하고 있는데, 난 다만 내가 만나는 여자가 늘어나는 것을 즐길 따름이야. 당신은 내 방탕에 괴로워하고 난 당신이 나를 감정적으로 구속하는 것에 괴로워하고 있어. 그러니 서로를 억압하지 말고, 서로의 상반되는 성향을 인정하고 그런 다양성에서 논리적인 해결책을 찾아 보자구."

레베카와 나는 공원이나 카페나 클럽 등 흔히 어디에서나 볼 수 있는 표준이 되는 남녀 한 쌍을 이루고 있었소. 눈은 촉촉하고, 두 손은 바짝 마르고, 엉덩이는 비누냄새를 풍기며, 섹스는 요컨대 입을 꼭 다물고 있는 조개껍질처럼 언제나 변함없는 사랑을 증명할 준비가 되어 있었소. 나는 성 잘

내는 내 반쪽을 바라보고 있었다오. 그녀는 내게 밤이고 낮이고 시시때때로 나 자신만을 배려하는 행동을 바꾸라고 제안했소. 모든 사람에 맞서 우리가 더욱 단단해지고 두 사람만 생각하자고 제안했고요. 엄폐된 아름다운 이상이었고 결혼이라는 금고의 찬란한 구속이었소. 아무리 공공의 삶을 뒤흔들고 비극적인 사건이 일어나도 이제는 우리만이 있는 고치를 통해서만 희미하게 들어오므로 우리에게 영향을 미치지 못했지요. 우리는 이미 우리 주위에 외부로부터 우리를 보호하는 견고한 갑옷을 짰고 레베카는 이제 두 번째 옷을 짜기를 원했소. 그녀에게 세계란 몇 안 되는 사람들로 한정되어 있었소. 그들과 멀리 떨어져서는 그녀는 쇠약해졌소. 그녀는 자신이 좀 더 광대한 무엇에 얽매여 있다는 걸 느끼지 못했소. 그리고 시대의 기본적인 문제점은 무시했소. 개인적인 문제들, 특히 그녀의 경박함이라는 끔찍한 억압에 빠져 살았소.

  우리는 둘이서 가꾸어가는 삶을 헐뜯음으로써 그 삶을 견디고 있소. 그것이 삶을 미화시키는 유일한 방법이오. 오랫동안 레베카를 비방하는 게 내가 기분을 푸는 방법이었소. 그러니까 레베카에 대해 험담을 하고 내 친구들 앞에서 끝없이 레베카를 괴롭히면서 나는 그녀 곁을 떠나는 것을 억누르고 있었고 내 기분을 털어내기에 충분했다오. 그것은 마치 변심을 대신하는 것과 같은 배신이었고요.

어느 일요일 오후 변함없이 우리는 말다툼을 했고 나는 담배를 사러 나갔소. 집으로 돌아와 보니 그녀가 보이지 않았지요. 나는 크지 않은 집안을 뒤지면서 그녀를 불러 보았소. 아무런 대답도 없었다오. 기나긴 오후에 혼자 시간을 보내기 싫어서 친구에게 전화를 했소. 나는 친절한 내 친구의 귀에 대고 레베카에 대한 불평을 털어놓았고 그녀에 대한 내 욕구가 바닥이 났다고 떠들어댔소. 남자들이 가진 고질적인 허풍을 떨어가며 이틀 전에 그녀가 얼마나 말도 안 되는 행동을 했는지 과장되게 이야기했고요. 그렇게 15분이나 수다를 떨고 난 뒤에도 우리는 카페에서 만나기로 약속하고 전화를 끊었소.

그때, 레베카가 흐트러진 침대에서 뛰어내렸소. 그녀는 털이불과 뒤섞여서 그 속에 숨어 있었던 것이오. 그녀가 혹시나 하고 의심은 했지만 감히 믿으려고 하지 않았던 어떤 진실이 이렇게 본의 아니게 드러났소. 그녀는 당장이라도 싸울 듯한 기세로, 발톱을 모두 세운 족제비처럼 울부짖으며 평소 습관대로 집안의 가구들을 있는 대로 던지고 뒤엎기 시작했소. 나는 그녀가 마치 내 두 눈을 뽑아버릴 것처럼 군다고 생각했지만 그녀는 더 교활한 생각을 했지요. 그녀는 미처 화가 다 풀리지도 않은 채 자기를 약속 장소로 데려다 달라고 부탁했소. 그 동기가 무엇인지 모르지만 어쨌든 나는 수락할 수밖에 없었고 조심해야겠다고 다짐했지요.

내 친구는 느닷없이 나타난 그녀를 보고 놀라서 어안이 벙벙했는데, 그녀는 우선 자신의 계략을 풀어놓으며 말했다오.

"프란츠가 나에 대해서 아주 은밀한 속내 이야기를 했다는 것을 알고 있어요. 하지만 당신에 대해서 뭐라고 말했는지 그걸 듣는 게 더 재미있을 걸요."

내 친구도 역시 의사였는데, 이 친구와 나는 의사라는 직업을 수행하는 가운데 서로 경쟁을 하는 상황이었소. 우리는 각자 어떻게 해서든 교수의 평가에서 상대보다 더 좋은 지위와 더 높은 점수를 얻으려고 했지요. 우리 두 사람에게는 때로 농담으로 때로 적개심으로 드러나는 분명한 경쟁이 뒤따랐다오. 그런데 우리 애인들은 이런 사정에 대해서 아무것도 모르고 있었지요. 내가 그런 뜻이 아니었다고, 내 선의에 대해서 주장해봤자 아무 소용도 없었고요. 내 동료는 내가 그의 등 뒤에서 뭐라고 지껄이고 다니는지 몹시 알고 싶은 눈치였지요. 레베카는 평소보다 더 신이 나서 그에 대해 내가 얼마나 중상모략을 했는지 토씨 하나 틀리지 않게 늘어놓았소. 그가 외모가 못생겼다고 말한 것에서부터 아첨꾼 기질을 가졌다는 둥 성적으로 순진하기까지 하다는 말까지.

레베카가 이렇게 계속 폭로를 하니까 그는 얼굴이 점점 창백해졌소. 그녀가 이처럼 세세한 묘사까지 일부러 지어낼 수 없다고 확신했으니까. 한 시간 쯤 지난 뒤에 그는 얼굴이 파랗게 질려서 자리에서 일어났고 우리에게 말 한마디 없이 가 버렸다오. 그날 오후 나는 내 스스로 치명적인 적 하나를 만들었소. 나는 레베카에게 있는 대로 욕설을 퍼부어 봤지만 친구를 잃은 데 대한 위로를 전혀 받을 수 없었소.

"말해 봐." 나는 그녀에게 물었소.

"우리가 함께 산 이 몇 년 동안 너는 내게 어떤 세계를 알려주었지? 어떤 사람들을 소개해 주었냐고 말이야! 미용사, 장사꾼, 가게 주인, 의복 수선사, 모델, 도안가, 헌옷 장수, 머리 감겨주는 여자, 사진사, 발 굳은 살 치료사, 이런 사람들 뿐이잖아. 이런 사람들이 당신이 만나는 사람들이잖아. 몽땅 다 쓸모없고 헛되고 정말 형편없는 사람들, 유행이나 따르고 외모로 버티는 하급 인생들 뿐이잖아!"

물론 우아하게 해결하는 방법을 선택할 수도 있었지요. 우리는 지나친 대결로 죽어가고 있었기 때문에 서로 거리를 둘 필요가 있었고, 간접적으로만 서로를 대하고 우리의 만남에 적당한 간격을 둘 필요가 있었어요. 그러나 우리가 만나는 횟수가 줄어들면 들수록 점점 더 그녀 가까이 돌아가고 싶은 생각이 들지 않았지요.

우리 두 사람이 관계를 지키거나 좀 더 길게 가기 위해서는 몇 가지 방책이 있다는 것을 알았소. 이를테면, 헤어지는 고통을 선택하기, 다른 사람을 사랑하도록 시도하기, 그녀의 풍부한 감성을 되찾게 도와주기 등이었지요. 많은 사람이 있는데서 통음난무에 뛰어들 수도 있었을 것이고 그로써 우리의 계약을 견고히 할 수도 있었지요. 우리가 서로 다시 더 잘 만나려고 헤어지는 척 할 수도 있었소. 하지만 이러한 선택은 단지 형식적일 뿐이라는 것을, 내가 더 이상 원하지 않는 타협을 품고 있다는 것을 인정했소.

나는 모든 형태의 일부일처제를 증오했소. 그 형태가 사람들에게 자유롭든 난잡하든 고전적이든 해방되었든 타협적이든 간에. 나는 오로지 일부일처제에서 벗어나기를 갈망했소. 그래서 어떻게 해야 하는가, 아마 임시방편을 써서라도 앞으로 몇 년 동안 더 끌면서 그동안 쌓인 원한을 씻어 내리고, 부부 생활도 하고 방탕한 생활도 하면서, 우리가 미루는 만큼 더욱 더 가혹한 숙명의 출구를 향해 갔을 것이오.

모든 일을 잔인하게 질질 끌었소. 그런 상태로 벌써 여섯 달 이상이 지나자 이제는 정말 끝내지 않으면 안되었소. 나는 용기를 내서 레베카에게 말했소.

"너무 늦기 전에 우리 헤어지자. 우리가 지금까지 함께 했다는 역사가 있잖아. 그 역사의 이름으로 헤어지자. 이제는 더 이상 어울리지 않아. 당신이 먼저 헤어지자고 했으면 좋겠어. 당신은 그동안 아무 행동도 취하지 않았잖아. 나만 이

고통스런 일에 몰두하고 있었던 거야. 내 말 알아들었으면 해. 우리의 행동은 너무 지나쳤어. 우리가 저지른 비열하고 저속한 행동의 무게가 너무 무거워. 이제 바로 잡거나 죗값을 치르는 게 문제가 아니야. 종기를 터뜨리고 헤어져야 해. 당신 나를 아직도 사랑하지? 하지만 내게서 더 이상 그런 사랑을 기대하지 마. 당신이 적당한 때에 떠난다면 우리 둘 다 고통을 덜 받게 될 거야. 당신에게서 벗어날 수 있도록 날 도와 줘. 당신을 타락시키면서 잃어버렸던 나의 존엄성을 이젠 내게 돌려줘. 더 이상 서로 상처를 덧나게 하지 말고 각자의 상처를 존중하며 살아가자구."

"나는 세상 모든 사람이 살아가는 것처럼 나를 감싸주는 배우자 옆에서 살고 싶고 아이도 갖고 싶어. 그게 전부야. 더 이상 할 말이 없어. 당신에게 내 온몸을 주었고 앞으로도 내 인생 전부를 당신에게 주고 싶어."

"나를 위해 아무것도 바치려고 하지 마. 당신의 희생을 원하지 않아. 어느 날인가 당신이 그 희생의 대가를 요구할 것을 알기 때문에 벌써부터 그 희생이 싫어. 내가 당신의 희생에 고마워할 거리고 기대하지 마."

"내가 잘못 표현했나 봐. 프란츠, 당신과 함께라면 더 불행해진다고 해도 난 괜찮아. 당신과 함께 있겠어. 당신이 변한다고 해도 절망하지 않으니까."

"꿈도 꾸지 마. 당신을 만나기 전에도 그렇게 애를 써보았지만 다 실패했다구. 커다란 장애물이 있어서 내가 감정적으로 시도를 하려고 해도 다 망쳐 버리는 거야. 당신을 향한 나의 정열을 그대로 품고, 내가 알았던 모든 여인을 잊어버리고 그녀들과는 실패했던 사랑을 성공시키리라 단호하게 결심했어. 놀라운 일이 2년이나 계속되었지. 오늘 우리가 환상을 계속 지키고 싶어 했기 때문에 대가를 치르고 있어. 세상은 온통 요동치고 있어. 사람과 사물이 활기 있게 숨쉬고 움직이며 오래 바라던 소중한 모습을 만들어가고 있어. 나도 거기에 끼고 싶어."

"프란츠, 당신이 정말로 진지해 보일 정도로 너무나 많이 분석을 하고 있었네. 하지만 이제 당신이 더 이상 나를 받아들이지 않는다니 당신 말에 따를게."

레베카는 눈물을 머금고 자기 물건을 챙겨서 떠났다오. 내가 더 이상 그녀를 사랑하지는 않았지만 그 모습에 감동하였소. 이미 과거 속으로 사라진 레베카에 대해 문을 닫고서 나는 자유롭다고 믿을 수 있었소. 쇠같이 단단했던 관계는 깨졌고 풀린 사슬은 땅에 떨어져 질질 끌렸지요. 마침내 나는 휴식을 취했소. 깜짝 놀라 어안이 벙벙해져서 말이오. 하지만 풀렸던 사슬은 다시 더욱 세게 당겨지고 우리가 서로에게 영원히 매어 있다고 느낄 정도의 충격을 줄 거였소.

다음 날 레베카가 다시 돌아와서 내게 말했소.

"당신 없이 살 수가 없어. 그래, 다른 모든 여자와 잠을 자

고 싶으면 자도 좋아. 하지만 나를 여기에 그냥 있게만 해
줘."

 나는 마음이 약해지지 말았어야 했지요. 그러나 이 여자는 말없이 그대로 있으면서 맞서서 아무것도 할 수 없는 고집을 피우고 있었소. 그녀가 소극적인 저항으로 나오면서 내 의지를 약화시킨 거요. 비겁하게 나는 그녀를 다시 받아들였소. 하지만 이번에는 정말 거리낌 없이 행동하기로 마음을 먹었소. 그녀는 부부생활의 지옥을 느껴본 적이 없었으므로 단번에 그 지옥을 제대로 보여주기로 했소.

 나는 그녀에게 모욕을 줄 최고의 방법을 생각해 내서 그것을 여섯 가지로 분류했지요. 성 문제, 민족, 사회적 계급, 외모, 나이, 지성에 관한 것이었소. 곧바로 그녀를 건드리기에 너무 약한 모욕이라고 생각되는 성, 민족, 나이 등은 그냥 뺐고요. 레베카는 내가 자신을 '더러운 유대인'으로 취급하여 나의 비열함을 확인하기를 막연히 기대했지요. 정말 레베카는 얼마나 어리석은지. 그녀는 내가 그녀에게서 높이 평가하는 유일한 면을 망가뜨리기를 바랐던 것이오. 그녀의 유대교를 욕되게 하다니! 적절한 모욕을 찾고 있던 내가 그런 욕설을 해서 나 자신을 웃음거리로 만들다니! 그녀의 민족을 욕한다고는 하지만 그것은 그녀를 보호하는 일이었소. 이름 높은 사회 집단에 그녀를 끼워준다는 것 자체가 그

녀를 지나치게 명예롭게 했소. 내 말 알아들었죠. 민족주의는 어리석은 거요. 한 개인이 속한 집단을 공격하는 것은 이중의 실수를 범하는 거요. 한 개인을 모욕함으로써 그들을 분열시켜야 하는 데도 오히려 그가 속한 민족의 연대성을 자극하고 그들을 뭉치게 하고 있소.

레베카를 파괴시키려고 시도했던 계획에 따라 나는 훨씬 더 치밀하고 효과적으로 진행시키려고 애를 썼지요. 그녀의 내면에 깊이 숨어 있는 기질을 공격했다오. 말하자면 그녀의 지성을 공격하고, 내가 비판했던 그녀의 용모를, 여자의 소중한 자산인 그녀의 용모를 공격했소. 거기에 나는 출세 제일주의와 자산가 계급을 부활시킨 역류하는 우리 시대에 굴욕을 주기에 가장 좋은 주제인 사회적 계급을 덧붙였고요. 간단히 말해서 나는 정치적이거나 이념적인 반응까지 불러일으킬 수 있는 모든 상황을 선별해서 한 개인의 가장 취약한 부분을 공격했소. 나는 레베카가 고통 앞에서 완전히 무너진 채 최후의 극단적인 상태에 이르기를 원했소.

나는 자가당착에 빠지는 방식을 택했지요. 나는 그녀 주변에서 모든 확실한 근거를 제거했소. 그녀가 불안과 번민 속에서 살아가도록, 그리하여 긴장되고 조금씩 쇠약해지는 것을 느끼도록 해야 했다오. 그러기 위해서 공격하고 놀라게 하기를 적절히 계획해야 했고요. 그러니까 때로 주도권을 잡아 쉴 새 없이 그녀를 기진맥진 시키고 그러다가 그녀가 예상하는 것과 정반대로 하는 것이었지요. 가끔씩 나의 계략에 필요하다고 생각하는 경우에는 가혹함을 겁내는 그녀에게 아량을 베풀기도 했고 아량을 기대할 때는 반대로 가혹함을 보이기도 했소. 이를테면 채찍과 당근을 어긋나게 주는 거였지요. 그것은 그녀가 어떤 것도 자기 편이 아니라는 것을 알게 하기 위해서였소. 그러니까 심지어는 우리가 마셨던 커피나 그녀가 숨 쉬는 공기까지도 모든 것이 매정함과 증오로 가득 차 있으며 그녀의 머리 위에는 반대와 예기치 않은 폭력의 위협이 끊임없이 도사리고 있다는 사실을 깨닫게 하기 위해서였소. 내 목표는 얻어맞고 사는 아이들이 과거에 느꼈던 공포의 세계를 그녀 주위에 조성하는 것이었다오. 그녀가 더 이상 내 분노의 먹이가 아니고, 내 일상성의 초라하고 보잘 것 없는 증인이기 위해서, 나는 누구든지, 아무 상관없는 존재를 그녀의 현재 상황에 맞추어 만들어냈소.

그녀는 사랑을 받지 못하면서 생기는 병으로 아주 빠르게 그녀 얼굴에 뭔가 생기 없는 것을 드리워 놓았소. 그녀의 얼굴은 이목구비가 뚜렷해서 아름다웠는데, 점점 빛을 잃었고 침울하고 무표정하게 변했소. 그녀의 매력이 점차 이상하게 변하자 나는 그 사실을 즉각 지적해 주었소. 그러면 그녀는 급히 거울로 달려갔고 자신을 바라보며 정말 보기 흉해졌다고 믿고 마침내 실제로 추해졌다오. 이게 곧 악의 힘이오. 악은 인간을 형성하기도 하고 변형시킬 수도 있소. 하지만 그것도 굉장한 재능을 필요로 하오. 사람들은 추악해진다는 게 얼마나 어려운지 짐작도 하지 못하오. 악은 성스러움을 행하는 것과 마찬가지로 고행이라오. 우선 언제나 연민에 쏠린 사회적 편견을 극복해야 하고 좋은 감정을 지닌 창백한 인간을 쉴 새 없이 짓눌러야 하오. 마침내 어떤 날카로운 극적 감각, 모든 사람에게 주어지는 게 아닌 영혼의 심리적 지식을 가져야 하오.

내 가여운 여인은 설상가상으로, 급기야 정신적 고통을 신체적 증상으로 나타내었소. 우리가 싸움을 하는 상태에서도 스스로 신체를 벌하기도 했고요. 아주 사소한 충돌만 있어도 그녀의 얼굴에는 커다란 붉은 반점이나 부스럼 따위가 돋아나는데, 없어지려면 시간이 걸렸소. 그러면 그녀는 어두운 방에 들어가서 숨었소. 예를 들어, 우리가 친구 집에서 저녁 식사를 하고 있을 때였소. 나와 비슷한 부류의 사람들, 곧 유복하고 증오심에 가득 차고 '좌익' 성향을 가진 젊은 부르주아 친구 집이었지요. 나는 처음 식사를 할 때부터 슬그머니 그녀가 보기 흉한 옷을 입어 우스꽝스럽다느니 코가 번질거린다느니, 몸은 살찌고 눈은 빨갛다는 둥 신랄하면서 퉁명스럽게 지적했소. 그것도 남들이 잘 알아듣지 못하게 귀띔하듯이 말했다오. 물론 내 동료들은 다정한 속삭임으로 생각하고 나의 애정에 넋을 잃었소. 레베카는 곧 울기라도 하려는 듯이 벌떡 일어나 나를 아주 불손하게 대했소. 그러자 친구들은 모두 내가 고약하고 화 잘 내는 여인을 견디는 착하고 부드러운 사람이라고 생각했다오. 그리고 나는 그 다음에 어떻게 되는지 알고 있었소. 레베카의 얼굴에는 금세 보기 흉한 자국들이 생겨났소. 커다란 뾰루지가 뺨 한가운데에 돋아났지요.

"여보, 얼굴에 뾰루지가 하나 생겨났는데……."

내가 큰소리로 이렇게 말했소.

레베카는 새파랗게 질려서 지적받은 부위에 손가락을 갖다 대면서 나를 '지식인인 체 하는 사람'이라거나 '고약한 사람'이라고 욕했소. 그러자 나는 또 많은 사람이 보는 가운데 폭소를 터뜨리며 말했지요.

"당신 얼굴에 뭐가 났다고 해서 내 잘못은 아니잖아. 여드름이 나는데 나이가 상관없는 거 모두 알고 있어."

사람들 모두가 웃음을 터뜨렸소. 특히 여자들이, 그중에 여권 신장론자도 몇 있었지만 여자들 모두가 자신들과 동등하게 취급받지 못하는 경쟁자를 깎아내리는 것을 보고서 대단히 즐거워했다오. 당신이 그 자리에서 그 순간에 레베카의 얼굴을 봤다면 어땠을까. 그녀의 얼굴은 곧 미라처럼 창백해졌지요. 순식간에 도저히 어찌 해 볼 수 없는 그녀의 아름다운 얼굴은 산더미 같이 쌓인 접시가 와르르 무너지듯 굴러 떨어졌다오. 대화가 다시 시작되었지만 그녀는 말도 한마디 하지 않고 구석에 앉아 뿌루퉁해져서는 손으로 뺨을 서투르게 감추고 있었소. 그러나 병은 계속 도져서 다른 쪽 뺨을 공격하고 관자놀이를 향해 기어오르고 입과 목에까지 퍼져나가 그녀는 이상하게 시들고 사그라들었소. 그 때문에 레베카는 너무나 겁에 질린 나머지 우리가 여러 차례 저녁을 먹을 때마다, 내가 친절하게 대할 때조차도 그런 알레르기 반응을 일으키곤 했지요. 이제 내가 그녀에게 상처를 주려고 굳이 나서서 더 이상 애쓸 필요가 없다는 증거였소.

그런 일이 있은 뒤 내 사랑스런 여인은 소위 상류층이라는 내 친구들 앞에서 몹시 소심해졌소. 예전에 내가 데리고 가면, 눈에 띄게 떠들썩한 소리가 매혹적이라고 하더니만.

우리는 그녀에게 '벙어리 여인'이라는 별명을 붙여주었지요. 왜냐하면 그녀는 우리의 대화에 감히 끼어들지 못하고 그저 의자에 앉아 어색하게 침묵을 지키고만 있었기 때문이오. 우리는 언제나 그녀를 부엌을 향한 테이블 끝에, 되도록이면 모든 사람과 멀리 떨어져 앉히곤 했다오. 그녀가 아무 말도 하지 않았기 때문이오. 그리고 우리 모두 위선적인 인간이 되어 그녀의 소심함을 지적하고 그녀를 더욱 더 깊은 침묵 속으로 빠트렸소.

레베카는 나를 질투심에 미치게 할 수도 꽃다운 스무 살의 청춘으로 나를 압도할 수도 있었소. 그러나 그녀에게는 항상 훌륭한 부르주아 문화가 부족했으며, 유서 깊은 대저택에서 보낸 꿈꾸는 유년기도 없었으며, 단지 유일한 휴양으로는 영세민 임대 아파트의 마당을 가졌을 뿐이었소. 어린 시절의 추억으로는 금요일 저녁의 쿠스쿠스(굵은 밀가루를 쪄서 고기와 야채에 매운 소스를 얹어 먹는 북아프리카 아랍인의 전통요리—옮긴이), 그리고 유일한 취미로는 텔레비전이 있었다오. 가엾은 그녀는 마음이 편안하지 않았지요. 그녀는 뭔가 알려고 애썼지만 학문은 너무도 새롭고 급히 삼킨 얇은 지식의 어설픈 묘사로 느꼈을 뿐이오. 그녀가 아무리 스스로 상류 계급을 꿈꾸어 봤자 소용없었소. 그녀는 자신의 삶을 알기 시작하는 유년기 이후로 부르주아 아이들에게 주입된 여유로움을 영원히 가질 수 없었으니.

그리고 그녀는 유대인의 연대성에조차 기대를 걸 수가 없었다오. 유대인 무산계급인 그녀는, 공동체 관계보다도 재산이나 교육 정도를 중시하는 나의 또 다른 유대인 친구에게서 무시당했소.

그렇게 해서 나는 레베카를 추하게 만들고 겉늙게 만드는 초자연적인 일에 성공했소.

"당신이 얼마나 흉한지 알아? 내가 어떻게 당신에게 눈길이라도 줄 수 있겠어? 당신과 같이 사는 게 부끄러워. 당신은 마음이 바보 같으니까 추해지고 뽀루지도 나는 거야."

그러면 레베카는 부드럽게 내게 대답했소. "내 얼굴에 있는 뾰루지는 다 당신이 심술궂게 행동하니까 생겨난 거야. 예전처럼 다시 예뻐지기를 원한다면 나를 배신하는 행위를 이제 그만해."

그녀의 병은 급속도로 진전되었지요. 몇 주가 지나자 레베카는 심리적 원인과 관련돼 상상할 수 있는 온갖 병을 다 갖게 되었고, 그런 증상이 나열된 백과사전이 되어 버렸소. 그녀는 식욕부진, 편두통, 위장병, 신장병, 심장병, 결장염 등으로 고통 받고 몸을 뒤틀었다오. 식사 후면 거의 매번 토하고 침대 위에서 고통으로 몸을 뒤틀었소. 그녀는 바싹 마르고 쇠약해졌소. 머리카락도 자꾸만 빠지고 뺨에는 거무스레한 자국들이 생겨났다오.

그래도 그녀가 위안을 얻는 단 하나의 벗이 있었는데 그것은 바로 담배였소. 그녀는 엄청나게 긴장을 받은 날에는 담배를 세 갑씩이나 무절제하게 피웠소. 그녀는 과다한 흡연 때문에 숨을 몹시 가쁘게 쉬었소. 매일 밤 나는 그녀의 입에 거즈를 대고 돌아누워 자게 했다오.

게다가 그녀는 슬픔과 경련으로 눈을 감을 수 없었소. 나는 그녀가 돌아누워 한숨을 쉬며 흐느껴 우는 소리를 듣곤 했지요. 그렇게 그녀가 불편해 하는데도 내가 잠에 빠질 수 있다는 쾌감이 나의 잠을 더 달콤하게 만들었다오. 그녀는 기나긴 불면증에 기진맥진해져서 온갖 세균에 감염되어 계속 병을 앓았소. 나는 그녀의 주치의가 되었고 즐거이 그녀를 속여 가며 그녀에게 부적합하거나 위험한 약을 처방했소. 예를 들어 궤양이 시작되었다고 하면 그녀에게 아스피린을 권했소. 오히려 위 점막을 침범하고 갉아먹는 데도 말이오. 그녀가 병으로 더욱 더 심하게 고통을 받을 때였지요. 어떤 분별 없는 약사가 그녀와 이야기하던 끝에 우연히 나의 속임수를 그녀에게 폭로했다오. 그러나 그녀는 내 말을 따랐고 계속해서 내 도움을 요청했소.

허약한 상태에 있을 때도 상대를 사랑하는 것이 숭고한 사랑의 방식이라면, 그 사랑의 아주 사소한 결점까지도 강조하면서 그를 무기력하게 만드는 것은 비속한 방식일 거요. 이런 식으로 나는 그녀의 일생이 실패했다는 사실을 부각시키면서 그녀가 무슨 능력이 있는지 의심이 들도록 조금씩 부추겼소. 의심을 하고 회의를 갖다 보면 갖다 붙인 살처럼 차차 스며들었고 그녀는 어린 나이에도 불구하고 벌써 자신이 낙오자라는 생각을 갖기에 이르렀소.

우리 관계가 처음 시작될 무렵부터 나는 그녀가 문화에 대한 깊이나 언어에 대한 이해가 부족함을 잘 알고 있었다오. 그녀는 대학 입학 자격시험도 치르지 않았소. 그래서 나는 그녀가 그런 열등감을 이겨내는 것을 도와주기는커녕 그녀에게 운명은 끝난 거나 다름없다는 듯이 그녀의 결핍을 끊임없이 상기시키려고 노력했다오. 그러면 그녀는 영어로 말하거나 소위 '지적인' 토론에 뛰어들 때면 조롱당할까 봐 두려워 아주 조심스럽게 태도를 취했고 자신이 열등하다는 생각에 사로잡혀 있었소. 내가 그녀를 그처럼 서투르고 무지한 여자로 취급했기 때문에 그녀는 정말 머리가 굳고 정지한 것 같았소. 그녀는 잘못 재단된 옷처럼 자신의 열등의식으로 완전히 옴짝달싹 못하게 되어 여전히 먼저 저지른 실수를 답습하며 항상 제자리 걸음을 하고 있었지요. 묻어 두고 방치된 재능을 펼치게 해준다는 구실 아래 나는 그 재능을 묻어버렸고요. 그리고 내 전략은 그녀를 죄에서 구해냈다고 하면서 오히려 죄의식을 더 깊이 심어주는 거였소.

나는 이 싹싹하고 생기발랄한 처녀의 가장 깊은 속을 파고 들어가서 그녀를 겁 많고 두려움에 떠는 옹졸한 난쟁이로 만들었다오.

"당신은 나를 그 따위로 판단하고 내 안을 속속들이 들추어 낼 권리가 없어. 그건 형사가 할 일이지 애인이 할 일은 못 돼."

하지만 그녀는 단지 겉으로만 반항하는 것에 지나지 않았지요. 그럼 어쩌라는 거겠소. 그녀가 바라는 행복은 내가 가진 안정된 삶을 같이 누리는 데 있었다오. 그녀가 보기에, 나는 생활이 비교적 상류 계급에 속해 있었는데, 반면에 그녀는 열등한 직업에 종사하며 생활수준도 낮을 수밖에 없고 그래서 크게 조명 받지 못하는, 화려하지 않은 삶을 살았지요. 그녀는 지리멸렬한 자신의 삶과 나의 오만함을 비교해가며, 자신의 초라한 처지를 나의 성공과 비교했소. 그러니까 여자이면서 미용사라는 직업에다가, 가난한 집 딸이라는 세 가지 비참한 조건이 부유하고 교양 있는 뛰어난 남자라는 내 지위 앞에서 무릎을 꿇었던 거요. 그녀는 내 판결을 마음에 담아두었다오. 내가 그녀를 교육도 못 받고 어리석고 복종적이고 무능하다고 했기 때문에, 그녀는 자신과 상관없이 정해진 일방적인 결정을 그녀 자신의 본래 모습인 양 집착했지요.

이제 나는 분노를 터뜨릴 이유가 더 이상 필요하지 않았고 내 원한도 결정적으로 원인이 될 만한 일을 더 이상 필요로 하지 않았소. 무엇보다도 내가 화나는 것은 얻어맞은 개와도 같이 구는 레베카의 비굴한 태도였지요. 그녀는 건드리기만 하면 나오는 '수세장치' 같았소. 그녀는 매번 말을 할 때마다 벌벌 떨고 코를 훌쩍거리면서 그 말에 괴로움을 가득 담으려는 듯 끊임없이 흐느껴 울었다오. 이 여자는 얼굴을 찌푸린 채로 눈에는 촉촉하게 눈물 몇 방울이 맺혀 있고 입가에 쓴 주름을 지어 나는 창피했소. 그런 고통스런 모습을 보면 나는 마음이 흔들리기는커녕 오히려 그녀를 더욱 경멸했고요. 나는 그녀의 눈물을 보면 무엇보다도 더 신경질이 나고 자극을 받아서, 눈물이 막 나오려는 것을 보자마자, 격분해서 그녀를 꾸짖고 때리고 뺨을 후려치고는 그녀에게도 나를 때리라고 요구했다오. 그녀는 감히 그렇게 하지 못했고 그럴수록 나는 그녀가 기절하고 온몸이 멍들 때까지 주먹으로 계속해서 그녀를 때렸소. 그러면 그녀는 잘 들리지도 않는 소리를 내며 쓰러져서는 기력이 탈진해서 땅바닥에 엎드려 있곤 했다오. 그런 그녀의 머리채를 끌어당겨 억지로 머리를 들게 하면 그녀의 눈은 내게 절대적으로 복종하는 듯이 보였지요. 이 정신 나간 여자는 자신과 함께 나를 타락시키는 기쁨을 위해서라면 자신을 죽이게도 버려두었을 게요. 그녀가 복종하는 태도를 보면, 그녀가 이 복종에 자발적으로 동의하고 있는 만큼 상태가 심각했소.

나를 사랑한 이 여인, 어떤 다른 여자들보다 더 나를 사랑한 이 여인을, 나는 엉망으로 만들었소. 나에 대한 애정을 벌하기 위해 나와 가까웠던 사람들을 엉망으로 만들었던 것처럼. 다른 여자들은 제때에 떠나갔지만 레베카는 남아서 자신을 파괴하는 데 동의하고 있었지요. 그녀가 맹목적으로 순종하고 있는 것을 보고 있으면 그녀는 마치 희생하기 위해 태어났다는 확신이 들었소. 위선적으로, 나는 그녀의 자존심을 건드려 놓고서 자신감이나 자존심도 없다고 그녀를 비난했다오. 그리고 계속해서 비열한 행동을 했소. 하지만 눈길을 끌 만한 것은 없었소. 다만 그것은 단 한 가지 목적으로 작용하는 지속적이면서 일상적인 억압이었소. 그녀가 말을 하건 침묵하건, 움직이건 잠자건 간에 그녀가 죄를 지었다고 느끼게 했소. 그녀가 나에게서, 그녀를 영원히 심사하고 재판한다는, 오로지 재판관의 모습만을 보게 하기 위해서였소.

그렇다고 내가 하루종일 24시간 내내 그녀를 엄하게 다스렸다고 생각하지는 마시오. 나는 가장 그럴 듯한 궤변의 규칙에 따라서 엄격하게 위기를 조장했다가 어느 순간 부드럽게도 대했다오. 나는 레베카가 어느 정도 긴장이 풀어지기를 기다렸지요. 그러고 나서 그녀를 더욱 산산조각 내겠다는 기대로, 갑작스럽게 들었다 놨다 하기를 즐겼다오. 신경을 곤두서게 했다가 가장 익숙해져 있을 때 단번에 망가뜨리곤 했소. 그녀는 내가 분해한 장난감처럼, 그리고 집게발을 하나하나씩 뽑혀가는 게처럼 되었소. 이미 피 흘리고 있는 영혼에게 상처를 주는 일보다 더 즐거운 일이 어디 있겠소?

레베카는 임신을 한 적이 있었지요. 내가 술에 잔뜩 취한 어느 날 밤 그녀를 다른 여자로 착각하고서 난폭하게 덤벼들어 같이 잠을 자고 난 뒤에 일어난 일이었다오. 그녀는 아이를 갖고 싶어 했으므로 처음에는 내게 임신 사실을 숨겼지요. 내가 늦게 알아차렸을 때는 이미 두 달이나 지나 있었소. 수술하기에는 늦었음에도 불구하고 나는 그녀에게 아기를 없애라고 명령했다오. 시기를 놓쳐 늦게 수술한 것이 그녀에게는 아주 치명적이었소. 수술 뒤의 합병증으로 병이 생겼고 다시 임신을 기대하기 어려운 절망적인 상황이 되고 말았지요. 임신 초기에 그녀의 배와 가슴의 조직은 늘어졌고, 그녀 살갗은 세탁을 견디지 못한 싸구려 스웨터처럼 늘어졌소. 수축성 피부 파열이 상체와 복부와 허리에 나타났소. 젊은 여자는 자신의 완벽한 미모로 다른 여인들과 맹렬히 경쟁하곤 했는데, 몇 주 사이에 완전히 그 아름다움을 박탈당했소. 이렇게 그녀는 새로운 수치심을 떠안았고 그 때문에 그녀는 집안에서 더 이상 벗은 몸으로 돌아다니지 않았고 언제나 잠옷이나 속옷을 입고서 잠이 들었소.

나는 오로지 그녀를 해롭게 할 생각만을 했기 때문에 여러 작은 고문을 계속 만들어 보냈소. 아주 큰 슬픔보다 더 기운 빠지게 하는 것은 별 것 아닌 잔인한 행위라는 사실을 소홀히 해서는 안 되오. 처음에 나는 난폭하고 잔인한 짓으로 그녀를 공격했지만 레베카는 오히려 반복적인 구타나 매번 점점 더 그녀를 혼란에 빠트리는 약한 전기 쇼크 요법으로 더욱 더 고통을 받았소.

이렇게 해서 그녀는 술을 마시기 시작했다오. 나는 그녀가 술을 더 마시도록 부추기면서 매일 저녁 위스키나 보드카 같은 독한 술을 사다 주었소. 그녀는 항상 술에 취해 있었고 자신의 토사물과 싸구려 포도주의 악취가 진동하는 가운데서 잠이 들었소. 어느 날 밤에 나는 그녀의 주벽에 질려서 담뱃불로 그녀의 다리 여러 곳을 지져 보았소. 어떤 부위는 담배를 너무 깊이 찔러 박아서 고기 타는 냄새가 났소. 의식을 잃은 존재를 불로 지져대는 기묘한 기분을 당신이 알까. 그녀는 의식을 잃은 채로 괴로워하고 얼굴을 찌푸렸지만 워낙 모든 감각이 너무나 심하게 둔해진 상태여서 깨어나지 못하고 있었지요. 그럴 때면 그렇게 의식이 몽롱한 상태로 내버려 두고 더 이상 아무런 처벌도 내리지 않고 그 상태를 즐겼소. 다음날 나는 그녀가 너무 취해서 자신을 시커멓게 태웠으며, 그리고 나는 집안에서 불을 보자마자 무서워서 몸을 피하고 말았다고 주장했소. 아무 증거가 없었으므로 그녀는 내 설명을 곧이곧대로 믿고 상처를 치료하는 것 밖에 달리 방법이 없었지요. 어떤 상처는 너무나 깊어 흉터가 절대로 없어지지 않았소.

또 한 번은 그녀가 사소한 일로 일주일 동안 병가를 내었소. 그런 휴가를 얻으면 감찰관이 방문했을 때 자기 집에 반드시 있어야 한다는 사실을 알고 있죠. 어느 날 오후 나는 레베카가 장을 보려고 외출했다는 사실을 알고서, 내 사무실에서 사회보장협회의 지방회계과에 전화해서 그녀의 잘못을 알렸소. 레베카는 결코 누가 그런 사실을 알렸는지도 모른 채 징계를 받고 일당을 받을 수 있는 혜택을 잃었으며 다음 날 당장 미용실로 돌아갈 수밖에 없었소.

 이상한 것은 불행한 사람이 불행을 끌어당기는 데 있소. 엎친 데 덮친다고나 할까. 이미 불행으로 꼼짝 못하는 레베카에게 불행의 비가 내리고 있었다오. 그녀의 상황은 직장에서도 예외가 아니어서 악화되었소. 그녀는 너무 많이 결근을 했고 일도 제대로 해내지 못했소. 이를테면 허탈 상태가 계속되다 보니, 손님의 머리를 감기다가도 이따금 눈물을 흘리기 일쑤였고 손님 말에 대답도 거의 하는 둥 마는 둥 했으며 함께 일하는 동료들에게는 심하게 신경질을 부렸소. 미장원 주인은 그녀를 해고할 생각을 하고 있었고 이미 두 차례나 경고를 한 상태였다오.

 나는 그녀가 이렇게 불안정한 상황에 있는 것을 이용하여 선심을 베푸는 척 했소. 그녀의 한 달 월급을 몽땅 몰래 훔쳐서는 그녀를 위로한답시고 그 돈으로 금 귀걸이를 사다 주는 파렴치한 짓까지 했소. 그녀는 그 일로 한 순간도 나를 의심하지 않았다오. 그녀가 도둑맞은 날 함께 차를 마신 그녀의 가장 친한 친구를 의심했기 때문이었지요. 그녀는 한 달 월급을 가불해야만 했소. 이렇게 월급도 잃어버려서 우울하고, 재미없이 일을 하며 분풀이를 머리에다 하다가 그만 손님을 머리 건조기 아래 두고 잊어버리고 머리카락을 반쯤 태우는 바람에 당장 쫓겨나고 말았소. 그녀가 해고되는 사건은 우리 관계가 악화되는 한 시점을 나타냈소. 나는 그녀를 구박하기를 잠시 늦추기는커녕 극도로 냉혹하게 굴었소.

우리가 이런 진흙탕 속을 뒹굴며 앞으로 나아감에 따라 그녀는 치욕의 바닥에 가 닿았다고 믿고서 내게 은총을 호소했소. 그러나 나는 그녀를 더욱 굴러 떨어지게 만들었지요. 매일 새로이 사소한 일을 만들어 그녀를 가혹할 정도로 비참한 상태로 몰아넣으며 전혀 죄의식을 느끼지도 않았던 것 같소. 그러나 그녀는 특히 불쾌하기 짝이 없는 악의적 언행, 그칠 줄 모르는 나의 냉혹함으로 새로이 만들어진 교묘한 작태를 항상 모르고 있었소.

나는 한 여자의 인생이 이렇게 무너져 내리는 광경을 바라보는 것이 좋았소. 나는 그녀가 절대로 아무것도 모르고 있다는 확신이 들 때만 그녀에게 커다란 고통을 주었소. 그녀가 세상 물정을 모르는 듯이 순진하고 천진난만하게 굴 때, 그녀를 괴롭히겠다는 나의 의지는 자극받았지요. 나는 어떤 반응을 기대하면서 점점 더 난폭해졌소. 하지만 그녀가 반응을 한다고 해도 내 분노는 더 이상 한계를 몰랐소.

그녀는 자주 이런 불행을 느끼고 미쳐 버리곤 했소. 그러면 소리를 지르고 얼굴을 찌푸리며 격한 행동을 했소. 입술은 떨렸고 숨도 제대로 쉬지 못했소. 또 근육의 경련 발작으로 두 다리를 마치 목발처럼 부딪치곤 했다오. 여인은 원래 그 안으로 누구도 들어가지 못하는 단단한 돌덩어리와도 같소. 그런데 나는 레베카를 폐허더미만을 안을 정도로 만신창이로 만들어 놓았지요. 나는 그녀에 대해 대단히 큰 힘을 쥐고 있었소. 그녀가 갖고 있는 의지의 힘을 모두 부숴버렸고 쇠사슬로 내게서 꼼짝 못하게 그녀를 꽁꽁 묶어버렸다오.

나는 그녀의 육체를 돌보지 않았다오. 그녀의 머릿속에 공포를 그대로 유지하도록 하면서 주인으로 군림했지요. 그녀의 영혼을 지배했고 그녀의 생각을 조종했으며 내가 한 시간 전에 말한 문장을 그녀의 입이 따라하도록 했다오. 그리고 그녀의 신경 체계는 내 손 안에서 계산기처럼 내 마음대로 사방으로 키를 조작하는 장난감 같았지요. 그녀는 살아 있는 내 모습의 희화였으며 나의 그림자였고 나의 그로테스크한 반영이었소. 희생자가 자신의 파멸을 담당한 사형집행인과 협력하는 꼴이었소.

그녀는 언제나 내 팔에 매달리는 열광적인 종속물이 되어갔소. 그녀는 벌레처럼 내게 달라붙었고 그녀를 괴롭히는 성가신 대상인 나에게서 오히려 자신을 어려움에서 벗어나게 해주는 추잡한 삶의 이유를 찾았다오. 학대는 그녀를 고독에서 벗어나게 해주었고, 내가 없으면 그녀가 맞이하는 존재의 공허함을 가늠하게 할 정도로 나를 잃을지도 모른다는 두려움이 그녀의 마음속에 깊이 비집고 들어갔다오.

오늘날 그러한 일이 어떻게 가능하겠냐고요? 어째서 가능하지 않다는 거요? 과거에는 과거의 악행이 있긴 있었소. 우리 자유로운 시대가 과거의 악행이 없어졌다고 선언하면 그만큼 더 과거는 분명하게 드러나는 거요. 잔인한 짓을 해도 더 이상 공격받지 않았으므로, 어둠 속에서 작업을 계속해 왔소. 요즘 같은 현대의 한복판에서 극단적인 구식 방법을 썼던 거요.

나에게 그런 상황은 훨씬 더 단순했소. 내가 외아들이었던 것 기억하죠. 내가 교육받은 모든 것은 나를 정글에서 벌어지는 최악의 법칙, 이른바 약육강식에 맞춰 나가도록 했소. 내가 먹히지 않기 위해 나 아닌 상대를 먹는다는 것이오. 모든 것을 받는 습관과 더불어 아무것도 나누어 갖지 않는 습관, 체계적으로 거짓말하는 방법, 나를 돌봐주는 사람들을 몹시 증오하면서도 끊임없이 도움을 필요로 하는 것, 이런 것들이 나를 아주 골수까지 타락시키는 일에 공헌했소. 나는 응석받이였기 때문에 허약했는데, 중요한 것을 제외하고 모든 것을 가지고 있었소. 다름 아닌 타인에 대한 이해였소. 나는 추종자들, 하인들, 아첨꾼들에 둘러싸여서, 인간적인 감정이라고 느끼고 알았던 것은 다만 질투와 변덕과 토라짐 같은 온갖 유치한 것뿐이었다오. 나는 누군가 내 시중을 받아주는 것에 늘 익숙해서, 레베카의 헌신을 당연히 받아야 하는 것으로 여겼소. 나는 친구나 부모나 연인이든 누군가를 학대하지 않고서는 살아갈 수 없었으므로, 이 정열적이고 올곧은 여자를 내 자신이 지닌 작은 한 부분으로 만들었소. 기관차가 움직이려면 석탄이 필요하듯이 내게는 어떤 제물이 필요했다오.

레베카는 나를 더러운 놈으로 취급했지요. 물론 나 자신도 이런 결함이 있다는 걸 스스로 인정했다오. 하지만 나는 내 편한 대로 악을 선택했소. 아무것도 아니기보다는 차라리 무언가를 선택한 거죠. 오만하게도 자존심 때문에, 나는 모든 잘못이 내 쪽에 있다는 사실에 완전히 집착했소. 흔히 심술궂은 사람들을 끊임없이 잘못을 저지르는 데만 열중하는 괴물처럼 상상하기 마련이오. 그러나 그렇지 않습니다. 그들은 평범한 사람이고 좋은 아버지이며 훌륭한 일꾼이오. 그들과 마주친 상대의 나약한 모습을 볼 때 갑자기 가혹한 형벌을 내리는 길목으로 들어서는 거요. 이렇게 나는 다른 사람의 비참한 모습을 보고 열광했지요. 사람들이 내게 도움을 청하면 도와주기는커녕 때리고 깔아뭉개고 짓밟았소. 나는 돼지가 진흙탕 속에서 뒹굴듯이 레베카가 내게 붙여준 저주스런 이름들 가운데에서 뒹굴었지요. 나는 그 이름에 걸맞게 행동하려고 전력을 다해서 애를 씀으로써 나를 이렇게 역사에서 위대한 악인들의 반열에 올려놓았다오.

내가 그녀를 지배하는 사람으로서 마지막으로 한 최고의 행동은 내 아들을 그녀에게 맞서게 하는 일이었다오. 당신도 알다시피 어린 아이들은 온순하기 때문에 심리적 선동에 쉽게 영향을 받지요. 그녀가 내 아들이 별 것 아닌 사소한 부주의를 저지른 것을 보고 꾸짖으려고 하면 나는 특히 내 아들이 잘못했는데도 큰 소리로 두둔했다오. 아이가 원하는 것을 모두 다 들어주었고요. 레베카라면 절대로 아빠처럼 하지 않았을 거라고 강조하면서. 또 레베카를 엄마 자리를 빼앗은 침략자인 양 아이에게 인식시켰소. 그리고 아들에게 그녀의 사소한 잘못까지도 상세히 말해 주었으며 특히 그녀가 어린이들을 몹시 미워하는 마음이 뿌리 깊게 있는 것처럼 묘사했소. 그리고 나는 그에게 그녀를 멸시할 것이며, 앞으로 단둘이서 절대로 같이 있지 말라고 충고했소. 또 몰래 아들 방에 들어가서 아들이 보는 잡지를 찢어버리고 장난감을 부순 뒤에 그 일을 뒤집어 씌워 레베카를 비난하곤 했다오.

그녀가 항의해 봤자 아무 소용이 없었소. 내 아들은 그녀가 자기를 사랑하지 않으며 자신을 내게서 떼어놓으려 한다는 사실을 차츰 믿었소. 그러자 본능적으로 여자들에 대항하는 남자들이 결집하는 종족의 법칙에 따라서, 그는 내 편이 되었고 어떤 경우에나 그녀에게 모욕을 주고 공격적으로 대하곤 했소. '아빠는 너무 좋은 분이야. 아빠는 아줌마를 내쫓았어야 했는데…….' 내 사랑하는 여자는 자신의 아이처럼 극진히 보살폈던 아이가 자기를 싫어하고 나와 한 편이 된 것을 알고서, 갑자기 울음을 터뜨렸고 내내 끝없는 눈물 속에 빠졌다오. 그러던 어느 날 내 아들이 냉혹하고 잔인한 말을 그녀 얼굴에 대고 내뱉었지요. '의사는 구멍가게 집 딸이랑 외출해서는 안되는데.' 그녀는 말 그대로 바닥에 무너지더니 발작을 일으켜서 우리는 겁을 먹은 적이 있었다오.

그러나 그녀는 모든 것을 잊었소. 그녀에게는 용서하는 데 한없는 즐거움이 있었기 때문이오. 마치 그녀가 죄를 사하여줌으로써 자신의 초라함에 대해서 마지막 보상을 발견했다는 듯이 말이오. 열렬한 사랑이라는 서정적인 나병은 그녀의 골수까지 변질시켰소. 내가 날마다 아무리 돌이킬 수 없는 짓을 저질러도 소용이 없었소. 그녀는 내게 너무나도 관대한 성향이 있기 때문에 마침내 그녀는 내 끔찍한 악행을 조금씩 못하도록 했소. 따라서 그녀가 스스로 무너지는 것을 보는 즐거움도 줄어들었소. 그녀는 내게 불평을 하는 대신 두 손으로 내 머리를 꼭 끌어안고서 쓰다듬어 주었소. 그러면 나는 아무 감정 없는 조각상에 대고 욕을 한 것인 양 아연해졌고, 빈정거리는 짓을 차츰 그만 둘 수 밖에 없었소. 침묵하거나 아무 반응 없는 조각상을 내리치는 것 밖에는 달리 할 수 있는 게 없었소.

혼란스럽게도 나는 그녀가 희생양이라는 자리에서 어떤 위안을 찾았음을 비로소 깨달았지요. 그래서 그녀에 대한 나의 공공연한 혐오감과 가혹한 행위가 아무런 효과도 갖지 못했다오. 그녀는 어떤 형편없는 대접에도 대비를 하고 있었소, 무조건 항복하고 나섰소. 나는 뜻밖의 상황에 얼이 빠진 듯이 느꼈고 그녀가 나를 굴복시켰을 때보다 그 승리로 인해서 더 패배감을 느꼈소.

이제 그녀는 내가 애무를 하거나 키스를 해도 오히려 거북하게 받아들일 정도가 되었지요. 그녀는 이제 왜 그러는지 더 이상 이해하지 못했고 내가 따뜻하고 부드럽게 이야기를 건네면 오리혀 자신을 물어뜯고 잡아 찢을 것을 기대했소. 그녀는 내 선의의 접근이 바로 폭발의 전조가 될까 봐 겁내고 있었던 거요. 나는 그녀의 지배자였소. 그녀는 몸을 웅크리고 투덜거리면서도 자신의 인생을 내 손에 맡겼고요. 나는 그때 뭐든지 할 수 있었을 거요. 그녀에게 매음이나 자살이나 도둑질 등 그 어떤 범죄까지도 시킬 수 있었소. 그러나 나는 기둥서방이나 조직폭력배가 될 역량을 지니지 못했다오. 나는 그저 그녀를 완전히 지치게 하지도 못하면서 겨우 한 걸음 더 나아갈 수 있었다오.

나의 잔인함이 또한 너무나 강력한 구속이었소. 내가 고문관이긴 했지만 내 노예의 노예가 되지 않기 위해서 내가 괴롭힐 여인이 너무나 필요했소. 도저히 돌이킬 수 없을 정도로 파괴된 이 비루한 상황, 큰 소동이 없는 이 비루한 상황이 우리의 동거 생활을 좀먹고 있었지요. 나의 적대감도 또한 단조로움에 짓눌려 있었고요. 연못 위의 거품처럼 무기력한 삶의 떨림이었던 내 적대감은 일상적인 것이 되어갔다오. 나는 온순해져서가 아니라 권태로 인해서 가학성 성도착증에 빠져 있었소. 나는 마침내 그렇게도 약하고 가련한 대상을 찾은 내 야만성을 증오하게 되었소. 레베카는 이제 아무것도 아니었소. 구석 한 쪽에 내던져진 걸레였을 뿐이니까.

나는 그녀에게서 벗어나려고 했으나 어찌할 수 없어서 다음과 같은 계략을 상상하고 있었다오. 나는 그녀에게 우리를 파괴시킬 뻔했던 모든 것에서 떠나 멀리 함께 여행을 가자고 제의했소. 그리고 목적지로 다른 나라를, 필리핀을 선택했지요. 내가 나서서 모든 것을 준비했고요. 아파트를 세주고 병원을 양도하고 병원 사무실에는 사표를 냈다오. 내가 비행기표를 샀소. 그녀의 표를 사는 선심도 베풀었지요. 호텔을 예약하고 비자도 받았소. 레베카는 마침내 악몽에서 벗어났다고 생각하고서 혈색을 되찾았고, 그녀에게 솔직히 말하지는 않았지만 아름다운 미모도 되찾았소. 떠나기로 한 날 우리는 루아시 공항으로 출발했소. 짐들은 부치고 내게는 트렁크 하나만 남았는데 거기에는 둘둘 말은 낡은 종이로 가득 차 있었다오. 우리는 제일 먼저 비행기 안으로 들어가서 자리를 잡았소. 나는 자리에 앉자마자 화장실에 다녀와야겠다며 레베카에게 내 소지품을 맡겼소. 그러나 사실은, 나는 탑승하는 승객들의 흐름을 거슬러 헤쳐 나가 트랩에서 내렸고 보도 위를 달려 공항을 지나 세관을 통과해 택시에 몸을 실었소.

그렇게 잔인하게 굴었으면서도 거기에 또 이런 비열한 계략을 더한 이유는 무엇이겠소? 왜냐하면 레베카는 이런 정도의 가학성이 필요했기 때문이오. 그래야 내가 끝내고 싶다는 의지가 얼마나 강한지 이해할 수 있을 테니까. 내가 파놓은 함정을 뒤늦게 발견하고는, 그녀가 놀라서 질겁하고 몹시 괴로워할 모습을 생각하면서 혼자서 웃었소. 이별이란 일상적인 관례로 마무리하기에는 너무 우스운 사건이었기 때문이오. 나는 치사스런 의혹을 하나 더 보태면서 이별이 주는 끈적거리는 어리석음에서 빠져나오고 싶었소.

나는 마침내 혼자가 되었다오. 내가 레베카를 잊었던가? 잊었다고 말할 수 있소. 나는 이미 지난 내 공포를, 사그라든 내 열정을 생각하고 그저 웃었소. 시간이 좀 지나자 나는 오랫동안 무감각해졌다고 알고 있던, 암처럼 고약한 결혼 생활에서 치유가 되었소. 이제 다시는 나는 계약이나 서약이라는 용어로 인생을 생각하지 않을 것이며, 다시는 어떤 존재라도 내면의 밑바닥까지 탐색하지 않기로 했소. 이제 나는 사랑은 존재하지 않으며 우리는 결국 혼자라는 사실도 알았지요. 두 사람이 서로 영향을 주고 받으며 사는 것은 환상에 지나지 않다오. 나는 사춘기를 벗어나면서 가족의 따스함과 안정을 연장시키는 부부 사이를 묶는 탯줄을 끊어 버렸소. 나는 또 죽을 것처럼 삶을 준비했소. 고독한 이들의 속삭임과 애정이 나에게 위안을 주기는커녕 나를 고립시키는, 바로 그 다른 고독한 이들과 함께 하면서 말이오.

나는 방탕한 생활에 거리낌없이 아주 격렬하게 몸을 던졌소. 여러 여자를 거느리고 싶은 욕망의 충동을 억제하지 않고서 여복이 많은 사람 뒤를 따라다녔고, 즉각적이고 동물적인 즐거움을 주는 모든 것을 취하여 망가뜨리고 함께 하고 싶은 무시무시한 탐욕, 일부일처제의 속박을 활활 태워 버리는 그런 탐욕을 느꼈소. 싸구려 장식품 같은 모든 감정에서 해방된 나는 이 여자, 저 여자를 정복하며 다녔소. 한 여자와 지속적으로 애정을 나누는 일을 피했지요. 나는 내가 원하는 모든 여자를 유혹하지는 않았소. 하지만 여자들이 나를 좋아하게 하겠다는 의지를 갖고 호감을 주었소. 나는 수많은 여자가 환상을 느끼는 대상이었소. 어떤 여자도 지배하려 하지 않으면서, 알려고 하지도 않았고 다른 여자를 탐하기 위해 그녀들을 떠난 거요. 나는 매번 인생을 가지고 게임을 했다오.

'네 이웃을 사랑하라'는 복음서의 원리를 문자 그대로 실천하려고 애썼소. 그래서 내가 따라갈 수 있는 여자만을 사랑했소. 어떤 육체이든지, 어떤 얼굴이든지 간에 똑같은 애정으로 관심을 기울였소. 그저 감사하는 마음을 갖고, 너무 다 끌어안다 보니 모든 것을 다 껴안을 수 없을 정도였다오. 한 편에는 우리가 살아가는 동안 사랑한 몇몇의 여인들이 있는가 하면 또 다른 한 편에는 아예 접근조차 할 수 없는 여인들도 있소.

하지만 나는 다리를 건너가듯이 이 여자에서 저 여자에게 내달렸소. 만나는 여인 모두에게 조금이라도 뭔가 그 자리에서 표현하기를 요구했소. 그녀 자신도 몰랐던, 그녀를 뛰어넘는 본질을 말이오. 나는 한 여자에 매이지 않으며 변화 그 자체에 열중해서, 만나는 여자들의 어떤 조건이나 아름다움도 개의치 않고 무조건적으로 정력을 쏟느라 바빴소. 가장 빠른 것이 내게는 최상의 것으로 보였소. 간단히 말해서 엄청난 사건을 겪고 난 뒤에 비로소 안도의 한숨을 쉬면서 나는 초심자의 열정으로 사랑에 몸을 던졌지요. 그 동안 틀에 박힌 감정의 되풀이로 억누르고 있던 힘을 내게서 일깨워 주는 불장난에 마냥 행복했소.

나는 사랑의 추억을 갖기를 거부했소. 오로지 모든 다른 이의 흔들리고 변덕스런 시선을 받으면서 존재하고 싶었소. 나는 이제 단 한 사람이, 오로지 단 한 사람만이 내 생활 전체를 감싸 안기를 더 이상 원하지 않았고 후세에 내가 무엇을 했는지 증언할 어떤 유일하고 특별한 존재도 남기지 않을 거요. 부부로 살지 마시오. 그것은 자기만의 전설을 포기하는 것이고 이야기의 통일성을 잃는 것이오. 그래서 추한 소문만이 들리기도 하오. 종교에서 유일신을 추구하는 것 같은 지속적인 사랑의 추구라니! 나는 이런 사랑으로 너무도 큰 고통을 받았으므로 그 유혹을 절대 받아들일 수 없소. 나는 내 뒤에 내가 걸어온 발자국을 결코 남기지 않고 그냥 여기저기 돌아다니며 사는 게 더 좋았소. 사랑의 약속은 나를 추억 속에 빠트렸지만 그건 잊고 싶은 기억과 비슷했고, 내 운명에 일관성을 부여했지만 그로 인해 나는 방황할 수밖에 없었기 때문이오. 충실한 자들은 무언가 결정을 내리지 못하는 우유부단한 존재들이고 그런 까닭에 내가 보기에 그들은 받아들일 수 없는 존재인 거요. 나는 이제 다른 사람이라고 생각하는 그냥 한 사람이었을 뿐이오. 나는 신이 내려준 재능 중에서 가장 아름다운 보상인, 바로 자유라는 닻을 올리는 일을 만끽하고 있었소.

나는 독신의 거미줄을 걸고 수많은 실을 짜면서, 동적이고 일시적인 작은 인간관계를 도처에서 만들어 가는 능력을 스스로 알고 있었소. 반면에 부부생활은 나를 도저히 치유할 수 없는 고독에, 말하자면 현실적이지 않은 고독에 빠트렸다오. 둘이 있으면 혼자 있을 때보다 더 외롭다는 것이었소. 나는 인생과 마주한 절대적인 자유 상태에서 이 여자에게서 저 여자에게로 옮겨 다녔다오. 처음 만나는 낯선 여자는 모두 나를 위해 처음 세상에 온 여자라는 느낌을 주었지요. 나는 아주 생생한 최고의 경지에 이르면 전에 내가 느꼈던 것들은 모두 하찮은 것으로 여겼소. 나에게는, 모든 장소가 시적인 감상으로 가득 차 있었소. 공장이 은빛 해변 같았고 악취를 풍기는 골목길도 낭만이 넘치는 환상적인 풍경으로 보였다오. 탐나는 여인이 거기에 있기만 하다면. 세상의 어떤 아름다움도 그 아름다움에 활기를 주는 여인이 없으면 내게는 아무런 감동이 없었소. 나는 욕망의 풍경, 인간의 풍경만을 알았을 뿐이오.

곡예와도 같은 내 유희에 오만함은 결코 없었소. 여인들은 내가 그녀들을 부르는 것처럼 똑같이 나를 부추겼소. 남자를 쫓아다니는 여자들이 있기 때문에 여자를 쫓아다니는 남자들이 없소. 사람들은 그 어떤 설명을 요구하지 않고도 서로에게 주었고 떠나기도 했으며 다시 오기도 했소. 동의하기도 하고 즉각적으로 거부하기도 했고요. 이렇게 군더더기 없이 만나고 헤어지는 것에 나는 매혹되었소.

내가 만나는 여자들 모두에게, 가볍게 '사랑해'라고 말해

주었소. 여자들 모두가 결혼이라는 계약에 집착하지 않고 오직 사랑해 라는 말에 따른 강렬한 애정만을 바랐기 때문이오. 나는 스쳐 지나가는 운명의 광채에 휩싸여 사랑의 관계를 통해 그 시작의 아름다움만을 알고 있었다오. 나는 상상을 초월하는 사람이라고 할 만한 여자도 만났고, 온몸이 둥둥 떠다니는 것처럼 나를 유지시키는 강렬한 순간에 계속 떠다니고 있었소. 강한 긴장을 느끼는 행복, 다양한 대상에 대한 야만스런 욕구는 사회에서 살아야 하는 긴 노정에서 내 보폭을 조정해야 한다는 느낌을 주었소. 아주 순진한 느낌이었소. 초기에 성적 흥분에 휩싸여 지낸 나는 점차 먼 곳으로 떠날 꿈을 꾸었소. 프랑스는 잠자는 나라였고 스스로 문을 걸어 가두고 있었다오. 사생활을 중요시하는 나라였고요. 그래서 다른 나라에서보다 더 부부간의 매독이 번졌고 부부만의 이기적인 사랑은 꽃피어났소. 덧창을 걸어 잠그고 문도 굳게 닫았기 때문이오. 그들 주변의 세상이 일어설 때도 말이오.

나는 전공인 기생충학 덕분에 '국경없는 의사들'과 만날 기회가 있었소. 그들에게 아프리카나 동남아시아 같이 가난하지만 풍속이 자유로운 나라에서 일하게 해 달라고 요청했소. 왜냐하면 나의 성적인 욕구가 장애 없이 충족될 수 있는 곳이라면 나는 더 충실히 일할 것을 알고 있어서였지요. 요컨대 나는 시행착오를 거치며 서른을 보낸 뒤에야 마침내 다른 남자들의 풍요로운 이야기에 관심을 갖고 나도 작게나마 이야기를 하기로 생각했다오.

디디에, 얼굴을 찡그리고 있군요. 당신은 이렇게 생각할 거요. '이 추잡한 인간이 비열한 짓을 하고도 자랑하면서 입가에 미소까지 띄우며 내게 끔찍한 이야기를 털어놓는군.'이라고. 맞는 말이오. 나는 이렇게 시달리면서도 당신이 분개하도록 내버려 두고 있소. 그러나 나는 또 마음이 편해졌다오. 당신의 귀를 쓰레기 투입구로 삼아 나의 온갖 죄악을 다 쏟아 부었으니 말이오.

나는 흉측한 통찰력으로 번득이는 그의 눈빛 때문에 구역질이 났다. 나는 한마디 말없이 자리에서 일어났다. 분명 스스로를 채찍질하는 데 진정으로 기쁨을 맛본 사람만이 저렇게 외설스럽기 짝이 없는 고백을 마치 취한 듯 몰입해서 할 수 있다. 저렇게 제멋대로 자책하는 게 가능한 일인가?

나는 내 물음에 대한 답을 찾을 시간이 없었다. 내가 선실 문을 닫고 나오자마자 복도에 있던 누군가와 부딪쳤기 때문이다. 다름 아닌 레베카였다. 그녀는 분명 벽에 귀를 대고 이야기를 엿듣고 있었던 모양이다. 이상한 일이었다. 내가 갑자기 나와서 놀랐을 텐데도 그녀는 아무 소리도 내지 않았고 우리는 둘 다 말없이 그대로 있었다. 그녀는 자신의 염탐 행위가 현장에서 들켜서 놀랐기 때문이고 나는 불구자의 고백을 듣고 받은 충격으로 몸이 굳어 있었기 때문이다.

아무튼 그녀는 내게 뭔가 할 말이 있는 것 같았다. 더구나 어쩌면 비밀을 숨기고 있는 것 같아 보였다. 그녀는 조명등의 불빛 아래로 뒷걸음질 쳤다. 그녀에게 사정없이 쏟아지는 밝은 불빛으로 아직까지 어린애 티가 어렴풋이 남아 있는 그녀의 아름다운 얼굴이 더욱 두드러져 보였다. 그녀의 머리카락이 에어컨에서 나오는 은은한 바람으로 흩날렸다. 그녀의 눈은 속눈썹이 길어서인지 더욱 크고 빛나 보였다. 나는 후회하는 듯이, 미안해서 입을 다물고 있는 그녀 앞에서 경탄해서 그저 꼼짝 못하고 있었다. 그녀를 원망해야 할지 아니면 그녀의 배신 행위를 따져 물어야 할지 정말 더 이상 판단이 서지 않았다.

"내가 얼마나 불행한지 이제 알겠지?"

그녀가 갑작스럽게 친근하게 반말을 하자 나는 마음이 흔들렸다. 그러니까 우리의 은밀한 관계가 새로이 시작되었다. 나는 친한 사이가 된 것처럼 주저하지 않고 말하기 시작했다.

"나는 당신이…… 그렇게 모든 걸 참고 살았다는 게 믿어지지 않아."

"당신이 표면적으로 받은 인상에 따라 나를 판단하지 말아요. 한 가지만 말해 줘. 이번 사건으로 불쾌하지 않았다고 말이야."

"그래요. 그건 아니지만, 결과적으로는……"

"바보 같은 장난이었어, 인정해. 하지만 나를 믿어 줘, 디디에. 그건 당신이 진실을 알 수 있는 유일한 방법이었어."

"그런데 왜 당신 이야기를 당신이 직접 하지 않고 프란츠에게 맡긴 거지?"

"프란츠가 말하도록 내버려둔 것뿐이야. 이제 몸을 쓸 수 없으니까. 말하는 게 그가 가진 마지막 즐거움이에요. 하루 종일 24시간 이상이라도 사람들과 함께 있을 때마다, 모든 것을 이야기하고 싶은 참을 수 없는 욕구에 사로잡혀 있어. 대개의 경우 사람들은 그를 푸대접하니까, 그래서 이야기를 들어줄 사람을 유인하려고, 내가 그들 앞에 나타나서 마음을 끌게 하는 거죠. 그래서 그들이 조바심을 내면서 이야기를 듣게 하려는 것이고요. 그건 순전히 그가 말하는 객설이지 난 결코 거기에 동조하지 않아요."

"알아요. 그도 그렇게 말했어. 하지만 그런 이유로 내가 그의 이야기를 들은 건 아니야."

나는 그들에게 지나친 관심을 가진 것처럼 보이지 않으려고 애쓰면서 말했다.

"그럼 진정 동정으로 들었다는 말이에요?"

나는 고개를 끄덕거렸다. 그러고 나서 나는 그녀가 남편과 시도했던 이상한 습관들에 대해서 두서없이 질문을 해서 그녀를 괴롭혔다. 그러나 내가 던진 질문으로 그녀는 고통이었고 자랑이었던 과거를 떠올렸다. 어떤 것은 당연한 것이었고 어떤 것은 드러내고 싶지 않았던 기억을. 마지못해 나는 물었다.

"우리 다시 만날 수 있을까요? 이번에는 진짜로?"

"그렇다면 나를 용서했군요. 좋아요. 그렇다면 내일 마지막으로 프란츠가 털어놓는 고백을 들어봐요. 그 다음에 약속하죠. 미안해요. 가야겠어요. 그가 주사 맞을 시간이에요."

내가 그녀에게 헤어지는 인사를 하며 돌아섰을 때 티와리가 복도 모퉁이 멀리에서 우리를 지켜보고 있었다는 것을 알아차렸다. 그는 내가 본 것을 알았는지 고개를 숙이고 자기 방으로 들어갔다. 저 남자는 어디에 끼어드는 거야?

나는 어떤 일에 곧 성공해서 오래 전부터 갈망하던 결실을 곧 따게 될 사람처럼 한껏 마음이 부풀어 혼자만의 즐거움에 빠져서 두 손을 비비면서 이등실로 돌아왔다. 나는 레베카를 원망하지 않았다. 내가 그녀에게서 손으로 만질 수 있는 것을 아무것도 얻지 못한다고 할지라도 두렵지 않았다. 그녀 남편과 맺은 엉뚱한 계약은 고독 속에서 단련된 환자의 환각일 뿐이었다. 그와 그녀 사이는 아무 관계도 없었다. 오로지 내게 중요한 것은 나와 레베카만이 있다는 사실이다. 레베카는 내 마음 속으로 파고 들어왔다. 불법으로 나의 집에 들어와서 나와 타협을 하는 아름다운 도둑처럼.

내가 방으로 돌아와 베아트리스를 보자 곧바로 그녀가 별로 내 마음에 들지 않음을 깨달았다. 그녀는 예전과 다름없이 똑같은데, 오히려 그녀 주위의 모든 것이 변했다.

"왜 오지 않았어?"

그녀가 흥분해서 얼굴이 붉으락푸르락 하면서 나에게 쏘아붙였다.

"마르셀로랑 티와리와 한 조가 되어서 네 배나 땄어."

"프란츠 방에 있었어."

나는 무덤덤하게 대답했다. 쓸데없는 거짓말보다는 솔직한 게 더 나았다.

"프란츠 방에? 다시는 보고 싶지 않다고 했잖아?

그녀는 오후를 얼마나 신나게 보냈는지 내 대답에 귀 기울이려고도 하지 않았다.

우리는 다른 사람들과 좀 떨어져서 간단하게 저녁식사를 했다. 활기 없이 땀을 흘리며 저녁을 먹고 있는 사람들로 가득 차 있는 식당 안을 쭉 둘러보았다. 나는 마치 이제껏 이런 식당에 한 번도 와 본 적이 없는 것 같았다. 처음으로 이 여객선의 흉한 모습이 눈에 들어왔다. 사실 여객선 승객들 중에서 내게 친근해 보이는 사람은 거의 없었다. 그들은 대부분 어설프게 무리지어 다니면서 내게는 무관심했다. 나도 마찬가지로 그들의 이름을 부르는 일도 없었고 특별한 언급도 피했다. 단지 내일 일을 생각하면서 기대에 부풀어 있었다. 또 내일 만나기 전이라도 오늘 밤 레베카를 볼 수 있지는 않을까 하는 희망으로 가슴이 벅차오르기까지 했다.

프란츠의 이야기는 자신의 부인을 깎아내리는 것이 아니라 괴이하게도 내 의지와는 상관없이 나와 베아트리스의 관계로 방향이 틀어졌다. 이번에 나는 그의 이야기를 듣고 나서 내가 점점 베아트리스에게 무관심해지는 데에 직접적인 상관관계가 있음을 분명히 파악했다. 프란츠가 멸시하는 대상은 분명 레베카인데 나는 오히려 그 감정을 전이시켜 내 여자 베아트리스에 대해 못마땅해 하고 있었다. 이것은 물론 단순한 동일시 현상일 수도 있지만 나는 이 불구자가 자기의 생각을 내게 주입시키고 내 머리 속에 쓸데없는 생각을 자리 잡게 하는 게 아닌가 하여 몹시 불쾌했다.

아니다, 내가 잘못 생각했다. 내가 베아트리스에게 애정이 식은 것이 프란츠 때문만은 아니야. 이번 여행은 불만을 갖는 데 촉매 역할만 했을 뿐이지. 낯선 환경이 주는 중압감에 터지고 만 거지. 그렇지 않다면 갑자기 마른 하늘에 웬 날벼락인가? 우리 둘은 동양으로 출발할 때 아무 문제 없이 마음을 다잡지 않았던가. 우리는 늘 함께 지냈지. 언제부턴가 함께 있기 시작해서 줄곧 함께였기 때문이다. 특별히 그럴 듯한 이유가 있었던 것은 아니고 그저 흔히 빠져들게 되는 일상에 순응했기 때문이다. 우리 사이가 이런 식으로 계속되는 것은 뭔가 부조리하다는 생각이 들었다. 나는 더 이상 베아트리스를 그런 식으로 품에 안고 싶지 않았다. 저속한 장사꾼처럼 나는 그녀의 장단점을 저울질해 보았다. 이틀 전만 해도 나는 그녀를 '내 여자'로 불렀는데 지금은 '내 실패작'으로 고쳐 부르고 싶어졌다.

"뭐 해? 이상해, 말도 않고. 왠지 당신이 내게서 도망갈 것 같은 느낌이 들어."

"왜, 도망가기 바라?"

"하루 종일 내게는 관심도 없잖아. 우리 여행을 잊어버린 것 같아."

"우리 여행이라! 당신은 마치 아이처럼 말하는군."

"당신, 혹시 프란츠의 추종자가 되거나 그의 둘시네아에 관한 이야기가 더 좋은 거야?"

베아트리스가 처음으로 레베카에 대해 그런 어투로 말했다.

"왜 그녀를 둘시네아라고 하지? 당신에게 어떻게 했길래?"

"그저 기분이 나빠. 당신을 머리부터 발끝까지 훑어보는 시선이 불쾌하고 다른 여자들도 자기 경쟁 상대로 대하는 태도가 마음에 안 들어."

그러자 내 마음 속에 잠자고 있던 버릇없는 게 튀어나와 이렇게 대답했다.

"그 여자가 예쁘고 당신보다 젊으니까 미워하는 거지?"

그녀는 전혀 예상하지 못했다는 듯이 깜짝 놀라서 나를 노려보았다.

"그러면 내가 못생기고 늙었다고?"

"그렇게 말하려는 게 아니었어."

"어쩜 그렇게 열심히 편을 들어? 나도 알아, 레베카가 예쁘고 당신이 좋아한다는 걸. 반응이 어떨지 보려고 한 건데."

"바보같이, 남을 시험하려 들다니……."

그렇게 빨리 마음을 들키다니 나는 부끄러웠다. 그러나 베아트리스가 간단하게 말했다.

"당신도 알지? 우리 그동안 충분한 사랑을 나누지 못했잖아."

나는 저녁 식사가 끝난 뒤에 유혹에 따라 고분고분하게 일을 치렀다. 물살에 흔들리는 지하묘지처럼 좁은 방에서. 그러나 베아트리스는 옷을 다 벗고서도 소위 본처의 틀에서 벗어나지 못했다. 그녀는 사랑을 나누기 전에 자신의 은밀한 곳을 씻는 결벽증이 있었다. 그녀가 바삐 움직이며 열심히 씻는 모습을 바라볼수록, 점점 더 성욕이 사라지고 있음을 느꼈다. 이런 모습을 보는 것에서도, 모든 게 신통치 않았다. 내가 느긋하게 있는 것과는 반대로, 불건전한 희열을 생각하며 그녀를 모독하지 않기 위해서는 눈을 감아야 했다.

결국 습관 덕분에, 우리는 어색하게 사랑을 나눴다. 그러나 내 안에 있는 모든 것이 가장 깊은 곳까지 속속들이 잘 알고 있는 순결한 심연 앞에서 주춤거리고 있었다. 아무리 이제나저제나 하고 몸을 흔들어대도 우리의 사랑을 달구어 주지 못했다. 나도 모르게, 신경질적이고 야성적인 레베카의 모습이 떠올랐다. 충분히 알고 있는 이 육체와 어떤 대상에 열정을 쏟아 부을 지 알 수 없는 내 욕구 사이에서 흔들리면서. 모습을 쫓아내려고 했지만 소용이 없었다. 그녀의 모습은 마치 어찌할 수 없는 자석처럼 우리 사이에 버티고 서 있었다. 자꾸 내 주위를 산만하게 하는 성가신 존재였다. 나는 성의 없이 내 연인을 애무하면서, 그녀 몸에서 세세히 잘 알고 있던 반응을 일깨워 주려고 노력했다. 하지만 오늘밤에는 아무런 반응이 없었다. 그리고 나서 서둘러 내일로 달려갈 듯이, 깊은 물속으로 빨려 들어가듯이, 나는 단번에 잠 속으로 빠져들었다.

넷째 날

위장된 호의

 넷째 날 아침, 뭔가 견딜 수 없는 고통이나 위협을 느꼈는지 베아트리스는 얼굴을 찡그리며 겨우 꿈에서 깨어났다. 그런데도 나는 머릿속에서 한 가지 생각만을 하면서 일어났다. 24시간 안에 레베카와 나의 인연에 드디어 매듭을 짓는 일이다.

 밤새도록 폭풍우가 맹위를 떨쳤다. 우리 배가 코린트 해협으로 들어서고 있을 때 검은 납빛 파도가 선체를 따라 출렁이며 희미한 수평선 위로 기어올랐다. 비가 계속 내렸고 작은 만을 따라서 반달 모양으로 자리 잡은 고기잡이 마을과 낮은 해안은 흐릿한 불빛 속에 적막해 보였다.

베아트리스는 우울한 날씨만큼이나 생기 없는 얼굴을 하고 있었다. 간단한 화장으로는 잠을 설치고 일어난 그녀 얼굴에 나타난 창백함을 감출 수 없었다.

정오 경에 우리 배가 아테네에 도착할 텐데도, 나는 오로지 새해 축하 파티가 있을 저녁만을 생각하고 있었다. 저녁 파티가 결정적인 시간임을 잠시도 의심하지 않았다. 선상에서 이상적인 사랑의 약속이라니, 이는 동양에 대한 내 관심을 훨씬 뛰어넘었다. 사실 나는 솔직히 말하면, 식탁에서 마르셀로가 동양이라는 주제에 대해 지루하게 늘어놓는 계속되는 잡담에 지쳤다. 그래서 그 땅을 아직 밟지도 못한 나라에 아무 호기심도 생기지 않았고 이미 싫증이 나 있었다.

나는 슬픈 표정을 짓고 있는 베아트리스를 그대로 내버려 둔 채 산책을 하러 나갔다가, 우연히 일등실 바에서 레베카와 마주쳤다. 이게 웬 행운이란 말인가. 그녀는 내가 깜짝 놀랄 만큼 정열적으로 나를 맞이했다. 내 뺨에 네 번씩 입을 맞추고 두 손을 꼭 잡아서 그녀 옆에 앉혔다. 그녀가 있어서 이 공간은 매력적이고 친근하게 느껴졌다. 내가 모든 것을 알고 있는 한 여자와, 그러면서도 여전히 낯설게 느껴지는 한 여자와 진짜 마주하는 것은 이번이 처음이었다. 처음 만났을 때 하루 이틀은 고압적이던 그런 거만한 태도는 더 이상 없었다. 그녀의 곧은 시선은 쾌활하면서 도도함으로 가득 차 있었고, 그녀의 잘 다듬어진 얼굴은 도자기로 만든 작은 인형처럼 반짝이고 있었다. 이렇게 우아한 여인 앞에서 나는 단번에 소심한 말더듬이가 되었다. 그러나 새로운 여자 친구의 달변과 터져 나오는 웃음소리에다가 내 눈이 멋지다는 찬사가 가져다주는 황홀에 빠져 나는 조금씩 자신감이 생겼다.

"배에 탄 사람 모두가 아프다네요. 이렇게 다들 병이 나면 파티를 취소해야겠어요." 그녀가 내게 말했다.

나는 그녀에게 이등실에서 무슨 일이 있었는지 소식을 전해 주었다. 승무원과 기관실 남자들에 대해 설명도 빠트리지 않았다. 사실 나는 그녀에게 전할 만큼 정확한 정보가 전혀 없는데도 그녀에게 끊임없이 말을 했다. 단어들이 서두르는 내 입술 사이로 무리지어 나왔고 내 이야기가 재치있게 시의적절하게 나오는데 놀라고 있었다. 우리 사이에서 순간적으로 친밀함이 생기는 것을 느꼈고 단 몇 분 동안에 생긴 느낌은 수년 동안 지속된 애정을 공고히 해 온 굳은 믿음과 같은 것이었다. 우리는 서로를 바라보고 있었다. 우리는 우리 사이에 일기 시작한 호감에 휩싸여 서로 두 눈을 바라보며 환심을 사려 하면서 웃기 시작했다.

"유머감각도 있으시네요."

레베카가 말했다. 그리고 나를 부드럽게 자기 쪽으로 끌어당기더니 내 이마에 입을 맞췄다.

이 입맞춤으로 내 온몸의 피가 끓어올랐다. 그녀의 입은 포근했으며 나는 그녀 입술 밑의 잔털을 내 입술로 재빨리 잡지 못한 것을 후회했다. 그녀가 머리카락을 쓸어 올리자 분홍빛 자그마한 귀가 드러났는데, 사파이어가 달려 있었다.

"도와줘요, 말 맞히기 게임을 끝내게."

그녀는 바의 탁자 위에 마리 끌레르 잡지를 펼치면서 말을 건넸다. 그러고 나서 반쯤 빈 말보로 담배갑을 내게 밀었다.

"담배는?"

"아니, 안 피워요."

"이런 나쁜 짓은 안하신다? 증기 기관차가 전기 기관차에게 뭐라고 했는지 아세요?"

"모르겠는데."

"어떻게 담배를 끊으셨어요?"

그녀가 웃음을 터뜨렸다. 나는 이런 귀여운 말장난에 완전히 빠졌다.

"동정심 때문에 억지로 웃을 필요 없어요. 좋아요, 말해 봐요. 일본인에게 꼭대기란? 단 수평선상에서 말이에요."

어쩌나, 바로 그 순간에 베아트리스가 들어와서 우리는 깜짝 놀랄 수밖에 없었다. 잠깐 동안이지만 어느 누구도 아무 말도 하지 못했다. 마치 통속극의 한 장면 같았다. 우리 인생이 가벼운 희극의 가장 나쁜 관례를 어느 정도로 받아들이는지를 확인한다면 정말 소름끼칠 만큼 놀라운 일이다.

나는 음모자들의 침묵을 어떻게 피해야 할지 몰랐으며 침묵을 깨트릴 엄두도 내지 못했다.

"방해가 되는 건 아니지요."

불청객 베아트리스는 턱이 떨리는 것을 제대로 진정시키지 못하면서 말했다.

그녀는 들릴락말락하는 가느다란 목소리로 겨우 말하고 있었다.

"전혀요. 뵙게 되어 기뻐요. 오늘 무슨 일이 있었는지 이야기하고 있었어요." 레베카가 대답했다.

"그런 소식에는 관심 없어요."

"방금 일어났나 봐요. 아직도 눈이 많이 부어 있어요."

"아니요. 6시부터 깨어 있었어요. 배가 흔들려서 잠을 잘 수가 없었어요."

"아, 그래요. 침대에서 막 빠져나온 것처럼 보여서."

두 여자는 점잖게 대화를 나누고 있으면서 은근히 가시 돋친 말을 담고 있었다. 그래서 모욕적인 말을 할 위험도 있었다. 두 여자가 나를 놓고 서로 괴롭히고 있다는 허영된 생각이 들었다. 뭔가 격려를 받는다고 할까 하는 생각도.

"오늘 저녁엔 무슨 옷을 입으세요?" 레베카가 물었다.

"모르겠어요. 별로 가고 싶은 생각도 없구요."

"내 옷을 빌려 드릴 수 있어요. 몸매가 비슷한 것 같은데요. 허리가 조금 더 굵어 보이지만 말이에요."

베아트리스는 소스라치게 놀랐다. 나는 막 웃고 싶었다.

"당신 옷은 필요 없어요. 필요한 것은 다 가져왔으니까."

"당신이 누구에겐가 무시당한 것처럼 보이길래 그런 것뿐이에요. 그럼 연인들, 이만 안녕. 나도 내 짝에게 모이를 주러 가야겠어요. 오늘 저녁에 봐요."

갑자기 텅 빈 듯한 바에 꽤 오랜 침묵이 흘렀다. 연인들은 서로 마주 보지 않으려 하고 있었으며 낯선 여자가 갑자기 사라지자 당황하고 있었다.

"당신들, 내가 방해한 거지?"

"그렇지 않아. 이야기하던 중이었어."

"거짓말 하지 마, 디디에. 내가 들어왔을 때 당신 얼굴에 써 있던데."

"말도 안 되는 의심은 그만 둬!"

"디디에, 당신의 베아트리스에게 오해라고 말해 줘. 내가 꿈을 꾸고 있다구."

그녀는 다시 말했다. 그녀 목소리는 떨면서 애원하고 있었다.

그녀가 구해 달라며 조난 신호를 보냈지만 나는 못 들은 척 그대로 있었다. 그녀는 놀란 눈으로 나를 물끄러미 바라보았으며 믿고 싶지 않은 진실을 조금씩 깨닫고 있었다. 그녀는 모든 것을 짐작하고 말을 더듬으며 울먹였다.

그때 주고받은 시시한 말들이 기억나지 않는다. 나는 그녀에게 할 말이 딱히 아무것도 없었기 때문에 평범한 이야기를 했다. 사랑하는 두 사람 사이에서 원칙적으로 금지된 상투적인 표현이 우리 사이에 잔해처럼 계속 쌓여갔다. 레베카 입으로 말하면 그렇게 친절하게 들리던 의미 없는 말들이 베아트리스 입에서 나오니까 짜증이 났다. 그녀는 이번 대결에서도 다시 한 번 패배자가 되었다.

"나를 좀 봐. 아름답고 생기도 넘쳐나. 갓 따라낸 맥주 거품처럼 말이야. 그러나 그 여자는 섹스의 덫, 남자들이 만들어 낸 창조물이라구. 당신이 단지 그 여자를 원하기 때문에 우리가 쌓은 모든 것을 없애 버리려는 마음을 도무지 이해하지 못하겠어."

그녀는 고통에 차서 떨리는 목소리로 다시 말했다.

나는 터져 나오려는 웃음을 간신히 억제하고 있었다. 신선한 맥주처럼 싱싱하다고? 그렇지, 김이 빠진 맥주 같지. 그녀는 결국 그녀 자신 때문에 내가 불편해 한다는 사실을 마침내 깨달았다. 그녀가 다시 희망을 갖기에는 단 한마디 말이면 충분했으나 나는 아무 말 없이 있었다.

"프란츠가 당신 머리를 이상하게 만들었지? 당신이 그렇게 쉽게 남의 말에 넘어가다니 정말 몰랐어. 당신 알아? 레베카는 그렇게 아름답지도 않아. 당신이 보는 레베카는 지나치게 멋을 부리고 인위적이고……"

나는 그녀와 가까이 있으면서 인생에서 일어나는 예기

치 못한 즐거운 일을 그냥 지나쳐 왔다. 늦었지만 따라잡을 때가 마침내 왔다.

"정말 대답 좀 해봐. 그들이 우리를 조롱하는 게 안 보여? 우리를 갈라놓기 위해서 당신을 자극하는 걸 모르겠냐구?"

"경찰국장과 질투하는 여자들의 공통점이 뭔 줄 알아? 누군가 음모를 꾸미고 있다고 생각하는 환상이라구."

나는 프란츠가 어젯밤 속삭이며 말했던 생각을 그대로 따라서 하는 걸 즐거워하며 빈정거리듯 말했다.

"하지만, 맞아. 내가 헛소리 하네."

그녀 몸이 온통 격렬한 감정으로 흔들리면서 떨고 있었다. 콧망울은 분노로 터질 듯 했다. 그리고 우리가 더 이상 서로를 사랑하지 않는다는 사실에 고통스러워하며 눈물을 흘리며 오열하고 있었다. 바텐더는 뭐가 뭔지 모르겠다는 듯이 우리를 바라보았다. 나는 이런 대화가 지겨웠다. 언제나처럼 누군가 잘못을 하고 그러면 변명해야 하는 일이. 진실은 베아트리스가 더 이상 예전 같지 않고 그것을 인정하고 싶어 하지 않는데 있었다.

연인들의 세계는 어떤 사람들은 제공하고 또 다른 사람들은 선택하는 커다란 시장과 같다고 나는 상상하고 있었다. 사람들이 나이를 먹어감에 따라서 지원자는 점점 많아지고 선택하는 대상에 대해 덜 까다로워진다. 나는 그녀처럼 30대가 된 파리에 있는 베아트리스의 친구들이 모두 생각났다.

예전에는 남자들이 주위를 떠나지 않고 맴도는 거만한 여주인공이었는데, 이제는 그녀들 얼굴 표정이 한결같이 애원을 하며 '나를 사랑해 주세요.'라고 말하고 있는 듯했다. 그녀들은 초라한 상품이 되어 괴로워하면서, 이 버림받은 상태에서 빼내 준다면 어느 누구하고라도 떠날 준비가 되어 있었다.

나는 이 여자에게서 완전히 멀리 떨어져 있는 느낌이, 아득히 멀리 있다는 느낌이 들었다. 내가 현재 느끼는 감정에 더 이상 들어와 있지 않았다. 그녀가 24시간만 밖으로 나가 있었으면 하고 얼마나 바랐는지 모른다.

그리고 우리는 조금 뒤에 세차게 내리는 빗속에 마르셀로와 라즈 티와리와 다른 승객들 20여 명과 함께 피레우스 항에 정박했다. 아시아로 향해 가는 나에게 아테네는 보드게임을 하다가 지거나 반칙을 해서 벌을 받은 기억, 아니면 이등실을 막연히 떠올리게 하는 어렴풋한 추억일 뿐이었다. 아테네는 우리 프랑스 문화의 유명한 근원인데도, 남아프리카 반투 족의 신화나 시베리아 인들의 만신전 만큼이나 낯설게 느껴졌다. 찬란했던 과거에 대한 회상을 전시하는 기념물이 잔뜩 모여 있는 곳을 보는 일보다는 내게 남은 시간을 어떻게 전개시킬 것인가 하는 문제가 훨씬 더 중요했기 때문이다.

나는 기념하기 위해서가 아니라 발견하기 위해서 떠났다. 나는 피레우스 항의 추한 모습을 보니 더욱 주저했다. 멋진 문화유산이 있는 이곳에 걸어 다니는 사람들은 거의 없었다. 몇몇 사람이 비옷을 입거나 검은 우산을 덮어 쓴 채로 악취를 풍기는 흉측스러운 건물 아래에서 배회하고 있었다. 구겨진 신문을 몰고 가는 차디찬 바람에다가, 장난스럽게 경적을 울려대며 돌진해 오는 거친 운전기사들 때문에 나는 완전히 신경이 곤두섰다. 오모니아 광장과 아크로폴리스에 가기 위해 지하철을 타야 했을 때 나는 베아트리스가 애원하는데도 불구하고 오던 길을 되돌아왔다. 단 한 번의 입맞춤을 위해 파르테논 신전과 델포이와 델로스를 포기하려는 나에게 고대 그리스의 걸작이 무슨 소용이란 말인가!

나는 나 혼자만의 휴식 시간을 가져서 아주 기뻐하며 배에 올랐다. 바다는 거칠었다. 항구에서도 바다가 들썩이며 다가와서, 부두에 있는 배들을 철썩철썩 후려치는 소리가 들렸다. 기름으로 반짝이는 물결이 줄을 매어 다른 배를 끄는 예선들과 모터 보트를 들썩이게 했다. 트루바 호는 턱뼈를 크게 벌리고 관광버스 수십 대를 삼키고 있었는데, 대부분 네델란드와 독일에서 온 버스였다. 나는 프란츠의 선실을 향해 걸어갔다. 레베카가 바라는 대로 마지막으로 그의 이야기를 들어 주기로 했기 때문이다.

이제 나는 그가 잔인하리만치 상세하게 그의 타락의 온갖 세밀한 부분을 낱낱이 돌아보기를 바랐고 마치 불행한 경쟁자의 실수를 기뻐하듯이 그가 이야기하기도 전에 미리 그의 몰락을 즐기고 있었다. 내가 도착한 지 몇 분 뒤에 프란츠가 말했다.

"간단하게 하겠소. 오늘은 나의 패배에 대해서 말하려 하오. 내 생각에 나의 명백한 불행은 어떤 방식으로든 당신의 자존심을 만족시켜 줄 것이오."

내민 손

그러니까 내가 사흘 전부터 단편적으로 당신에게 이야기해서 마음을 크게 흔들어 놓은 대로 이제 가슴 아프면서 길고 파란만장한 우리 이야기의 결말을 말하려고 하오. 내가 억지로 레베카를 떼어놓고 독신 생활을 즐긴 지 아홉 달이 되던 때였다오. 온전히 방탕과 쾌락에 빠져 흥청망청 술잔치를 벌이고 알콜에 절어 지내던 어느 새벽에, 나는 횡단보도에서 자동차에 치었다오. 경골 골절상을 입고 병원에 실려 갔소. 의사의 진단에 따라 독방에 입원해 있었고 2주 동안 꼼짝 없이 휴식을 취하고 나서, 한 달 동안 회복기를 가지면서 재활치료를 받기로 했지요. 나는 이미 나를 친 운전수에게서 얼마나 보상을 받을지 강탈할 수 있는 손해 배상액의 총액을 계산해 놓았고요.

일주일이 지났소. 한낮이었는데 병실 문이 머뭇거리듯이 열리더니 한 여인이 찾아왔어요. 나는 적어도 1분 동안 약간은 동양적인 타입의, 그을린 피부의 아름다운 여인의 정체를 생각해 내지 못했다오. 그러나 곧 나는 그녀를 알아보고 실망을 느끼지 않을 수 없었소. 바로 레베카였소.

"당신이 여기에, 그럼 자살한 거 아닌가?"

그녀는 이런 모욕적인 말을 듣자 얼굴이 창백해져서 나를 정면으로 바라보는 걸 피했소.

"네, 아직은. 당신과 내가 잘 아는 친구를 생 제르멩 거리에서 우연히 만났는데, 당신이 아프다는 이야기를 들었어. 그래서 당신을 보러 왔지."

내가 그녀에게 그렇게 고약한 짓을 했는데도 어떻게 나를 다시 만나러 올 수 있을까? 하지만 우리는 내 양심의 가책을 피하려는 구실이나 그 뒤에 일어났을 절망적인 장면에 대해서는 이야기도 하지 않았다오. 레베카는 다만 레바논 국경과 가까운 이스라엘 집단농장에서 여섯 달 동안 지내다가 왔다고 말했을 뿐이오. 그녀는 내가 간직한 기억 속에서보다 훨씬 더 아름답고 날씬했으며 무언가 뜻하지 않은 관능적인 원숙함마저 풍기는 새로운 몸짓과 표정을 지니고 있었소.

그녀는 그 다음날에도 오더니 매일매일 방문했소. 나는 예전에 했던 것보다 더 이상 할 말도 없었고 곧바로 지난 날 했던 대로 경멸과 오만의 자세로 그녀를 다루었소. 어느 일요일 내가 그녀가 끈질기게 문병을 온다고 비웃었더니, 그녀는 딱 잘라 내치듯이 말했소.

"다시 나를 모욕하는 건 아니지?"

"저런, 살림의 여왕이 반항하시나?"

그녀의 얼굴은 이내 딱딱한 표정을 지었고 두 눈은 덧창의 틈만큼 작아지도록 가늘게 뜨고 있었소.

"갈게요. 다시는 나를 못 볼 거야."

그녀는 냉정하게 말했고 내게 입 맞추려고 몸을 기울였다오. 나는 그녀가 손으로 내 침대 다리를 만지작거리고 있음을 느꼈지요. 나는 걸쇠가 받치고 있는 나무 판자 두 개에 의존하고 있었소. 그렇지만 나는 그녀 눈을 바라보는 데 정신을 쏟고 있어서 다른 아무 것도 보지 못했다오. 그녀가 말하는 투가 좀 이상하게 떨린다는 느낌을 받긴 했다오. 그러더니 그녀는 문 쪽을 향해 걸어갔소. 내가 환자였기 때문인지 아니면 일시적으로 나약해서 그런 건지 알 수 없지만, 그녀를 다시 불렀소.

"기다려, 돌아와 줘!"

나는 그녀에게 손을 내밀면서 침대 난간에 몸을 의지했지요. 그녀가 돌아서더니 이번에는 그녀가 내게 손을 내밀었다오. 그러나 우리 손가락이 서로 닿으려고 하자 그녀는 얼른 손을 빼고 말았소. 그래서 나는 좀 더 몸을 기울였소. 그런데도 그녀는 여전히 뒤로 물러서는 거요. 나는 그녀를 바라보았소. 그녀는 기분 나쁘게 웃음을 짓더니 얼굴이 흉하게 일그러졌소. 그녀는 나를 가지고 장난을 치고 있었소. 내가 환자라고 그녀는 감히 나를 가지고 놀았던 거요! 이번에는 내가 뻗었던 팔을 거두었소. 그러자 거의 동시에 그녀는 내 팔을 잡더니 자기 쪽으로 끌어당겼소. 내 몸이 온통 침대 옆으로 기울어졌소.

"그만 당겨, 미쳤어? 이러면 아프잖아."

그러나 그녀는 두 손으로 내 팔을 떼어가겠다는 듯이 움켜잡았소. 그러자 나를 받쳐주던 나무 판자가 불길한 소리를 내며 부서졌고 나는 그대로 높은 병원 침대에서 바닥으로 떨어져 몸이 으스러졌소. 그녀가 나무판자의 고리를 헐겁게 풀어놓았던 것이오.

나는 허리 한가운데 골수 전체를 움켜잡는 엄청난 오한을 느꼈소. 머리부터 발끝까지 얼음 벼락을 맞은 듯했고 마치 크리스탈 잔이 두 조각으로 갈라지듯 내 몸은 부서졌소. 나는 차가운 타일 바닥 위에 쓰러진 채로 혼수상태에 빠지기 직전에 내 귀에 속삭이는 어떤 여자 목소리를 들었소.

"어리석고 불쌍도 하지. 그러니까 내가 다 잊었다고 믿고 있었나 봐?"

당신은 이번 사고로 어떤 결과가 생겼는지 어렵지 않게 짐작할 수 있을 게요. 나는 척추를 다쳐서 허리부터 마비 상태가 되어 두 다리와 발기 신경을 모두 잃었소. 나는 두 번이나 수술을 받았고 유명한 전문의들이 번갈아가며 나를 치료했소. 헛된 일이었소. 골절은 너무 심각했고 반신불수는 고칠 수가 없었으니까. 나는 두 달 동안 병원에 있을 수밖에 없었소. 쇠로 된 칸막이 사이에 꼼짝 없이 누워서, 배농관을 줄줄이 달고서, 주사액과 혈장 주입을 참아내야 했지요. 의사들이 나를 살리려고 파수병처럼 번갈아가며 나를 돌볼 때 나는 마치 과부하가 걸린 전화 교환기가 된 느낌이 들었다오. 나는 그동안 내내 의학과 성직자를 포함해서 가짜 천사들을 저주했소.

나는 물론 레베카가 저지른 죄라는 걸 알면서도 태만 혐의로 파리 병원의 공공지원센터에 소송을 제기했으며 나무 판자의 회전식 빗장이 제대로 고정되지 않았다고 당직 간호사를 고소했소. 단 한 번도 진짜 책임져야 할 사람을 밝혀야겠다는 생각은 들지 않았소. 아마도 마음속으로는 그녀가 그렇게 비열한 복수를 한 것에 대해 감탄했기 때문인지도 모르오. 나는 소송에서 이겼고 배상을 받았소. 병원은 내가 살아있는 동안 매달 수백만 프랑에 달하는 보상금을 지불하라는 판결을 받았소. 이제 나는 부자가 되었소. 하지만 내 세계는 2평방미터 남짓한 침대와 쇠바퀴가 달린 굴러가는 의자 하나가 전부였소.

레베카는 나를 땅바닥에 쓰러지게 했소. 모욕당했던 여인은 내가 그녀에게 저지른 엄청난 잘못에 대한 보상을 받았소.

이해할 수 없는 일이 있었소. 그녀가 나를 열심히 간호하고 나를 아주 헌신적으로 돌보았다는 거요. 밤낮으로 단 1분도 떠나지 않았소. 이 교활한 여자는 육체적인 처벌만으로는 충분하지 않아서 또 다른 계획을 세우고 있었다오. 그녀는 기회가 있을 때마다 내 어머니를 치켜세우고 칭찬도 해가면서 어머니의 마음을 사로잡았지요. 노예상태로 만드는 과정이 진행되고 있었소.

그녀는 내게 영향력을 행사했는데, 마치 젊고 섹시한 소녀가 늙은이에게 미치는 영향과도 같은 거요. 순진하게도 나는 아직도 내가 그녀를 사로잡았다가 내 마음대로 밀어낼 정도로 충분히 힘이 있다고 믿었소. 굳이 수고를 한다면 언제라도 내 마음대로 될 줄 알았던 거요. 그러나 자리가 완전히 뒤바뀌었소. 이제는 내가 패배자였소. 이 엇갈림이야말로 내게는 비극이었소.

'그렇소.'라고 말하더니 프란츠는 한숨을 내쉬며 계속 말을 이었다. 그는 지상에서 누리는 영화가 얼마나 무상한지 마치 나를 증인으로 삼고 싶어하는 것 같았다.

너무나 오랫동안 나는 사람이 아무리 죄를 지어도 벌을 받지 않고 잘 살 수 있다고 믿어 왔소. 정작 내가 벌을 받자, 견딜 수가 없었소. 나는 동전이 단단해서 오래 가는 것만큼이나 레베카의 사랑을 진심이라 믿었소. 그러나 다른 사람들은 결코 생각만큼 그렇게 사랑에 빠지지도 않고 그렇게 무관심하지도 않소. 건강한 사람의 대열에 있다가 갑자기 소외되고 나서, 내 모든 생명력은 입속으로 숨어 들어왔소. 이 폐품 위에 불쑥 벌린 수다스러운 성문 안으로.

나는 인공 보철기구 위에서 비틀거리는 삶만이 남아 있을 뿐이었소. 나는 흉곽의 작은 틀에 달라붙어 있는 나를 바라보았소. 지나치게 큰 머리가 작은 상반신 위에 얹혀 있었고, 야위고 생기 없는 두 다리와 죽어 있는 성기가 보였소. 잘 주물러 빚어 놓은 고기 단자 같은 생기 없는 성기는 체모로 싸인 둥지 속에 얌전히 누워있었소. 내가 이제 그것에 의지해서 존재하기를 멈추자 외부세계도 더 이상 존재하기를 멈추었소.

내 능력에 대한 확실한 믿음과 자만, 성공에 대한 의지, 마침내 성공에 도달할 수 있다는 확신은 모두 어디에 있는가? 이 모든 것은 한 순간에 사라졌소. 치열한 삶으로 내달렸던 환상은 이렇게 갑작스런 불구 상태로 변하고 말았소. 눈물과 회한으로 얼룩진 길고도 엄청난 밤이 시작된 거요.

그 다음에 오는 어떤 상처는 정신이 아주 심각하게 쇠약해졌다는 징조요. 어린 시절부터 내가 두려워했던 모든 일이 나타났다오. 이번 사고는 오래 전부터 내 안에 흔적으로 남아있던 실패를 더욱 확인시켜 주었지요. 나는 병실의 타일 바닥 위에서 박살나기 훨씬 전부터 이미 패배자였다오.

사실상 나는 태어나면서부터 실패를 꿈꾸고 있던 게 아닐까 싶소. 그것은 삶을 즐기고자 하는 나의 탐욕, 그리고 사람과 여자를 보면 참지 못하는 내 성격에서, 재앙에 대한 예감에서 나온 게 아닌가도 싶소. 운명은 나를 낳은 악몽과 손을 잡았소.

불구가 되기 이전에 내 삶은 아무 결점 없이 찬란하고 충만해 있었고, 지금은 나를 옥죄는 여자 간수의 손에 감금되어, 그야말로 아무것도 없었소. 내 삶을 이렇게 극명하게 바꾸어 놓은 절망적인 상황에 화가 났지만 그런 분노마저 무기력할 수 밖에 없었지요. 내 행복을 확신했던 아무 근심 없고 격렬하고 퇴폐적인 쾌락의 든든한 갑옷을 입고 있다가 그만 신체에 장애가 생기자 아무 소용이 없었던 거요. 나는 때때로 일어나는 현기증과 경련에 대한 두려움으로 무너졌고 아주 작은 마음의 동요에도 불안하게 살펴보는 데 그만 얼이 빠졌다오. 그리고 아무것도 할 수 없다는 무력감으로 더욱 끔찍한 고통을 겪었소. 보잘 것 없는 존재라는 고통, 더구나 회복할 수 없다는 고통으로 더럽혀지고 모욕을 받고, 내가 그토록 잊고자 했던 여인에게서 괴로움을 당하는 나는 떨어졌던 그 어떤 나락보다 더 밑으로 추락한 채로 살아남았지요.

마치 아치를 떠받치고 있는 머릿돌이, 내 몸의 알맹이가 다 빠져 나간 것 같았소. 처음 1년 동안은 아주 끔찍했소.

내 겉모습이 버려진 집의 외관처럼 되어 가도록 내버려 두었소. 이 병은 내 본질에까지도 가면을 새겨놓았는데 가면이 본질을 흉하게 일그러뜨렸소. 빛을 잃은 내 얼굴은 굳어버린 몸과 함께 우울한 회색빛 속에서 살았소. 관절마다 외에 팔이나 다리를 움직이게 하는 신경은 더 이상 없었소. 나는 모든 종류의 좌절 중에서 최악의 좌절을 겪었고 좌절로 인한 상처는 지독했소. 서른 살에 우연히 겪는 연애사건 하나 없이 그저 하루하루 다가오는 지루한 일상에 따르는 바보 같은 늙은이가 되었소. 나를 지킬 힘이 사라졌다는 사실과 내가 그토록 경멸하던 여자에게 보살핌을 받고 있다는 사실로 인해서 나는 몹시 수치스러웠소. 나의 삶은 다시는 살아나지 않을 희망이 잠들어 있는 무덤이었소. 나는 거창한 생애를 바랐건만 우스운 형벌만을 받았소. 이제 위대한 악당은 초라한 침대 위에서 생을 마치게 된 거요.

그러나 최악의 형벌은 다른 데 있었소. 내가 패배한 지금에 여인이 되어 나타난 레베카, 가련한 여인 레베카, 이민자인 레베카는 내 곁에서 증오에 가득한 공략을 개시했소. 그녀는 나를 오만한 부르주아, 타파해야 할 적으로 삼더니 합당하고 올바른 권리를 행사하듯 증오를 휘두르면서 공략하는 것으로 위안을 삼았소. 이제 나는 학대자로서 비열한 짓을 하다가 희생자로서 비열한 짓을 당하니, 결과적으로 인간이 겪는 경험의 양상을 다 겪은 셈이오. 그리하여 내게 속

죄의 시간이 시작되었소. 나의 여인은 나를 불구로 만들어 놓으면서 내게서 벗어나고, 그동안 내가 잔인하게도 억눌러 왔던 성장을 추구하는 방법을 찾아냈소. 그녀는 생기를 되찾았소. 그녀의 탐스런 아름다움이 푸짐한 식사로 매일매일 되살아나고 있는 동안 나는 겨우 한두 수저나 뜰 수 있었소. 그녀가 눈부시게 성장하면 할수록 나 자신은 점점 퇴락해서 더 강조되었소. 레베카, 이제 레베카라는 이름은 끔찍한 벼락처럼 요란한 소리를 냈소.

그녀는 오만하게도 나 같은 중죄인의 형벌을 면제해 주겠다면서, 아주 냉정하게 자신과 결혼할 것을 요구했다오. 그녀는 보험금을 이용하여 내 돈으로 살고 싶어 했지요. 월급을 받던 일을 그만 두고 댄스 공부를 하고 싶어 했고요. 그 대가로 그녀는 내 현재 상태에 필요한 모든 치료에 아낌없이 쓰겠다고 약속했다오. 내가 신체 일부분을 잃어버렸다는 사실을 뼈저리게 느끼면서, 나도 내 어머니도 동의했소. 그때 어머니는 남편을 잃은 슬픔에서 여전히 벗어 나오지 못하다가 병에 걸려서 노인요양병원에 입원하고 있었다오. 우리는 내가 퇴원하면서 결혼했고 센 강 오른편에 위치한 방 세 칸짜리 집을 구했소. 레베카는 자기 혼자 쓰려고 직접 방 하나를 고쳐서 동양식으로 꾸몄다오. 우리는 처음부터 부부 재산을 함께 쓰기로 하고 결혼한 거였소. 그녀가 집안 재정을 관리하면서 내게는 매주 용돈을 조금씩 주었소. 그러나 한 달 뒤에 그녀는 경제적인 이유를 내세워 간병인을 해고했다오. 매일 아침 그녀는 나를 목욕시키고 침대에서 휠체어로 옮겨주고 옷을 입혀 주었지요. 그리고 매일 아침 나는 그녀가 끊임없이 늘어놓는 불평이나 불만을 들어야 했다오. 그녀는 집안을 걸어 다니면서도 거의 제 정신이 아닌 듯이 장황하게 늘어놓았소. 몇 달 동안 말도 못하면서 참았던 분노로 점점 더 쌓였던 불만을 들어야 했소. 가시 돋친 지루한 연설은 복수로 가득한 유창한 언변으로 나를 짓눌렀고, 나는 내 죄를 수도 없이 늘어놓는 바람에 어리둥절해서 고개를 숙이지 않을 수 없었소.

"오, 이런 위대한 분을 보다니!"

그녀가 이렇게 말할 때 그 단어의 그 어조 때문에, 나는 훨씬 더 멍해지고 말았소. 마치 귀 옆에서 총을 쏘는 것 같았소.

"당신과 멀리 떨어져서, 나를 거부하는 당신의 존재를 갈망하며 죽을 거라고 생각했나 봐. 가련한 미용사가 그저 자기가 운이 없고 신분이 낮아 초라한 신세를 곱씹으면서 괴로워할 것이라고 생각했겠지. 어리석은 여자가 저지른 유일한 잘못은 우선 당신을 사랑한 거고, 부의 총애도 받지 못하고 문화의 보고를 누리지 못하는 천한 신분으로 태어났다는 데 있어. 당신은 아주 잘생긴 젊은이였고 뛰어난 의학도였지. 당신은 으스대며 별처럼 빛나는 삶을 계속 살았지.

당신 손등으로 밀어버린 이 보잘 것 없는 장애물을 잊고 있었지. 나는 당신이 고상하고 무심한 걸음으로 걸어간 길 위의 작은 먼지 알갱이에 지나지 않았어. 당신은 이제 식물처럼 그 자리에서 꼼짝 못하는 인간이고 느림보일 뿐이야. 맞아, 천박하기 짝이 없는 당신의 동양 공주는 그 천박성을 비단 종이로 포장하지도 않았고 우아하지도 못하며 유서 깊은 집안 출신도 아니야.

더러운 놈 같으니, 내 말 잘 들어. 나는 지상에 있는 천사 같은 남자를 꿈꾸었어. 내가 미친듯이 사랑하고 끝없이 믿을 수 있는 그런 천사를. 우리가 만났을 때 나는 내 삶 전부로도 당신을 충족시킬 수 없다고 생각했지. 이제 당신은 보잘 것 없고 나약해. 나는 내 삶, 내 지혜, 내 일을 당신에게 다 바칠 정도로 빠져 있었어. 나는 당신이 나와 비슷할 거라고 생각했어. 나는 당신과 함께 사는 삶을 살려고 했어. 오로지 당신에게 충실하겠다는 조건 이외에는 다른 조건이 없었지. 그러나 당신은 그런 나를 짓밟았어. 내 이름도 나라는 정체성도 잃어버릴 정도로 욕지거리를 해대며 나를 경멸했어.

'루아시 공항의 비열한 계략'을 당한 다음 나는 드디어 미쳤다고 생각했어. 현실이 아니라 마술에 걸렸다고 생각했지. 비행기 안에서 히스테리 발작을 일으켰고. 그러고 나서 첫 번째 착륙지인 아테네의 한 호텔에서 묵었지. 육체적으로 극도의 허탈 상태에 빠져 일주일 동안 전혀 움직이지도 잠도 못 자면서 보냈어. 내가 그때 받은 고통은 정말 끔찍했어. 온몸과 마음이 아팠고 슬퍼서 죽을 것 같았어. 아무 생각도 하지 않기를 바라며 오로지 당신만을 사랑했어. 겨우 숨을 쉬고 당신을 향해 두근거리는 마음만이 있었고 입 밖으로 소리를 내면 당신 이름 밖에는 튀어나오지 않았어. 자루에 담겨 묶인 것처럼 내 몸이 묶여 있다고 느꼈지. 당신은 나를 마비시키는 독약을 내 몸에 주입시켰어. 하루종일 의자에 앉아 중얼거렸어. 내가 찾고 있던 것은 자유가 아니었어. 출구였지. 자살은 생각조차 하지도 않았어. 이미 오래 전에 죽어버린 여자가 죽는 게 무슨 소용이겠어? 3년 동안 날마다 내 몸의 작은 조각이 떨어져 나갔어. 나는 자제력을 잃어버려서 자살하고 싶은 마음도 아예 없었던 거야.

그러자 파멸의 밑바닥에서 수치스러움을 무릅쓰고 살아남고자 하는 의지가 생겨났어. 당신의 유린 행위를 극복해야겠다는 의지가. 최악의 불행에 이른 인간에게는 어느 누구도 꺾을 수 없는 무언가가 생기게 마련이지. 나는 복수할 생각 밖에는 하지 않았어. 당신이 내게 쏜 화살을 다시 당신에게 돌려 줄만한 일만을 생각했지. 내가 확실하게 당신이 내게 준 고통에 준하는, 아니 그 이상의 상처를 입히겠다는 결심이야말로, 내 삶을 지탱해 주는 유일한 것이었어. 내가 계획하는 복수는 치밀한 것이었고 세세한 부분에까지 미쳐서 그 상처를 곪아 터뜨리는 거였지. 나의 세계는 그런 생각을 하면서 가증스러우리만치 풍요로웠어.

내가 이 복수를 얼마나 꿈꾸어 왔는지 몰라. 당신을 해치겠다는 범행을 실행하기도 전에 내 머릿속에서는 복수가 이미 한 편의 시처럼 떠올랐어. 나는 머릿속에서 멋진 기습을 계획하고 있었어. 운명의 장난인지 나는 우연히 당신을 친 사람을 만났어. 당신이 알든 모르든 상관이 없지만, 고통을 겪는 여인들에게는 오래된 관례가 하나 있어. 여인이 버림을 받으면 그 주위에는 즉각 연대감이 형성된다는 사실이지. 내가 혼자 되었다는 걸 알고 옛 친구들이 나를 찾아와 에워쌌어. 마치 당신이 우리 관계에 하나의 보호막을 형성해 놓은 것처럼 말이야. 오랫동안 나는 나를 보호해 주고 부양해 줄 누군가를 필요로 했었어. 난 아직 어렸고 겨우 열여덟 살 밖에 안 된 소녀였으니까.

오랫동안 나는 소외받은 사람들, 반항하는 사람들에 대해서 부정적이고 거부하고 배척하는 태도를 취했어. 그들은 나를 혼란에 빠트렸고 인간의 존엄성을 모독하는 것처럼 보였으니까. 하지만 이제는 내가 틀렸다는 것을 알았지. 비록 서툴긴 하지만 나는 투쟁하는 사람들에게서 생명력을 찾았어. 자신을 독립적인 인간으로 다시 태어나게 하는 생명력을. 내가 짐작한 대로, 자유라는 것은 상상을 초월한 흥정의 댓가로 얻는 거야. 그것도 투쟁하고 또 끊임없이 투쟁한 뒤에 자신의 적을 상대로 흥정한 결과지.

　내가 당신이라는 마법에서 풀려나 있는 그대로 당신을 보는 데는 몇 달이 걸렸어. 당신은 대단한 사람이 아니라, 내가 부풀려 놓은 거니까. 당신이란 사람은 다만 내가 삶에 대해 두려움을 느끼면서 무시무시하게 만들어 놓은, 다 으깨어져서 상한 고기 덩어리에 지나지 않았어. 내가 만약 이런 노예 상태에서 헤어날 확신을 가지지 않았다면 노예 상태를 절대로 받아들이지 않았을 거야. 난 내 의식에서 이미 당신을 쫓아냈어. 사실 당신은 내가 머리 속에서 만들어낸 산물이며 내 두 팔로 떠받치고 있던 우상이었을 뿐이야. 그런데 나는 그 우상만을 보고 내 팔이 얼마나 아프고 힘들지는 보지 못했어. 당신이 나에 대해 가지고 있는 욕망만을 필요로 했어. 당신의 자존심을 충족시키면서, 그러니까 당신이 거역할 수 없는 존재라는 환상을 느끼게 해주면서 당신을 유혹한 거야. 그만한 가치를 부여한 것은 결국 내가 철없는 어린 아이였기 때문이야. 내가 다섯 살만 더 많았어도 즉각 꿈에서 깨어났을 텐데. 하지만 난 그 다섯 살이라는 나이 차를 여섯 달만에 따라잡았어.

　당신은 결코 나를 사랑하지 않았어. 한편으로는 나를 고깃덩어리로 다른 한편으로는 이국적인 숭배의 대상으로 만들었어. 당신은 여성을 숭배하는 척하면서 내 자궁만을 숭배했어. 당신에겐 당신의 동양 취향을 만족시켜 주기 위한 완벽한 모델이 필요했어. 아침에는 지나칠 정도로 정중한 인사를 하며 당신을 깨우고 사랑할 때는 소리를 내지르는 여자가. 당신은 그 어린 여자 아이를 언제나 단 한 번도 제대로 보지 못했어.

어째서 나를 떠난 거지? 당신이 어설프고 터무니없이 실현하고자 했던 보잘 것 없는 생각 때문이지. 당신 마음에는, 그러니까 유혹적으로든 변덕스럽든 호색한으로든 간에, 어떻게든 말이야, 사람들 눈에 띄고자 하는 막연하고 어리석은 꿈 밖에는 없었어. 당신은 소심한 청년기에 대한 기억 때문에 내 곁을 떠났어. 수 년 동안 수많은 여자를 쫓아다닌 뒤에도 갈망했던, 그러나 그 결핍에 위로받지 못했던 기억 때문이지. 전쟁이 끝나자 그 기억 때문에 그렇게 폭식하는 사람들처럼 결핍에 위로받지 못했지. 당신은 또 구경꾼들을 놀라게 하려고 내 곁을 떠난 거야. 결혼이라는 제도에 묶여 있는 당신 친구들에게 강한 인상을 남겨주려고 말이야. 한 열 명쯤되는, 당신 주변 친구들과 비교해 볼 때 내놓을 만한 뚜렷한 자랑거리가 없었으니까. 내가 그토록 당신을 사랑했다니, 정말 오래 잘못을 계속 저질렀고 이젠 진실을 찾았어."

이처럼 지독하게 비난을 하다니 나는 그저 어리둥절했소. 확실한 동기와 호전적인 태도와 정말로 감탄할 만한 위세로

볼 때 나의 간수는 내가 대적할 수 있는 모든 가능성을 없앴소. 그녀는 신체적으로 어디 하나 모자란데 없이 완벽해서, 근본적으로 나보다 우월했기 때문이오. 당신이 믿을지 안 믿을지 모르겠지만 살아갈 이유를 잃어버리자 나는 그녀를 사랑해야 하는 이유를 찾았소. 나는 그녀의 눈부신 성장을 찬미했소. 비록 그것이 나의 희생으로 이루어진 것이라 해도 말이오. 나는 그녀에게 속는 것을 즐거워했소. 게다가 더 이상 꿈꿀 방도도 없었소. 활기와 힘이 넘치는 인간은 좀 더 큰 꿈을 꾸기 마련이오. 나와 같이 반신불수가 된 난장이는 꿈을 꾸지 않소. 두 다리를 쓰지 못하자 부부로 사는 것이 바람직해 보이고 가정이라는 울타리에 마음이 끌렸다오. 감정은 시계처럼 못쓰게 될 수도 있고 은행예금처럼 차츰차츰 바닥나 없어질 수도 있고 모자처럼 잃었다가 되찾을 수도 있는 거요.

나이가 들기 전에 이미 늙어버리고, 기구한 운명으로 신경이 날카로워진 내 육체는 내가 경험한 쾌락 때문에 고통을 받았소. 인간과 눈부시게 빛나는 저 태양과 지저귀는 새들과 생기있는 아이들을 저주하면서도, 그 무엇보다 고독을 두려워했기 때문에, 어떤 대가를 치르더라도 레베카와 함께 일생을 마치겠다고 결심했소. 디디에, 그 대가는 엄청난 것이오. 그러나 나는 이제 그녀가 내 삶 속에서 사라진다는 것을 더 이상 참고 견딜 수 없을 것이오.

그녀가 검사처럼 준엄하게 내 죄에 대해 비난을 했을 때, 나는 감정에 호소하기로 했소. 집안을 온통 탄식으로 채웠소. 눈물로써 그녀에게 동정심을 사려 했소. 먼저 내 자신의 불행을 생각하는데 집중하고 눈물에 젖어 촉촉해진 눈을 그녀에게 보이기 위해 그녀가 있는 쪽으로 고개를 돌렸소. 그리고 몹시 수치스러워 어쩔 줄 모르겠다는 척을 하며 오열이 터져나오는 것을 감추었으나, 그러면 폭포처럼 쏟아지는 눈물을 주체할 수 없었소. 나는 많은 눈물을 흘렸고 심하게 코를 훌쩍거렸소. 분명히 참으려고 하는데도 더 많은 눈물을 흘렸고 더 큰소리로 코를 풀어대면서 그녀의 관심을 끌고자 했소. 그러나 그 어떤 것도 나의 재판관을 감동시키지 못했소. 그녀는 내 울음소리를 듣지 않으려고 아예 집을 나갔소. 나는 조금이라도 그녀의 호감을 얻으려고 어설프게 내 자신을 비하시키려고 노력도 했소.

"레베카, 나는 누구보다 더 나 자신을 증오해."

"아니." 그녀는 딱 잘라 말했소."

"그 점에 관해서라면 착각하지 마. 나는 당신이 절대로 자신을 싫어하지 않을지라도 그것의 천 배 만 배 이상으로 당신을 증오하니까. 당신이 품고 있는 반감을 그렇게 진지하게 말하다니 어리석을 정도로 아직 너무나 감상적이군."

"가차 없이 나 자신을 분석하고 있어. 나 자신을 경멸해. 양심의 가책으로 괴로워하고 있다고. 내가 저지른 행동이 얼마나 부끄러운지 몰라. 내가 살아갈 자격이 없다는 것도 알아. 이제껏 누구도 못했을 그런 가혹한 짓을 하다니 비난받아 마땅해."

"조용히 해." 그녀는 폭발하고 말았소.

"당신은 자신을 비판할 자격도 없어. 그것 또한 광적으로 자만심에 빠져 있다는 증거라구. 나만이 당신을 비난할 수 있어. 당신에게서 고통을 받았던 나 혼자만이 당신에 관한 진실을 알고 있어!"

"레베카, 제발. 나도 다 잘 알고 있어. 내가 인색한 인간이라면 당신은 관대한 여자이고 내가 그늘이면 당신은 빛이라는 걸. 내가 그렇게 죄를 저질렀는데 내 몸이 성치 않은 게 마땅한 일이야."

"아니. 당신은 이런 벌을 받을 만하지 않았어. 하찮은 인간아, 전적으로 이건 부당하다고 생각해. 그래. 당신은 정말로 운이 없었던 거야. 사실 어리석은 사람은 나였어. 당신이 내가 있는 것을 원치 않았는데도 나는 남아 있었으니까. 당신이 나를 괴롭히는 건 당연한 일이었어. 그러니 당신은 자책할 거 없어."

이와 같은 궤변에 나는 약이 올랐소. 절대적인 죄인의 역할을 맡는 게 내 특권인데, 내게 남은 유일한 특권을 포기하기가 어려웠소.

"레베카, 당신이 훨씬 더 뛰어난 책략가야. 당신은 나를 공격하는 데 당신 힘을 사용하지 않았어. 내 힘을 쓰게 했어. 그래서 나를 무력하게 바꾸어 놓았어. 당신은 나를 굴복시키려고 내 무기를 사용한 거라구."

"맙소사, 당신은 정말 복잡하군. 왜 말도 안 되는 말을 하는 거지? 당신이 아직도 주도권을 잡고 있다고 생각하나 봐. 그래서 아직도 내가 당신 손 안에 있다는 착각을 하는 것 같군."

나는 이렇게 잘못을 뉘우치는 듯이 매달렸는데도 실패하자 감정에 호소하는 말투로 애원하기에 이르렀소.

"오, 레베카, 어떻게 살아야 하는지 가르쳐 줘. 나는 삶에 대해 잘못 배웠어. 당신 방식대로 삶을 더 잘 사랑할 수 있도록 가르쳐 줘. 내가 얼마나 난폭하고 어리석은 인간이었는지 몰라. 밤과 낮을 결합시키는 당신의 방식이 얼마나 세련되었는지. 당신이 있기 전에 난 얼마나 잘못 살아왔는지. 뛰어난 당신 앞에서, 천재적인 당신 앞에서 경의를 표하지 않을 수 없어. 당신은 내 아름다운 삶에 기적과도 같은 세월을 주었어. 내 육신은 병들고 망가졌지만 당신과 함께 했던 놀라운 즐거움의 추억으로 살고 있어. 다시는 당신을 아프게 하지 않을 거야. 어느 누구보다 더 당신을 사랑할 거야. 더 이상 싸움도 하지 않을 거구."

"더 이상 싸움을 하지 않는다니! 그러나 내가 싸움을 원해. 나는 싸움하는 걸 좋아해. 사실, 나는 싸움 없이는 지낼 수가 없어. 당신이 더 이상 나를 괴롭히지 않겠다구? 빈대 같은 인간, 아무 데도 쓸모가 없어진 지금에 와서 내게 무슨 상처를 줄 수 있겠어? 금방 사라질 형편없는 찬사를 보냈다고 내가 당신을 불쌍하게 여길 것 같아! 1년 전에 당신이 퍼부은 욕설에 대한 기억이 아직도 너무나 생생해서, 당신의 가련한 아첨에 말려들 수가 없어. 난 당신이 내게 준 고통을 조금도 잊고 싶지 않아. 내게 상처를 준 단어 하나하나를 다 기억하고 싶어. 매 순간 당신을 증오할 이유를 가지려고 불쾌하고 비열한 언동을 늘 기억하며 살고 싶어. 난 많이 배우지는 못했지만 내 환심을 사려고 시시하게 늘어놓는 당신 술책에 걸려들 정도로 어리석지는 않아. 언제고 모든 존재는 자신이 저지른 죄값을 치르게 할 주인을 만나기 마련이지. 악은 악인의 죄를 부르니까. 당신은 당신도 모르는 사이에 이미 내 노예였어. 승리자에게 전리품이 주어지는 것처럼 당신은 내 소유물이었다구.

이제 내 말 알겠지. 당신을 살려두는 건 동정해서가 아니라 벌을 주려고 그러는 거라구. 당신은 여기, 이 집, 이 방에 감금될 거야. 더 이상 다른 사람들과 살아갈 수 없어. 당신은 지나치리만큼 누군가와 같이 있기를, 시끌벅적한 것을, 수많은 사람을 원했잖아. 당신을 에워싼 추종자들 중 어느 누구도 이 집에 잠시라도 머무는 것을 금지할 거야.

단 카페에서 친구들을 만날 수는 있어. 당신이 혼자서 거기까지 갈 수 있다면 말이야. 만일 내가 당신이 외출하도록 한다면 당신은 이제 마음을 놓고 있는 사람들을 또 다시 꾀어서 그들을 파멸시킬 거라구. 내가 조금이라도 용서하는 마음을 가지리라 기대하지 마. 나도 알아. 관용이란 아름다운 미덕이고 터져 나오는 분노를 없앨 수도 있어. 하지만 당신은 이제 내가 목숨 바쳐 사랑했던 그 남자가 아니야. 당신은 용서할 수 있는 인간이 아니거든. 내 수치이자 쓰라린 기억이며 내가 거리를 두고 멀리 있어야 할 악한 짐승이야."

나는 그녀의 환심을 사려고 했으나 그녀는 기고만장했고 여전히 화가 나 있었다오. 그래서 이제는 아무런 재능도 미모도 없는 애인이 아무리 찬사를 보내도 완전히 들은 척도 하지 않고 무감각했지요. 내가 굽신거리면서 연인들이 나누는 어리석은 사랑의 표현으로 그녀에게 애원할 때마다 그녀는 폭소를 터뜨리며 대답했다오. 내가 설득하려고 한 말 한마디 한마디가 완벽한 공포로 얼룩졌소. 그리고 내가 생각해낸 최선의 해결책은 그녀가 조목조목 늘어놓는 비난 앞에서 어김없이 무너져 내렸소. 내가 그녀를 감동시키려고 시도하자마자 내 앞에서 깃발처럼 끌고 다니는 비난의 항목 앞에서 말이오.

"당신은 지금도, 앞으로도 죽 재칼 같은 비열한 인간일 거야. 그러니 애써 어린 양의 탈을 쓰려고 애쓰지 마."

나는 넋이 빠져 그녀를 쳐다보았소. 만회할 수 없는 패배감을 주는 고통스럽고도 매력적인 여인에게 사로잡혀서 말이오. 그래서 나는 그녀에게 애원했소.

"차라리 날 죽여 줘. 약을 주든지 주사를 놔 줘."

"아니, 안 되지. 그럴 수 없지."

그녀는 모든 약이나 날카로운 물건을 내 손이 닿지 않는 곳에 두려고 무척 신경을 썼소.

"죽은 자는 더 이상 고통을 받지 않는다는 단순한 이유에서라도, 당신은 죽는 것보다 살아 있어야 하는 소중한 존재거든."

이렇게 1년도 채 안 되어서 그녀는 내 힘을 무기력하게 만들고 내 희망을 억누르고 내 기쁨을 헐뜯으며 내게 있던 우쭐하고 자신만만한 태도를 바꾸는데 성공했소. 나는 더 이상 울 권리도 없고 어린아이처럼 슬퍼하는 겉늙은이가 되었다오. 가장 힘든 시기에 처했을 때 나를 받아들인 사람이 갑자기 변한 것을 어떻게 이해할 수 있겠소? 무엇이든 함께 할 수 있다고 믿었는데, 오히려 내가 나쁜 버릇을 가졌다고 강조하다니. 이렇게 사람이 바뀌는 것을 어떻게 이해할 수 있겠소?

그 여자는 나를 감시하면서 동시에 나의 목숨을 쥐고 있으면서, 내 친구들이 전화를 해도 내가 잠을 잔다고 하며 바꿔주지도 않았다오. 그녀는 전화기를 자기 방에 가져다 놓고 나갈 때는 열쇠로 잠가버렸고요. 우연히 친구 하나가

삼엄한 경비를 뚫고 들어왔기는 했어도 그녀가 너무도 냉정히 그를 대하는 바람에 그는 두 번 다시 찾아오지 않았지요. 그녀는 또한 내 편지들도 일일이 검사했소. 이와 같이 철저히 모든 것을 차단하는 바람에 몇 달 사이에 나는 결국 그녀 앞에 오롯이 홀로 남았으며 법처럼 되어버린 그녀의 가장 작은 변덕에 따라 좌우되어 살았소.

그러나 레베카는 특히 내가 발기능력을 상실했다는 사실을 꼭 집어서 복수하기로 했지요. 그것에 대한 큰 논쟁은 없었으나 천박하고 퇴폐적이었던 나로서는 내가 예전에 그녀를 다루었듯이 조심스럽게 나를 다루어 달라고 요구할 수는 없었소. 내 신체적 결함을 핑계로 우리가 같이 살기 시작한 첫 주부터 그녀는 나를 대신할 사람을 구했고 그들을 집으로 오게 해서 밤을 보냈던 거요. 그녀는 특히 성 잘 내는 물건을 가진, 목소리도 아주 불량스러운 청소년을 좋아했다오. 처음에는 그녀가 내지르는 신음소리만을 참으면 되었소. 이윽고 그녀는 내가 그 장면을 보기를 요구했지요. 그녀가 실제로 하는 사랑의 비법을 전수하기를 원했소. 내가 거절하면 그녀는 내 방으로 와서 젊은 녀석과 그 짓을 했소. 그런 순간에, 디디에, 그녀는 어떻게든 나를 폄하하기 위해서 무언가를 생각해 냈소. 보통 술에 취해 있거나 마약에 취해 있어서 그녀는 큰 소리로 울부짖었으며 더할 수 없이 선정적인 자세를 취하면서 저질스러운 노래를 불렀다오. 또 그녀는 내 목에 '이례적인 발기 주의'라는 팻말을 걸어놓기도 했소.

내가 얼마나 고통스러웠을지 상상해 보시오. 긴긴 밤을 얼마나 잠도 못 이루고 보냈을지, 얼마나 피가 끓었을지 생각해 보시오. 심장은 터져 목구멍까지 솟아올랐고 분을 가라앉히려고 손가락을 얼마나 깨물었는지 모르오. 때때로 나는 레베카가 데리고 온 놈들한테서 모욕을 받기도 했소. 그 중 어떤 놈들은 내가 애착을 느끼는 내 개인 물건을 레베카가 내어주지 않으면 나를 윽박지르거나 직접 내게서 책을 빌려갔다오.

나는 이와 같은 굴욕적인 희롱을 계속 당하다가 어느 날 저녁 말도 못할 비극적인 사건을 겪었고 깊은 상처를 받았소. 레베카가 댄스 수업을 마치고 돌아오다가 길에서 만났다며 록 가수라는 두 남자를 데리고 왔습디다. 둘 다 나이는 스무 살 가량 되어 보였고, 못되고 몰인정하게 생긴데다가 가죽을 걸친 거구였으며 장식 징이 박힌 재킷을 입고 있었소. 포마드를 발라 이마 위로 올린 헤어스타일을 하고 뾰족한 미국식 장화를 신고 옷에는 엘비스 뱃지를 달고 귀걸이를 하고 있었다오. 간단히 말해서 포마드 기름을 바른 원숭이 꼴이라니. 그들은 기분 나쁜 거만한 태도로 내게서 냄새를 맡더니 레베카가 나를 소개하자 이상하게 비웃기 시작했지요. 그들은 내 존재가 성가신 것 같았으며 내 신체적 장애를, 그들을 걸려들게 한 함정으로 여기는 것 같았고요. 나의 아름다운 아내는 그들 앞에서 어느 때보다도 더 상냥하고 애교 있게 보였소. 그녀는 사랑스럽게 농담도 하고 두 놈은 은어를 섞어가며 도저히 알아들을 수도 없는 소리를 하는 통에 나는 가슴을 쥐어뜯고 있었소. 시골뜨기들은 어찌나 밥을 빠르게 먹는지 교양 없는 게 가차 없이 드러났다오. 그녀는 식사를 마친 뒤에 그들을 관능적으로 유혹하며 두 놈 모두를 찬양하기 시작했소. 짐승들이 좋은 기회를 놓칠 리가 없었지요. 그들은 나의 간호사 레베카에게 변태행위를 하기로 생각하고 있었던 거요. 그녀가 이를 거절했지만 소용이 없었소. 면도날을 꺼내 그녀의 목에 대고는 자기네 뜻대로 할 것을 강요했소. 재미있자고 벌인 익살극이 공포로 변한 거요. 그들은 진탕 먹고 마시면서 그녀의 뺨을 후려쳤고 머리채를 잡아당겼소. 남자들이 여자들을 헐뜯기 위해 지어낼 수 있는 온갖 공포스런 말을 하면서 그녀를 모욕했소. 성폭행을 저지르고 나서, 그들은 또 내 의자를 뒤엎고 내 다리를 가위처럼 오므렸다 폈다 하더니 내가 주춤거릴 때마다 나를 붙잡으면서 서있으라고 강요했다오.

"꺼내 봐, 네 세 쪽 짜리 물건 좀. 뭐가 남았는지 좀 보자구."

그들은 흥분해서 손바닥을 쳐가면서 소리 질렀소.

나는 이미 일어날 수 있는 모든 상황을 예상하고 있었음에도 심한 충격을 받았소. 마치 절대적인 악이 더없이 비열하게 내 앞에 갑자기 나타났다는 듯이. 내게 일어나고 있고 나를 기다리고 있는 최악의 사태를 믿을 수가 없었소. 나는 그들에게 욕을 퍼부을 힘도, 내 입에 가득 찬 끔찍한 신음소리를 뱉어낼 힘도 없었소. 나는 거꾸로 뒤집혀 발버둥치는 풍뎅이마냥 날카롭게 소리쳤소.

"제발 우리를 그냥 내버려 두고 가 주시오!"

만약 레베카가 창녀처럼 그들에게 돈을 받았더라면 이보다는 더 정중하게 우리를 다뤘을 것이오. 그러나 돈도 받지 않은 이 적선 행위는 야만적인 이들 머릿속에 있던 가장 저속한 본능을 눈뜨게 했소. 그들은 장화로 짓밟고 면도날로 온 집안을 엉망으로 만들었다오. 선반을 떼어내고 커튼을 잡아 뜯고 그릇과 거울과 유리잔을 깼으며 매트리스를 뚫어 놓고 벽장을 뜯고 벽지를 찢고 책상과 의자를 뒤엎었다오. 마지막에는 우리가 가지고 있던 현금 전부와 귀중품 몇 개를 가지고 떠났소. 그때 레베카는 뭘 하고 있었는지 아시오? 이 못된 년은 바닥에 주저앉아 울고 있었소. 눈에는 멍이 들고 옷은 찢어진 채로 다리는 경련으로 마구 떨고 있었소. 그리고 그녀는 흐느껴 우는 사이사이마다 '당신 때문이에요. 다 당신 때문이라구요. 언제나 당신 때문인 거에요.' 라고 되뇌이고 있다오.

이렇게 나의 나날은 아내가 내게 복수하기 위해 생각해낸 못된 장난을 기다리며 소진되고 있었소. 어느 날 아침 눈을 떠 보니 방이 좀 어두웠소. 커튼을 쳐놓았고 영구대를 문에 기대 놓았으며 촛대 두 개가 책상에서 타고 있었소. 내 손에는 묘지에서나 보이는 검은 십자가가 쥐어져 있었고 레베카는 조용히 침대 곁에서 울고 있었소. 나는 이런 장례 분위기에 매우 불안해서 물었지요.

"무슨 일이야?"

"쉿. 당신은 어제 저녁에 죽었어. 난 당신 곁에서 밤을 샜고."

"죽었다고?"

"그래요. 뇌혈전으로. 한 시간 뒤면 당신은 입관될 거야."

나는 이런 연출된 상황에 놀라 공포로 꼼짝 못한 채로 정신을 잃을 때까지 울부짖었고 레베카는 야만적으로 웃음을 터뜨리고 있었소.

내가 순종하는지 또는 순종하지 않는지 그녀의 판단에 따라서 온갖 종류의 체벌과 학대 방식을 정해 놓았다오. 예를 들면 그녀가 일주일 동안이나 나를 씻기지도 옮겨주지도 않아 오물 더미에 빠져 있었던 적도 있었지요. 그러고는 내 곁을 지날 때마다 그녀는 코를 잡고 '똥냄새'니 '악취'니 불러대며 내가 욕창이 생겨서 덧나기를 기대했소. 그러더니 자신도 시달리면서 견딜 수 없을 때까지 기다렸소. 또 그녀는 이틀이나 사흘 동안 내게 물 몇 잔을 주며 굶기기도 했고요. 치료하면서도 서투른 척하며 같은 주사를 대 여섯 번씩 다시 놓았고 가끔은 피부 속에다 주사 바늘을 부러뜨려 놓은 적도 있었소. 매번 불평 없이 이런 형벌을 견디어 내야 했소.

당신은 아마 기억할 거요, 어제 내가 자랑삼아 이야기한 것을. 내가 그야말로 앞으로 어떻게 될지 모르고 잘 나가던 시절에 내 아들을 레베카와 사이가 나쁘게 만들어 놓았다고 했잖소. 이상하게도 그녀가 내 주변 사람을 다 봉쇄했는데도 내 어린 아들이 찾아오는 것을 막은 적이 없다는 거요. 그 아이와 나 사이에는 이미 유대감이 약해져 있었소. 내가 사고를 당한 뒤에 전능한 아버지의 이미지가 그 아이에게서 사라지고 만 거요. 이제 그는 막연히 나를 동정어린 눈으로 관찰했고 내가 학대받는 것을 보면서 강한 자에게 아첨했소. 어린애다운 자연스러운 행동으로 자신의 모든 애정을 레베카에게 쏟았소. 마티유는 이제 막 열세 살이 되어서, 사춘기를 맞아 한창 성장하고 있는 몸 안에서는 남자와 아이가 다투고 있었소. 아들이 우리집에 저녁을 먹으러 온 어느 날 저녁, 레베카는 자기 엄마 집으로 돌아가려는 그를 진짜로 유혹하기 시작했소. 그녀는 초미니 원피스를 입고서 지나치게 가슴을 드러낸 채 계속해서 아이의 손을 잡고 코 앞에서 자신의 가슴을 과시하며 성가시게 하고 있었다오. 나는 크게 화를 냈소.

"어린애를 유혹하다니, 그만 두지 못해?"

내가 이미 말하지 않았소. 그녀는 내가 끼어들기만을 기다리며 그렇게 행동한 거요.

"이 가련하고 냄새나는 휠체어지기 같으니라구. 당신은 어디에서나 악만 보이지. 마티유, 아빠 좀 보거라. 섹스에 대해 얼마나 강박관념을 가지고 있는지. 모든 것이 더럽고 수상쩍게 보이나 보다."

"맞아요. 아버지는 집에서도 섹스 얘기만 했어요."

아이는 동의했소.

"내가 정말 어린 아이를 유혹하기를 바라고 있어? 내 능력이 어느 정도인지 보여드릴까? 마티유, 내게 입 맞춰 주렴."

아들은 먼저 나를 바라보면서 히죽히죽 웃었다오. 그러더니 레베카에게서 용기를 얻고 내가 신체적 장애로 아무 힘을 못쓸 거라고 생각해서 안심이 되었는지 레베카에게 입을 맞추었소. 다음은 짐작할 수 있을 게요. 아주 새로운 본능이 내 아들에게서 지체 없이 깨어나고 있었소. 아들이 부끄러워하고 있었음에도 불구하고.

"오, 예쁘게 돋아난 게 여기쯤 있을 텐데. 정말 커 보이는구나!" 그녀는 그의 가랑이 사이를 바라보며 속삭였소.

"그만해!" 나는 소리쳤소.

"아빠 말 듣지 마." 레베카는 오히려 차분해져서 내가 걱정하고 불안해 하는 모습을 더욱 강조하면서 상냥하게 말했소.

"저이는 널 아이로 간직하고 싶은 거야. 하지만 넌 이제 아이가 아니지 않니. 마티유, 넌 이제 어른이야. 아빠에게 '아니요'라고 말해서 증명할 수 있는 거야."

내 아들은 심술궂은 여자에게 자극을 받아 나를 경멸하듯이 훑어보았소.

"마티유, 집에 가거라. 엄마가 기다리신다."

"그만 해요." 그는 숨을 헐떡거렸소.

"아빠는 내게 명령할 권리 없어요. 이제 애가 아니라구요. 조용히 식사나 하고 계세요."

레베카는 기뻐서 어쩔 줄 몰랐소.

"정말 멋져, 마티유. 이 순간을 초조하게 기다렸어. 언제나 네가 네 아빠보다 낫다고 생각했거든. 어쨌든 네가 아빠보다 더 잘 생겼으니까. 말해 봐. 너 아직 여자와 잔 적 없지? 즐거움을, 완전한 달콤함을 알고 싶지 않니? 이리 와. 가장 멋진 선물을 줄게. 이제 넌 남자가 되는 거야. 이 환자분은 화를 내시게 내버려두자."

그러고 나서 그녀는 내 쪽으로 돌아서더니 아주 천연덕스러운 어조로 덧붙여 말했소.

"프란츠. 식탁을 치우고 텔레비전을 보든지 마음대로 해. 특히 우리를 귀찮게 한다는 거 절대 잊지 마. 당신은 못생기고 늙었다는 거, 아, 냄새가 난다는 것도 절대 잊지 마시고."

나는 항상 내 아들 앞에서라면 무엇이든 했고, 그러면서 일종의 허세까지도 부리곤 했었는데, 그런 내가 이제는 제대로 닫히지 않은 문 뒤에서 들려오는 근친상간의 죄를 짓는 연인들이 소곤거리며 말하는 소리와 신음소리를 참아야 했던 거요. 그날 밤 내가 절망의 수렁에 빠졌다는 생각이 들었소.

이제 악몽은 강도가 약해져서 좀 더 우울하고 좀 더 희미한 세상이 나타났소. 우리는 절망과 혐오의 틈에서 살아가고 있었소. 레베카의 복수심은, 증오심은 약간은 충족이 되었는지, 이제는 냉담한 동거생활로 들어갔소. 나는 그저 삶을 이어갈 뿐이었소. 그리고 내 고통을 가라앉히기 위해 거의 매일 마약주사를 맞으며 정신이 몽롱한 즐거움 속에서 겨우 살아가고 있소.

살면서 겪는 특이한 경험을 되풀이 말하는 사람이 있잖소. 나도 그들처럼 내 이야기를 듣고자 하는 사람에게 얘기하고 있소. 내 운명에서 나쁜 기운을 몰아내고 자동차 사고로 황폐해진 마음을 다시 추스리는데 말이라는 수단 밖에 없소. 페넬로페가 몇 년 동안 밤에 짰던 수의를 낮에 다시 풀어버리면서 남편을 기다렸듯이, 나는 계속 존재하기 위하여 말하고 있소. 도시의 소음, 거리의 소란스러움을 듣고 있소. 계속 이어지는 길과 너른 평원은 내 썩은 다리에 애정

어린 말을 전해주오. 아무리 하찮은 노인이라도 보도를 성큼성큼 걸어다니는 게 부럽소.

지독한 경박함과 극심한 이기주의가 끔찍하게 바꾸어 놓은 인생에서 모든 것은 실패했소. 나는 우리 사회를 미워하오. 우리에게 자유를 강요하고 모든 인간이 운명의 무게와 책임을 짊어지게 하잖소. 30년 동안 나는 변덕도 부리고 퇴폐적인 행위도 하고 일도 하면서 평범함의 유혹과 일상생활의 비천함에서 벗어나려 했으나, 매번, 나도 모르게 내가 출발했던 곳보다 더 낮은 곳으로, 단조로움의 기슭으로 되돌아왔소. 어쨌든 나는 끝까지 내 순교 스타일을 밀고 나갈 거요. 나는 남성 전체를 대표하여 여성들에게 진 빚을 몽땅 갚은 거요. 나는 이 세상을 순화시키기 위해 야만적인 남성이 저지르는 끔찍한 짓에 대한 모든 책임을 짊어지었소.

아무래도 좋소. 난 또 다시 레베카를 사랑하고 있소. 나는 그녀 밖에는 보지 않고 머리 속에는 그녀만을 생각할 뿐이오. 신자의 입에서 수없이 나오는 하느님의 이름처럼 그녀의 이름이 내 입에서 나오고 있소. 그녀와 나 사이의 나이 차는 더욱 더 끔찍하게 벌어졌소. 매일매일 그녀는 젊어졌고 나는 늙어갔으니까. 잔인한 행동을 할 때 그렇게 가열하게 하는 것처럼, 사랑에서도 그런 열정을 찾아야 하는데, 이제 다시는 어떤 여자와도 그런 열정을 찾지 못할 것을 알고 있소. 내게는 더 이상 선택의 여지가 없소. 나는 그녀와 함께 있을 수밖에 없소. 그녀가 다른 사람과 사랑에 빠질까 두렵소. 그녀는 단지 장애인 연금 때문에 내 곁에 있는 거요. 뭐랄까 나 역시 그녀가 다른 사람을 만나는 것을 모르는 체하기 보다는 차라리 그녀와 의논해서 정리하는 게 더 나을 것 같소. 그녀는 애인들 중 몇몇을 좋아하는 것 같았소. 지금은 그들에 대해서 마음이 멀어져 있소. 그리고 복수에 대한 절박감이 사라지자 그녀가 의기소침해져 있음을 느꼈소. 난 내 머리 위에 매달린 다모클레스의 칼 아래 살고 있는 거요. 디디에, 얼마나 모순이요. 당신이 내게서 레베카를 빼앗아 갈지도 모르는 때에 이런 두려움을 당신에게 털어놓다니…… 아니요, 아니라고 반박하지 말아요. 당신은 내게 위험한 경쟁자요. 내 느낌에 당신은 아주 세련되고 아주 까다로운 것 같습니다. 그런데 내 불행한 이야기로 당신을 괴롭히고 있소. 또 당신은 내 이야기를 듣고도 아랑곳하지 않고 있구요.

그의 눈은 얼이 빠져 있었고 목소리는 점점 작아지고 있었다. 그는 또 '내 이야기……' 라는 소리를 기계적으로 여러 차례 반복하고 있었다. 종소리가 마지막 떨림까지 길게 울리는 것처럼. 나는 애써 그의 말을 부인하지 않았다. 이 늙은 남자는 자기의 우울한 기분을 내게 슬쩍 떠넘기기를 바랐지만 나는 그의 불행이 당연하다고 생각했다. 한 여자를 짓밟으려고 했다가 나중에 그 여자에게 항복당한 이런 사람이 있다니 남몰래 내 속에서 경멸하는 마음이 생겼다. 그렇지만 레베카가 그와 같은 범죄를 저질렀다고 어떻게 믿겠는가. 만일 프란츠가 단지 자기 아내를 비방할 목적으로 거짓말을 했다면? 만일 그가 단순한 사고를 당한 거였다면? 내가 자신에 대한 엄청난 연민에 빠진 불구자의 곁을 떠나려 할 때 그가 물었다.

"당신이 잠시나마 레베카와 사랑에 빠져서 베아트리스에게 상처를 주는 게 두렵지 않소?"

그가 도대체 왜 이런 염려를 하는 걸까, 나는 놀라웠다. 나는 무례하게 대답했다.

"그게 무슨 상관입니까?"

그는 나를 바라보았다. 또 신경질적으로 라디오의 채널을 돌리고 있었다.

"모르겠소. 그래도 베아트리스는 예쁘지 않소."

"처음 봤을 때는, 예쁘게 보이죠. 정말입니다."

"물론 관능적인 미녀는 아니지만……"

"당신 말 그대롭니다."

"당신들 사이에는 어떤 묵계 같은 것이 있지 않소?"

"습관이죠. 그게 우리의 중요한 묵인입니다."

"좀 과장하는 것 같이 들리는군. 그렇다면 이번 여행은 뭐요?"

"지루함을 깨고 싶어서죠. 그 뒤에 우리 사이가 더욱 두터워지길 바라면서요. 하지만 경솔한 결정이었습니다."

"네 번이오."

프란츠가 말했다.

"뭐가 네 번이라는 겁니까?

"네 번이나 베아트리스를 부인했소."

나는 성경에 나오는 이런 단어를 듣자니, 신경에 거슬렸다.

"아무도 부인한 적 없습니다. 도대체 그건 무슨 뜻입니까?"

프란츠는 라디오를 내려놓았다.

"내가 한 말을 잊어버리시오. 잘 가시오. 디디에, 좀 이따가 파티에서 봅시다."

나도 모르는 사이에 우리 배는 아테네를 떠났다. 나는 뱃머리에 서서 바닷공기를 들이마셨다. 밖에서 하얗게 포말이 이는 작은 파도의 속삭임을 들었다. 마치 하늘에서 솜털을 사방에 뿌려놓은 듯했다. 폭풍우가 곧 몰아칠 것 같았다. 바람이 점점 더 거칠게 요동을 치면서 좌우에서 물 위로 질주하고 있었다. 차가운 공기가 상갑판을 지나가고 있었고 갑자기 일어난 광풍은 미친 듯이 오른쪽으로 왼쪽으로 훅을 날렸다.

거센 바람에 질식할 것 같아서 나는 선체 안으로 되돌아왔다. 그러나 나는 베아트리스가 기다릴 게 틀림없는 선실로 서둘러 돌아가고 싶지는 않았다. 그녀의 젖은 눈이나 코를 너무 풀어 헐어버린 코를 보고 싶지는 않았다. 어떻게 해야 그녀가 모르게 낯선 여인과 내 욕구를 충족시킬 시간을 가질 수 있을까. 단호해질까? 그렇다, 주저하지 말고. 단호하게 그러면서도 정중하게 해야 한다. 그녀에게 말하는 거다. 레베카에게 끌리고 있어. 하지만 그건 당신과 상관없는 일이지. 요컨대 우리는 19세기에 살고 있는 게 아니니까. 현대를 사는 연인들답게 자유롭게 우리가 하고 싶은 대로 하며 살자구. 당신도 어떤 남자에게 끌린다면 당신을 방해하지 않을게. 난 충분히 관대해질 수 있어. 내가 보기에 라즈 티와리는 유머 감각이 있는 남자고 마르셀로는 재미난 경험을 많이 했지. 뭐, 선원이 더 취향에 맞는 건 아닐까. 한번 용기를 내보라구!

나는 불편한 마음에 주저하며 우리 선실 문을 열었다. 베아트리스는 얼굴이 창백해져서 침대 위에 누워 있었다. 뭔가 시큼한 냄새가 나는 걸 보니 분명히 새로운 국면을 맞이한 것이 확실했다. 배멀미였다. 그것은 마치 베아트리스가, 내가 바라는 것을 듣고 나를 방해하지 않게 하려고 병이 난 것 같았다.

"어쨌든 귀찮게 하지 않을게."

그녀는 낮은 목소리로 끙끙거리며 말했다.

"당신이 날 귀찮게 한 적은 없어.

그녀는 몹시 창백해져서 차가운 손으로 내 팔을 잡았다.

"오…… 올해는 정말 끝이 안좋아. 죽고 싶어."

나는 그녀를 걱정하는 척하며 이불을 덮어주었다. 그리고 아크로폴리스가 어땠는지 물어보며 그녀 이마에 입술을 맞추고 의사를 부르기 위해서 승무원 호출용 벨을 울렸다. 나는 행동을 아주 기계적으로 처리해 나갔다. 하지만 기쁨을 감추기가 어려웠다. 이보다 더 시기적절한 병을 상상할 수가 있을까. 나는 오늘 저녁뿐만 아니라 밤새도록 내 마음대로 하고도 벌을 받지 않고 결백할 수 있다. 그러니까 굳이 변명을 만들어 내거나 원망을 받을 일도, 애초에 빌미를 줄 일도 없다. 오늘 밤 일은 완전 범죄가 된다. 폭풍우야, 고맙다. 나쁜 날씨, 고마워! 고맙소, 의사 선생. 환자에게 수면제와 내일까지 휴식과 단식을 처방해줘서 고맙소. 드디어 나는 날개를 달고 날아갈 수 있고 지체 높은 늙은 여자의 우울한 비난을 받지 않고도 이 배에서 가장 아름다운 여인과 춤을 출 수 있으리.

불쌍한 베아트리스, 그녀는 이제 경주에 나설 수 없었다. 그녀는 서른 살 밖에 되지 않았는데도 나보다 정신적으로 육체적으로 10년은 더 늙어 보였다. 나는 크게 심호흡을 했고, 희망에 가슴이 부풀고, 기대하지 않았던 만큼이나 소중한 행운이 다가오자 흥분했다. 순간 불구자의 모습이 머리에 떠올랐다. 처음으로 나는 그에게 호감을 느꼈다. 결국 그는 운이 없었다. 그 사람은 악하다기 보다는 불행했다. 나는 그에게 가서 악수를 청하고 우정의 표시로 등을 두드려 주고 싶은 심정이었다. 이와 같은 격앙된 기분으로 오후는 아주 짧았고 허무한 생각이 들 정도로 빠르게 손가락 사이로 빠져 지나갔다. 나는 앞으로 있을 행복한 순간만을 생각하며 샤워를 하고 하얀색 셔츠와 깨끗한 벨벳 옷을 수수하게 차려 입고 가벼운 스웨터를 걸쳤다. 그리고 구두를 깨끗이 닦은 뒤 나의 다정하고 사랑하는 여자가 아파서 누워있는데도 휘파람을 불며 조심스럽게 면도를 하고 좋은 화장수를 뿌렸다.

드디어 배에서 제야를 알리는 종소리가 울렸다.

"정말 일어날 수 없어? 확실해?"

나는 커다랗게 웃으면서 얼굴이 아주 창백한 연인에게 물었다.

"날 좀 내버려 두고 가서 재미있게 놀아."

"당신이 없어서 서운할 거야."

"금세 다른 사람 생각할 텐데."

그녀는 한숨을 내쉬더니 숨을 몰아쉬기 시작했다.

나는 '잘 자'라고 친절하게 속삭이고서 조용히 문을 닫았다. 드디어 시험에 따를 시간이 왔다. 자, 밑그림은 이제 됐다. 그림을 완성할 때였다. 시간이 얼마 남지 않았으니 나는 재빠르게 움직였다. 행운이 내 옆에 있다고 확신하면서 이번 일을 신속하게 성공시키겠다고 마음을 먹었다.

그날 운명의 밤이 어떤 방식으로 시작했던가, 얼마나 위험한 아름다움으로 시작했는지 모른다. 거대한 생일 케이크 모양으로 조명 장식을 하고, 갑판에서는 음악과 웃음소리가 울려 퍼지는 가운데, 트루바 호는 아테네와 이스탄불 사이 우울하고 위협적인 하늘 아래서 새해를 축하하고 있었다. 여객선은 임무가 쾌락과 태평함을 나누어 주는 해상여행선의 천박하고도 경박한 모습을 그대로 띄고 있었다. 여객선은 마치 유연하면서 거대한 무대 위를 떠다니는 연극 소품 같았다. 사람들 얼굴은 반짝이고 있었고 가장 따분해 보이는 사람 얼굴도 타인들의 시선을 받으며 갑자기 존재하기 시작했다. 온종일 선실이나 바에서 하품을 하거나 술을 마시고 카드나 치면서 지루해하던 승객들은 한껏 공들여 치장을 하고 번쩍거리며 임시 파티장이 된 대식당으로 모여들었다. 식당은 온통 꽃 장식으로 둘러싸여 있었다.

그것은 굉장한 활력이었다. 가장 어린 사람에서부터 가장 나이 든 사람에 이르기까지 모두 들떠서 제대로 감추지 못하는 초조함이었다. 그 활력과 초조함에서 새해가 다가오고 있었다. 파티장으로 향하는 커다란 계단은 이중의 전기 장치로 끊임없이 오르락내리락하고 있었다. 마치 호수로 떨어지는 폭포 같았다. 배가 흔들렸기 때문에 승객들은 절뚝거리며 걸었는데 그로 인해 잠깐씩 바닥이 꺼진 것처럼 보였다. 이른 시간이 아니었다면 우스꽝스럽게 절름거리며 걷는 승객들을 러시아 산맥에서 균형을 잡으려는 술주정뱅이 집단으로 여겼을지도 모른다. 궂은 날씨 때문에 주최 측에서는 새해 전날 밤에 먹는 전통적인 밤참을 찬 음식으로 대체했고, 그래서 나르기가 훨씬 더 편했다. 엄청나게 큰 식당의 테이블은 사람들이 자유롭게 춤출 수 있도록 모두 치워 놓았다. 이탈리아 사람들로 구성된 오케스트라는 저녁 파티 분위기를 한층 띄워주고 있었다.

홀에서, 그리고 내 주변에서 흥분은 고조되었다. 대화가 시시하건 재치가 넘치건 간에 마치 샴페인 잔처럼 흥분한 마음을 좀처럼 감추지 못했다. 여자들은 가슴을 설레며 소곤거리고 있었다. 화려하게 번쩍이거나 또는 수수하고 무난하게 차려 입었건 간에, 적어도 이날 밤 만큼은 똑같이 가슴이 깊게 파인 드레스를 입고 있었다. 사람들은 어린 아이 같이 억지로 꾸민 듯한 태도로 왔다 갔다 하면서 나흘 동안 서로 모른 체 지내다가 마침내 서로를 보며 웃었다. 이 모든 대화 소리와 떠드는 소리는 바다가 성을 내는 소리를 뒤덮어 버릴 만큼 점점 커져갔다.

나는 바에서 칵테일을 홀짝홀짝 마시고 있는 레베카를 발견했다. 그녀 주위에는 이미 지상의 모든 언어로 그녀를 사로잡으려고 애쓰는 구애자들이 잔뜩 모여 있었다. 그녀는 검은 스타킹을 신고 분홍색 짧은 새틴 원피스를 입고 있었는데 등이 깊게 파여 있어서 벌꿀색 등에서 허리까지가 거의 드러나 있었다. 그녀는 자개로 만든 긴 궐련용 파이프를 까닥거리고 있었고 배가 불룩 나온 어떤 중동인의 농담에 웃고 있었다. 다른 남자들은 어떻게든 우상의 관심을 끌어보겠다는 유일한 목적으로 얼굴을 찌푸리거나 큰 소리로 지적을 하면서 그 중동 남자를 몰아내려고 애를 썼다.

그날 밤 나는 그녀의 아름다움에 숨이 끊어질 만큼 깜짝 놀랐다. 그녀는 다리를 꼬고 의자 위에 앉아서, 단번에 나를 현혹시킬 듯이 일종의 빛을 발산하고 있었다. 그녀는 램프나 천장 등의 불빛이 오히려 그림자라고 생각될 정도로 이 이상한 장소를 밝게 해주고 있었다. 그녀는 머리를 뒤로 묶어서 얼굴을 있는 그대로 순수하게 드러내 보여주었다. 그녀는 자신과 사람들 사이에 완벽한 아름다움으로 벽을 만들고 있어서 이질감이 느껴졌다.

나는 그녀 주위에 원을 이루고 있는 추종자들의 수를 보면서 내 소망이 실현되기에는 멀리 떨어져 있는 거리를 고통스럽지만 깨달았다. 나는 그녀에게 멍청하고 너무 소심해 보일까 봐 겁이 났다. 그리고 나는 그녀에게서 뭔가 음란한 몸짓을, 욕망을 다 파악한 듯한 태도를 보며 당황했다. 그녀는 부츠의 끈을 묶기 위해서 긴 허리를 구부렸다. 그 자세의 유연성이라니, 게다가 휴가를 즐기는 사람들 가운데서 흥미로운 사람은 오직 오직 그녀뿐이라는 현기증 나는 확신에, 나는 졸지에 사로잡히고 말았다. 나는 그녀를 향해서 몽유병 환자처럼 느릿느릿 나아갔다. 결코 고갈되지 않는 풍요로움의 놀라운 대상이 최면을 건 듯이. 그녀는 나를 알아보자 둥 그렇게 자기를 둘러싼 뭇남자들을 떼어 놓더니, 너무나 소심한 구혼자에게 용기를 주는 젊고 매력적인 여자처럼 내게 웃어 보였다.

"디디에, 이리 와서 술 한 잔 주세요. 혼자예요?"

나는 그녀에게 베아트리스가 아프다는 사실을 알렸다. 베아트리스가 없다는 사실에 그녀는 은근히 즐거워하는 것 같았다. 이와 같이 즉각적으로 공모가 이루어지자 나는 무척 기뻤다. 하지만 안타깝게도 내가 이런 행운을 누리자, 곱지 않게 나를 주시하고 있던 다른 경쟁자들의 냉대에 부딪치고 말았다. 혼잡한 파티 분위기에다가, 수많은 아첨꾼이 하찮은 이야기나 늘어놓으려고 우리 대화를 방해하러 왔다. 그래서 내 계획은 어긋날 수밖에 없었다. 고막을 터뜨릴 정도로 수다를 떠는 사람들에 둘러싸여 있다 보니, 좀 더 은밀한 피난처가 필요했다. 나는 레베카에게 산책하러 가자고 제안을 했다.

"좋아요. 프란츠가 선실에 있으니 가 봅시다. 그를 데리고 오는 거 도와줄 거죠?"

그녀는 오만하지만 아주 매력적으로 군중을 헤치고 나갔다. 자신에 대한 확신을 느끼면서. 나는 레베카가 얼마나 침착한지 감탄했다. 그녀는 너무나 노골적인 욕망을 잘 물리치기 위해서 절반은 노출시킨 채 자신을 드러내고 있다는 생각이 들었다. 그녀는 분홍색 새틴 원피스와 다리에 꼭 끼는 검은 스타킹에 몸을 맞춘 듯이 입었는데, 아무것도 걸치지 않은 것보다 더 단정하지 않아 보였다. 그 빛깔은 케이크에 쓰는 천한 진분홍도 아니고 따뜻한 느낌을 주는 세련된 색깔이었다. 그것은 사치스럽게 장식된 아주 값비싼 초콜릿 상자의 분홍색이었다.

홀에서 일등선실의 계단까지 걸리는 시간은 겨우 5분이었지만 이 몇 분은 내게 아주 중요했다. 그 시간은 호기심 많은 사람에게서 떨어져 레베카를 유혹할 수 있는 유일한 기회였다. 용기를 내었음에도 불구하고 나는 복도에서 그녀와 오랫동안 단둘이 있지는 못했다. 두려움에 사로잡혀서 떨기 시작했다. 나는 소위 '여자를 잘 꼬시는' 그런 남자가 아니었다. 적당한 때를 잘 이용하는 뻔뻔스러움에 소질이 없었고, 두려움 때문에 첫 걸음을 떼는 동작을 하기가 몹시 어려웠다. 단순한 동작에도 다른 사람들보다 더 시간이 걸렸다. 나는 거절 당하는 모욕이 가장 잔인한 것이라는 생각이 들었다. 혼자 있을 때는 어떤 흥분제의 도움이 없이도 나를 그렇게도 부추기던 모든 욕구가, 이 나이에도 불구하고, 아직 사그라지지 않은 사춘기 소년의 우유부단함처럼 주춤거리고 있었다. 나는 그녀의 손을 잡기 위해 팔을 내밀어 보려고 했지만 자꾸만 몸이 움츠러들었다. 나는 감히 그렇게 할 수가 없었다. 그녀를 만지는 일은 아무것도 아니겠지만 나처럼 대담하지 못한 사람에게는 몹시 두려운 일처럼 보였다.

이렇게 사람이 없는 곳에서 그녀와 나란히 있다는 사실만으로 나는 떨고 있었다. 다행히 배가 덜컥거리는 바람에 나는 자연스럽게 그녀에게 떠밀려 갔다. 그러고는 도저히 설명할 수 없는 용기를 내어 나는 그녀의 허리를 붙들고서 입을 맞추었다. 나는 그녀가 분명 저항하리라, 다시 한 번 되풀이 하면 저항하리라 생각했다. 그런데 그녀는 몸부림을 치기는커녕 내 품 안에서 죽은 듯이 두 손을 그대로 늘어뜨리고 꼼짝도 하지 않고 있었다. 그녀가 선뜻 허락하는 것이 솔직히 거절하는 것보다 더 나를 짓누르고 있었다. '원한다면 내게 키스해 주세요. 나는 다른 곳에 있어요. 서두르지 않고 당신을 받아들일게요.'라고 그녀가 말하는 것 같았다. 나는 그녀의 드러난 어깨에 미친 듯이 입을 맞추며 속삭였다.

"두려워, 당신을 사랑하게 될까 봐. 그리 바람직한 일은 아니거든. 며칠 전부터 굉장히 곤란한 상태에 있어."

그녀는 처음에는 아무 말도 하지 않고 있다가 내 가슴에 한쪽 손을 올려놓더니 갑자기 혼란스런 표정을 지으며 나를 밀어내고 내 품에서 빠져나왔다.

"디디에, 그만해요. 내 원피스에 침을 흘려 더럽히고 있잖아요."

나는 실망했지만 조금 어릿광대로 보일 정도로 과장해

서 말했다.

"이제껏 당신 입술 만큼 상큼한 것은 맛본 적 없어."

그녀는 '푸'하고 웃음을 터뜨렸다.

"치약 광고처럼 말하네요."

나는 그녀의 말에 상처를 입고 그녀를 놓아주었다. 그리고 매맞은 개처럼 조용히 그녀를 따라 프란츠의 선실로 갔다. 나는 그녀에게 적절한 대답을 하지 못한 데 화가 났고 또다시 그녀가 무슨 생각을 하는지 알 수가 없었다. 만약 그녀가 나를 원했다면 왜 나에게 말하지 않는 걸까. 만약 그녀가 날 원하지 않았다면 왜 나를 보면서 그렇게 반색하고 열광하는가. 그러나 나는 그날 밤 그녀가 나를 피하도록 그대로 내버려 둘 수가 없었다. 그녀가 아주 변덕스럽게 굴어서 타협해야 할지라도. 어쩌면 나는 유예기간을 존중해서 충분히 기다리지 않은 건지도 모른다. 그녀가 내 욕망을 더욱 자극하기 위해서 약간 몸을 사리는 게 아닐까, 라는 생각으로 안심했다.

프란츠는 안색이 좋지 않았다. 그는 몸을 웅크리고 작은 의자에서 납작해진 스핑크스 같이 기가 꺾인 것처럼 보였다. 거의 푸른 빛인 창백한 얼굴은 엄청난 권태를 드러냈다. 그는 레베카만 바라보느라고 내게 인사조차 하지 않았다.

"당신을 데리러 왔어. 준비해요." 그녀가 말했다. 프란츠가 갑자기 머리를 들었다.

"그냥 여기 있자. 가지 말자구."

그는 애원했다. 그녀는 그의 뺨을 살짝 두드렸다.

"아이처럼 굴지 말아요."

나는 이 여자를 그녀의 남편에게서 떼어 놓으려는 사람이 된 것 같아 난처해져서 고개를 숙였다. 나는 헐렁한 모직 바지를 입고 있는 불구자의 꼼짝하지 못하는 다리를 보지 않을 수 없었고 애걸을 하며 공포와 간절히 싸우고 있는 얼굴을 올려다 보았다. 부인과 엉켜서 벌여온 모든 싸움으로 지쳐 있는 이 남자에게 연민을 느꼈다. 그의 입에서 경련이 일어나더니 응큼하게 입을 삐죽거렸다. 그는 몹시 힘든 듯이 반복해서 말할 뿐이었다.

"여기 있어. 여기 있자구."

"조용히 해요. 연극하지 말구."

그녀는 불구자의 옷을 벗기고 셔츠를 입혔다. 그는 이에 절대적으로 순종하며 따랐다. 그의 상반신은 말라서 볼품이 없었지만 팔의 근육과는 균형이 맞지 않았다. 나는 황금빛 벌거숭이의 좁은 방패 같은 팔을 보고 뒤로 물러섰다.

그런데 불구자는 앞에 서 있는 젊은 육체에 갑자기 욕구가 생겼는지 훌쩍거리는 것을 멈추더니 파렴치하게 그녀의 몸을 더듬기 시작했다. 레베카는 그대로 내버려 두었다. 그가 하는 대로 따르는 모습을 보고 나는 깜짝 놀랐으나 그 다음 행동을 보고 더욱 경악했다.

프란츠는 레베카의 원피스를 허벅지까지 들어 올리더니 엉덩이가 보일 정도로 스타킹을 내렸다. 그러고는 끈이 있는 알파벳 브이V 자 같은 하얀 팬티를 벗겼다. 나는 꿈을 꾸는 것 같았다. 내 앞에서 벌어진 스트립 쇼로 인해 모든 것을 다 망쳤다. 나는 눈을 감았다가 다시 떴다. 팬티를 입고 있을 때 보인 검은 얼룩이 팬티를 벗기니 털이 무성한 치골을 그대로 보여 주었다. 불구자는 몹시 흥분해서 그곳에 연신 입을 맞추며 엉덩이를 손으로 주무르고 있었다. 나는 그 순간에 그곳에서 나왔어야 했다. 나는 그 인간이 손가락을 끈적끈적한 그곳의 살 속 깊숙이 끼워 넣는 뻔뻔스러움에 정신이 몽롱해져 있었다. 레베카는 담배를 하나 입에 물고 불평하지 않고 그가 애무하는 대로 내버려 두고 손으로는 남편의 몇 올 안 되는 머리카락을 쓰다듬고 있었다. 그 모습은 마치 자기 아이를 정성스럽게 몸단장시키는 상냥한 어머니 같았다. 나는 그와 같은 행동을 보자 당황스러웠다. 내 앞에서 이런 식으로 옷을 벗다니 나는 도대체 누구였던가? 나는 여왕 앞에 선 한 노예였을 뿐이다. 이렇듯 유혹을 하는 데 늘상 있을 수 있는 순서를 따르지 않는 것이 곧 나를 존중하는 것은 아니었다. 나에게 나체를 억지로 보게 함으로써 그녀는 마음의 동요라든가 욕망을 깨부수었다. 계속해서 나를 유혹하려면 그녀는 다시 옷을 입을 필요가 있었다. 그녀의 남편은 이젠 아주 노골적으로 그녀를 더듬고 젖먹이같이 탐욕스럽게 그녀를 빨고 있었다. 나는 반쯤 벗겨진 그의 머리와 쾌락을 구걸하는 그의 입 사이를 대조해 보면서 역겨워하고 있었다. 순간 레베카는 대담하게도 나를 뚫어지게 바라보았다.

"당신의 환상 앞에 이렇게 실제로 있으니 깜짝 놀랐죠? 당신 몫을 원하나요? 그래야 나중에 잠잠해지겠죠."

그녀는 남편의 포옹을 물리치고 걷어 올린 원피스를 두 손으로 말아 쥐고서 내게 다가왔다.

"아니야, 오지 마! 이건 아냐."

나는 그녀가 내게 다가오기도 전에 소리치고 말았다.

"어머나, 일을 까다롭게 만드시네. 당신이 처음부터 내 주위를 빙빙 돈 것은 이것 때문 아닌가."

나는 자제력을 잃고 횡설수설했다.

"왜 나를 조롱하지?"

"맙소사! 당신에게 주겠다잖아요. 배안의 모든 남자가 만지기를 꿈꾸는 것을. 참 까다로운 사람인 척 하는군요."

프란츠는 한 술 더 떠서 말했다.

"그러니까 당신 아직 모르나 보네. 저 젊은이는 사회의 예의범절을 몹시 따지는 사람이라네. 당신이 저 젊은이의 관습을 완전히 뒤죽박죽으로 만들었어. 겁을 먹고 있다구."

"참 안됐군요."

그녀는 들어 올린 원피스를 다시 내리더니 스타킹을 신고 머리를 매만지려고 거울 앞으로 갔다. 언제나 적절히 상황에 대처하지 못하는 내 자신에게 화가 난데다가, 교활한 이들 부부의 눈에 전혀 경험 없는 숙맥으로 보였을 것을 깨닫고 나니, 나는 속으로 나 자신을 저주했다.

"서둘러요, 프란츠. 벌써 연주하는 소리가 들리네요."

불구자는 조끼에 단추를 채우며 비웃듯이 웃으면서 나를 바라보았다.

"디디에, 당신은 정말로 여자들을 굴복시키는 매력으로 넘친다오. 내가 베아트리스였다면 이 멋진 밤에 잠이나 자고 있지는 않겠소."

"그냥 가만히 내버려 둬요. 당신이 그러면 더 꼼짝 못할 걸요." 레베카가 웃음을 잘 감추지 못하면서 말했다.

나는 두 사람을 물끄러미 바라보았다. 내가 빠져나왔던 그물코에 두 사람이 서로 얽혀 있음을 발견했다. 그들은 서로 적대감을 갖고 있으면서도 악의와 피로 물든 어두운 협정이 집게의 가위 날처럼 이어주고 있기 때문일까. 참 나도 순진하게 지옥 같은 그들의 긴밀한 관계에 제 삼자로서 작은 자리를 차지하기를 바라다니! 그러나 나는 레베카가 빈정거리는 것은 프란츠의 탓이라고 책임을 전가했다. 이렇게 상황 때문에 어쩔 수 없으려니 생각하면서 곧바로 레베카를 원망하던 내 마음을 거두었다.

나는 프란츠에게 말해 주었다, 배가 기울고 있다고. 우리가 복도로 나와서 담배를 피우고 있을 때, 그는 휠체어를 밀고 가기가 어렵게 되었다. 그때 순간 나쁜 생각이 머릿속을 스치고 지나갔다. 나는 휠체어 머리받침의 핸들을 슬쩍 풀어 놓았다. 이제 막 배가 앞뒤로 흔들렸기 때문에 휠체어는 앞으로 나아가 문에 부딪치고는 다시 뒤로 밀려났다. 불구자가 나가떨어지지 않은 것은 기적이었다.

"조심하시오!" 그가 소리 질렀다.

나는 휠체어가 내 앞으로 지나가는 데도 팔짱을 끼고서 붙잡지 않았다. 레베카도 재미있다고 생각했는지 휠체어를 붙잡더니 내게 보냈다. 프란츠는 비명을 지르고 있었다. 여객선이 흔들릴 때마다 휠체어는 벽에 부딪쳐 좌우로 흔들거렸다. 배는 곧 뒤집힐 것 같았다. 우리는 프란츠의 휠체어를 공처럼 서로에게 넘겨주었다. 중요한 것은 균형을 잡는 데 있는 엄청난 난투전에서 공을 주고받을 때처럼. 프란츠는 손으로 바깥쪽 바퀴의 테를 잡아 휠체어를 멈추려고 했다. 그렇지만 배안의 좁은 통로는 경사져 있었고 우리가 힘껏 휠체어를 밀었기 때문에 그가 휠체어를 멈출 수는 없었다. 우리가 그를 놀리고 있다는 사실을 깨닫고서 그의 눈동자는 진흙범벅이 된 더러운 물처럼 공포로 가득 차 뿌옇게 되었다. 이 부부에게서 어떤 잔인함이 내게 옮겨왔는지 모르겠지만 나는 다리가 마비된 불구자가 공포와 싸우는 모습을 보고 큰 기쁨을 느꼈다. 하지만 나에게 이런 나쁜 행동을 하도록 부추긴 것은 바로 그가 아닌가? 나는 그를 괴롭히면서 결국 그의 뜻에 충실하게 따른 것 아닌가?

레베카는 웃고 또 끊임없이 웃었다. 그녀가 웃으면서 나를 인정하는 것이 무엇보다도 좋았다. 그녀를 기쁘게 하기 위해서라면 무슨 일이든 했을 것이다. 프란츠에게 크게 상처를 입혔을지도 모르고 어쩌면 그를 죽였을지도 모른다. 하지만 나는 그런 거에는 조금도 개의치 않았다. 그는 순간 순간 약해졌고 하얗게 질려서 야윈 얼굴은 끔찍한 고통으로 찡그리고 있어 임종을 앞둔 사람 같았다. 그는 상반신을 온통 떨고 있었고 극심한 공포로 마비된 두 다리마저 떨고 있는 것처럼 보였다. 그는 질려서 창백한 얼굴로 우리를 바라보며 헐떡거리는 목소리로 말했다.

"멈춰, 레베카! 제발……"

그러니까 바로 이 작자가, 구질구질하고 추잡한 녀석이 나를 화나게 했다. 여자처럼 신음하는 이 앉은뱅이가. 나는 교활하게 기뻐하면서 혼잣말을 했다. 당신, 다시는 빈정거리지 못하게 할 거야. 그렇게 잔소리를 하더니 아주 비싼 대가를 치를 거야. 젊은 여자 레베카는 온몸을 흔들며 미친 듯이 웃어대고는 숨을 고르기 위해 벽에 기댔다.

"아! 너무나 웃겨. 프란츠, 당신이 머리를 봤다면……"

비참한 남자는 더 이상 보지 않으려는 듯이 손으로 눈을 가렸고 가슴을 온통 들썩이며 분노에 가득 차 큰 숨을 내쉬었다. 분노와 증오와 절망과 두려움이 그의 마음에서 서로 엉켜 싸우고 있었다. 자신이 우리의 손에 달려 있다는 걸 느끼면서 그의 오랜 고통에서 오는 온갖 공포가 완전히 그를 뒤덮었다. 입술은 새하얗고 볼은 움푹 파이고 공허하고 축 처진 얼굴은 그를 깜짝 놀란 밤새처럼 보이게 했다. 그때까지 억눌러 왔던 그의 통곡이 장례식에서 직업적으로 곡하는 여자의 통곡처럼 터져 나왔다.

"도와 줘. 누가 날 좀 도와 달라구."

그는 가련하게 울먹였다. 그러나 나는 그가 우는 소리를 하고, 굽실거리고 불쌍한 사람인 양 비굴해지는 것을 보면서 그런 그의 모습을 즐겼다. 그때 복도에서 선원 한 사람이 뛰어나와 누가 소리를 질렀느냐고 영어로 물었다.

"아, 아무것도 아니에요. 잠깐 방심한 사이에 남편의 휠체어를 놓치고 말았어요. 그래서 겁이 나서 그런 거예요." 레베카가 말했다.

그러자 선원이 우리를 도와주겠다고 말했다. 잠시 뒤에 프란츠는 냉정함을 되찾았지만 그 일을 쉽게 잊지 못하는 듯 계속해서 몸을 떨었고 균형을 잃을까 봐 두려워하면서 휠체어에 매달렸다.

"정말 못된 짓이오. 디디에, 자네가 한 짓은……"

"웃자고 한 겁니다. 전혀 위험하지 않았잖아요."

"그렇긴 해도, 나 때문에 고초라도 겪은 사람처럼, 나에게 못되게 굴면서 즐거움을 느꼈소."

나는 몹시 부끄러워서 어깨를 한번 으쓱했다. 그러고 보니 나흘 전부터 나는 나와 같은 연배인 이 사람에게 존대를 하고 있음을 갑자기 깨달았다. 실제로 이 사람은 나보다 열 살은 더 들어 보였다. 그래서인지 반말을 한다는 건 우리 사이에서는 생각할 수도 없었다.

식당에서는 축제가 이미 한창이었다. 나는 셋이서 은밀한 시간을 보내고 난 뒤에, 흥청망청 놀며 시끄럽게 떠들어대는 사람들 틈에 끼어드니 현기증을 느꼈다. 그곳에는 무수한 목소리, 휘파람 소리, 축제를 즐기는 많은 사람의 즐겁지만 알 수 없는 웅성거림으로 꽉 차 있었다. 그들은 술과 소음과 음악에 온통 열중해 있었다. 그리고 위협적인 음향장치로 증폭된 전기 기타의 진동음이 모든 소음을 지배했다. 오케스트라는 주로 영국과 미국에서 잘 알려진 작곡가들의 록이나 팝 음악 등의 레퍼토리를 즐겁게 연주했다. 빼곡히 들어찬 그 많은 몸뚱어리는 넓은 홀 안의 공중에 떠다니는 땀을 펄펄 쏟아냈다. 사람들이 끊임없이 홀 안으로 들어왔고 화장실과 술을 마시는 카운터가 아주 혼잡했다.

레베카는 음식을 차려놓은 식탁에서 가까운 한 편 구석에 남편을 데려다 놓자마자, 남자들이나 청년들을 포옹하면서 쌍쌍의 남녀 사이를 날아다녔다. 먹이를 찾아다니는 커다란 새처럼. 매번 움직일 때마다 그녀는 사람들의 시선을 끌었고 그녀를 바라보는 사람들을 매혹시키는 후광 같은 것을 만들어냈다. 마치 말벌떼처럼 많은 시선이 그녀에게 모였지만 전혀 따가운 시선은 아니었고 더군다나 그녀를 언짢게 하는 시선은 없었다. 그녀는 뭔가 슬픔을 호소하는 듯한 눈빛에 가벼운 웃음을 짓고 있는 여왕이었다. 그녀는 익살꾼한 사람을 작은 의자에 태워 데려와서는, 신하 50여 명으로 가득 찬 식당을 커다란 왕국처럼 지배했다. 시련을 극복하고 자신의 위엄을 되찾은 여인이었다.

그녀가 춤을 추기 시작했다. 보이지 않던 실이 느닷없이 모든 시선을 표적을 향해 끌어당긴 것 같았다. 골반을 살짝 비틀기만 해도 갈망을 불러 일으키는 이 마성의 여자에게 매혹된 사람은 나 혼자만이 아니었다. 깊은 곳에서 터져 나오는 듯한 즐거움으로 그녀의 얼굴은 빛나고 있었다. 그것은 자기 자신을 찬탄하게 할 줄 아는 여인의 진정한 기쁨이었다. 그녀는 아주 멀리서 사람들을 향해 살짝 웃었는데 그것은 이 세상의 것이 아닌 듯하여 사람들이 감히 답하지 못했다.

나 역시 그녀의 매력에 지배당하긴 했지만 그녀가 거는 최면술에 슬며시 화가 났다. 그녀가 많은 사람의 찬미를 받아 도취되어 있다면 나는 그녀를 되찾을 수 없을 거라고 혼자 생각하면서. 나 혼자 보답을 받는다면, 그녀는 모든 사람의 찬미를 잃어버리는 것이고 빼앗기는 것이다. 그렇지만 나는 그녀를 차지하기 위해서라면 모든 모욕을 감수할 준비가 되어 있음을 느꼈다. 나는 이 함정을 판, 내 욕망을 끄기는 커녕 부채질하는 덫을 놓은 그녀를 원망하는 대신 그녀에게 존경심을 느꼈다. 사실 나는 내가 전혀 알지 못했던 이 달콤한 지옥을 사랑하고 있었고 내가 아주 다른 사람인 것을 발견했다. 나는 나를 있는 그대로 인정해 준 베아트리스를 이제는 사랑하지 않았고, 나를 받아들이지 않는 레베카를 원했다.

나는 위스키를 큰 잔으로 한 잔 마시고는 무심코 한 여자의 손을 잡고 앞으로 나아갔다. 그때 나는 누군가에게 떠밀려 소란스럽게 웃고 떠들면서 춤추는 사람들 사이로 자연스럽게 들어서게 되었다. 60년대에 유명했던 리듬 앤 블루스의 음악에 맞춰 저절로 다리를 흔들었다. 요란스럽게 장식을 한 선원들, 머리가 더부룩한 북유럽 사람들, 햇볕에 그을리거나 금발머리를 한 동양인 등 아무렇지도 않게 이들 무리 속에 끼어들었다. 그들이 너무나 자유로우면서 제멋대로 춤을 추고 있어서 그들의 서투른 춤 실력을 보니 나는 안심이 되었다. 적어도 그들보다는 춤을 잘 출 수 있었기 때문이다. 나는 마주치는 쌍쌍의 남녀들에게 미소를 지었고 얼굴을 마주 보게 된 아름다운 두 소녀에게 몇 마디 말도 건넸다. 어느새 나는 마음이 편안해져 있었다. 그리고 자연스럽게 사람들 사이를 헤치고 나아가면서 레베카에게 가까이 다가갔다.

"헤이, 트라볼타. 한 번 춰 봐요!"

나는 바보 같은 미소를 지었다. 그냥 농담을 한 건데 칭찬으로 들었다니! 갑자기 그녀와 마주 대하고 있는 내가 우습게 느껴졌다. 한 쌍의 다정한 남녀처럼 가까이 있었는데 우리가 만들어 낸 실루엣은 분명 웃음을 자아내는 기이한 모습이었음에 틀림없었다. 그녀가 화려하게 자태를 뽐내니, 그 옆에서 서툴게 춤을 추는 내 모습은 더욱 두드러져 보였다. 나는 어색하고 부자연스럽게 흉내를 내는데, 그녀는 경쾌한 소리를 내며 다리를 예쁘게 움직였다. 이렇게 형편없이 춤을 추면서 그녀와 춤추려고 했다니.

우울한 문학공부를 하는 대신에 춤을 배우지 못했다는 후회가 내 마음을 스쳤다. 춤, 팝, 디스코 등이 세상을 이루고 있었는데, 베아트리스와 나는 이런 것이 덧없는 유행에 지나지 않고 특히 너무 평범하다는 생각에 멀리 했었다. 우리는 다양한 최근 음악을 중요하지 않다고 하면서, 고전음악, 특히 이탈리아 음악과 오페라와 말러의 음악만을 즐겨 들었다. 우리가 편견을 가지고 무시했던 이 세계가 지금은 마치 유일하게 가치있는 세계인 양 우뚝 솟아올랐다. 그래서 자연스럽게 여유를 갖고서 무릎과 장딴지를 조화롭게 움직여 봤지만 여전히 나는 거북했다. 나는 머리부터 발끝까지 조사받고 검사당하고 평가받는 것처럼 느껴졌다. 레베카가 어려운 상황을 더 곤란하게 만들려는지 나를 보면서 갑작스럽게 웃음을 터뜨렸고 나는 기분이 상했다.

"당신이 춤추는 모습을 보니까 저절로 웃음이 나와요. 월트 디즈니의 정글북 알죠, 느림보 갈색 곰 발루처럼 춤을 춰요."

 나는 냉정하게 그 말을 무시해 버렸지만 내 표정에는 실망감이 나타나 있었음에 틀림없다. 나의 다리는 마비된 것만 같았다. 레베카가 제 자리에서 민첩하게 반 바퀴 돌더니 다시 나타났다. 모든 사람의 눈에 그녀와 내가 우연히 파트너가 된 것처럼 보이려 했다.

 "보세요. 프란츠도 우리가 춤추는 것을 보고 비웃고 있어요."

 나는 돌아서서 사람들 틈 사이로 우리에게 커다랗게 손을 흔드는 불구자 프란츠를 발견했다. 그의 불그스름한 얼굴은 이미 환해져 있었는데 곁에 있는 마르셀로와 티와리에게 손가락으로 나를 가리키면서 배를 두드리며 웃고 있었다. 마치 서로 짜고 하는 듯한 태도에 나는 머리털이 곤두섰다. 불구자 프란츠는 춤추는 사람들에 가로막혀 잘 보이지 않아도 내 모든 움직임을 포착할 수 있었을 것이다. 나는 그의 뜻에 따라 움직이고 있었다. 잘 아는 사람들이 나를 자세히 보고 있었다니, 그 눈빛에 아연해진 나는 레베카에게 마실 것을 가져다주겠다고 했다. 나의 움직임을 하나도 놓치지 않고 바라보던 프란츠는 나에게 직접 한 잔 가득히 진을 따라주면서 나를 살펴보았다. 나는 그가 권총에 장전을 하듯이 모욕을 주고 빈정거릴 준비가 되어있음을 느꼈다.

 "디디에, 의족을 단 사람이 춤추는 것 같소."

"춤출 줄 안다고 말한 적이 없는데요."

"어쨌든 당신 같이 춤을 못 춰도 레베카 옆에 있다니 얼마나 큰 행운이오."

그가 이렇게 빈정거리는 소리가 날카롭게 나의 마음을 찔렀다.

"불쌍한 프란츠. 중상모략을 하지 않고서는 편하게 대화를 이어나가지 못하는군요."

그가 술잔을 내밀었다. 나는 그것을 받지 않고 다시 사람들 속으로 들어갔다. 오케스트라는 느린 댄스곡을 연주하기 시작했다. 쌍쌍의 남녀들은 서로 다가섰다가는 멀어지곤 했다. 몇몇 사람들은 가볍게 시시덕거리면서 위치를 바꾸었다. 나는 그들 손이 부딪치는 소리와 웃음을 꾹 참는 듯한 소리를 들었다.

나는 주저하지 않고 레베카에게 춤을 청했다. 그녀는 내게 바싹 다가서서 두 팔로 나의 목덜미를 감쌌다. 불타오르고 떨리는 살갗의 스카프를 두른 듯한 느낌이었다. 그녀가 어찌나 상냥하게 나를 바라보던지 나는 곧 내가 참고 기다린 열매를 거둘 수 있으리라는 확신을 가졌다.

그녀의 탄탄한 가슴은 감미롭게 나의 상반신에 닿아 있었고 그녀의 머리카락은 내 뺨을 가볍게 스쳤다. 그녀는 육감적으로 웃으면서 자신의 배를 나의 배에 살며시 갖다 댔다. 그녀는 다정하게 내게 몸을 맡기며 남들이 보는 것을 염려하지 않았다. 이렇게 포옹하면서 우리가 커플임을 공식화했다. 나는 그녀에게 몸을 바싹 붙이고 있었다. 도취되어 숨이 막힐 것만 같았고, 마음을 가다듬으면서 그녀의 숨결을 호흡했다. 나에게는 이 놀라운 여인에게서 나오는 모든 것이 은총이요 환희요 놀라움이었다. 그녀의 목덜미에 송글송글 맺힌 땀도 향기로웠다.

    나는 이제 아무도 보지 않았고 저음부가 증폭된 북과 수많은 발소리에 반응하는 내 심장의 두근거리는 소리 외에는 아무 소리도 듣지 않았다. 그녀는 나를 세게 껴안았고 낮은 목소리로 노래를 따라 불렀다. 근육이 발달된 그녀의 등은 나의 손 아래 그대로 노출되어 있었다. 나는 대담하게 그녀의 등을 살며시 손으로 애무했다. 만일 그녀가 이렇게 친밀하게 구는 것에 만족한다면 그녀는 완전히 내게 굴복할 것이라고 생각했다. 과연 그녀는 받아들였다. 그녀는 물이 흐르는 대로 따라가듯이 그대로 자신을 내맡긴 채 몸 전체를 온전히 갖다 붙이고 있었다. 나는 엄지 손가락으로 그녀의 견갑골 가장자리를 스치고 있었고 다른 한 손으로는 저항 없는 그녀의 유연하고 날씬한 허리를 누르고 있었다. 내 축축한 손바닥이 그녀의 멋진 엉덩이 아래 부분에 가까워지고 있었다. 내 손가락에서 몇 밀리미터 밖에 안 되는 곳에 세상의 위풍당당한 중심이 펼쳐져 있었다. 진실은 거기에, 동양의 인도나 중국 같은 사람들이 많이 사는 도시에 있는 것이 아니라 이 훌륭히 빛나는 엉덩이 위에 있었다.

그때 나는 그녀에게 매혹당해 있어서 비굴하게 굴라면 굴 수도 있었다. 내 불타오른 상상력이 잔칫상처럼 묘사한 음식을 구걸하기 위해 무엇이라도 할 것 같았다. 프란츠가 나에게 말했던 모든 것이 현기증처럼 감미로운 유혹처럼 나에게 되돌아왔다. 나는 벌써 그녀의 윤기 있는 거친 피부를, 부드러운 음부를 드러내면서 가파르게 떨어지는 그녀의 배를, 유연하면서 야성적인 성교를 상상했다. 내가 그녀의 귀에 대고 시시한 이야기라도 속삭이면 그녀는 머리를 뒤로 젖히면서 웃었다. 어쩌면 알콜 때문에 그녀가 취해서였을까? 그래서 전혀 자극적이지 않은데도 그녀에게는 자극적이 되었던가? 나는 고개 숙여 그녀의 목과 어깨에 입을 맞추었다. 이 입맞춤으로 내 다리는 힘이 모두 빠져 나간 듯했고 몸 전체의 신경에 새로운 기운이 전달되었다. 그때 나는 이제까지 지키려고 애썼던 예절이라는 개념을 모두 잃어버리고 청소년 시절에 했던 철없는 행동을 다시 한 것 같았다. 천천히 내 뺨을 그녀의 볼에 가볍게 대었고 살짝 숙이면서 그녀의 입술을 찾아가려고 했다. 그러자 그녀는 놀라서 펄쩍 뛰었다.

"예의 없이 왜 이래요?"

그녀의 두 눈이 쇠로 만든 칼날처럼 나를 쏘아보았는데 거기에는 다정함이나 너그러움은 찾아볼 수 없었다.

"내 남편 앞에서 부끄럽지도 않아요?"

그 말에 나는 바짝 얼어서 더듬더듬 말했다.

"하지만, 하지만 프란츠는 상관없잖아요."

그녀는 경멸하는 듯이 웃었다. 그렇게 웃는 것을 보니 나는 그녀가 내 말을 무시하고 있다는 느낌이 들었다.

"그럼 프란츠와 내가 어떤 사이라고 생각해요? 우리는 이미 결혼한 사이에요. 잘 생각해 봐요. 내연의 관계가 아니라고요, 우리는 말이에요."

그녀는 포옹을 풀고 손을 그대로 아래로 늘어뜨리고 있었는데 극도로 권태로운 몸짓이었다. 나는 그녀가 보여준 위선적인 태도에 분개했고 무슨 말을 해야 할지 특별하게 생각나지 않아 마치 얼어붙은 듯 서 있었다.

"베아트리스는 얼마나 어리석은지……"

그녀가 한숨을 내쉬었다.

그녀가 내뱉은 이 말 한마디가 마치 나를 다시 받아들이겠다는, 그녀가 내민 구원의 손길 같았다. 나는 그녀와 함께 이야기할 거리가 생겼다는 게 아주 기뻐서 그만 베아트리스를 헐뜯는 일에 끼어들고 말았다. 내 여자 친구를 비방할 자격이 없었는데도, 어리석게 그녀를 욕했고 레베카의 말을 되받아 할 수 있는 욕이라면 어떤 말이라도 할 것 같았다.

"내 말을 잘 이해하지 못한 것 같군요. '당신을 사랑하고 당신 같은 사람을 견뎌내다니 베아트리스가 얼마나 어리석은지'라고 말하고 싶었어요."

나는 떨려서 경련이 일어났다. 그러나 내 잘못을 만회하기에는 너무 때가 늦었다. 그래서 나는 냉소하듯이 말했다.

"그녀가 배 멀미를 하는 게 내 잘못은 아니거든."

"그녀는 당신을 생각하면서 누워 신음하고 있는데도 당신은 그녀를 깎아내릴 생각만 하다니."

나는 책을 읽으며 기억했던 말 등 뭔가 대꾸할 말이 입술까지는 왔지만 그 말이 적당한지 알 수 없었고 결국 아무 말이나 지어낼 수도 없었다. 나도 모르게 신경이 날카로워졌고 최후의 수단이라고 생각하며 말했다.

"그만해, 레베카. 당신을 사랑해."

"어머, 유머 감각까지 있으신지 미처 몰랐어요. 요즘엔 '사랑해'라고 말하면서 여자를 꼬시지 않아요. 이미 오래 전에 끝났어요. 차라리 다른 말을 찾아봐요."

"그렇지만 진심이요."

"아니요. 그런 말하지 말아요. 당신에게 나라는 여자는 권태로운 항해 중에 우연히 만난 환상일 뿐이에요."

누구나 다 알고 있다. 사랑하는 사람이 비난하면 우리 몸을 관통하는 불쾌한 느낌을. 나는 그녀가 거짓말을 한다는 걸 알았다. 이런 속임수는 우리에게 어울리지 않는 것 같았다. 나는 그녀가 내뱉는 말에서 풍기는 냉정한 어조에 의기소침해졌다.

"그렇다면 당신 계획에 날 끌어들이지 마요."

"세상에, 정말 성가시게 구네요. 미안해요. 임신 중이라 어디 좀 앉아야겠어요."

"임신? 언제부터요?"

"30분 전부터요. 복도에서 당신이 날 안았을 때부터지요."

그녀는 화를 내며 댄스 플로어를 떠났다. 그녀는 말 많은 나를 단칼에 잘랐다. 나는 야단맞은 복슬강아지처럼 고개를 떨구고 그녀를 따라갔다. 이렇게 빨리 내가 그녀의 총애를 잃고 말다니 도저히 믿을 수가 없었다.

그녀는 나를 더 불행하게 만들려는 듯이 프란츠 옆에 가 앉았다. 불구자는 술에 취해 있었다. 그는 의자에 앉아 있다기 보다는 오히려 의자 안에서 뒹굴고 있으면서, 지나치게 술을 마신 듯 얼굴을 좌우로 흐느적거렸다. 손에 쥔 스카치 병도 같이 흔들렸고 상스러운 말을 해가며 흥분해서 떠들고 있었다. 그의 더러운 머리카락은 땀으로 젖어 이마에 착 달라붙어 있었다.

"자, 못말리는 돈 후안이 납셨군! 일은 잘 되어 가나?"

나는 그의 말에 대꾸하고 싶지 않았다. 게다가 창피해서, 레베카가 남편의 짓궂은 말에 웃음을 터뜨리는 것을 그저 보고 있었다. 나는 잡았다고 믿었으나 어느새 달아나 버린 소중한 물건을 잃어버린 상실감에 감당할 수 없는 슬픔으로 가득 차 있었다. 불과 몇 분 사이에 그녀는 내가 침을성 있게 기다려 온 시간, 미친 듯이 희망을 품었던 시간을 앗아가 버렸다.

"그렇게 쳐다보지 말아요. 동그란 눈으로 날 삼켜버릴 것 같으니까." 나의 여자고문관이 말했다.

"당신을 실망시켰죠, 그렇죠?"

"천만에요. 난 실패한 사람들이 좋아요. 나랑 가까워지거든요."

어쨌든 승패를 걸고 막판 승부를 하면서, 침묵하기보다는 크게 해롭지 않은 말을 하는 게 침묵보다 낫다고 생각하면서 나는 그녀에게 그럴 듯하게 말했다. 프란츠가 내 말을 듣지 못하게 낮은 목소리로 인도와 인도 마법사들의 황당한 이야기와 이틀 전에 신문에 실린 사설을 요약해서 아무렇게나 횡설수설했다. 그녀는 말없이 내 말을 듣고 있었다. 손가락 사이로 점점 커지는 담뱃재를 바라보면서 하품을 참기 위해 입술을 지그시 깨물었다. 이렇게 그녀가 내게 무관심해졌다는 새로운 사실을 확인하자 내 심장은 구멍이 뻥 뚫렸.

나의 패배를 확인하면서, 곧 그녀의 주위에는 허영심에 가득 찬 늙은 말 같은 추종자들이 다시 모여들었다. 불행이 불행을 부르듯 마르셀로가 우리 옆에 와 앉았다. 나는 갑자기 그에게 위축되어서 입을 다물었다. 커다란 실수였다. 아무 말없이 가만히 있는 우리를 보자 마르셀로는 곧바로 레베카에게 춤을 신청했다.

그런 상황에서라면 내가 그때 느꼈던 감정을 누구라도 느꼈을 것이다. 그건 갑작스럽게 닥친 고독한 느낌이었다. 다시 디스코가 시작되었다. 오직 요가 자세만을 취할 줄 안다고 믿었던 나폴리 도사가 아주 능숙하게 춤을 추는 것을 보고 나는 깜짝 놀랐다. 저녁 파티가 시작될 때부터 무슨 사건이라도 일어나 내 약속이 물거품이 될까 봐 걱정을 했는데 실제로 방금 그런 일이 일어났다. 그렇게 갈망했으나 이루지 못해 쓰라린 욕구가 방울방울 내 어깨 위로 떨어져 내 모든 기쁨을 앗아갔다. 나의 불행이 상대적으로 경쟁자에게 얼마나 큰 행복일지 실감했다.

그는 불행한 내 처지와는 완전히 반대로 보였고, 말하자면 자신에 대해 확신이 있었으며 환하게 잘 웃고 날씬해 보였다. 레베카는 나를 매료시켰던 뭔가 의미심장한 시선을 그에게 보냈다. 그러자 그녀와 나 사이에는 생기지도 않았던 어떤 공모가 그들 사이에서 이루어진 것 같았다. 나는 그녀가 나에게 전혀 관심을 두지 않는다는 사실을 두려움 속에서 확인했다. 그들은 서로의 몸에 기대고 만지고 몸을 돌리면서 서로의 엉덩이를 가볍게 어루만지고 있었다. 나는 그들이 포옹하는 순간을 막연히 기다리고 있었다.

분명히 나는 지금까지 그녀를 안고 춤을 주면서 마르셀로만큼 특별한 모습을 보여주지 못했다. 만일 내가 남의 환심을 사기 위해서 그런 천박한 행동을 하는데 신경써야 했다면 차라리 나는 그렇게 환심 사는 일을 포기했을 것이다. 춤을 추는데 따로 법이 적용되는 것은 아니지만, 그래도 은근히 각자 눈빛으로 서로를 통제하고 있었다. 아무리 작은 어색한 몸짓이라도 주목받을 죄가 되고 용서받을 수 없는 잘못이 된다. 차마 보기 힘든 저런 장면을 보니 나의 희망은 완전히 무너져버렸다. 나는 신경질적으로 담배를 빨았다. 시시한 가짜 요가수행자가 나의 유력한 경쟁자가 되리라고는 결코 생각해 본 적이 없었다. 어째서 그마저 이 복잡한 놀이에 끼어들었을까?

"그가 당신 코 밑에서 그녀를 훔쳐갈지도 몰라."

불구자는 얼굴을 온통 찡그리며 트림을 하면서 소리를 질렀다.

그는 이미 진짜 얼큰히 취해 있었다.

"감언이설에 능한 저 여자가 당신 마음을 완전히 사로잡았군. 당신에게 미리 말했지. 연모의 감정을 가득 담아 넋을 잃고 저 여자를 바라보지 말라고. 당신은 저 여자에게 엄청난 시적인 감상을 품고 있어. 그렇지만 저 여자의 유일한 기쁨은 남자들을 바람둥이로 만드는 거란 말이야. 저 여자는 불행했던 세월을 지독하게 숨기고 싶어 하는 미천한 여자요. 잊지 마시오. 그냥 귀찮은 여자라고. 아무것도 아니야."

이상하게 그는 독을 잔뜩 품은 웃음을 지어 보였다. 그는 사람 마음 속에 있는 깊고도 영원한 치욕을 확인하는데 즐거움을 느끼고 있었다.

"나를 좀 내버려두세요." 내가 부탁했다.

"다 소용없는 일이니까, 고집 피우지 마시오. 당신은 잔챙이야."

나는 결국 그에게 욕설을 하려다 꾹 참았다. 사실 내가 참아낼 수 있는 한계를 넘어섰고 내 안에 있는 모든 것은 뒤죽박죽이 되어 결국 침착성을 잃었다. 그의 코 앞에서 투덜거리며 말했다.

"장애인만 아니라면 얼굴에 주먹이라도 날렸을 거요."

"그렇게 심한 말은 하지 마시게. 냉정하라구."

나는 벌떡 일어섰다. 하지만 몸을 지탱하기가 힘들었고 두 다리는 마치 물컹물컹한 고무로 만든 것 같았다. 나는 몇 발자국을 걷다가 넘어지지 않으려고 의자 등받이를 잡아야 했다. 나는 홀 안을 돌아다니며 날 흥분시키고 취하게 하는 것이면 무엇이나 찾았다. 다른 사람들도 역시 한해의 마지막 날 밤을 축하한답시고 마구 마셔댄 까닭에 병이란 병은 모두 비어있었다. 그래서 나는 계단 아래쪽에 있는 이등실 바로 내려갔다. 거기에서 진 스트레이트 두 잔, 브랜디 한 잔, 꼬냑 한 잔을 차례로 가득 마셨다. 어리석게도 나는 복수를 꿈꾸었고 알콜이라는 해일에 빠져 죽고 싶었다. 내가 문을 밀었을 때 바다가 으르렁거리며 토해내는 소리가 들려왔다.

굵은 빗줄기는 비스듬히 내리치면서 마치 커튼처럼 내

얼굴을 휘감았다. 나는 담배를 물고 상념에 젖어 태풍이 몰아치는 갑판을 몇 발자국 걸었다. 나는 모욕을 당했다는 막연한 분노에 엉망이 되어 있었다. 경쾌한 록 음악소리가 간간이 바람에 실려 들려왔다. 날씨는 무척 험했고 나는 금세 머리부터 발 끝까지 흠뻑 젖었다. 남극인지 북극인지 극지방에서나 불어올 듯한 혹독한 바람이 휘몰아치는 어두운 배 안에서, 12월의 끔찍한 밤에 파묻혀 있는 이 조그만 호두 껍질 같은 작은 배에서 홀로 있는 나 자신을 보니 나는 더욱 더 떨려왔다. 바다에 구멍이 하나 뚫린 것 같았다. 배는 바닥 없는 우물 속으로 떨어졌다가 거의 수직으로 다시 일어서서 하늘을 향해 돛대를 세우고는 다시 곤두박칠치곤 했다. 나는 이렇게 불행해 하면서 베아트리스를 생각했고 그녀에게서 다시 매력을 발견했다. 그녀는 물론 완벽한 아름다움과는 거리가 있었지만 적어도 나를 사랑하고 있었다. 괜히 모험을 쫓아가느니 그냥 있는 것을 지키는 게 더 낫다. 나는 다시 안으로 들어갈 수밖에 없었다. 미끄러지기 쉬운 갑판 위에 너무 오래 있는 것은 위험했다.

나는 계속 비틀거리면서 파도의 움직임에 따라 오르락내리락하는 커다란 홀 입구에 잠시 그대로 있었다. 처음에는 어렴풋한 윤곽, 아이들 풍선, 부드럽게 스며드는 푸른 빛 속에 걸려 있는 색종이 테이프 밖에 보이지 않았다. 천정의 등은 반쯤 꺼져 있었고 담배 연기와 사람 냄새로 뒤섞인 공기는 점점 더 숨쉬기가 답답해졌다. 어떤 연인은 입이 찢어져라 키스하고 있었고 또 다른 연인은 공공연하게 애무했다. 폭풍우가 위협하는 이 와중에도. 다행스럽게도 마르셀로는 혼자서 춤을 추는 레베카를 내버려 두고 있었다. 나는 또 희망을 품기 시작했다. 그렇게 해서 또 다시 나의 합법적인 동반자인 베아트리스를 잊어버렸다.

레베카가 그처럼 위엄 있게 보인 적은 없었다. 수수께끼 같은 그녀의 얼굴은 다른 누구의 얼굴보다 압도적이었다. 나는 별처럼 빛나는 여인만을 바라보았고 그녀를 보자 완전히 넋이 나간 감동을 애써 감추려고 하지도 않았다.

그녀는 숨을 헐떡이며 춤을 추었다. 머리는 뒤로 젖히고 눈은 반쯤 감은 채로 상처 자국이 있는 성녀의 황홀경에 사로잡혀 있었다. 그녀 주위에는 크리스마스 트리를 둘러싼 아이들처럼 20명 남짓한 사람들이 그녀를 바라보고 있었다. 그녀는 강철로 된 벽들 사이를 떠다니는 모든 꿈을 그녀 쪽으로 불러 모았다. 그녀는 오케스트라의 거칠고 힘이 넘치는 음악을 완벽하게 표현하는 부드러운 선율을 발견했다. 발끝으로 서거나 또는 몸을 굽히면서 그녀는 마치 다른 악기들과 화합을 이루는 악기처럼 자신의 몸을 연주하였다. 그녀는 전자음의 강렬함에 적응해서 대담한 무언극으로, 전자 음악에 확실한 방도를 제시해 주었다. 그녀의 몸은 하늘을 향해 뚫고 지나가려는 욕망으로 긴장되어서, 텐트를 찢고 나오는 어릿광대의 경쾌함을 보여 주었다. 그녀가 마르셀로와 함께 있으면서 보여준 온갖 교태를 이미 용서한 나는 놀라고 도취되고 매혹되어서 황홀한 광경을 그저 지켜보았다. 그녀 가슴의 흔들림, 얼굴에 드러나는 황홀감, 그 모두가 나를 숨막히게 했다. 나는 잔인하고 경박한 이 여인, 아름다운 여인 앞에서 겁에 질린 애송이 수컷에 지나지 않았다. 내가 입을 벌린 채 넋을 잃고 그녀를 바라보고 있을 때 누군가가 손으로 내 어깨를 두드렸다.

베아트리스였다. 엷게 화장을 하고 청바지를 잘 차려 입은, 아주 아름다운 베아트리스였다. 나는 마치 귀신을 본 것처럼 놀랐다. 아마 배가 두 쪽으로 갈라진다 해도 그렇게 당황하지는 않았을 것이다. 그녀는 악의에 찬 화가 난 눈빛을 하고 있었다. 나는 목을 움찔하고 고개를 숙였다.

"왜, 그렇게 놀라? 약을 먹었더니 한결 나아졌어. 이젠 기운도 차렸고 다 나은 것 같아. 디디에, 억지로 기쁨을 숨기지 마. 당신의 다정한 친구 프란츠가 선원을 보내 나를 깨웠어. 그런데 당신, 나 때문에 기분을 망친 것 같네."

"프란츠라구? 도대체 왜 당신을 깨운 거지?"

"내가 없으니까 당신이 지루해 한다고 하던데. 그래서 당신이 자꾸만 자기 아내를 꼬드기고 있다고. 그는 오늘 오후 레베카의 방에서 있었던 대화를 당신 모르게 카세트에 녹음을 했대. 내게 들려 주던데. 아주 들을 만했어."

나는 입안이 바싹 말라 말을 더듬거렸고 마치 횡경막을 한 대 얻어맞은 사람처럼 헐떡거리며 어안이 벙벙해서 그대로 꼼짝하지 않고 있었다.

"그 불구자는 정말 더러운 인간이야. 그러나 어쨌든 내 눈을 뜨게 해주었어."

"베아트리스, 내 말 좀 들어봐. 나, 나는 그들에게 이끌려 온 것 뿐이야. 마치……"

"당신의 경이로움, 당신의 연인, 당신의 등불, 당신의 여왕, 그녀를 위해서라면 나를 쓰레기통에라도 처박을 준비가 되어 있다구? 말해 봐. 일이 아주 잘 되어 가는 것 같지는 않은데?"

"베아트리스, 사랑해."

"감히 나에게 그런 말을 하다니! 거짓말을 한 대가야."

그녀는 내 뺨을 한 대 후려쳤다.

나는 정신이 없었고 또 완전히 넋이 빠졌다. 거세게 몰아치는 바다는 내 연인의 분노에 맞장구를 치는 것 같았다.

"디디에, 솔직히 말할 게. 당신은 나를 실망시켰어. 몇 년씩 함께 산 사람을 그렇게 배신하다니, 그런 상황이 있긴 있지. 당신이 레베카를 갈망하는 걸 보니 내게도 그녀가 아주 매력적으로 보이네. 하지만 우리 둘이 그녀 옆에서 똑같은 기회를 가질 수 있는지 궁금해지는 걸."

그녀가 주먹을 꼭 쥐고 엄숙하게 말하는 태도를 보면서

나는 그녀가 엉뚱한 계획을 세우고 있음을 느꼈다. 살아 있는 게 아니라 죽은 것 같은 나를 그곳에 세워 두고 그녀는 레베카의 주위에 둥그렇게 둘러서 있는 호기심 많은 사람들 사이를 뚫고 지나갔다. 그리고 그녀는 레베카와 마주 보며 춤을 추기 시작했다. 레베카는 활짝 웃으며 그녀를 맞았다. 나의 마음에는 돌이킬 수 없는 것을 막연히 예감하듯이 커다란 빈 자리가 생겼다. 경쟁자였던 두 사람은 이제 공범자로 바뀌었다. 나는 더 이상 내 여자 베아트리스를 알아보지 못했다. 까맣게 잊고 있던 여인이 대담한 모험가가 되어 나타났으니. 금발의 여인 베아트리스와 갈색 머리의 여인 레베카, 이는 바로 낮의 빛나는 정신이 밤의 신비와 만난 것이고, 서로를 갈라놓으려고 한 내게 대항하여 남과 북이 서로 화해한 셈이었다.

서로 다른 아름다움을 지닌 두 여자가 마주 보고 있으니 매력이 더욱 두드러졌고 그날 밤 가장 아름다운 한 쌍이 되었다. 이번에는 모든 것이 다 사라졌다. 박자에 맞추어 격렬하게 몸을 흔드는 그녀들을 보면서 구경꾼들은 더없이 흥분하였다. 오케스트라 단원들도 두 여자에게 휘파람을 불었고 홀 전체가 박수 소리로 떠나갈 듯하였다. 두 여자는 마치 태양 아래 꽃이 피듯이 환호 속에서 활짝 피어났다. 그들이 서로 마음에 들려고 하다 보니 더욱 더 매력적으로 보였다. 그들이 스텝을 밟을 때마다 환호가 커졌고 그녀들의 화합은 모여있는 사람들이 열광할수록 더욱 굳건해졌다. 그런데 베아트리스가 어디서 춤을 배운 것일까? 드물지만 우리가 초대받았던 파티에서는 약간은 서툴게 그리고 얌전히 춤을 추곤 했는데.

다들 즐거워하는 모습을 보니 나는 끔찍하게도 가슴이 얼어붙는 것 같았다. 나는 현기증이 나서 비틀거리면서 앉을 곳을 찾다가 어떤 소파에 털썩 주저앉았다. 그녀들에게 달려가 그들을 떼어놓고 따귀라도 때리고 싶었지만 수치심 때문에 참았다. 각기 다른 지점에서 일어난 사건들이 한 곳에 모였다가 빠져나가는 길에서 혼잡을 일으키는 순간이 있다. 갑자기 사람들이 내 등 뒤에서 나를 바라보며 낮은 목소리로 수군거리는 것 같았다. 나는 아무거나 술을 두세 잔 더 마시고는 미처 깨닫지도 못하고 또 다시 프란츠의 옆자리에 앉았다.

"떨고 있소? 베아트리스가 두려워서? 여자들이 멋지다고 생각하오. 언제나 여자들을 믿어야 할 거요."

"왜, 내 등에 칼을 꽂으려고 했다면, 왜 뚜쟁이 행세를 했습니까?"

"이보시게, 친구. 내 아내에게 그렇게 열을 내며 달려들다니, 그건 고상하지 못했소. 아주 천박하기까지 했다오. 내가 아무리 신식이라고 해도 그렇지, 그런 호의를 보고 그냥 넘어가지는 못하지요."

나는 눈물을 흘릴 뻔했다. 비록 그가 구역질 나는 음모를 어느 정도 부추기기는 했지만 너무나 지칠 대로 지쳐 더 이상 그를 원망할 힘도 없었다. 나는 그를 좋아할 수 없었고 더욱이 존경할 수도 없었다. 그 순간에 그를 불러서 나를 도와달라고 부탁하고도 싶었지만 그는 선량한 빛이라고는 전혀 보이지 않고 기분 나쁘게 웃고 있었다.

"디디에, 남녀사이란 원래 깨지기 쉬운 거요. 서로 부딪치면 깨질 수도 있는 거요. 원망하지 말고 편견을 버리시오. 우리 아내들은 서로 뜻이 잘 맞는 것처럼 보이니 그녀들에게 흥겨운 축제를 만들어 주도록 합시다. 지금 우리는 형제 아니겠소. 나처럼 해 보시오. 내 아내의 연인들에게 관심을 가지고서 내 친한 친구로 만들지 않소. 그래서 다른 사람들이 머리를 쥐어뜯고 싸울 때 나는 흥겹소. 서로 말다툼하지 맙시다. 디디에, 자자, 모든 것을 함께 나누어 갖는 선량한 공화주의자를 위해 건배합시다."

불구자가 떨리는 술잔을 입술로 가져가는 동안 폭풍우는 점점 심해졌다. 트루바 호는 갑자기 30도 이상 우현으로 기울더니 거울이 깨져 홀 중앙에까지 유리조각들이 튀었다. 파도의 공격에 배는 마치 피로에 지친 거인처럼 신음하고 있었고 판자들은 불길한 소리를 내며 삐걱거렸다. 엄청난 파도가 선체를 공격해서 하얗게 흩어지는 물거품으로 홀 입구를 내리치다가 다시 우윳빛 거품의 빗물로 떨어지곤 했다. 갑자기 끔찍한 소란이 일어났다. 여객선이 옆으로 곤두박질쳤다가 다시 거품에 싸인 물결 마루 위로 올라앉았다. 음악에 열중한 지중해가 이제는 자기 차례가 되어 록 음악에 맞춰 춤을 춘다고 해야 할 정도였다.

배가 너무 심하게 흔들거리자 오케스트라는 완전히 엉망진창이 되었고 북과 확성기들은 춤추는 사람들 위로 넘어져서 발 밑까지 굴러왔다. 홀은 마치 프라이팬 같았고 거기에서 우리는 크레이프처럼 튀어 오르곤 했다. 승객들은 모두 춤추는 것을 그만 두고 기둥에 매달리거나 바닥에 고정된 의자의 팔걸이를 붙잡고서 변덕스러운 날씨를 견뎌 내었다. 홀은 이쪽저쪽으로 마구 흔들렸다가 뛰어올랐고 요동으로 사람들 대부분이 멀미를 했다. 많은 사람이 화장실에 가야 했거나 막 가려고 했다. 바의 종업원들과 선원들은 음료 대신에 크라프트 종이로 만든 작은 봉지를 나누어주느라 바빴다. 사람들은 등을 들썩거리며 종이 봉지 속에 창백한 얼굴을 쑤셔 넣고 오물을 마구 뱉어냈다.

이런 심한 공포 속에서도 오로지 레베카와 베아트리스만이 침착하게 상상의 리듬에 따라 계속 몸을 움직이고 있었다. 세찬 물결은 두 여자가 움직이는 몸짓에 특이한 반향을 일으키고 있었다. 두 여자는 서로의 몸을 휘감고서, 아주 희한하게 엉켜서, 미친 듯이 날뛰는 풍랑에도 개의치 않고 꼿꼿이 서 있었다. 무질서라는 두 개의 알레고리처럼.

나는 광풍 때문에 잠시 괴로운 마음을 좀 가라앉혔다. 하지만 여객선 승무원들은 침착하고 효율적으로 배의 질서를 다시 잡아가기 시작했고 선원 둘이서 프란츠의 휠체어를 꼭 붙들고 있는 것을 보았다. 나는 다시 우울해졌다. 이 배처럼 나도 역시 심연의 밑바닥으로 뱃머리를 돌리고 있었다. 나의 감정은 이 상황만큼이나 빠르게 뒤바뀌고 있었다. 나는 이미 레베카를 잊었다. 마치 중단된 소설의 흐름을 쫓아가는 듯이 나는 다시 베아트리스가 사랑스러워 보였다. 이런 혼란한 와중에, 사람들은 서로 새해 인사 하는 것을 잊어버리고 있었다. 그때 승무원이 여행객들에게 새해가 시작됐다는 사실을 알려주자 사람들은 서로 얼싸안으며 새해를 축하했다. 티와리와 마르셀로도 나에게 새해 인사를 건넸다. 패배자들에게 보이는 약간의 동정심을 담아서. 하지만 가장 나쁜 것은 실패가 아니라 실패를 확인시켜주는 증인들이었다. 베아트리스와 레베카는 드디어 처음으로 서로의 입술에 키스를 했다. 그리고 두 여자는 웃으면서 어떤 예민한 이야기와 사랑의 말을 수없이 속삭이는 것 같았다. 또 두 여자가 멀리서 손등으로 내게 키스를 보냈다. 그녀들이 그토록 아름답고 유쾌해 보인 적은 없었다.

"당신 언짢은 얼굴을 하고 있네."

그동안 한번도 들어본 적 없었던 목소리로 베아트리스가 말했다.

"이번 해가 우리에게 기분 좋은 한 해가 되길 바라지 않는 거야?"

나는 뼛속까지 얼어붙어 그 자리에 그대로 굳어 있었다. 당기면 죄어지도록 엮은 매듭으로 목을 꽉 조르는 것 같았다. 입을 열려고 했지만 침을 삼킬 수도 없었다.

"함께 춤 출까?" 레베카가 물었다.

"만일 당신이 그를 받아들였다면 그가 내게 추자고 했을까?"

"아니겠지."

"그러면 형편없는 저 분 그냥 내버려 둬요. 구식이긴 하지만 시련을 겪은 군인이니까."

마치 욕조에서 물이 빠지는 소리처럼 음절들이 내 입에서 빠져 나갔다.

"무슨 말 하는 거야? 똑바로 말해. 무슨 말인지 못 알아듣겠어."

두 사람은 머리를 맞대고 내가 흥을 깬다며 놀렸다. 속삭이면서 은밀하게 회의를 했다. 내 예민한 귀로 비밀 이야기를 들어보려고 했지만 아무 소용이 없었다. 이어서 두 여자는 똑같이 점점 더 경쾌하게 웃었다.

"디디에, 미안해. 취해서 그래." 베아트리스가 목소리를 낮추며 다시 말했다.

"이해해 줘. 당신은 내가 당신에게 갖고 있던 신뢰감을 완전히 무너뜨렸어. 잠시 한눈을 판 행위만으로도 역겨워. 레베카와 있었던 일은 용서할 수 있을 지도 몰라. 하지만 그런 일조차도 제대로 하지 못한 당신을 용서할 수 없어. 그렇지만 새해 복 많이 받으시길. 돈 후안. 자, 서둘러 사냥을 떠나요. 그렇지 않으면 혼자서 밤을 지낼 지도 모르니까."

여자들은 차례로 내 볼에 입을 맞추고는 떠나가 버렸다. 그들은 얼굴을 서로 맞대고 마치 한 몸이기를 원하는 것처럼 허리를 바짝 붙이고 있었다.

"아! 귀여운 독사들. 디디에, 두 여자가 저리 연대할 줄은 몰랐소. 다만 부득이한 일이었다고 겸허하게 받아들이시오. 카사노바의 역할을 하고 난 다음에는 지옥문을 지키는 개에게 물리지 않도록 해야지."

내가 그녀들과 나누는 대화를 모두 엿들었는지, 프란츠가 말했다.

나는 절망에 빠졌다. 한껏 도취해 있을 때 별안간 이런 불행이 닥치다니 천재지변과도 같았다. 베아트리스가 남긴 마지막 말은 내 약한 감정을 더욱 자극하였다. 내 주위에는 온통 적과 공격자 밖에 보이지 않았고 내 귀에는 끔찍한 소리 밖에 들리지 않았다. 떼어버릴 수도 없는 다리 없는 괴물이 찰랑거리며 썩어가는 더러운 독백을 계속하고 있었다.

"당신은 그 여자들이 서로……"

그는 말을 잇지 않고 혓바닥으로 음란한 짓을 해보였다.

"당신 여자 친구는 욕심이 많고 내 아내는 정열적이지. 그녀들은 당신에게 아무것도 남기지 않을 것이오."

그가 이렇게 끔찍하게 지적을 하자 나는 혐오감을 느꼈다.

"당신을 증오해요. 증오한다구요."

"잘됐군. 나는 비겁하오. 또한 추하지. 비열하고. 이러니 내가 가증스럽기에 충분하고 그럴 듯하지 않소? 사람들의 경멸을 받아 마땅하지. 그렇지 않소?"

그는 크게 한 번 웃더니 계속해서 말했다.

"다시 말하지만 나 같은 친구만 있다면야 당신은 적이 필요 없을 거요."

나는 그의 모욕적인 말에 대꾸라도 해야 하는데, 그럴 힘도 없었다. 나는 슬픔에 잠겨서 홀 안에서 벌어지는 일을 눈으로만 좇고 있었다. 누군가 방금 샴페인을 터뜨렸다. 건장한 여행객들이 30명 정도 서 있었는데, 거기서 떠들썩한 웃음소리가 터져 나왔다. 그들 사이에 일종의 연대의식이 생겨났고 그들은 서로에게 호의를 가졌다. 흥청거리던 사람들이 드디어 정신이 나간 것 같았다. 베아트리스와 레베카는 고함소리와 휘파람소리가 난무하는 소란 속에서도 단연 눈에 띄었다. 프란츠의 젊은 신부 레베카는 잔을 비운 뒤에 어설프게 잔을 잡더니 갑자기 그녀 뒤에 서 있는 코자크 사람에게 던졌다. 술잔은 청아한 소리를 내며 쨍그랑 깨졌다. 이런 행동이 있자 뒤이어 감탄하는 소리에 환호가 이어졌다.

그러고 나서 잠시 조용했다가는 다시 새로운 함성이 터져 나왔다.

이번에는 베아트리스가 자기 잔을 어깨 위로 던졌다. 상식을 뛰어넘은 재치 넘치는 행동으로 모든 사람이 웃었다.

"또 해 봐요."

레베카는 그녀를 둘러싸고 있는 사람들에게 영어로 말했다. 모두 억제할 수 없을 정도로 즐거워 떠드는 가운데 다소 과장된 몸짓으로 우아하게 잔 열 개를 바닥이나 벽을 향해 내던졌다. 그러고 나서 레베카는 식당으로 뛰어가 유리잔을 가져와서는 잔을 탁탁 털어서 비운 뒤에 이번에는 천장을 향해 던졌다. 깨진 유리조각들이 비처럼 쏟아졌고 그 놀이에 끼어든 사람들은 마음껏 웃고 있었다. 모든 것을 털어놓을 듯 터지는 웃음소리가 크리스탈이 깨지는 소리에 답하는 듯하였다. 지금 이 홀에 있는 사람들은 모두 알콜에 젖어 있었고 어떤 놀이도 이만큼 즐거운 것이 없는 것 같았다. 선원들이 나서서 사태를 수습하려고 애썼지만 젊은 여자 둘이서 시작한 감미로운 광기를 멈추게 하는 것은 전혀 아무것도 없었다. 두 여자의 뻔뻔스러움은 한이 없었다. 술잔도, 작은 컵도, 플루트도, 꽃병도, 물병도, 찻잔도, 손 씻는 물그릇도 이 마구잡이 훼손에서 벗어날 수는 없었다. 사람들이 던진 물건들은 말도 못하게 시끄러운 소리를 내며 뒤섞였다. 유리 깨지는 소리가 홀의 입구로 밀려드는 큰 파도 소리를 덮었다.

그릇이 쨍그랑하며 깨지는 소리는 다른 사람들을 열광시켰지만 내게는 임종의 종소리처럼 들려왔다. 계속해서 두꺼운 종이 접시와 남은 음식이 술에 취한 그들의 폭탄과 총알과 화살로 사용되었다. 놀이는 식당을 전쟁터로 바뀌었다. 홀은 곧 파이 조각, 닭 뼈다귀, 치즈 조각, 고기를 넣은 포도잎사귀, 샐러리 꽁지, 크림 바른 오이, 잘 익은 토마토 등이 모든 게 바둑판 무늬 망에 걸려 있는 것처럼 되었다. 특히 토마토는 튀어서 방울져 떨어지는 긴 자국을 남겼다. 바닥에는 음식물의 잔해가 쌓였고 사람들의 얼굴에서는 주스나 포도주나 소스가 줄줄 흘러내리고 있었다.

나는 홀의 다른 쪽 끝에서 피신해서, 그 소란의 어느 쪽에도 끼지 않으면서 멀리서 바라보기만 했다. 사랑에 빠져 구걸하다가, 미미한 존재가 되어 멸시를 당하면서, 내가 참가하지 않은 즐거운 놀이의 악취를 들이마시고 있었다. 큰 새장에서 쫓기는 비열한 작은 오리가 되어, 난장판인 한 구석에 혼자 있었다.

취한 사람들이 벌이는 난장판 같은 이런 잔치가 나는 몹시 불쾌했다. 나는 이런 포격 한가운데서 달아났다. 자욱한 담배연기, 불쾌한 얼굴들, 열에 들뜬 높은 목소리를 날려 보냈다. 이 모든 게 뒤엉킨 모습도 날려 보냈다. 베아트리스가 어떻게 이런 무례한 행동에 휩쓸릴 수 있단 말인가? 끔찍했다.

나는 끔찍한 지옥을 영원히 기억하려고 마지막으로 식당을 돌아보았다. 베아트리스와 레베카는 둘 다 머리카락이 흠뻑 젖은 채로 서로 목을 얼싸안고 있었고, 비틀거리는 한 무리의 선원들을 허물없이 대하며 자지러지게 웃고 있었다. 내가 떠나는 것을 보고 사나운 게르만 여자들에게 둘러싸여 있던 프란츠가 소리쳤다.

"나가면서 뿔 났으면 뿔 조심하게나. 문이 낮으니까."

잠시 뒤에 나는 좁은 통로에서 끔찍한 두통에 사로잡혔다. 머리가 한 짐이나 되는 것처럼 무거웠고 내 몸의 모든 핏줄이 머릿속에서 바위보다도 더 무거운 핏덩이 하나로 단단해지는 것 같았다. 나는 털썩 주저앉았다. 엄청난 분노가 일어난 뒤에 그렇듯이 온몸의 신경이 다 끊어진 것 같았다. 지금 이 순간 나에게는 모든 것이 다 천박하고 따분하고 음울해 보였다. 실망이 너무도 컸다. 내가 이런 말도 안 되는 우스운 짓을 저지르다니, 잠깐 한눈을 판 것뿐인데, 미처 저질러보지도 못한 경미한 잘못으로 벌을 받다니 나를 용서할 수가 없었다. 두통에서 벗어나려고 해봤지만 허사였다. 복수심으로 가득 차서 나를 배신한 두 여자를 줄곧 생각하고 있었다. 지금 두 여자는 저 위에서 서로를 끌어안고 있을 텐데도. 나는 유치하게도 배가 몹시 흔들려서 두 여자가 포옹하지 못하게 만들기를 바랐다. 그물 선반에서 가방이 하나 쾅! 떨어져 한창 죄를 짓고 있는 순간의 두 여자를 죽이기를 바랐다.

    나는 눈물을 흘리면서 작은 침대에 몸을 던졌다. 차라리 우리 배가 파도의 소용돌이 속으로 말려들어가 이 끔찍한 익살극에 등장한 모든 배우가 배와 함께 그대로 침몰하기를 기원했다. 술을 마셨기 때문에 더 이상 사물을 명확하게 인식할 수 없었다. 시간은 계속해서 한 가지 악몽 속으로 녹아들었다. 나는 깨었다가 다시 잠이 들곤 했다. 밤새 베아트리스를 기다렸다. 복도에서 작은 발자국 소리만 들려도 소스라쳐 놀라 일어났으며, 다른 사람인 것을 알고는 더욱 격렬하게 흐느껴 울었다.

다
섯
째
날

차 茶
세 례 식

　내가 그런 밤을 보내고 난 뒤에 어떻게 면도를 하고 새로운 옷으로 갈아입고 커피를 마실 수 있었을까? 낮은 밤을 밀어내고 더러운 타일 바닥 위 젖은 천 조각처럼 슬며시 미끄러져 들어왔다. 그리고 저 세상 끝자락에 있는 태양이 수줍은 듯 고개를 내밀고 비탄의 광경을 밝게 비추었다. 모든 것이 아직 잠들어 있었고 단지 엔진이 돌아가는 소리와 갑작스럽게 불어온 거센 바람만이 배를 통째로 흔들었다. 나는 선체에 부딪치는 바다의 저주를 들었고 나와 함께 울부짖는 파도소리가 내 마음의 혼란을 더욱 자극했다. 우리는 오후 무렵 이스탄불에 도착할 터인데 지금은 다만 거대한 바다의 권태만이 있었다. 떠다니는 영구차 안에 갇힌 채 다섯 시간을 있어야 했다. 비통한 마음이 들었다. 베아트리스는 여전히 돌아오지 않았다.

　무슨 일이 있어도 그녀에게 말해야만 했다. 수많은 행복했던 시간의 추억을 같이 했던 내 연인 베아트리스가 이 순간 내가 어떤 사람보다 더 원하는 여인이었다. 나는 우리 사이를 갈라놓은 잔인한 모사꾼 레베카를 저주했다. 선택의 기로에서 나타난 존재는 천국을 약속하는 것처럼 보인다. 어쩌다 마주친 사람을 붙잡으려고 한 것이 잘못이다. 우연히 만난 낯선 여자와 친해 보겠다고, 어떻게 그동안 쌓아온 모든 것을, 베아트리스와 나의 관계를 무너뜨릴 생각을 했던가? 나는 지독한 취기에서 깨어나듯이 정신이 들었다. 지나치게 기름진 식사를 하고 나면 그렇듯이, 불순한 열정의 찌꺼기가 다시 올라오도록 하려면 이런 닫힌 공간이 필요했던 모양이다. 이 배는 내 영혼을 절름발이로 만들었다.

　내 모든 불행이 '두 마리 토끼를 쫓다가는 한 마리도 못 잡는다'는 식의 뻔한 속담에서 나온 것임을 생각하자 소름이 돋았다. 베아트리스가 돌아오기를 기다릴 용기도 없었다. 당장이라도 그녀를 만나 이야기를 하고 용서를 빌어야 했다. 나는 선실을 나와 계단으로 올라가서 갑판과 선교 위를 성큼성큼 걸어 기계실로 들어갔다. 그리고 아직 잠이 깨지 않은 채 모여 있는 선원들 앞을 왔다 갔다 했다. 어디에도 베아트리스의 자취는 없었다. 우리를 가두고 있는 떠다니는 감옥 같은 배가 끔찍했다. 아무데도 가지 않고 있는 이 수수께끼 같은 바다를 저주했다. 여러 차례 우리 선실을 들락거렸다. 그때마다 내가 있는 곳과 내가 돌아온 시간을 적어놓은 쪽지를 남겼지만 아무런 소용도 없었다.

그래서 나는 확실히 해두기로 결심했다. 나 자신도 알 수 없는 힘에 의해서 저주받은 일층으로 갔다. 나는 전속력으로 일등 객실 쪽으로 올라갔다. 그리고 레베카의 선실 문 쪽으로 소리 없이 다가가 그곳에 귀를 바싹 들이대었다. 그 앞에 있었는데, 내 심장 뛰는 소리에 귀가 멍멍해졌다. 그때 문이 열렸다.

"들어오시오. 당신을 기다리고 있었소."

프란츠가 말했다. 나는 구토증을 느꼈다.

"당신이, 왜 여기에? 선실을 잘못 찾아왔나요?"

"그렇지 않소. 여기서 아내가 자는 것을 지켜보며 밤을 새웠소."

우선 나는 달아나야겠다고 생각했다. 이 불구자는 결코 보고 싶지 않았다. 그도 분명 아는 것 같았다. 하지만 나는 화가 잔뜩 난 채로 소리 한 번 내지르지 못하고 들어갔다. 레베카는 침대에서 자고 있었다.

"큰 소리로 말해도 좋소. 수면제를 먹었으니까."

"베아트리스는 어디 있나요?"

"이 배 어딘가에 있겠지만 나는 모르오. 정말이오."

그가 과장되게 솔직한 척 하는 태도를 보니 오히려 신뢰성이 전혀 없어 보였다. 나는 그가 이렇게 지나치게 상냥하게 구는 데에는 무언가 특이한 것이 있음을 재빨리 알아차렸다.

"디디에, 결국 세 사람과 좋은 관계를 유지하고 있는 사람은 나뿐이군요. 유감스럽소?"

나는 어떤 희생을 치르더라도 내가 원통해 하고 있음을 드러내는 것이 더 솔직하다고 생각했다. 결국 그는 어릿광대에 지나지 않으며 그가 이렇게 심술궂게 행동하는 게 어리석어서 그런 거라는 생각이 들었다. 그렇다고 해서 내가 그에게 원한을 품는 것도 나 답지가 않았다.

"나도 베아트리스를 찾는 걸 도와주고 싶소. 우정에서는 아니오. 당신이 우리 사이에 물론 우정이 생기는 걸 용납하지 않았기 때문이오. 그러나 일종의 연대감이랄까. 당신도 역시 나처럼 놀림감이 되고 있으니까요. 나는 실패자를 좋아합니다. 적어도 한번은 이길 기회가 남아 있거든."

"오해는 하지 마세오. 도움을 구걸하러 온 것은 아닙니다. 단지 베아트리스가 어디 있는지만 알면 됩니다."

"물론이오. 이런 상황에서 당신을 모른 체하고 싶지는 않소. 그렇지만 먼저 이제 내 아내에 대해서 더 이상 관심이 없는 거죠?"

그가 순진한 척 이렇게 묻는 모습에 난 속지 않았다.

"프란츠, 다시는 이러지 마세요. 오로지 베아트리스를 찾고 있습니다."

"그녀가 원하면 돌아올 거요. 그 얘기는 나중에 다시 합시다. 우선은 이걸 보시오."

그는 현창의 커튼을 걷었고 침대 시트를 발치에까지 쫙 젖혀 놓았다. 레베카는 침대 한켠에서 옷을 다 벗은 채로 한 다리를 구부린 다리 위에 놓고 자고 있었다. 나는 갑자기 심장이 격렬하게 두근거리는 것을 느꼈다.

"왜 이러시는 겁니까?"

"당신을 위해서요. 디디에, 당신의 꿈을 실현시켜 주고 있소."

나는 도무지 그를 이해할 수가 없었다. 그의 윗입술이 지저분하게 부풀어 올라서 일그러져 보였다. 그는 레베카의 어깨를 밀더니 등을 대고 똑바로 눕혔다.

"아름답지 않소? 이 여자의 몸이, 매끄러운 비단 같은 피부가 내가 하고 싶은 대로 어떤 몸짓이라도 할 수 있게 놓여 있으니, 생각만 해도 얼마나 즐겁소. 지금 당신이 원한다면 그녀는 당신 것이오."

"농담하지 마세요."

"천만에, 진지하게 말하는 거요. 잘 벌어진 어깨를, 풍만한 가슴을 보면 놀랍지 않소? 아름다운 얼굴에서 풍기는 젊음의 열기로 몸을 덥혀 보시오. 아마 이제는 다시 볼 수 없을 거요. 그녀의 배를 어루만져 보시오. 두려워 말고. 그녀는 약에 취해 있소. 안아 보시오. 그녀 육체의 덤불에 혀를 직접 대보시오."

나는 막대기처럼 뻣뻣하게 서 있었다. 레베카는 잠들은 척 하고 있는 게 틀림없었다. 그리고 이것은 분명 똑같이 비열한 짓을 특히 좋아하는 부부가 쳐놓은 새로운 함정이 아닐까?

"물건 파는 것도 아닌데, 상품 선전하듯이 제발 좀 그만하세요. 그런 말도 안 되는 배려를 하다니, 역겹습니다."

"꽉 막혔군. 디디에, 우리가 그녀를 똑같이 숭배하는 걸 내가 기뻐하는 거 모르겠어요?

"이런 말을 할 시간이 없습니다. 베아트리스를 다시 찾고 싶습니다. 더 이상 할 말이 없습니다. 어디에 있습니까?"

"내가 능력만 있다면 말이오, 디디에, 당신이 나와 함께 두 여자들을······"

"그 따위 농담 들을 기분은 아닙니다."

"이리 와서 레베카와 사랑을 나눠 보시오. 부탁이오. 내가 거슬린다면 멀리서 지켜보겠소. 그동안 애썼으니 대가를 받아요."

그는 마치 사탕을 달라는 어린아이의 투정 섞인 어조로

말했다.

"정말 미쳤어요?"

"전혀. 주전자를 콘센트에 꽂아주시오. 차나 한 잔 합시다."

"제발, 프란츠, 어젯밤에 일어난 일로도 지겹다고 생각하지 않나요? 베아트리스는 어디에 있는지 말해 줘요. 아니면 나가겠습니다."

"베아트리스는 내 방에서 자고 있소. 그래서 레베카는 여기에서 자고 있고요. 침대가 너무 좁아 두 사람이 잘 수 없거든. 난 잠이 오지 않아 침대를 당신 여자 친구에게 빌려 준 거요. 하지만 지금 가봤자 소용 없소. 내가 방 열쇠를 가지고 있으니까. 내가 밖에서 문을 잠그고 그녀를 가두어 놓았소."

"열쇠를 주십시오."

"디디에, 잠깐 기다리시오. 환자를 좀 고려해 줘요. 우선 이 차나 마십시다."

그는 쟁반 위에 찻잔을 놓았다. 나는 베아트리스가 그리 멀지 않은 곳에 있다는 사실을 알게 되자 마음이 놓여 플러그를 꽂았다. 그러자 프란츠는 특이할 정도로 아주 부드러운 목소리로 다시 말을 꺼냈다.

"이제는 우리 문제를 좀 해결합시다. 처음에 우리는 당신을 놀리고 싶었을 따름이오. 당신들, 그러니까 당신과 베아트리스는 어쩌면 그렇게 잘 어울리는지, 아주 사이좋고 순수한 연인들이오. 당신들은 동양에 가서 커다란 떨림을 찾으려고 했소. 두 사람은 서로를 신뢰해서 남녀 사이에 불가능하다는 위엄이 되살아나고 있었소. 우린 당신에게서 욕망과 냉소가 섞여 있음을 보았소. 냉소가 차지하는 비중이 더 컸다고나 할까. 우리는 당신들을 시험해 보았소. 모든 연인 대부분이 그러하듯 당신들도 모든 것을 참아내지는 못했소. 난 항상 서로를 너무 단단히 얽어매고 있는 연인들의 자유를 위해 투쟁하오. 그런 순정적인 사랑을 깨고 싶소. 그래서 위대해 보이는 사랑의 우스꽝스러움을 드러내고 싶은 거요. 나도 여기 와서 당신 생활의 타성에 빠져 있었소. 목에 걸린 빵 부스러기처럼."

그 앞에 내가 이렇게 순순히 앉아 있다는 사실이 참 우습게 느껴졌다. 또다시 나는 수도꼭지의 물이 스펀지에 빨려 들어가듯 이 남자의 달변에 빠졌다.

"당신은 아무 것도 깨뜨리지 못했습니다."

"아니오. 당신은 분명 내 손 안에, 마치 벌레처럼 안절부절 못하고 몸을 계속 꿈틀거리면서 있었소. 내가 아시아에 대해서 당신을 공격하면서, 곧바로 약을 올렸소. 당신 사고의 근원인 미숙한 사고 체계를 흔들어 놓았소. 사실 사상이라는 건 그 자체로는 결코 중요하지 않소. 사상의 기초가 되는 사람만이 중요한 거요. 난 첫눈에 바로 알아보았소. 당신에게서 나와 같은 나쁜 냄새를 맡았소. 레베카에게 끌리다니 그건 아주 유치한 어린애 같은 장난이었소. 하긴 레베카도 처음에는 당신을 매혹적이라고 생각했으니까 말이오."

난 무관심한 척했지만 그의 말 한마디 한마디가 마치 두 뺨을 손바닥으로 따귀를 맞은 듯 모욕적이었다.

"무슨 뜻이죠? 왜 그런 말을 하는 겁니까?"

"모든 남자는 누구나 막연하게 바라고 있소. 다른 누군가가 욕망의 근심을 덜어주고 바라는 대상을 꼭 집어 알려주기를. 내가 당신에게 누가 아름답고 누가 아름답지 않은지를 말한 적 있죠. 내가 누린 쾌락 이야기를 하면서 당신을 기쁘게 했소. 또 내가 얼마나 타락했는지 이야기해서 당신을 놀라게 했소. 이번에는 내가 거쳐 온 경로를 당신이 지나가길 원했소. 게다가 당신은 나를 배반해서 만족감도 느끼고 싶어 했소. 당신이 내게 원한을 품다니 그것 또한 선물과도 같은 거였소. 하지만 당신은 나에게서 벗어날 수 없었소. 내 손바닥에서 살고 있었던 거요. 나는 당신에게 새로운 감정을 불어넣어 주었소. 다시 말해서 나의 욕망은 당신의 욕망을 자극시켰다는 거요. 나의 열정은 다른 열정들을 촉발시켜서 그 반향은 어디에서나 울려 퍼졌소. 하지만 여자들에 대해서 말을 한 덕분에, 여자들이 우리를 앞서 우리를 주도하고 말았소."

그는 커다랗게 웃으면서 계속해서 말했다.

"이보시오, 디디에. 당신이 우리 사이에 끼어드는 바람에 나는 레베카와 겪은 내 모든 이야기를 더 빠르게 다시 체험했소. 내가 그녀에 대한 슬픔으로 소진되었던 것처럼 당신은 그녀와 접촉하고 싶어 몸이 달아올랐지. 하지만 당신은 그럴 재주는 없었소. 당신의 욕망은 너무 약했소. 왜냐하면 그건 나의 욕망을 그대로 흉내냈기 때문이오. 당신은 내가 비극으로 경험했던 일을 희극으로 겪었소. 당신은 복잡한 이야기를 아주 단순한 것으로 이끌었던 거요. 그리고 그건 내 방식 속에 거짓이 있었다고 하기 보다는 당신의 방식이 어리석었기 때문이오."

나는 주전자에서 떨리는 전열선 때문에 물이 부글부글 끓는 소리를 들었다. 왜 나는 이곳에 와서 이따위 얘기나 들으면서 나 자신을 더럽히는 것일까?

"당신은 나를 안중에도 두지 않았소. 나는 안타깝게도 확인했소. 당신은 그럴 자격이 없는데 말이오. 어느 누구도 나를 동정할 수는 없소. 내가 나 자신을 증오한다고 생각하오? 그렇다면 잘못 생각한 거요. 난 내 주위에 있는 사람들을 증오하오. 그래서 나는 자기 혐오에서 벗어날 수 있소. 행복한 사람들이 가능하면 온갖 불행을 겪기 바라오. 그들이 누리는 빌어먹을 행복으로 나를 불행에 빠뜨렸던 것처럼 말이오. 아시겠소? 아주 능란한 악인은 자신의 게임을 공개하면서 그 게임을 완성시키는 법이오. 말려들지 않고서 이겼다고 확신하고 자기 패를 다 보여주는 사람의 기쁨은 무엇과도 비길 수가 없소."

그는 휠체어를 빙그르르 회전시켜서 플러그를 뽑더니 주전자를 내려놓았다. 쟁반 위에 찻잔을 놓고 티백을 하나씩 넣었다. 그는 돌아설 때 또 다시 먼젓번처럼 웃었는데 내 가슴을 섬뜩하게 만들었다. 그 웃음 속에는 뭔가 날카로운 무기와 화살이 감춰져 있는 듯했다.

"디디에, 사람들이 어젯밤에 당신의 실수를 지켜보며 얼마나 웃었는지 아시오? 오늘 아침에도 선원들이 그 이야기만을 하고 있더군. 지금 똑같이 아직 자고 있는 두 여자도 그 일로 흥분했다오. 당신이 고약하게 행동하고 베아트리스가 착하게 굴어서, 워낙 대조를 이루는 바람에 당신은 모든 사람에게서 소외되었소. 잘 들으시오. 어떤 부인은 당신이 가고 없을 때 '그 여자가 저 따위 인간에게 아직도 미련을 버리지 못한다면 정말 안타까울 거예요.'라고 말했다오."

"프란츠, 입 좀 닥치시오."

그의 말은 내게 해부용 칼이 되어 내 살을 도려내는 것 같았다. 그는 다시 나를 괴롭히기 시작했다. 차라리 그에게 돌을 던지듯 온갖 욕설을 퍼부어 그를 죽이고 싶을 정도였다.

"뭇매를 맞고도 모자라 부인이 다른 사람을 탐하는 부정한 짓을 하다니."

"뭐라구요!"

"뭇매를 맞고도 모자라 부인이 바람을 피웠다고 말했소.

당신을 두고 한 말이오. 못난 남자가 동거 생활을 몇 년 하다 보니, 지루한 일상을 탈피하고 싶어 지나가는 여자에게 치근거렸지요. 막 성공하려던 찰나 자신의 사랑스런 반쪽이 자신에게서 그 여자를 빼앗아가는 걸 보았지요. 누구나 기대할 만한 사건을 일으켜 모두를 웃기는 바람에 당신은 놀림감이 되고 말았소. 물론 어설픈 행동으로 그 사건의 원인이 된 고약한 당사자를 제외하고서요."

"정말로 고약한 취미를 가졌군요."

"나도 알고 있지요. 어떤 일로도 더 이상 흥분하지 않아요. 디디에, 당신이 나에게 혐오감을 갖는 일만이 나를 흥분시킵니다. 어떤 의미에서는 다행스럽게도 당신은 내 아내를 어찌지 못했소. 만약 그랬다면 레베카가 아무리 마음이 너그럽다고 하더라도 그 참담한 실패를 다 말해 버렸을 거요. 어쨌든 그녀의 환상은 아직 깨지지 않았소. 비록 베아트리스가 레베카에게 당신이 처음 몇 주 동안 실패한 이야기를 털어놓긴 했지만 말이오."

"실패라니?"

"그래요. 잘 알 텐데요. 당신은 베아트리스와 관계를 갖는데 한 달 이상 걸렸다고 하던데, 사실이오?"

사실 나는 지나치게 예민해서인지 처음 몇 주 동안을 베아트리스와 관계를 가질 수 없었다. 그건 그렇다고 하더라도 내 애정 생활의 깊은 부분까지 그가 그렇게 이야기할 수 있다니 화가 불쑥 치밀어 올랐다.

"베아트리스가 당신에게 그 이야기를 했단 말입니까?"

"나에게 한 게 아니오. 레베카에게 했지. 그녀가 곧 내게 다시 말해주긴 했지만."

"프란츠, 당신은 비열하오."

"모두 알다시피 지식인은 다 지독히도 감수성이 예민하오. 결국 당신과 나는 똑같소. 아무튼 결과도 같은 거요.

"이번에는 더 이상 참을 수 없습니다. 당신은 내게 어떤 일도 서슴지 않고 했지 않소." 나는 벌떡 일어나면서 이렇게 말했다.

"사실이오. 나 때문에 당신은 이미 엄청난 모욕을 겪었소. 그렇지만 아직도 당신은 아무것도 모르고 있소."

"아무래도 좋습니다. 이만 가겠습니다."

"그럴 수 없을 거요. 당신이 비겁하기 때문에 당신은 어떤 모욕이라도 다 감수해야 할 거요."

그가 한 이 마지막 말 때문에, 그리고 내 신경을 짓누르는 숨 막히는 듯한 분위기 때문에 나는 문을 열면서 그에게 욕을 했다.

나는 갑자기 머리가 깨질 듯이 아파왔다. 프란츠는 연극에 등장하는 인물들이 의기양양해져서 키득거리며 웃듯이 그렇게 웃었다. 그리고 아주 빠른 어조로 내게 말을 던졌다.

"그러고 보니 당신 참 많이 자랐소. 사실이오. 나는 한 가지 의도 밖에 없었소. 당신을 해치고 싶다는 것뿐이었다오. 이건 알아두시오. 나는 우리 우정을 음담패설로 얻는 쾌락에서가 아니라 피라미드 형태로 쌓아올린 오물더미에서 키워나가고 싶었지요. 그리고 내 이야기 역시 악의적인 것이었소. 내가 이야기를 하다 보니 당신이 그 이야기의 음모 속에 사로잡히는 것을 보았고 내 마음 속에서 이 고백을 다른 목적으로 사용하고 싶다는 의지가 꿈틀대는 것을 느꼈지요. 난 당신이 잘 속아 넘어가는 사람이라는 것을 직감적으로 알았다오. 그런 기회는 아마도 다시 올 수 없을 거요. 난 종종 실패했다고 믿었지만 당신은 내가 쳐놓은 그물에 순순히 걸려들었소. 나의 승리는 순전히 내 말 덕분이오."

"당신의 승리라니? 이제 나는 가 버릴 건데 무슨 승리가 있다는 겁니까?"

"아니오, 디디에. 이번에는 내게서 벗어날 수 없을 거요. 당신은 앞으로 어떤 사건의 증인이 될 거요. 그렇지만 벌을 받는 것은 당신이 되오. 왜냐하면 나를 의심하는 사람은 없을 테니까."

나는 나가려고 문턱에 서 있었다. 한 발은 이미 밖으로 나가 있었고 나가려는 참이었다. 그때 나는 나갔어야 했다. 하지만 나는 아주 잠깐 머뭇거렸는데, 그게 그만 나를 파멸로 이끌었다. 그때 끔찍한 일이 일어났다. 내가 한 걸음도 채 떼기 전에 프란츠는 주전자를 기울이더니 베개 위로, 레베카

얼굴 쪽으로 뜨거운 물을 몇 방울 떨어뜨렸다. 그렇지만 그 이상은 아니었다. 내가 그 즉시 달아나버렸다면 그는 증인이 없어서 감히 끔찍한 범죄를 저지를 수 없었을 텐데. 안타깝게도 무의식적으로 책임감이 솟구쳐서, 그 순간 나는 베니스에서 물에 빠진 고양이를 구하려고 했듯이 그에게 달려들었다. 그는 웃음보를 터뜨렸다. 그것은 더 이상 사람이 내는 웃음소리가 아닌 것처럼 들렸다. 그리고 내가 그의 손을 잡자 그는 오히려 내 손을 움켜쥐더니 강제로 잠자고 있는 레베카의 얼굴에 끓는 물주전자를 쏟아 붓게 했다.

나머지는 다음 몇 마디 말로 요약된다. 짧게나마 실랑이가 있었다. 그는 나보다 훨씬 힘이 셌다. 내가 아파서 팔에 힘을 주고 빼려고 했지만 소용이 없었다. 불구자가 조이는 힘에 비한다면 나는 무력했다. 그가 너무도 세게 내 손을 조여서 나는 어찌할 도리가 없었다. 결국은 주전자 뚜껑이 벗겨지고 물이 레베카의 얼굴로 쏟아졌다. 뜨거운 물이 쏟아지자 레베카는 발버둥 치면서 숨이 막힐 정도로 소리를 지르더니 고통으로 신음하다 기절해 버리고 말았다. 그때 프란츠는 영어로 소리를 지르기 시작했다. 그의 눈은 반짝거렸고 얼굴에는 피가 몰려 새빨개진 채로 가쁜 숨을 몰아쉬며 헐떡였다. 나는 공포에 사로잡혀서 주전자를 내팽개치고 그대로 도망가려고 했다. 그러나 프란츠는 나를 넘어뜨리고 내 팔을 비틀어 움직이지 못하게 했다. 내가 소리를 지르자, 그는 웃었다. 마치 레베카의 살갗을 태워버린 뜨거운 물과 마음이 통한다는 듯이. 갑자기 좁은 통로에서 분주히 뛰어오는 소리가 들렸다. 선원 한 명이 방으로 뛰어 들어 오더니 내 목덜미를 내리쳤다.

내가 깨어났을 때 나는 묶여 있었고 험악한 사람들에 둘러싸여 있었다. 프란츠는 창백한 얼굴을 하고 손가락으로 나를 가리키며 헐떡거리는 목소리로 말했다.

"저자가 내 아내를 죽이려고 했어요. 막아보려고 했지만 힘 없는 장애자인 걸요. 내 아내를 죽이려고 했다구요!"

뒷 이 야 기

　내가 이스탄불의 감옥에 갇혀 있은 지도 한 달이 되었다. 아직도 땅이 흔들려서 마치 내가 배를 타고 있는 느낌이 들었다. 모든 사람과 격리되어, 이 이상한 나라에서 적대적인 감방 동료들에 둘러싸여 홀로 있었다. 내가 사랑한 유일한 여인에게 쓸모없는 인간이 되어 깊은 좌절감에 빠져 있었다. 일주일에 한 번씩 나는 비틀거리며 경찰관을 따라가 이스탄불 변호사회 소속 관선 변호사를 만났다. 내 사건은 아주 심각하다고 그는 숨김없이 말했다. 또 현행범이라는 사실이 내게는 몹시 불리하며, 모든 증언, 특히 라즈 티와리와 마르셀로의 증언이 내게 불리하다고 말했다. 그는 내게 유죄임을 주장하라고 충고했다. 그런 그는 이미 공탁금 수천 달러를 내게서 갈취해 갔다. 터키 행정부의 부패가 어느 정도인지 짐작하므로, 변호사가 아무런 성과 없이 계속해서 돈만 갈취해 갈까 봐 두려웠다.

그가 내게 해준 유일한 일은 베아트리스를 만나게 해준 것뿐이었다. 나는 곰팡이가 잔뜩 낀 작은 방으로 가 간수 두 명이 배석한 자리에서 20분 동안 그녀를 만났다. 그 만남은 실패였다. 그녀는 내가 끔찍한 일을 저질렀다고 믿고 있었고 내 항변을 듣기를 거부했다. 여객선에서의 내 태도 때문에 그녀는 진저리 났고 그래서 더 이상 나와 같이 살 생각도 없다고 했다. 그녀는 계속해서 여행을 할 것이고 이제 진짜로 그녀 애인이 된 마르셀로와 인도로 갈 것이라고 했다.

터키 국법에 따라서, 나는 적어도 20년 형을 받을 우려가 있었다. 범죄가 터키 영해에 있는, 터키 배 안에서 일어났기 때문이다. 프랑스 영사 당국은 내게 아무것도 해 줄 수 없었다. 마약 밀매나 여권 위조 등이 아닌 범죄는 그들 관할에 속하지 않았기 때문이다.

나는 그 몇 주 내내 나 자신에 대해 경멸하고 낙담하면서 보냈다. 내가 의지가 박약해서, 한 여인을 희생시키는 데 동참했으므로, 결국 나도 책임이 있고 유죄 선고는 당연하다고 믿었다. 나는 뿌리가 썩기 시작하는 식물처럼 고통을 쌓아 두었다. 편지에서 아버지는 소송비용으로 공탁금을 새로 마련해 이스탄불로 올 거라고 알렸다.

내가 한 치 앞을 알 수 없는 암울한 예상을 하고 있을 때 프란츠의 편지를 받았다.

친애하는 디디에에게

당신에게 어떻게 감사해야 할지 모르겠소. 당신을 무척 화나게 하긴 했지만 그렇게까지 기분이 상하다니 좀 지나쳤소. 당신은 내가 감히 상상도 할 수 없었던 복수를 당장에 한 것 같소. 어쨌든 당신은 내 허풍을 심각하게 받아들인 데 잘못이 있었다오. 당신을 원망하지는 않는다오. 이 사건으로 우리의 논쟁은 영원히 묻혀있을 테니까.

의학의 발달은 경이롭소. 하지만 나에게나 레베카에나 아무 소용도 없었소. 레베카의 시신경은 다시 살아날 수 없었소. 화상으로 인한 상처는 치유가 불가능하다오. 그녀가 살아 있는 한 쪽 눈을 깜박거릴 때마다 죽어버린 다른 쪽 눈과 대조를 이루고 있어 혐오감을 일으킬 정도요. 사고를 당한 눈에는 유리눈알을 끼웠는데, 본의 아니게 악의가 번득인다오. 그녀는 매일 당신이 그녀에게 '뜨거운 물을 쏟아 부은' 시간이 되면 유일하게 남은 한쪽 눈으로 눈물을 쏟곤 하오. 물론 다른 한쪽 눈은 눈물을 흘릴 수 없소. 그녀는 더 이상 울지 않을 것이오. 애꾸눈은 이제 다리병신인 나 이외에는 누구의 관심도 끌 수 없소. 그녀는 세상의 아름다움이나 번잡한 거리를 바라보지만 그곳의 어느 것 하나도 그녀를 봐주지는 않소. 그렇게 추한 사람을 보지 않기 때문이오. 우린 이제 각자 투쟁의 상처를 자신에게 남겨 놓은 셈이 되었소. 당신 덕분에 우리는 함께 늙어갈 거요. 둘 다 처지가 같게 되었으니. 이제 다시 나는 그녀에게 전부가 되었소. 우리는 놀랍게도 못난이 커플이 되었고요. 당신은 우리를 만나기 전까지만 해도 별 쓸모없는 사람에 지나지 않았는데, 우리 두 영혼을 한데 결합시켜 주는 중요한 역할을 한 것이오.

당신은 내가 이 대단원의 사건을 왜 좋아하는지 아시오? 그건 이 모든 일이 다 당신이 서툴렀기 때문이오. 감동적일 정도로 서툴렀기 때문이오. 오늘날 비극은 저주로 인해 인간에게 생겨나는 게 아니오. 그것은 바로 인간의 서투름에서 나오는 것이오. 누구나 다 처음에는 발을 크게 헛딛으면서, 실수하다가, 그만 불행에 빠집니다. 우리의 비극은 고통을 받는 것만이 아니오. 장애로 고통을 받으면서 거기에 우스꽝스럽기까지 하다는 거요. 우리는 더 이상 운명을 핑계 삼지는 않을 거요.

나는 이제 마음이 한결 가벼워졌다오. 이 세상 아래, 이 하늘 아래 살아 있는 모든 것을 다시는 저주하지 않을 거요. 그리고 난 다시 공부하기로 마음을 먹었소. 2년 동안 아무것도 하지 않고 놀고 나니 이제는 의사인 직업에 다시 관심이 가오. 레베카는 아마도 미용실을 열 것이오. 사람은 누구든 항상 제 자리로 돌아가는 법인가 보오. 나는 우리 사이에서 묘한 동질감을 느꼈다오. 우리는 항상 서로를 이해하면서도 영원히 서로를 저주할 거요.

요컨대 내가 이 편지를 쓴 목적은 다음과 같소. 당신에 대한 고소를 취하할 것이오. 따라서 내 증언도 모두 취소하오. 그리고 당신은 사고였다고 당신 의견을 주장하기를 충고하오. 내 덕분으로 당신은 감옥이란 게 어떤 건지도 알았으니 당신처럼 고지식한 학자에게는 얼마나 자극적인 경험이었겠소. 그러니 기회가 허락한다면 그걸 책으로 한번 써보시오.

당신은 당신 자신에 대해 지쳐있었지만 그렇다고 타인의 힘을 찾을 수도 없었소. 당신에게는 야망을 실현시킬 만한 재능이 없었으니까. 당신은 '동양'이라고 불리는 창문을 열어보려고 애썼소. 그러나 그게 착각이라는 것을 깨닫기에는 시간이 너무나 부족했던 게 흠이오. 당신은 이미 영혼에 균열이 생겨 엉성한 채로 떠났소. 당신이 의지하고 있던 바닥도 이미 금이 가 있었소. 나처럼 아시아를 다른 곳에 있는 유토피아라고 생각해 보시오. 그러면 거기에 가지 않아도 되는 거요. 날 믿으시오. 이 세상에 탈출구라는 건 없소. '이 세상을 포기하라. 저 세상도 포기하라. 포기도 포기하라'고 어떤 회교도가 말했소.

또 한 가지가 있소. 당신의 불행에 대해서 너무 슬퍼하지 마시오. 당신은 내가 무슨 도덕군자 같은 말을 한다고 참을 수 없어 할 것 같소. 그렇지만 뭘 그러시오. 우리는 서로 호감을 가지고 있었소. 비록 당신이 불운하긴 했지만 여자였다면 더 불행했을지도 모른다고 생각하시오. 말만 많이 하지 누군들 관심을 가졌겠소? 20세기 말에도 아직 남자라는 게 여자보다는 더 좋은 법이오. 사랑에서처럼 정치에서도 좋은 자리는 패배자의 바로 옆자리에 있다는 거지요.

마지막으로 베아트리스에 대해서 한마디 하겠소. 그녀는 레베카의 소식을 알기 위해 우리에게 편지를 보냈다오. 마르셀로는 어느 날 밤 인도의 고아라고 하는 작은 해안 마을에서 그녀의 돈과 물건을 몽땅 가지고 사라졌다고 합디다. 그녀는 그에게 영향을 받아서 헤로인에 맛을 들인 것 같소. 헤로인을 얻기 위해서라면 무슨 일이든 다 하는 것 같더군요. 봄베이로 휴양 오는 부유한 사우디아라비아 인이나 예맨 인들에게 몸을 파는 일도 하고요. 파리 근교 작은 고등학교에서 언어를 가르치던 여자가 이 무슨 파란만장한 길을 걷는단 말이오. 그녀는 인도의 환상에 빠져 카트만두나 파나지로 온 수많은 이탈리아 인이나 프랑스 인들과 함께 얼이 빠진 사람들 틈에 껴 있소. 약속 받은 땅에 중독된 모든 사람, 그들은 동양의 수렁 속에 빠져 죽어갈 것이오.

하지만 그녀를 원망하지는 마시오. 서른 살 먹은 여자들이 다 그렇듯이 그녀 역시 모든 쾌락을 맛봄으로써 삶을 변화시킬 수 있다고 믿으며 그런 해방감에 속고 있는 거요. 그들보다 앞서 살았던 어머니들이 결혼 제도에 속았던 것처럼. 너무 상투적인 문구 같지만 이제 그만 펜을 놓겠소. 흔해 빠진 말이지만 이 말로 위안을 삼았으면 하오. "승리가 궁지로 몰아가듯 실패는 새로운 길을 열어준다."

내 재판은 7월이 되어야 열릴 것이다. 터키에서는 과격한 정치범들의 재판이 있어서 일반 범죄 재판은 몹시 늦어졌다. 변호사는 마지막으로 2,000달러만 지급하면 공소기각을 해주겠다고 약속했다. 따라서 나는 프랑스로 돌아갈 날짜에 이곳을 떠날 것이다.

나는 파란색 여행안내 책자를 속속들이 알아놓기로 했다. 누군가 내가 돌아가는 길을 묻는다면 대답해 줄 것이다.

놀랍게도 나는 베아트리스가 내 머리 속에서 완전히 사라졌다는 사실을 깨달았다. 그녀가 결코 존재하지도 않았던 것 같고 우리가 함께 배를 탄 것 같지도 않았다. 결국 그 배에서 벌어진 일은 한바탕 익살맞은 연극을 벌인 것 같았다. 몇 년 동안 함께 살면서 소중히 공들여 가꿔왔던 그녀의 모습을 말끔히 없애는 데 불과 몇 주일 밖에 걸리지 않았다. 그녀는 자신이 사랑으로 가는 길이라고 자처하고 싶었겠지만 결국 사랑의 막다른 통로였다.

 우스운 연극에 등장했던 배우들도 하나씩 하나씩 몽땅 내 기억에서 사라졌으면 한다. 그리고 어느 날, 바라건대 아주 가까운 시일 내에 그들의 이름이 떠올라도 내게 아무런 느낌이 없었으면 싶다. 아무런 증오도, 아무런 피해의식도 느끼지 않기를. 이미 나는 우리가 탔던 트루바 호가 재정적인 이유로 운행을 중단했음을 알았다. 12월 28일에서 1월 1일까지 그 배 역시 우리와 함께 마지막 항해를 한 셈이었다.

 지난주에 부모님께서 나를 면회하러 오셨다. 그리고 나는 유럽 경범죄자들을 수용하는 비교적 자유로운 감옥으로 이송되었다. 그 감옥의 이름은 터키어로 '샤크'였다. 나는 변호사에게 무슨 뜻인지 물어보았다. 그는 내게 '동양'이라고 대답해 주었다.

옮긴이의 말

허니문에서 비터문으로, 누구도 상상할 수 없는

파스칼 브뤼크네르는 1948년 파리에서 태어났다. 어린 시절을 오스트리아, 스위스 등지에서 보내고 리용에서 중학교를, 파리에서 앙리4세 고등학교를 졸업한 후 파리 1대학과 7대학에서 문학과 철학을 공부했다. 파리 고등사범학교에서 롤랑 바르트의 지도로 석사와 박사과정을 마쳤고 1975년 줄리아 크리스테바의 지도를 받아 「샤를르 푸리에 연구」로 박사 학위를 받았다. 1986년 미국 뉴욕대학교를 시작으로 여러 대학에서 교수로 재직했으며 파리 정치대학에서도 교수 생활을 했다. 현재 그라쎄 출판사의 편집인으로, '누벨 옵세르바퇴르'와 '르몽드'의 칼럼니스트로 활동하고 있다.

파스칼 브뤼크네르는 1976년 첫 소설을 발표하고, 1977년 『사랑의 새로운 무질서 — 1960년대와 1970년대의 성적 혁명 비평서』라는 산문집을 알랭 핑키엘크로와 공저로 발표하면서 알려졌다. 1995년 산문집 『순진함의 유혹』으로 메디치상을, 1997년 발표한 소설 『아름다움을 훔치다』로 르노도 상을 수상했다. 2002년 발표한 경제학 저서 『번영의 비참』으로 경제학 도서 부문 상을 받았다. 파스칼 브뤼크네르는 자신의 글쓰기를 어느 한 장르에 국한시키지 않고 픽션과 논픽션의 경계를 넘나들며 활발한 작업을 하고 있다. 관심분야도 철학과 문학과 사회학 등 매우 다양하다. 프랑스에서 현재 가장 영향력 있는 작가 중 한 사람으로 꼽히지만, 우리나라에서는 그의 작품이 9종이나 번역되어 나왔음에도 그 이름은 아직 낯설다.

1991년 폴란드 출신의 영화감독 로만 폴란스키는 프랑스 소설 『비터문』을 직접 시나리오 작업을 해서 영화로 만들었다. 주요 인물들의 이름과 직업 등을 다르게 설정하고 소설의 잔인한 결론과도 다르기는 하지만, 원작이 갖는 파격과 욕망과 변태 등은 소설보다 강하게 평단과 관객을 사로잡고 숱한 논란을 불러 일으켰다. 그 당시 완전히 신인이었던, 젊은 휴 그랜트가 순진하지만 어리석은 디디에 역을 맡았고, 관능미 넘치는 레베카 역으로는 폴란스키의 젊은 부인 엠마누엘 자이그너가 열연했다.

『비터문』은 1981년 파스칼 브뤼크네르가 발표한 두 번째 소설이다. 작가는 이 작품에서 정상을 벗어난 모든 종류의 사랑, 아니 욕망을 상품을 진열하듯이 늘어놓는다. 가학성 변태 성욕, 오줌을 마시게 하고 똥을 먹게 하면서 성적 쾌감을 느끼는 성애 등이 그것인데, 발표했을 때부터 이런 역겨운 장면으로 물의를 일으켰다. 더구나 남자와 여자 사이에서 상대를 향한 욕망이 실제로는 그리 오래 가지 않는다는, 비극적이지만 악랄한 사실 때문에 화제를 모았다. 그렇다면, 부부가 결혼해서 살면서 처음 느낀 그 열정으로, 서로에 대한 찬탄으로 권태를 피할 수 있을까? 관능적인 몸짓과 성욕만으로 지루한 관계를 피할 수 있을까? 이 소설의 주인공이 제시하는 질문은 바로 이런 것이다.

1979년 12월말 소설 속 인물들은 마르세이유를 출발해서 이스탄불로 향하는 여객선을 타고 있다. 단정하고 순진한 30대의 젊은 커플 디디에와 베아트리스는 같이 산지 5년 만에 처음으로 여행을 떠난 참이다. 그러나 이들의 달콤한 출발(허니문)은 또 다른 승객인 끔찍한 부부, 휠체어 신세를 지는 나이 든 남편 프란츠와 관능미 넘치는 요염한 젊은 아내 레베카를 만나면서 씁쓸한 파탄(비터문)에 이른다. 프란츠가 털어놓는 이야기를 들으면서 디디에와 베아트리스의 관계는 파국을 맞이하기 때문이다. 한 해의 끝자락에, 배 안의 지하 묘지 같은 작은 선실에서, 디디에와 베아트리스는 둘이서 함께 이스탄불을 거쳐 인도로 가기로 했으나, 함께 인도에 이르지 못할 것이다.

두 남자는 몸이 불편한 프란츠가 의도적으로 접근하면서 알게 된다. 프란츠는 낯 뜨거운 끔찍한 고백을 하겠다며 순진한 남자 디디에를 자신의 선실로 끌어들인다. 세헤라자데가 이야기를 풀어나가는 방식으로, 그는 디디에에게 자신의 이상한 결혼 이야기를 털어놓는다. '지나치게 많은 열매가 달려서, 자신이 지닌 욕망의 무게에 가지가 휘어지고 마는 나무'인 레베카를 만난 일에서부터, 상식을 벗어난 그들의 지옥 같은 열정과 타락에 이르기까지. 그는 며칠 밤에 걸쳐 이야기를 해나가면서 얌전한 디디에를 꼼짝 못하게 한다. 디디에를 유혹에 빠뜨리며 저 밑에 잠자고 있던 본능을 일깨운다.

『비터문』에서, 작가는 분명히 욕망의 필연적인 소멸을 통해서 부부 생활의 파탄이라는 주제에 접근한다. 역설적이게도, 프란츠와 레베카가 그들 정념의 불꽃을 온전히 간직하기를 바라는 것은 극단적인 성행위를 통해서이다. 분뇨에 관한 이야기, 오줌에 천착하는 행위, 학대하고 모욕하는 행위 등…… 그들은 매번 각자의 한계를 시험하듯이 도전을 시도한다. 작가가 힘써 상세하게 묘사하는 파괴적인 장면들이다. 그는 지배와 모욕과 고통과 파괴의 관계를, 일부일처제를, 충실성을 묻는다. 남자라는 존재의 잔인한 초상을 작성한다.

상투적 표현과 이미 읽은 것 같은 느낌을 피하면서, 한 부부의 내부에서 일어나는 욕망의 소멸과 지루함이라는 진부한 주제에 어떻게 다가갔을까? 우선 이 책의 독창성을 이루는 것은 이야기를 풀어가는 서술구조이다. 작가의 표현을 빌리자면, 우선 모든 점에서 다른 두 남자가 나누는, 파멸에 이르게 하는, 파괴적인 대화이다. 작가는 마치 언어의 대가처럼 단어들을 조종하고 독자는 무력하게 이 두 남자가 함께 지옥으로 추락해 가는 과정에 동참할 수밖에 없다.

그들이 욕망을 생생하게 간직하려는 희망이 멀어지면 멀어질수록, 브뤼크네르는 또 다른 모습—커플 사이에서 누가 힘을 갖는가 하는 힘의 모습—에 다가간다. 이 작품은 약자가 강자가 되고, 강자가 약자가 되는 과정을 확실히 보여 준다. 그러면서 작가는 한 존재가 어떻게 다른 사람을 육체적으로 정신적으로 죽음에 이르게 하는 가해자로 변모해 가는지 묘사한다. 바로 어제만 해도 그가 그리 찬양했던 상대를 학대하고 파괴하면서 유기도 서슴지 않는다.

이 소설에서, 브뤼크네르는 끊임없이 사랑의 관계가 어떻게 진화하는지, 또 남녀의 문제, 남녀 사이의 욕망의 문제를 분석하고 질문을 던진다. 결혼한 뒤에도 사랑이 있는가? 사랑이 있긴 있다. 그리고 또 지옥이 있다. 작가는 바로 이 지옥을 그리고 있다.

과연 이 이야기가 사랑의 이야기인가에 의문이 든다. 이렇게 불편한 사랑의 이야기를 읽어본 적이 없다. 아니다. 이건 사랑의 이야기가 아니다. 사랑으로 시작했으나, 욕망의 끝까지 가 보려는 타락한 남녀 이야기이다.

함유선

비터문

초판	1쇄 발행 2013년 2월 20일
초판	2쇄 발행 2016년 7월 25일

지은이	파스칼 브뤼크네르
옮긴이	함유선
펴낸이	정상준
편집	이민정 김민채 황유정
디자인	디자인스튜디오 203
관리	김정숙

펴낸곳	그책
출판등록	2008년 7월 2일 제322-2008-000143호
주소	서울시 마포구 동교로13길 34(04003)
전화번호	02-333-3705
팩스	02-333-3745

facebook.com/thatbook.kr
openhousebooks.com

그책은 (주)오픈하우스의 문학·예술 브랜드입니다.

ISBN 978-89-94040-38-7 04860
       978-89-94040-34-9 (세트)

- 책값은 뒤표지에 있습니다.
- 잘못된 책은 구입처에서 바꾸어 드립니다.
- 이 책의 전부 또는 일부 내용을 재사용하려면 반드시 사전에 그책의 서면에 의한 동의를 받아야 합니다.